下卷

杨黎光 ◎ 著

图书在版编目（CIP）数据

　　寻：全2册 / 杨黎光著. -- 广州：花城出版社，2023.10
　　ISBN 978-7-5360-9891-6

　Ⅰ．①寻… Ⅱ．①杨… Ⅲ．①长篇小说－中国－当代
Ⅳ．①I247.5

　　中国国家版本馆CIP数据核字(2023)第183631号

出 版 人：张　懿
责任编辑：陈诗泳　凌春梅
责任校对：汤　迪
技术编辑：林佳莹
封面设计：集力書裝　彭　力

书　　名	寻
	XUN
出版发行	花城出版社
	（广州市环市东路水荫路11号）
经　　销	全国新华书店
印　　刷	深圳市福圣印刷有限公司
	（深圳市龙华区龙华街道龙苑大道联华工业区）
开　　本	787毫米×1092毫米　16开
印　　张	35　2插页
字　　数	580,000字
版　　次	2023年10月第1版　2023年10月第1次印刷
定　　价	168.00元（全2册）

如发现印装质量问题，请直接与印刷厂联系调换。
购书热线 020-37604658　37602954
花城出版社网站 http://www.fcph.com.cn

历史苍茫，我们看到的是浩荡的世界潮流，俯身细看，都是芸芸众生。

目 录

第十六章 \ 279

第十七章 \ 298

第十八章 \ 313

第十九章 \ 325

第二十章 \ 340

第二十一章 \ 354

第二十二章 \ 368

第二十三章 \ 386

第二十四章 \ 404

第二十五章 \ 419

第二十六章 \ 435

第二十七章 \ 453

第二十八章 \ 472

第二十九章 \ 484

第三十章 \ 501

第三十一章 \ 520

第三十二章 \ 532

第三十三章 \ 542

第十六章

离婚后回到美国的麻君婷已经32岁了,虽然她在美国将名字又改回了麻丽,但她还没有取得美国的国籍,她拿的仍然是中国护照,护照上依旧叫麻君婷,认识她的中国人还是都习惯地叫她麻君婷,她只是在与美国人交流的时候,自称叫麻丽。

麻君婷为了留在美国,在美国读书的时间实在有点长。先是意外怀孕,然后是生孩子,头尾耽误了两年的时间。虽然琴琴有美国国籍,她作为母亲在美国有监护权,可琴琴并没在美国生活,她只能保留着自己留学生的身份,继续读她的硕士学位,这个硕士她前后读了5年,终于拿到了学位证书。如此一来,麻君婷的身份就变得尴尬了,继续读博士,麻君婷已经没有了那份耐心,但如果不读,一时又找不到合适的工作,因为她没有拿到绿卡,不能在美国合法地工作。

麻君婷学的是建筑设计,美国不像中国处在一个大建设大发展的时期。在中国走到哪儿都是建筑楼盘,高楼大厦像雨后春笋一样,几天不见,几幢高楼就长了出来。美国盖新楼特别是盖大楼,市场要比中国小得多,特别是洛杉矶处在大的地震带上,每年大小地震十分频繁,高楼本来就少,除了在商业中心区的那几幢高楼,洛杉矶到处都是低矮的楼房。一个洛杉矶,用马立的话来说,就是千万个村庄连成一片,哪有像在中国的建筑设计师有那么大的施展才能的平台,这也是马立不想来美国的主要原因。

麻君婷去过好几家洛杉矶的建筑设计所应聘,结果基本上都是做一些绘图员的工作,而且都没有长期聘用的计划,因此,她一直没有一个较稳定的工作。而这个时候,马立已经在单位里挑大梁了,他当时已经从城市规划设计院调到一家国有建筑集团公司，担任公司副总工程师，后来又当上了总工程师。他不建楼，他干的事比建楼这件事要大多了——城市规划和城市基础工程设计与施工。

美国的经济自然要比中国发达，可同样学习建筑设计和城市规划的麻君婷和马立两个人，现在所处的环境几乎是天渊之别。马立是中国，尤其是改革开放后的深圳给他的机会。而麻君婷所喜欢的美国，一点机会都没给她。她这个有着美国硕士学位的建筑设计师，在美国只能担当一个绘图员的工作，完全接触不了核心的设计业务，前途渺茫，不仅施展不了自己所学的专业知识，甚至连自己的生存都成了问题。因为，回到美国以后，她又一次被一家建筑设计所辞退了。

离婚以后的麻君婷，日子过得越来越窘迫。

如果，此时麻君婷回国，回到深圳，她应该会有更好的机会。因为当时的深圳作为经济特区，特别是在1992年邓小平南方谈话以后，到麻君婷离婚的2001年，深圳的发展速度惊人，发展的质量也更高了。这10年间又有各地上千万的新移民，千流归大海似的涌向这个新兴城市，使一个马小军他们基建工程兵到达时，只有两万多人的墟镇，迅速发展成一个拥有一千多万人口的大都市。深圳的发展，自然特别需要各种人才，而从海外学成归来的人，被人们当作宝贝似的称为"海归"人才，不仅各大企业"抢人"，政府也制定了好多优惠条件吸引他们。

同时，中国的改革开放又推动了全国各大中心城市的迅速发展，也带来一个世界发展史上罕见的"城市化"浪潮。人们涌向了城市，城市就需要大力建设，这是相辅相成的。因此，这股"城市化浪潮"，给学城市规划和建筑专业的人才，提供了千载难逢的机会。

麻君婷毕竟在美国学了多年建筑设计，也在几家美国建筑事务所干过，而深圳这座城市正在高速发展中，城市的建设几乎是一天一个样，无论是企业还是政府，都需要这样的人才。她如果这个时候回来，会得到重要的岗位。无论是马立原先所在的城市规划设计院还是现在所在的集团公司，都需要像麻君婷这样专业的"海归"人才。像马立现在所在的这家大型国企，承接了许多城市规划方面的项目，麻君婷自然有很多施展的空间。

但，麻君婷就是不想回国，她觉得自己在美国苦了这么多年，将女儿都生在美国了，现在回去，不甘心。离婚以后的她，更觉得自己回不去了，回国除了很没有面子，伤自尊心外，而且，既然要回国还离什么婚？离婚就是表明自己铁了心要在美国待下去，她总把自己的希望放在明天，明日复明日，总会找到一个机会的，她靠这个支撑自己在美国"漂"着。

麻君婷的这个期望，后来实现了，可实现后，她觉得自己付出了一生。

麻君婷就这样在美国"漂"过来，"漂"过去，一天一天地就这么过着，转眼间竟然又过去了六七年。她基本没有离开洛杉矶，今天有工作，明天可能又没了，虽然不会饿着，但从未有富余，银行里的存款从没超过一万美元。随着年龄的增长，已经37岁的麻君婷，生活变得越来越窘迫，又遇上了美国近些年来最大的一次金融危机——2008年"次贷危机"。

所谓的美国"次贷危机"，正是从与麻君婷所学专业有关的房地产市场开始的，因此，也称为"次级房贷危机"，而引起这次"次级房贷危机"的表面原因，是美国的利率上升和住房市场的持续降温。

由于之前美国的房价很高，银行认为尽管贷款给了"次级信用"借款人，如借款人无力偿还贷款，则可以利用抵押的房屋，通过拍卖或者出售后收回银行的贷款。可由于房价突然走低，低于借款人在银行的贷款，因此当借款人无力偿还时，银行收回房屋再出售，却发现得到的资金不能弥补当时的贷款和利息的总额，甚至无法弥补贷款额本金，银行就慌了。

所谓的"次级信用"借款人，本身就是负债较重、信用分数较低的人。可由于银行分期付款的利息上升，极大地增加了他们的经济负担，而他们本身就是收入不稳定的人，这样的人在美国是一个庞大的群体，结果导致大量借款人无法按期还贷，造成了银行大面积的亏损，进而引发了金融危机，所以叫"次贷危机"。

紧接着产生了连锁反应，一些次级抵押贷款机构破产，投资基金被迫关闭，股市剧烈震荡，进而引发了一场金融风暴，致使全球主要金融市场接连出现流动性不足的危机，因而也影响了世界经济。

这场金融风暴虽被称为2008年"金融危机"，但实际上是从2006年春季就开始逐步显现，2007年8月开始席卷美国、欧盟和日本等世界主要金融市场。这场金融危机的到来，竟然给麻君婷这种似乎无足轻重的小人物也造成了直接冲击，而且是严重的。

因为房价下跌，建筑领域的项目自然也相对就少了。美国人都找不到工作了，麻君婷也失业了。不仅如此，更大的冲击又来了，麻君婷租用的房子，也因为房东还不了贷款，被银行收回了。麻君婷突然连个栖身之所也没有了。

而且在没有了工作，也就没有了收入的情况下，房东是要你付房租时用现金的。麻君婷再找住处，可见更难了，最后，她无奈地找了一户人家的地下室暂时栖身。

中国虽然也受到美国2008年金融危机的冲击，但在政府强有力的调控下，很快就恢复过来了。实际上这是麻君婷最后一次回国的机会了，如果这个时候回来还是有很多机会的，特别是在深圳。可就是从这个时候开始，麻君婷去美国的初衷已经完全改变了。

当初，她千坚持万强调的是，去美国是深造，是为了学习更多知识，提升自己。而现在，她将学习和深造放在脑后，变成了千方百计地想留在美国。而留在美国干什么，已经不重要了，她就是想留在美国，用麻君婷的话说，她喜欢美国。可是她喜欢美国，美国并不喜欢她，饱受金融危机之苦的美国，一点机会都没给她，别说给她发挥专长的机会，就是一个谋生存的工作也没给她，麻君婷在很长一段时间里处在失业状态，也根本没有像美国人失业以后可以领取的失业救济金。而且美国政府包括美国人，也不欢迎像她这样想赖在美国的人。美国，永远是美国人优先的地方。

像麻君婷这样的中国人，以留学的名义进入美国，想在美国留下来的不在少数。其实，他们绝大部分在美国生活得并不好，如果家里经济条件不好，不能保证他们在美国的基本生活支出，他们连基本生活保障都没有，他们还不能在美国合法打工，因为没有工作签证，在美国打工是违法的。因此，一些人为了生存，只能去打黑工。当时美国洛杉矶所在的加州，法律规定的每小时最低工资也只有5.85美元，黑工工资更低，有的甚至不到法定最低工资的一半，因为雇主要承担雇用黑工的违法风险。打黑工的人也得不到法律的保护，因而被雇主欺压的也不少。你受了欺负，还不敢投诉，因为你也违法了，以留学生身份获得签证的人，往往会因打黑工而被注销签证，变成黑户口，这时就只有回国一条路了，否则你会"黑"在美国。"黑"在美国的人，既不想回去，也无法合法地留在美国。

麻君婷的父亲和老爷爷马卫山是同时代的老军人，在他50岁的时候，妻子意外怀上了麻君婷，麻君婷出生的时候，她的大姐都结婚了。后来，她父亲和马卫山一起离休，虽然级别比马卫山高，但军队里一个离休干部的工资并不会很高，无法长期资助在美国的女儿，她父亲去世后她的哥哥姐姐都是国家干部，也是只领一份工资，大家都无法资助麻君婷在美国的生活，麻君婷也无法接受本身收入也不高的哥哥姐姐们的资助，她甚至都不会将自己窘迫的处境告诉哥哥姐姐们，觉得太没面子了。

和马立没有离婚前，马立会定期给麻君婷汇钱。马立在特区工作，又在企业，除了一份比内地其他地方高的工资，还有项目奖金，年底还有效益奖金，所以，可以支撑麻君婷在美国的读书生活费用。离婚以后，由于家里的东西麻君婷一样也没要，马立就一次性给了麻君婷一笔钱。但这笔钱麻君婷很快就花完了，离婚后，她自然再也不能要马立的钱了。所以，麻君婷在美国的生活很是拮据。

可再困难，她也不想回国。她想，自己已经离婚了，回国，回到哪儿？回到广州，父母都去世了，哥哥姐姐那儿都不是自己可以投靠的地方。回深圳，已经离婚的自己，又到哪儿去存身呢？

这个时候，麻君婷才清醒地认识到，自己到美国混了这么多年，却把自己混得无处容身，她感到心灰意冷。到现在，这个世界上，她只有一个女儿还是自己的亲人，其他什么都没有了，她才发现自己太失败了。

而这个时候，马立一步一个台阶，已经是集团公司的副总经理了。他显然已经成为深圳这个社会中坚力量的一分子，随着深圳的不断发展，马立显然还处在上升期，他所在的那家国企正在筹备上市，一旦上市成功，马立还可以获得高管持股奖励，这是一笔可观的财富。

在麻君婷眼里，马立这个曾和自己在一条起跑线上的同学，已经是个名利双收的成功人士了。这时候的麻君婷不得不承认，马立选择不来美国是对的。而从同一条起跑线上起步的麻君婷，跑到美国后，几乎和自己所学专业脱钩，变成了一个仅为在美国生存下去的人，如今年龄一天比一天大的麻君婷，不知道今后该怎么办。

唯一让她还有盼头的，就是等待女儿琴琴初中毕业后到美国来，这也是麻君婷坚持在美国不回去的重要原因。可女儿来了又怎么办？这是让麻君婷发愁的一个大问题。

如今，麻君婷什么工作都干，生活十分节俭，节俭到让人不能相信的程度，自幼娇生惯养的她，现在几乎是几片面包就着一包从华人超市里买的四川榨菜，再加一瓶矿泉水就打发了一天。她在一点一点地攒钱，准备女儿的学习费用。好在琴琴有美国国籍，可以享受美国的教育福利，不用像从中国来的那些小留学生，一切都是自费，而且费用高昂。

在美国已经生活了10多年的麻君婷，如今又变得像千万个中国母亲一样，把一切希望都放在孩子的身上。现在，女儿是她唯一的精神寄托。

这段时间麻君婷在做一份兼职，也就是家教，不过不是教小朋友，而是教一位已经50多岁的美国圣诞礼品批发商中文。

这名叫豪斯的美国人，一听名字就知道是德国裔，他的父母是二战后从德国移民到美国的，他本人在洛杉矶出生，父母亲曾是开圣诞礼品店的小老板，父母亲去世后，他继承了这个不太大的圣诞礼品店。

改革开放以后，圣诞物品做得又好又便宜的是中国的浙江义乌，因此，豪斯每年都去浙江义乌进货，从最开始去进货，到后来提供样品定制。从零售到批发，多年积累下来，豪斯生意做得越来越大了。

豪斯是一个因为与中国人做生意而发展起来的美国商人，因此，他对中国既友好，又充满兴趣。每次去中国进货，他都会到中国各地去旅游，对中国的历史和文化充满兴趣。所以，为了更好地与中国人沟通，他不断请中国留学生教他学中文。中国留学生教中文，语言正统，学费又低廉。

不过，豪斯除了有德国人那种严谨，个性也比较内敛，不喜欢与人多打交道，50多岁了，竟然没有结婚，一个人在洛杉矶生活。

豪斯的圣诞礼品生意从父亲手上接过来时，只是一家临街的礼品店，由于个性内敛，他那种守株待兔式的经营方式，生意被他越做越小，礼品店也难以为继。后来他去中国参加"广交会"，进而与浙江义乌的厂商建立联系。再后来，他就每年自己去义乌进货，义乌小礼品的物美价廉，使他又把生意做起来了，而且渐渐地比父亲时做得还大。

豪斯请过不少中国留学生教他学中文，但豪斯很挑剔，不断地换人。麻君婷去教豪斯中文，是因为前面教豪斯的中国留学生家中有急事，要临时回国一个月，在征得豪斯的同意后，介绍麻君婷替她上一个月的课，这样麻君婷才走进了豪斯的家。

没想到，这一教，教出意外来了。

上课时间约定为每周五、周六晚上8点至9点半，一个半小时按45分钟为一节课，一节课10美元，每晚豪斯付20美元的课时费。2008年美国的最低工资已经有了提升，豪斯付的课时费并不高。可留学生都愿意干，一是留学生打工在美国是有一定限制的，二是豪斯付的是现金。

约定上课的那天，麻君婷早早就出了门。豪斯住在洛杉矶东边的富人区，离麻君婷当时住的地方足足有20公里。洛杉矶虽然是美国第二大城市，但与纽约等城市相比，公共交通很不便利。麻君婷说，在洛杉矶生活，你如果没有车，就等于没有腿。所以，尽管她的经济条件很一般，但也买了一辆已经跑了20万公里的不知道是七手还是八手的福特牌旧车。

她和豪斯只是通过电话，第一天上课，她还要去找豪斯的家，所以，她提前一个小时就出门了。

4月的洛杉矶，是一年当中最好的季节。麻君婷开车行驶在公路上，环顾着四周。尽管一晚也只挣20美元，但麻君婷的心情却大好，她一边开着车，一边脑海里冒出了一个久违的词：春暖花开。她很久没有感受过春暖花开了。

来洛杉矶这么多年，麻君婷对季节的变化已经迟钝了。洛杉矶位于太平洋东侧，属于温带地中海型气候，年平均最高气温23℃、最低气温13℃，这样的温差使它全年气候十分温和。麻君婷曾经生活过的广州和深圳，虽然年平均气温差不多，但广州和深圳属南亚热带季风气候，与洛杉矶相比，一是温差要大得多，例如深圳历史上最高气温就曾达到过惊人的38℃，最低气温也曾达到过零下2℃，洛杉矶的温差远没有这样大。二是洛杉矶干燥少雨，只是在冬季降雨稍多一点，空气湿度并不高。而广州、深圳雨量充沛，空气湿度高，特别是每年的春夏台风季节，最高湿度可以达到90%多，仿佛一伸手就可以抓一把水。洛杉矶雨水少，云彩高，天空很蓝，这也是麻君婷喜欢生活在洛杉矶的原因之一。她说，广州、深圳太潮太闷，她也不喜欢纽约，因为纽约的冬天太冷，所以她一直待在洛杉矶。

这些年来，麻君婷的生活一直不稳定，一个人在洛杉矶生活谈不上快乐，学习和生活的压力都很大，也没有闲心去欣赏周边的风景。日常，不是在打工，就是在去打工的路上，来去匆匆。还有一点，洛杉矶这个地方由于干旱少雨，所以，它不像广州、深圳那样满眼郁郁葱葱一片绿色，十分养眼。洛杉矶周边的山上，到处都是一种灰蒙蒙的低矮灌木丛，真的也没什么好看的。再加上洛杉矶公路上汽车特别多，车速又很快，所以，平时麻君婷开车都是匆匆而过，哪还有闲情欣赏风景？

今天突然接了这么一项轻松的活，一周两天可以赚40美元，一个月大概有160美元的收入，这让麻君婷有点开心。人是环境的产物，人也受环境的改变，当初信心满满一定要来美国的麻君婷，是有着非常美好的计划的，当然包括可以赚更多的钱。可如今已经现实到一个月挣160美元都这么开心，也可见麻君婷到了怎样的困境。当然，这只是一个兼职，是业余时间比较轻松的工作。可当时，麻君婷除了这个兼职，没有其他收入。

开着自己的车，麻君婷朝洛杉矶东边的富人区而去。

一轮西沉的夕阳，给周围的一切都披上了一袭虚假的金装。夕阳笼罩着公路两侧灰蒙蒙的山脉，竟然也给它镶上了一道金边。偌大一个洛杉矶都是低矮的房屋，一个村庄连着一个村庄，高速公路就穿行在这些村庄中。公路两边浅褐色的隔音墙外，是相互毗邻的一幢一幢一两层的房屋，一些路段有一片片绿色植物越过墙头，爬到朝着高速公路的这一边，又顺着墙流淌下来。郁郁葱葱的绿叶间，盛开的是茂盛的粉红色三角梅，布满了一扇一扇的墙。

这让麻君婷突然想起了女儿琴琴，在一片开满三角梅的山边拍的一张照片，那是深圳的梧桐山。因为女儿生活的深圳，也到处生长着这种三角梅。在深圳人们叫它勒杜鹃，它是深圳的市花。深圳的三角梅远比洛杉矶的灿烂，虽然也有这种粉色的，但更多的是一种灿烂的红，红而不艳。勒杜鹃这种植物，生命力顽强，十分耐旱，曾经麻君婷在深圳过春节时买了一盆，放在家中阳台上，增添过年气氛。她回到美国后，马立由于工作繁忙，早出晚归，根本无心管它。可麻君婷第二年春节回到深圳，发现它竟然仍能开出怒放的花朵，夏天回去，也一样开花。三角梅是一种四季开花的植物，一开一片，像火一样红灿灿的。

想起女儿的母亲，心就会变得柔软，这也让麻君婷更加坚定决心，她要咬咬牙坚持留在美国，因为女儿很快就要来美国了。接女儿琴琴来美国读书，接受最好的教育，把女儿培养成人才，是麻君婷现在唯一的期望了。

因此，如今的麻君婷留在美国的目标，已经不是自己的发展，而是女儿的将来了，她一定要咬紧牙，什么样的苦，都要吃下去。

约半个小时后，麻君婷看到了豪斯居住的富人区。

根据同学给她的门牌号码，麻君婷找到豪斯的家，她把车停在豪斯家对面的马路边。在洛杉矶，德国人的移民仅次于华人，排在所有移民中的第二位，所以，麻君婷经常能在美国遇到德国人。她知道德国人比较严谨，自然是十分守时的。她在学校上课时，德国裔的教授几乎都是踏着钟点准时走进课堂，讲课也从不拖堂。今天是她第一次来上课，所以，她要准时到达。

麻君婷看看表，此时离上课时间还有约半小时。麻君婷知道在国外守时表示的不仅是不能迟到，同时也不能提前到达，有时提前到达，给主人带来的困惑比迟到还要大。麻君婷记得刚到美国不久，有一次和同学约好去一位教授家，两个人嘻嘻哈哈地提前半小时到了。结果敲门时，教授的太太正好在做头发，满头都是塑料卷，教授竟然让她们在楼外的花园里等了半小时，直到他太太弄好了头发才请她们进门，这个时间才是她们约定的时间。

麻君婷不能提前去敲豪斯家的门，她坐在车里等。

这时夕阳还没有完全落下，她看到豪斯的家，是一栋有着奶白色的外墙、橘黄色屋瓦的两层半欧式独立别墅。已经在洛杉矶住了十几年的麻君婷知道，这不是老别墅，而是后来新建的别墅群，这里住的都是一些新贵。后来，麻君婷通过进一步与豪斯接触后得知，这果然是豪斯与中国人做生意以后赚了钱，新买还不到两年的房子。这栋别墅在麻君婷的眼中，那真是大。居住面积至少有2500平方英尺，大约相当于中国的230多平方米的面积。关键还在于它的花园特别大，别墅前就有一个约1000平方英尺的草坪，草坪的中心是一个竖着小天使雕塑的喷泉花坛，此时那个竖着"小鸡鸡"的天使，正朝着水池里"撒尿"，洒出一道漂亮的水线。水池下装有射灯，因此，虽然夜幕降临，但小天使以及他撒出的尿线，都在射灯下栩栩如生。房子后面还有一个大花园，花园的面积估计有5000平方英尺，即460多平方米，里面还种有果树。尽管从外面看不到，但是麻君婷知道，在美国这样的别墅里，都标配有一个游泳池。

这样的房子，虽然在洛杉矶算不上是超级豪宅，与那些好莱坞明星的豪宅差远了，但恐怕也得要200万美元左右，这是麻君婷梦寐以求的房子。她想，如果住进了这样的别墅里，就表明她来美国闯成功了。可她叹了一口气，因为她知道，这是一个永远也无法实现的梦。

华人在美国，如果不是父母留下巨额遗产，不是巨贪的官员或者不法商人带来的黑金，靠自己一个人在美国打拼，基本上都处于饿不死也活不好的状态，怎么能奢望住进这样的豪宅？麻君婷拿起放在副驾驶座上的一瓶喝了一半的矿泉水，拧开，喝了一大口，好像自己充满饥渴。

夜色渐浓，离8点上课还有10分钟，这时麻君婷走下汽车，从她停车的地方走到豪斯的家大概需要3分钟，因此，她不用太急，一边慢慢地行走，一边环顾着周边的夜景。

她发现这个富人区的位置很好，它位于横亘在洛杉矶以北的安琪拉山脉山脚的坡地上，面朝开阔平整的一望无际的东南方向。她转过身从豪斯家朝外面看去，洛杉矶一马平川的夜景似乎就近在眼前。她边走边想象着，住在这样的别墅里，清晨早起，就可以看到晨曦的来临，可以看到一轮朝阳带来的彩霞穿破东方天边镀着金色的云层。白天站在这样的别墅里，透过窗口，眼前一定是洛杉矶圣盖博谷地长年艳阳普照的大地。现在这一切渐渐被夜幕笼罩，远近全是绿树成荫中的数百栋别墅。

这儿的别墅建得不像中国的别墅区，家家户户一个样子，讲究的是整齐划一，楼与楼的区别，就在于号码不同、位置不同。这儿的别墅建得千姿百态，各种房顶和墙体与红绿相间的树叶汇成一片多姿多彩的图画。现在夜幕降临，远近一片灯火璀璨，洛杉矶平原上的万家灯火与大路小街连绵不断的车头灯交织辉映，密密麻麻地从山脚蔓延开去，一直延伸到远处，宛如夜色无边的天空上，繁星灿烂，从无尽的天穹洒满人间。

可这一切都与麻君婷无关，此时的麻君婷从20多公里外赶来，就是为了挣今晚的20美元课时费，为此还要搭进去开车来回的油费，生活中富人和穷人的差别，就是这么现实。麻君婷想到自己来美国这么多年，混得如此之窘迫，情绪又一落千丈。

走到豪斯家门口，7点55分，麻君婷抬手敲门。大约1分钟后，门就开了，一位足有一米九的大个子男人打开了房门。麻君婷不敢确定他是不是豪斯，可这位个子奇高的中年男人，带着笑容用生硬的中文说："你好！"并把麻君婷让进了屋子里，无疑他就是豪斯本人。

豪斯一副典型的德国日耳曼人的鹰钩鼻蓝眼睛，大约五十岁，却已经谢顶了，戴着一副宽边眼镜，一看就是德国人。在麻君婷的眼中，豪斯一点都不像好莱坞许多二战电影中德国人那种凶狠的样子，他面容和善，彬彬有礼，那双蓝眼睛里透着一种一眼可以望穿别人的目光，但目光并不犀利，不会让人感到不舒服，他的脸上总是带着一种绅士的微笑，显得很有礼貌。

他领着麻君婷走进屋里，房间里没有其他人，这么一幢大房子里，只住了豪斯一个人。后来麻君婷才知道，豪斯没有结婚，父母去世以后，家里也没有什么人了，早先他住在父母留给他的旧房子里。现在赚了钱买了新别墅，他搬到这儿仍然是一个人住。他也不雇用人，只请了一个墨西哥裔的中年妇女，每隔两天来做一次卫生。豪斯甚至自己做饭，但他的饭大部分都是从超市里买来的罐头食品，加热一下即可。

豪斯后来发现了义乌小商品市场以后，利用其与中国厂家良好的关系，货物的品种和质量都有保证，于是豪斯开始在美国做批发，把生意逐渐做大了一些。再后来，他把圣诞礼品做进了美国的一些大超市，这些超市在全国都有连锁店，生意就更大了。

现在，豪斯有一家自己的公司，不仅做圣诞礼品批发，还根据美国市场的需求，做礼品设计，然后拿到中国义乌去生产。他已经有了稳定的客户资源和稳定的生产商，因此也有了较为稳定的收益。

教豪斯学中文并不吃力，基本上就是带着豪斯说中文日常口语。豪斯买了专门教外国人日常中文口语的教材，麻君婷就按照教材，陪着豪斯一遍一遍地读，然后解释中文在规定情境里的意思，纠正豪斯口语中不正确的地方。

但豪斯像一些德国人那样，十分严谨和刻板，而且他每年去中国，一些中文日常口语他虽然不认识文字，但有时能听懂，所以当他的家教就有点不容易，因为，你想不认真糊弄他根本行不通。以前有中国留学生给他当家教，觉得外国人编的那些中文口语教材太简单，看一眼就会，所以事前不做准备。没想到，豪斯会提一些问题，这些问题是以一个外国人的思维方式提出来，你回答后，他就能知道你认不认真。因此，他因不满意而换过的留学生家教也不少，原因就是他觉得这些留学生以为陪着一个外国人念中文口语，太容易了，事先不备课，来了就照本宣科，所以他不满意。

那天晚上，也许豪斯看到麻君婷是第一次来，再说，他也知道麻君婷是临时替别人的，所以，他没有提任何问题，到了9点半，准时下课。

麻君婷临出门的时候，豪斯彬彬有礼地将20美元装在一个信封里递给了她。

这是麻君婷给豪斯上的第一次平平常常的课。

第二天是周六，麻君婷仍然按时来上课，一切如常，按时下课，豪斯仍然是彬彬有礼地递上一个信封，然后将麻君婷送到门口，挥手告别。

第二个周五的晚上，麻君婷仍然按约定的时间来到豪斯家。进门以后，她发现餐桌上有一个吃了一大口的汉堡。原来这天豪斯因为公司有事，回到家里已经快到8点了，为了不耽误上课，他匆匆地做了一个汉堡包。

豪斯做的汉堡包太简单了，从冰箱里拿出一个面包，从中间切开，然后洗了两片生菜叶，夹在中间，再加上两片也是从超市里买来的方火腿，挤一点管状的面包酱包在一起。豪斯甚至不用打开炉灶用火，一个汉堡就做好了，张开嘴巴刚吃了一口，门铃就响了，他很抱歉地将麻君婷让进门。

麻君婷见此就说："不要紧，您先把汉堡吃完。我可以等一等。"麻君婷和豪斯说话，尽量用中文，除非豪斯实在听不懂时，她会再用英文翻译，而且尽可能把语速放慢，这是她和豪斯约定的，以锻炼豪斯的中文听力。

豪斯也用生硬的中文回答："不，我们还是按时上课。"

麻君婷再一次领会了德国人的守时和严谨。按说，是他出钱请了麻君婷，麻君婷就是一个家教，只要麻君婷同意，豪斯是可以调整时间的，但豪斯仍然按时上课。那个已经咬了一大口的汉堡，就放在厨房餐桌上的一个盘子里。白色的盘子，黄色的汉堡，一直就那样静静地躺在那儿，仿佛在旁听麻君婷给豪斯上课。

这时不知为什么，作为一个女人，麻君婷脑子里突然对这位孤居的豪斯，产生了一种说不出的遗憾感。住着如此大的别墅，公司生意相当不错，赚的钱也不少，可生活质量真的不高，一个人就吃那样冷冷的汉堡包，真的浪费了那么好的厨房。这样的生活有乐趣和温暖吗？

上完课后，在回去的路上，这个念头一直挥之不去，麻君婷开着车，脑子里突然有了一个很奇怪的想法。第二天是周末，豪斯也不上班，一定在家里，反正她自己也要吃饭，现在租住的那个地下室没有厨房，她做饭要借用房东的厨房，很不方便，不如到豪斯家做顿饭和他一起吃。

其实，麻君婷以前并不会做饭。她在家里时父母亲宠得不得了，根本不让她做家务，更别说做饭了。结婚后，特别是生了孩子以后，都是婆婆曾秀云做饭，后来是保姆桐芳来帮忙，所以，她一直都不会做饭。只是在美国，除了吃学校食堂，就是叫快餐，麻君婷实在不喜欢美国的汉堡。

她虽然出生和成长都在南方的广州，但父母亲都是北方人，是解放战争时期的南下干部，父亲一生都是以面食为主，母亲的面食做得特别好，尤其是其做的包子和煎饼，都非常好吃。再加上，她上学时的上海和结婚以后的深圳，都是以美食闻名的，所以，对于美国的汉堡，用麻君婷的话来说，就是催肥的饲料，简直无法下咽。

尽管美国也有中餐，但大部分中餐是为了适应当地人的口味，味道也变了。虽然洛杉矶后来华人越来越多，也出现一些地道的中餐馆，可一般都比较贵，作为留学生是没有经济条件经常去这样贵的中餐馆的。后来，麻君婷不得不在业余时间自己学做饭，久而久之，也学会了几个拿手菜。

另外，留学生之间逢年过节也会聚会，大家相互传授跟妈妈学来的做饭技巧。留学生中确有很会做饭的人，有的是妈妈教的，有的是在餐馆打工时偷偷学的，因为在国外，无论快餐汉堡，还是美国的牛排，都不是中国人的最爱，中国人还是最喜欢吃中餐，而外国人也喜欢中国菜。

历史上中国人到国外谋生，除了做苦力，基本上也就是以两种行业为主，一种是开中餐馆，一种是开洗衣房。做其他的生意，成功的很少，直到20世纪以后，才慢慢地多样化起来。如今已经大不同了，华人的大资本，也有了举足轻重的地位。

麻君婷准备给豪斯做一顿中餐。

第二天下午，麻君婷先给豪斯打了一个电话，说今天是周末，她会早点过去，给豪斯展示一下自己的厨艺，做一顿中餐给他吃。豪斯一听，高兴坏了，因为他就是一个中餐爱好者，每次到中国，除了旅游就是到处去吃不同的中国菜。他在洛杉矶，平时也会叫中餐外卖，就是那种用纸盒装的中式快餐。

第二天下午，麻君婷先去了一趟中国超市。洛杉矶是一个华人比较多的美国城市，早期以从台湾、香港移民的华人为主，近些年，都是从中国内地移民过来的。华人总人数已经占洛杉矶移民人口的第一位，达到了20多万人，差不多已经是国外一个中型城市的人口，这些移民来的华人，基本都保持着原来在国内的生活习惯，包括所需的日常生活用品。所以，除了生活用品，做中国菜的食材在洛杉矶的华人超市里，几乎应有尽有，包括做中餐的调料。

其实麻君婷只会做那么几道中国菜，她就按照自己熟悉的菜采购食材。买好菜以后，她在晚上6点钟赶到了豪斯家。

麻君婷准备的菜，荤素搭配。她先准备了一个自己称为"炒素"的菜，即买了几根白萝卜、几根红萝卜，又买了几张豆腐皮，将其全部切成丝，混在一起炒。麻君婷知道外国人喜欢吃生菜，所以她做的中餐，虽然都要炒一炒，但不炒得熟透，兼顾了豪斯的口味。麻君婷还会做一道京味的糖醋排骨，是跟一位北京来的留学生学的，而且学得很到位。她知道外国人喜欢中餐里的糖醋排骨，但无法接受那种全是骨头的排骨，因为外国人是用刀叉剔骨头，中国人是用牙齿咬。外国人可以把整块牛排上的骨头剔出来，但他们无法把剁成一小块一小块的糖醋排骨上的肉，用刀叉剔出来再送到嘴里去。于是，麻君婷用糖醋排骨的做法，买的却是没有骨头的里脊肉。这种做法有点像煎牛排，却是糖醋排骨的味道。在洛杉矶的华人超市里，有现做的豆腐卖，她就买了一块，然后买了日本的酱油，还有葱花。她又从超市里买了中国的包子。

这样，一道炒素；一块白色的豆腐淋上了日本酱油，再撒上绿色的葱花，她让豪斯别用刀叉，用勺子吃豆腐；然后上一道主菜糖醋猪排；最后是重新加热的包子，色香味和主食、副食都全了。她又买了一个蜜瓜，削皮，切成小块，作为餐后果盘。

这样一顿中餐，虽然简单，却适应了外国人西餐的吃法，可以说是麻君婷精心准备的，也可以说，是她最拿手的几道菜，让本来就喜欢中餐的豪斯惊喜不已，甚至有点感动，突然体会到一种家的温暖。

晚上，麻君婷上完课回到家中，在豪斯给她的信封中，看到多了30美元。豪斯用英文在信封背面写了一行字：谢谢你，美味的晚餐。

这让麻君婷感到一阵惊喜。因为她今天从超市里买的食材，一共只有十几美元。如此下来她还多赚了一点钱。

从此，每个周末麻君婷去给豪斯上课，都帮豪斯做一顿晚餐。豪斯非常乐意，他会根据麻君婷买的菜，在当晚的信封里多加30、50不等的美元。豪斯就是这样既可以说是严谨，也可以说是呆板的德裔美国人。

麻君婷更是乐意，本来她自己也要吃饭，那段日子她没有其他工作，反正有的是时间，这样在豪斯家做饭，自己不仅省了伙食费还有的赚，她认为这实际上是又打了一份工，何乐而不为？

一个月过去了，那位中国留学生也回来了。麻君婷给豪斯做了最后一顿饭，菜式和第一天的一模一样。那天晚上，豪斯拿出一瓶红酒，两人高兴地干了杯。豪斯喝得满脸通红，显得有点兴奋。

但，他们还是把最后一节课认真上完了。

麻君婷离开的时候，豪斯在给麻君婷最后一个信封时，意外地向麻君婷要了电话。这时，麻君婷才想起来，一共给豪斯上了9次课，整整一个月时间，豪斯始终没有主动向她要过联系方式。难怪，他始终是单身，他太不善于与人交往了。

293

麻君婷本来以为与豪斯就此别过，天各一方了，今后联系的可能性很少。现在，豪斯跟自己要电话，那么今后很有可能，他还会请她做家教。麻君婷抱着多认识一个人，多一条路的想法，给豪斯留下了联系方式，然后就离开了。

当晚她在信封里发现了三张美元，一张20的，一张50的，一张100的。她想了半天，也不知道豪斯为什么给了这么多钱。后来，她想明白了，其中20美元是课时费，50美元是菜金，另外多了100美元，也许是美国人的习惯，他们在消费后，都是要付小费的。她给豪斯烧饭买菜的钱，豪斯一共付了差不多300美元，再加上课时费是180美元，一共是500美元左右，豪斯在此基础上又加了小费。麻君婷想，反正我为你服务，你给我小费，我也乐于接受。

这样，麻君婷给豪斯做家教的工作就这样结束了。

本来，萍水相逢就各奔东西了。过了大约三个月后，麻君婷突然接到一个电话，是豪斯打来的。她感到有点诧异，并不是说接到豪斯的电话就诧异，而是因为她又搬家了，为了节省房租，她又搬到了另一个地方的地下室。显然是豪斯找到她原先的住处，从房东那儿问到了她现在的电话，因为，她临走时，担心有邮件会寄到那个老地址，所以给房东留了一个联系电话，否则人海茫茫，豪斯可能再也找不到她了。

豪斯在电话里仍然是那样彬彬有礼，他说："太想吃你做的糖醋猪排了。对不起，这个周末可以再为我做一次吗？我付你费用。"

麻君婷正为挣钱发愁呢，她把为豪斯做中餐当作打工，所以想都没有想，马上回答说："可以，可以。"

其实，这个时候的麻君婷很困难，她的年龄一天一天变大，在美国找工作也越来越难了，又遇上了美国的金融危机，到处都找不到工作，因此，几乎就到了一贫如洗的处境了。为此，她又搬到了一个十分简陋的地下室居住。

麻君婷接完豪斯的电话后，脑子里突然闪出一个念头，有没有可能在豪斯的公司里找一份工作？豪斯的公司虽然和自己的专业不对口，但他们主要是和中国人做生意，需要和中国人打交道，自己毕竟是中国人，和中国人沟通方便。她的心里存起了一线希望，所以那天，她是带着很大的期望来到豪斯家的，精心地为豪斯做了一顿丰盛的晚餐，并且那天为了给他留下一个好印象，麻君婷甚至化了一个淡妆，想掩盖一下自己脸上逐渐出现的岁月风霜。

三个月没见，豪斯显得非常高兴，他拿出了一瓶自己珍藏了十几年的红酒，要和麻君婷一起好好品尝品尝。其实两人的心情完全不同，一个是高兴，一个是郁闷，但无论高兴，还是郁闷，两人都多喝了几杯，竟然很快就将一瓶红酒喝完了。豪斯喝在兴头上，又从酒窖里拿了一瓶，第二瓶两人又喝得差不多了。

这时，豪斯借着酒劲，非常感慨地结结巴巴地用中文说了一句："要是你能，天天为我，做这样的晚餐，我就，太幸福了。"可能是担心自己用中文表达不准确，豪斯又用英文说了一遍。

本来豪斯是一句感慨的话，但由于麻君婷正处在走投无路的境况中，一心只想着豪斯的公司能不能聘用她，再加上喝了不少酒，她也没有细思考，听到豪斯这样说，就想都没有想一下，立即用英文回答说："我愿意，我愿意天天为你做这样的晚餐。"

人，有时说错话的时候，不是他的话错了，而是他的思维和你的不在一个方向上，这就叫南辕北辙。麻君婷这个时候的思维停留在想进豪斯的公司工作，所以，她说出了愿意天天为他做晚餐的话。

可这句话在豪斯的耳朵里却被完全理解成为另外一种意思，他将麻君婷的回答，当成了西方男人求婚、女人回答愿意的意思。他一脸的震惊。

其实，他确实有点喜欢上麻君婷，尤其在麻君婷为他做晚餐以后。要知道一个50多岁、一生未婚的男人，无论他有钱没钱，生活当中一定是孤独的，只要他的性取向没有问题，不是一个同性恋者，对女人也一定是有感觉的。只是，豪斯的个性对女人是被动怯懦的，再加上已经50多岁了，在心里已经对异性和婚姻关上了大门。只是他在看到麻君婷做饭时的背影，心里陡然颤动了一下。多年孤独的单身生活，自从母亲去世后，家里早已没有了女人的身影，身边甚至都没有女人的气味，这个时候，突然有一个女人走进你的厨房，为你做一顿饭，这也一下触动了豪斯内心的柔软。他曾呆呆地望着麻君婷在厨房里忙碌的背影好久，早已干枯的心田，仿佛降下了雨露，一小丛一小丛的绿草，从干枯的裂缝里开始悄悄生长，撩拨着他的心弦。

但，以豪斯内向得有点冷漠的个性，再加上他自从父母去世后，已经过了近二十年的单身生活，用一句中国人形象的话说，就是已经习惯了一人吃饱，全家不饿，不用操心别人的生活。因此，他对于麻君婷唤起他心中的一点触动，顾虑太多，不敢多往下想，也无法立即改变自己几十年养成的不敢表白不愿表白的习惯。

但，心中毕竟种下了小草，心田里已经不是一片荒芜，眼前就常常会浮现出那个厨房里的背影。因此他今晚所说的期望天天能吃上这样的晚餐，是他不由自主的感慨，其实他心里想的是，这对于他一个老单身男性来说，自然是一种奢望，而且他的年龄比麻君婷要大那么多，作为一个个性拘谨的人，怎敢向麻君婷求婚？

豪斯听到麻君婷肯定的回答后，愣愣地坐在那儿半天没有动。他在自己的思考频道里，根本没有想到完全误解了麻君婷。而也在自己思考频道里的麻君婷，同样的一脸蒙，她不明白豪斯是怎么了，难道是酒喝得有点多？所以，她也坐在那儿不知说什么。

半响，豪斯慢慢起身了，麻君婷以为他要上厕所，可豪斯上楼了。麻君婷一直没有弄明白刚刚还热情洋溢的谈话，怎么一下就冷场了，她在想，自己说错什么了吗？麻君婷根本不知道，自己刚才说的那句话，在豪斯的心里产生了什么样的反应。她也没想到，这句话会改变她后半生的生活。

一会儿，麻君婷听到豪斯从楼上下来了，手上拿着一个小盒子。豪斯一脸严肃地站到麻君婷面前，打开了那个盒子，里面是一颗红宝石戒指，他非常严肃地对麻君婷说："这是我妈妈生前留给我的，她说，如果哪一天我要结婚，就将它送给新娘。"豪斯并没有征得麻君婷的同意，而是直接伸手拿起麻君婷的手，将这枚戒指戴到麻君婷的手指上。

这个时候，感到震惊的是麻君婷了。她脑子一下都木了，一片空白。她根本没有这样的想法，也从未想过接受这位身高一米九，却早已谢顶的鹰钩鼻子蓝眼睛的德国男人作为自己的伴侣。

她坐在那儿，呆呆地一动也不动，只觉得戴着戒指的手有千斤之重，重得手都抬不起来，也无力将戒指取下。麻君婷本不胜酒力，平时也很少喝酒，这些日子因为找不到工作，弄得心力交瘁，今天来豪斯家前，她甚至一天都没吃饭，所以，做完饭坐下来喝酒的时候，肚子几乎是空的。此时，酒精在她的身上燃烧起来，酒力让她满脸通红，甚至连眼睛都红了。

这个样子，又让豪斯误解了，他以为是麻君婷被他的求婚感动了。因为，在西方一位姑娘接受男人的正式求婚，都会感动的，甚至喜极而泣，会热情地与男人拥抱。但，麻君婷坐在那儿没有动。

豪斯没有等到麻君婷的拥抱，因为他对中国人比较了解，知道中国女人比西方女人内敛，中国人在生活中，也不像西方人那样喜欢拥抱亲吻。所以，他也没有主动去拥抱麻君婷，他起身把麻君婷的酒杯和自己的酒杯再次斟上红酒，然后将麻君婷的酒杯递给她，再拿起自己的酒杯，碰了一下以后，一饮而尽。而仍然在发呆的麻君婷，见豪斯喝干了自己的杯中酒，也不由自主地拿起酒杯，喝干了自己杯中的酒。刚刚将酒杯放下，麻君婷就感到脑子中"轰"的一声，她突然心里想："千万别失态。"却一下趴到餐桌上什么都不知道了……

第十七章

第二天中午，麻君婷在一阵小鸟的叫声中醒来。她发现自己睡在一张干净的床上，盖着干净得还透着漂白水味道的被子，说明这床被子从来没人用过，还是出厂时候的味道。她不晓得自己现在睡在哪里，只感到头痛，她知道自己酒喝多了。

自从来美国留学，这么多年来，经常搬家，今天租住在这儿，明天可能又搬到那儿，反正始终没有固定的住处，因为没有固定的家，她常常有早上起来都有不知道自己身在何处的感觉，此时也是这样。

这时，她慢慢地想起昨晚和豪斯喝酒的情景，又抬手看到仍然戴在手指上的那枚红宝石戒指，立即惊吓得掀起被子翻身起床，可她看到身上仍然穿着昨天晚上吃饭时的衣服，衣服上还沾有红酒的痕迹。自己昨晚不知是有意还是无意，没有穿裙子，而是穿了一条西裤，现在西裤仍然在身上。一般女人穿西裤系皮带的很少，可麻君婷由于近段时间的不断消瘦，这条已经买了多年的西裤裤腰有点松了，所以昨天出门时就系了一根皮带，现在这根皮带还完整地系在腰上。麻君婷这才松了一口气，同时也感到豪斯真是一位绅士。

也并不是麻君婷守身如玉，她都已经快四十岁了，生过一个孩子，一个人在美国这么多年，那种寂寞，那种孤独，那种内心无依无靠的空虚，不是一般的女人所能承受的。早期，她一直在等待着马立来美国，那时心里还有一个盼头，有了女儿琴琴后，自己的精神生活中有了寄托，实在孤单难过，就给家里打电话，听到女儿叫妈妈的声音，心里也就立即充实了。

后来，她越来越感到马立是不会来美国了，而她又不想回国，这时，她不能不想到自己的婚姻，她觉得如果不离婚，实际上是两个人互相牵扯着。所以，她主动提出了离婚。在离婚之前，尽管非常孤独寂寞，身边也不乏异性出现，但她从没有越过雷池一步，而且那段时间，作为一个成熟的已婚女人，她实际上处在非常饥渴的状态，在美国长年守空房，回到深圳又和马立冷战，尽管如此，她也没有做过对不起马立的事情，一次都没有，为此她在心里觉得自己对马立是无愧的。

与马立离婚后，她是打算在美国再找一个的，年龄也一天一天地大了，不能孤老一人，可每出现一个男人，同时她眼里也出现了马立，马立仿佛变成了一个标准，让她不由自主地将出现在眼前的男人与马立相比，比来比去，总觉得没有一个比得上马立的，无论容貌，无论才干，无论个性，无论是男人的责任心，等等。这时，她才发现不比较不知道，马立其实是一个非常优秀的人。可这时已经晚了，虽然马立一直未婚，虽然他们因为女儿，有复合的可能，但到了现在这种状态，她是根本不会考虑回国的。同时，从一个女人的角度，她也觉得马立作为一个男人几乎什么都好，但马立缺乏满足一个女人的魅力。

再后来，麻君婷也有过短暂的华人男友，也有过一夜情，也和老外有过交往密切的经历，但总下不了寄托终身的决定，为什么？想来想去，还是觉得他们身上缺少马立身上的一种品质，即对一件事的坚守，男人的坚守就是责任，马立对自己事业的坚守，使他必然会成功，可自己接触的男人，最缺的就是这种坚守，这种责任。麻君婷清楚，和没有坚守和责任心的男人在一起，很难有安全感，她害怕再有一次失败的婚姻。

孤独的日子，就这么在异国他乡一天一天地过着。麻君婷已经把孤独过成了习惯。

如今已经快四十岁了，虽然并没有放弃重新成家的念头，但，希望越来越渺茫，心也变得越来越干涸，对身边异性的感觉也越来越迟钝了，甚至连每个月的例假，也变得不那么准时。所以，和豪斯这一个月的相处，对于这个高大的、佝偻着背又秃着头显得一脸老相的男人，麻君婷根本没有男女异性相处的感觉。

当她在生活中想都没想婚姻问题的时候，突然有一个老外闯进来了，一切发生得那么突然。

她没有心理准备。昨晚听到豪斯的表白，她的脑子里一片空白。那最后一杯酒，也许是为了逃避而强迫自己喝下的，然后轰然倒下，既有不胜酒力的原因，也有自己下意识回避那个让她心慌的现场，结果就真的什么都不知道了。

麻君婷从床上起来，站在房间里，环顾四周，知道这是豪斯家一楼的一间客房，客房里一应俱全，但就是没有人居住过的痕迹。这间客房是带洗手间的，此时她有些尿急，急忙进了洗手间，一场畅快的排泄后，她才感到全身轻松起来，可冲水的声音竟然让她吓了一跳。这时她发现，豪斯已经在洗手间里放了全套洗漱用品，毛巾、浴巾、牙刷、牙膏、沐浴露，甚至在门后还挂了一件睡衣，全部都是没有用过的。原来，看似呆板的豪斯，严谨的表面下，还是很细心的，这让麻君婷心里微微感到一点暖意。

洗手的时候，麻君婷发现自己还戴着那枚红宝石戒指，她连忙将它取了下来，放在洗手台上。红红的宝石，搁在白色的脸盆旁，格外醒目，它在提醒麻君婷，昨晚的事都是真实的，这又让麻君婷心里慌乱起来。

麻君婷结婚的时候，曾经有过一枚一克拉的钻戒，是婆婆曾秀云买的。离婚后，这枚戒指就再没戴过，马立也没要回，原本麻君婷是准备将来在女儿成人后，送给女儿。但后来生活最窘迫时，她把它卖了。因为她觉得自己今后无论再不再婚，也不可能再戴这枚戒指了，而女儿结婚是太遥远的事了。从那以后，麻君婷再没戴过戒指。过了这么多年，昨晚又戴起了戒指，她竟然感到有些不习惯，觉得这是一种束缚了。

洗漱完毕，把自己整理了一番，觉得精神好多了，她才来到客厅，可没有看到豪斯的身影，屋里也很安静。她想无论怎样，还是给豪斯做一顿早餐。就在这时，她发现餐桌上有一张纸条，拿起一看，是豪斯留给她的。

豪斯是用英文写的，开头是"Li"，因为麻君婷对豪斯说，她叫麻丽。她在老外面前，一直用麻丽这个名字，所以豪斯称她为"丽"。

纸条上的内容用中文翻译过来的意思就是：丽，我因今天要赶飞机去中国，订今年圣诞的礼品，这是事先约定的，我先走了，大约半个月后回来。留下了门钥匙，你可以住在这儿。

麻君婷看到，桌上放着一把钥匙。那把钥匙像一块磁铁，具有强大的吸引力，吸引得麻君婷站在那儿无法动弹，也不敢伸手碰触。

此时的麻君婷，工作没有着落，经济来源没有着落，甚至住处也没有着落，是经济最窘迫的时候。麻君婷之所以搬家，除了原房东因次贷问题付不起房贷按揭，房子被银行收回，她再想找一个像样的房子，也已经负担不了租房的费用了，因此，她就租住在了一户人家的地下室。可就是这间地下室她也无力承担租金，不得不搬到老城区的另一幢旧房的地下室里去住，现在住的地下室实际上是个仓库，甚至都没有像样的洗手间。所以，她也不愿意告诉别人自己的住处，那地下室可不是一个可以住人的地方。

美国人家的地下室，一般都是堆杂物的地方，房子在设计时就没有考虑可以住人，因此，地下室里阴暗潮湿不通风是必然的。麻君婷现在租住的这一家，是一户移民到美国的华人，他们把房子的地下室隔出一间，往外出租，租金便宜。但地下室里不仅通风差，光线也很差，这户人家旁边是汽车库，地下室里充溢着一股汽油的味道。还有，房东并不是将地下室全部租给了麻君婷，他只是将地下室隔出一块出租，其他当作了他们做生意的仓库，堆放了许多货物，因此，麻君婷是十分痛苦地住在这样的地下室里，晚上也常常睡不好。

所以，昨天晚上麻君婷睡得那样沉，一是喝了酒，二也是已经几天没有睡好觉了，因此，一觉睡到了快中午了。

麻君婷看完豪斯留下的纸条，知道他出国了，因此，也就不着急离开豪斯的家了。她打开厨房的后门，进入后面的花园，宽敞的花园首先透过来的是一股新鲜的风，让自己这些日子睡在地下室不透气的房子里，胸腔里积满混杂着汽油味的混浊气息，一下都释放出来了，麻君婷一连做了几个深呼吸，让自己整个身心都一下轻松了。

她在花园里散步，花园里有一个偌大的游泳池，豪斯可能不怎么使用游泳池，因为注满水的泳池水面上，漂着风儿带来的树叶和花瓣。花园的一角竟然有一棵苹果树，树上结着果实，但由于没人采摘，熟透了的苹果已经被鸟儿啄得千疮百孔，有些掉在地上已经烂了，一看就是一个缺乏主妇打理的家。

树林里有小鸟一会儿啄食着树上已经烂了的苹果，一会儿唧唧啾啾地叫着，地上开着一丛一丛不知名的小黄花，突然一只小松鼠从脚边跑过，吓了麻君婷一跳，可松鼠却不怕人，它在不远处停下，扭头转身看着麻君婷，两只小爪放在眼前，似调皮地向麻君婷招手。麻君婷突然有一种久违了的鸟语花香的感觉。

麻君婷尽量放松自己的心情，在豪斯家的花园里慢慢地走着，边走边环顾四周。她绕着花园走了一圈，总算是把豪斯的别墅彻底考察了一遍，最后得出了一个什么叫富人生活的观感。

这片区域没有任何工厂，一幢一幢别墅也保持着适度的距离，所以，尽管是白天，仍然很安静，没有城市固有的噪声，别墅和别墅的花园之间，都栽种了灌木，形成自然的围墙。洛杉矶的森林资源很丰富，主要是针叶植物如松树、柏树，还有一些桦树等。但洛杉矶是个少雨的城市，自然干燥，所以，自然界中的植物，大部分都是那种抗旱的灌木，为了减少水分的蒸发，很多植物叶片都不大，呈灰紫色的，形成不了像广州、深圳那样茂密的浓绿色。因此，像这样的别墅区，里面许多树木都是人工移栽的，包括豪斯家花园里的果树。

麻君婷沿着花园边的灌木丛信步地走着，突然听到一阵孩子的嬉笑声，她循声望去，是坡下的另一幢别墅的花园里，有一个小女孩正在蹒跚学步，她一步一跟跄地往前跑，一位年轻的母亲跟在后面追，边追边喊，担心孩子摔了。麻君婷听到了一种熟悉的声音，这位年轻的母亲竟然说着标准的中国普通话，原来是一家华人。说着这样标准的普通话，麻君婷就知道这一定是移民美国不久的中国人，而且是中国的北方人。

这个情景一下让麻君婷想起了自己的女儿琴琴，她非常懊丧地想到，作为一个母亲自己就很少有这样追着女儿到处跑的经历和快乐。

这种念头，让心情刚刚轻松下来的麻君婷又一下跌到情绪的低谷，因为琴琴马上就初中毕业了，她和马立商量好的，女儿初中一毕业就来美国，可自己在美国混了十几年还是目前这种状态，怎么迎接女儿的到来？女儿来美国甚至都没有住处，难道和她一道住在充满浑浊空气的地下室里？

麻君婷又开始愁绪万千。

失去散步兴致的麻君婷开始往回走，经过后门又来到游泳池的旁边，她一想到自己现在居住的那个地下室，就又不急着回去了。游泳池旁边有一排白色的沙滩椅，她就在上面躺了下来，和煦的阳光晒在她身上，她微微闭上眼睛，这本是让人进入一种放松状态的环境，可刚刚放松的心情因为想到女儿又变坏了。原来真正的放松是这么难。

豪斯的家，是这么多年来，少有的让她感到放松的地方，她突然憧憬着自己如果在美国拥有这样的环境，让女儿来生活和学习，那自己才能真正放松了。

麻君婷苦笑了一下，笑得真的很苦，因为她知道，这是一个基本实现不了的梦，是自己的白日梦。

此时，那个问题就跳到了她的眼前，能答应和豪斯结婚吗？

这时，她很想听听别人的意见，可在脑子里转了一圈，竟然找不到一个合适的人商量。

自己的哥哥姐姐，各自都有自己的家庭，各自都有自己家里的一本难念的经，各自的孩子都长大了，他们现在最关心的是妹妹麻君婷，何时能帮助他们的孩子到美国留学，他们根本不知道也不会相信，妹妹现在在美国是如此窘迫。而麻君婷最害怕的就是这一点，以她在美国的处境，哪有能力帮助哥哥姐姐的孩子们来美国读书？再者，她当然不想让自己的哥哥姐姐知道那个自小就是很骄傲的小公主、学习成绩又一直名列前茅的小妹，如今在美国混得这样惨。因此，她和哥哥姐姐已经很少联系了。

麻君婷来美国这么多年，现在才发现自己其实没有一个知心朋友。来美国的中国留学生，各自都在为自己的发展奔波，大家甚至都没有精力相互关心。有的同学不拆你的台就不错了，自己能否接受豪斯，哪能和这样的同学商量？

这时，她脑子里跳出一个人，竟然是马立。

出于女儿琴琴的关系，麻君婷和马立一直保持着联系。其实她和马立离婚并不是感情破裂，而是未来的选择不同，两人之间仍然有一种青梅竹马的感觉，而且，她也知道马立一直没有再成家，她认为可能是马立心里还是放不下她的原因。今天，自己的婚姻选择，却想到了马立，这说明直到今天在麻君婷的潜意识里，马立仍然是她今生遇到的唯一可以信赖的人，没有之一。

但她也知道自己和马立是回不去了。她目前和马立保持着联系，主要还是因为女儿。马立对她始终是彬彬有礼，从不反对她和女儿联系，为此，她也很感激马立。但同时她也感觉到，虽然马立对她彬彬有礼，但他们中间已经隔着很大的距离了。

此时，一种不知是后悔还是念旧的情绪，涌动在麻君婷的心里。

麻君婷半睡半醒地躺着，以往除了在海边沙滩上，她还从来没有这样无所顾忌地四仰八叉地躺着。她感到自己一直绷得很紧的身子，此时好像浑身上下都散了架似的，彻底松弛了，这样躺着似睡似醒，脑子也不运转了，心里想着自己该离开了，但是身子就是不想起来，麻君婷一动不动地闭着眼睛，不看这个世界，因为世界不关心她，连一个知心朋友都找不到，她就这样躺着。

此时风儿掀动着她的头发，她感到一阵凉意，也让她回到现实中来，一个声音在她的耳边说：别想太多了，你现在要考虑的是生存问题。你目前实际上只有一条路了，除了嫁人，别无选择，因为靠你自己，无法改变命运。只有嫁给一个有经济基础的人，你才能在美国真正生存下来。

耳边出现这种声音，与她的情感是相悖的，在心里她还是不能接受像豪斯这样的美国人。麻君婷心中的纠结，是一枚硬币的两面，虽然不同，但仍是同一枚硬币。

人到中年的麻君婷，此时身心疲惫。本来，她长得虽不算很漂亮，但是气质好，自信心强，反而是一个有魅力的女人。如今，在美国待了这么多年，自信心早已消磨殆尽，没有了自信，哪里还谈得上气质？她像一个提前进入更年期的中年妇女，也没有了早先的魅力，如果不化点淡妆，看起来比实际年龄还要大，又如何能找到一个满意的男人？

如今漂在美国的华人，想嫁给有美国国籍的人的女人太多了。因此，不仅是老外，就是一些在美国找不到老婆的、有美国国籍的华人"王老五"，都吃香得不得了。有些女人为了获得美国的国籍，甚至花钱找人假结婚，取得国籍后就离婚。何况，像麻君婷这样青春已逝又没有钱的女人，想找一个有美国国籍的华人结婚都很难。

像豪斯这样的美国人，基本算得上是"金牌王老五"了。他有着一家很好的公司，一个人住着这样一幢大房子，而且从来没有结过婚，也就没有子女和家庭的拖累，他甚至没有父母，自己的公司生意收益又相当不错。这对于麻君婷是机遇吗？

此时的麻君婷内心矛盾，情感煎熬，拿不定主意，还是想找一个人商量商量，没有想到脑子转半天，浮现的人仍然是马立。

　　马立对麻君婷仍然有一份关心，麻君婷和马立之间也常互致问候。人说，一日夫妻百日恩，何况两人都还没有再结婚，彼此就还有一份亲切感。两人在通话中，常常也关心对方的再婚问题，麻君婷一直劝马立再找一个，也多次说过，如果自己再婚，一定会事先告诉马立。马立也说，如果他再婚，也会征求麻君婷的意见，这不是表明两人还有旧情，而是他们之间有一个女儿，双方无论谁再婚，必然都会涉及女儿的生活安排。所以，无论从情感上，还是责任上，此时的麻君婷都特别想给马立打一个电话。可是她知道，现在深圳还是下半夜。

　　这时，突然有一只小鸟在麻君婷头上的一棵小树上鸣叫，她刚睁开眼，就看见小鸟拉了一坨屎，正巧就落在她那只昨晚被豪斯戴上戒指的手背上，虽然这时戒指已被她取下放在屋里餐厅的桌上，可她却像突然被人猛击一掌似的，一下清醒了，立即起身坐了起来。

　　从这个时候开始，麻君婷清醒了，也冷静了，心情像大海落潮，又平静了下来。她走回豪斯的房子，把昨晚她睡过的房间床铺都收拾好，把自己用过的洗手间擦干净，把所有洗漱用具归拢整齐。她在豪斯留下的纸条上，用英文写下了一句话：豪斯，谢谢你的好意！

　　接下来，她就不知道要说什么。想了想，也不知往下再写点什么，突然她想到了那枚红宝石戒指，就把它压在纸条上面，她觉得，这足以说明一切了。

　　麻君婷转身走出了豪斯的房子，锁上了房门，像很多老外的习惯一样，将钥匙藏在门前的一个花盆下面。

　　她的那辆老旧的破车，仍然停在豪斯家的车库边。上车后，她发动了汽车，可她那辆已经跑了几十万公里的旧车，突然打不着火了，似乎想赖在豪斯家一样。麻君婷打了好几次，旧车的发动机才像拖拉机一样抖动起来，依然一副依依不舍的样子，缓慢地启动了。

　　麻君婷只想开着这辆旧车赶快离开，因为她担心这辆旧车随时可能抛锚，如果抛在豪斯家门口，那就太丢人了。

　　一路上的风景都不在麻君婷的眼里，车子一直往前开，又回到了她那间没有阳光的地下室。她现在都不知道自己明天的面包在哪里。

麻君婷租住的这间房子，是一栋老式的旧别墅，一共两层，加上一个地下室，地面上的建筑大约200平方米。美国这种老别墅的地下室完全在地面以下，所以十分阴暗潮湿，只有一扇窗户露出一半在地面上，房间里白天全靠这一点光亮，如果遇上阴天，就要开灯了，空气也不太流通。可就是这样的房子，一个月的租金也要400美元。

房东是一对40岁左右的温州夫妻，在洛杉矶开了一家运动鞋店，从温州批发运动鞋到洛杉矶卖，鞋子很便宜，以学生和黑人为主要销售对象，店开得并不大，利润也不高，鞋店效益并不很好，因此，就把这个地下室隔开两半，一半租给麻君婷，一半做仓库。

她当初租用了这间地下室，只是想暂时过渡，可由于一直找不到工作，也就没有钱再找好一点的住房。

其实，不仅住的环境不好，麻君婷还遇到一件让她十分痛苦而又无法启齿的事情。房东丈夫是个色眯眯的男人，看麻君婷一个单身女人租住了他的房子，平时又没见有什么人往来，就知道麻君婷是一个潦倒的经济条件差的女人，于是就有了非分之想，经常借故理货待在地下室里不走，故意和麻君婷套近乎，还总想走进麻君婷住的那间房子。

麻君婷是一个成年女人，怎么看不出他的企图，但租了人家的房子，就碍着面子，也只好在他搭讪的时候应付几句。结果没想到女主人是一个大醋坛子，她大概知道自己丈夫的德行，很不放心，她看出了丈夫总在盯着麻君婷，因此，她就盯着她的丈夫，防止麻君婷勾引他，对麻君婷也没有好脸色，说话阴一句阳一句的，让麻君婷哭笑不得，有口难辩。所以，麻君婷平时总是避着这对夫妻，早出晚归，尽量不与他们碰面，只等找机会早一点搬出这房子。

这天，麻君婷也是在外边转了好久，直到天黑了，才回到这间地下室。美国人房子的地下室，一般有两个出口，一个在房子的里面，顺着楼梯而下，还有一个在院子里，属于一种逃生出口，地面上有一扇木门，掀起木门，就可以下到地下室，不过从这种木门进出，很不方便。

麻君婷为了避免和这对夫妻碰面，一般都是走外面院子里这扇门。这天，刚走进地下室内的房间，就听到有人敲门。开门一看，是女房东。麻君婷头皮一阵发麻，心想：她是怎么知道我回来了，难道她一直在盯着我？

女房东站在门口，没有一点好脸色，说："这个月的房租该交了。"

麻君婷想了想，转身打开自己的钱包，钱包里虽有银行卡，但这位房东从不接受银行卡转账。在美国，有些做小生意的华人，喜欢接受现金，因为现金没有银行记录，可以避税。这时钱包里只有豪斯给的课时费，昨天买了一些菜以后，现在只剩下400美元了，还有就是一些零钱了。房租是每月400美元，如果全缴了房租，麻君婷就连吃饭和汽车加油的钱都没有了，所以，她一脸不好意思地对女房东说："我先交300美元，还有100，能不能缓我几天？"

女房东一脸不屑地说："如果房租不能按时缴，下个月我就不租给你了。"说完转身走了。

麻君婷知道，由于房东那个好色的丈夫，这个女人确实不想她住在这里，这一点让她有些担心，因为正是找不到合适又承担得起租金的住处，自己才屈身住到这儿。如果房东不让住，她真的有流落街头的可能，所以以往个性极强的她，强忍着看房东的脸色，敢怒不敢言。

她转身关上了房门，看着自己阴暗的房间，闻着那混杂着汽油气味的混浊空气，麻君婷这时才真的觉得一身骨头架子都要散了，就一头倒在床上，想眯一会儿。突然，楼上一阵地动山摇。

洛杉矶是一个多地震地区，历史上发生过多次强烈地震，所以，在洛杉矶建的普通房子，多用木头和轻质材料防震。这样特别是那些售价较低的房子和一些老房子，隔音效果就比较差。房东是温州乡下人，他们有四个孩子。四个孩子就不是一台戏了，而是一场又一场的戏，没有一刻是消停的，此时的地动山摇就是这四个孩子像一群野马一样，轰隆隆地在麻君婷的头顶那不隔音的楼板上，一会儿跑过来，一会儿又跑过去，伴随着孩子们打闹哭喊的声音。

这种打闹声，让麻君婷无法休息，可又不能去制止，因为这是别人的家。

麻君婷只好在枕头下摸出两个黄色的泡沫耳塞，塞进了耳朵里，这耳塞是回国的时候，飞机上发的。可耳塞只能减弱小孩们的哭闹声，阻挡不了那跑来跑去带来的震动。

好不容易等到10点多后，这些孩子去睡觉了，才消停下来。这时，麻君婷听到有人往地下室里来了，因为她从木楼梯上听到脚步声，好像又是那男房东来点他的那些鞋子存货了。他好像一个守财奴每天都要数数他的钱一样，他几乎每个晚上都要来盘一盘他的那些鞋子的存货。

可麻君婷听到他在她的门上很轻很轻地敲了几下，麻君婷从床上爬起来，但她不准备开门，时间不早了，楼上还有那个醋坛子，她不想惹麻烦，更不想看到这个个子小小的皮肤黑黑的从温州乡下出来的小老板。

温州小老板见麻君婷没开门，就从门缝下面塞进来一张100美元的纸币。由于是地下室，那扇门下面有不小的缝隙，几乎可以伸进一节手指。

看到这张纸币，麻君婷觉得受到一种很大的侮辱。你可以理解为他帮你缴那少了的100美元房租，你也可以理解为是他购买不良企图的费用。麻君婷非常生气地把这100美元纸币塞了出去。可它又被那人塞了回来，麻君婷再次塞了出去，那人再次塞了进来，这一次甚至两只手指都从门下的缝隙里伸进来了。麻君婷不由得怒火攻心，她非常生气地用脚狠狠地踢了一下那只手，只听外面"嗷"的一声手就缩回去了，随后不久就听到有人上楼了。

麻君婷这才松了一口气，她深知这儿不能久住了，必须赶快想办法搬走。

又过了一会儿，听到外面都安静了，知道这家人都睡了，她才开门出来洗漱。麻君婷租的房子只有外面地下室里有一间简易的洗手间，这是麻君婷每天上厕所和洗漱的地方。她拿了洗漱用具和浴巾进了洗手间，反手锁上了门，心有余悸地又伸手推了推，确认安全后，这才开始洗漱。

洗完澡，在擦干身上水的时候，也许是女人第六感，她仿佛听到一阵轻微的窸窸窣窣的声音，立即用毛巾包裹好隐私部位，警觉地竖起耳朵寻找，可声音又没了，她赶紧把内衣穿上。这时，一团灰尘在灯光中落下，她马上抬起头来往上看。洗手间的天花板就是上面一楼的地板，麻君婷发现洗手间天花板上被人挖了一个小洞，这时，有一只眼睛正在洞上面眨了一下，有人在偷窥！

不用问，她知道是谁。

又惊，又吓，又愤怒，一股怒火从麻君婷的胸中冲天而起，她冲出洗手间朝地下室通向一楼的楼梯跑去。但到楼梯口时她停住了，理智告诉她此时不能发作，夜深人静之时，楼上还有那个醋坛女人，她如何发作？朝谁发作？她觉得自己根本说不清。

麻君婷悻悻地转身，却不知道自己该往哪儿去了，她也不敢回到睡觉的房间，她非常担心，这个色狼会不会也在卧室房间上面的地板上凿洞，因为这栋旧别墅的楼板都是木头做的。可能这几个多月来，她早已被偷窥了。麻君婷不知所措，她回到房间穿上外衣拿起自己的包，就冲出了地下室。

走到院子里，已经是满天星星，万籁俱寂，周围没有一点人声，人们都已经进入梦乡了。这时，麻君婷才发现自己实际上无处可去，她只好坐进自己的那辆旧车里，一打火，旧车竟然畅快地一下就着了，麻君婷把颤抖着的旧车开出了院子。

在洛杉矶的夜空下，她漫无目的地信马由缰，她问自己能去哪里，没人能回答她。

公路上的车越来越少，她就无意识地往前开，开到哪儿算哪儿，她不敢再回地下室里睡觉了。

兜兜转转开了大约一个小时，看见了一片灯火，她愣住了，哦，一个熟悉的地方。这也许是冥冥中的指引，也许是麻君婷下意识的方向，偌大一个洛杉矶，自己竟然开到了白天离开的豪斯居住的别墅区。

鬼使神差地，汽车仪表上这时竟然提示她汽油快没了，麻君婷不得不将车停在豪斯家的车库门口。

她没有立即走下车。她本能地拒绝再次走进豪斯的家门，尽管，她知道钥匙在哪儿。此时，内心告诉她，如果这次走进去，就再也走不出来了。

麻君婷坐在车内，看着眼前的夜景，脑子里也在过着千军万马。她把车窗打开，洛杉矶日夜温差很大，她感到一阵深深的凉意，刚才那一幕惊魂，使她浑身上下都是冰凉的，直到现在仿佛一点温度都没有。

这片富人区建在一片坡地上，所有的别墅都是错落有致的，一层一层、一栋一栋新建的房子，星星点点地散落在山边。美国人的别墅，夜晚都不会关房子外面的照明灯，所以，尽管已经深夜，这儿仍然是灯火通明。

麻君婷想，这么多房子，房子里住着多少丈夫、妻子、孩子和老人，可就是没有自己一处容身之所，哪怕只是一张可以安全睡觉的床。

生活，还是因为生活。为了追求更好生活的麻君婷，抛家别子来到了美国，她曾经以为美国是那么美好，虽然不能说遍地是黄金，但到处充满机会，因此她不顾马立的苦劝，义无反顾地来到了美国。

可在这个以实用主义为价值核心的国度里，一边是彬彬有礼的笑容，一边是冷漠无情的内核，那些千方百计地来到美国的华人，一旦入了籍，就会装得比美国人还像美国人，对同胞并无半点热情，甚至像自己的房东这样，对她图谋不轨。

但尽管如此，她还是不太想回国，她觉得如果回去，境遇可能会更差，她知道自己离开中国这么久，再回到国内，自己恐怕都适应不了国内那种竞争激烈的环境了。

麻君婷痛苦，纠结。这个时候，她多么希望有人能商量一下。她看了看手上的表，这只表还是她和马立结婚时，马立送给她的，那时马立收入还不太高，所以只给麻君婷买了这块瑞士英纳格牌的女表，机械芯的，十多年了，已经不太准了，但麻君婷还一直戴着。

看到了表，麻君婷自然又想起了马立。现在是洛杉矶深夜的2点，深圳的下午5点钟，马立应该在上班。她拿出自己那部诺基亚旧手机，又从包里找出一张电话卡，在美国直接给国内打电话，很贵，麻君婷是打不起的，所以，她就买这种优惠卡，打网络电话费用要低很多，不过在打这种网络电话时，要在电话号码前面加拨很长的一串代码。数字很长，卡上的字又小，刚刚经历了惊吓的麻君婷，手还在发抖，输了几次号码都输错了，不得不从包里掏出眼镜，再输一次，才输对。

电话很快就接通了。

电话那头传来一声："喂。"

一听到这熟悉的声音，麻君婷有一种奇怪的委屈得想哭的感觉，喉咙立即变硬了，她不敢开口，害怕自己会突然泣不成声。可她一向不在马立面前示弱，她努力地、痛苦地把情绪尽可能克制到平静。

马立见没有回话，他知道是麻君婷，就说："是你吗？"

麻君婷这才回答："是我。"

马立没有意外的感觉，就说："琴琴很好，今天英语又考了全班第一。"

麻君婷听到马立的话,既失望,又欣慰。失望的是,马立不会问一声她好不好。欣慰的是,女儿学习成绩很好,特别是英语不错,这是对麻君婷的安慰,这样来美国读书,就会更顺利了。麻君婷在美国过得是如此困难,但她仍在想着为女儿到美国读书创造条件。

麻君婷一时不知说什么好,就问:"你好吗?"

马立说:"很好,就是太忙了,我的高级工程师职称已经评下来了。"

麻君婷又停了一会儿,说:"你怎么就不问一问,我好不好?"

马立说:"不用问,你一定很好。"这句话,意思很明显——我太了解你了,你麻君婷那么要强,怎么样都不会说不好。

麻君婷又有一种想哭的感觉,因为她的一切太不好了。她停顿了一会儿,突然脱口而出:"我要结婚了,你怎么看?"

虽然不感到意外,但听到前妻说要结婚了,马立还是沉默了。

麻君婷去了美国这么多年,一直没有再婚,现在突然说要结婚了,尽管两人已经离婚了这么多年,虽然并不是说他仍然深深地爱着麻君婷,但毕竟还有藕断丝连的情感在其中。再说,两人有一个女儿,这是让他们断不了有关系的纽带。

现在,麻君婷突然从美国打来电话,说她要结婚了,你说马立心里会是一种什么感觉?有怨气,有不满,也有失落的情绪夹杂其中。马立是一个过于理智的人,因此,麻君婷追问他怎么看时,他努力地克制着自己的情绪,说了一句:"我怎么看?祝福你。"

麻君婷又问:"你也不问问是谁?"

麻君婷此时仍在自己思维的轨道上,她想,如果马立问结婚对象是谁,她正好可以听听马立的意见,在她的心里还是把马立当成亲人的。

马立的思维和麻君婷不在一个频道上。

马立想:你选择的结婚对象,我问他是谁有什么意义?就回答说:"不问了,你选择的,一定不错。另外,这和我也没有关系。"马立这句话透着隐隐的怨气。

但在麻君婷听来,心里刚刚涌上来的一股暖流,仿佛又喝下了一杯冰水,一下就凉透了。

就在这时,她听到电话里有人在喊:"马总,开会了。"

马立说:"对不起,我要去开会了,深圳这些天暴雨,现在还在下着呢,工地上出了一点事故,要开紧急会议处理。祝你一切都好吧。"说着,就把电话挂了。

其实,不是马立无情,反而是他有情,只是不同的男人,对于自己的情感有不同的表现形式。马立在情感上是有洁癖的,他和麻君婷都是自己人生的第一次,所以离婚后,不是他不想找,而是他觉得那些恋爱无数、换男朋友像换衣服换包包一样随意的女人,他从心里接受不了。他并不觉得麻君婷多好,但两人毕竟夫妻一场,关键还有一个女儿,所以麻君婷说她要结婚了,女儿去美国后就有了一个继父,马立心情能好吗?

可他同时也清楚,麻君婷再婚,也是天经地义的事,好在女儿已经大了,慢慢地告诉她,相信她能明白。

麻君婷这边理解不同,她见马立如此冷冰冰地把电话挂了,心也死了。

深圳在下着暴雨,而洛杉矶的苍穹上繁星点点。夜更深了,麻君婷心凉如水,浑身上下都是冰冷的。

突然,她下定了决心,从车上走下来,一步一步朝着豪斯家走去……

第十八章

心气拗不过命，麻君婷最终还是决定答应嫁给豪斯，但她为了保持自己的自尊和独立，在和豪斯结婚前，并没有搬去豪斯的房子里。因为这样她觉得有点寄人篱下的感觉，她希望自己能和豪斯站在平等的位置上相处，因此，她找到了一位女同学，临时和她住在一起，等着豪斯从中国出差回来。

豪斯从中国回来以后，并没有在家里见到麻君婷，就立即给麻君婷打电话。麻君婷在电话里说："我们要好好谈一谈。"

豪斯马上说："当然，当然。越快越好，就今天？"

麻君婷约豪斯很认真地谈了一次话，但她没有答应去豪斯家里，而是选择了一个咖啡厅。两人见面后，豪斯想以西方人的礼仪拥抱一下麻君婷，但麻君婷轻轻地把他推开了。两人坐下以后，麻君婷一脸严肃。她首先告诉豪斯，自己在中国有过一段婚姻，丈夫是和自己一同长大的同学，并且在美国生下了一个女儿。麻君婷也坦率地和豪斯说，她和丈夫离婚并不是感情破裂，而是因为两国分居，丈夫是一个很优秀的男人，事业也很成功。

接着，麻君婷进入她要谈话的重点，即女儿未来的安排。这时虽然麻君婷在心里已经准备好答应嫁给豪斯，但前提是豪斯要接受和她的女儿一同生活。她现在还没有十足的把握，一直一个人生活习惯了的豪斯，能不能一下接受她和琴琴。如果，豪斯接受不了，那么麻君婷也是无法答应与豪斯结婚的，女儿在她心目中是高于一切的。

麻君婷告诉豪斯，现在女儿在中国跟着她爸爸，马上就要初中毕业来美国读高中，将要和自己生活在一起，说着把琴琴的照片拿给豪斯看。她坦然地对豪斯说:"这些我都要一一告诉你,你可以重新做选择。"

豪斯认真地听着,一点儿也不诧异,他从麻君婷手上接过琴琴的照片,认真地看着,没有马上回答,麻君婷的心却悬了起来。

豪斯抬起头来,脸上浮起了笑容,他说的第一句话是:"你女儿很漂亮,我很喜欢。"接着又说:"我完全愿意和你们母女一起生活,我相信这一定会给我带来更大的快乐。"

其实豪斯觉得,像麻君婷这样的年龄,有婚姻,有孩子,都是自然而然的事。他孤独得太久了,也觉得买下大房子以后,住在里面太寂寞了。他经常去中国,本身也喜欢中国小孩,曾经他从电视新闻中看到美国夫妻到中国去领养孤儿,也有过这个念头,后来觉得自己单身,无法照顾一个孩子而放弃了。如今,娶了麻君婷,他也完全能接受她的女儿。

见豪斯如此果断地答应,麻君婷一颗悬着的心才算彻底落地。她趁机就把女儿有美国身份、马上就要来美国读书的具体事宜,名义上是和豪斯商量,实际上是在告诉豪斯她的安排。

豪斯马上说:"就住在家里,学校的事,我去联系。"

这天晚上,麻君婷睡了一个很久很久都没有的,十分沉稳的觉。

婚礼是在教堂举行的,麻君婷又穿了一次婚纱。

嫁给豪斯后的麻君婷,发生了很大的变化,变化的不仅仅是她的生活,而是麻君婷这个人。她变得很务实,再也不像以前那样心高气傲,她没有再找工作,而是从豪斯的生活伴侣变成他重要的生意助手。豪斯的生意在美国,但所有的货源都在中国,所以几乎每年都要到中国订货,提供加工样单。已经彻底放弃自己所学建筑设计专业的麻君婷,陪着豪斯一起到义乌,先做翻译,然后就逐渐加入生意谈判之中,慢慢地变成了一个十足干练的生意人。她在义乌谈生意,比豪斯更投入,更细致,更认真,也更计较。麻君婷沉迷在赚钱的快乐中,把自己变成了一个十足的老板娘。

刚结婚的时候,她回中国还不想让马立知道,但是后来她实在太想女儿了,于是就把豪斯扔在义乌,自己乘飞机来深圳看女儿。她实在不愿意带着这个高个子秃着头走到哪儿都高人一截的德裔美国人来深圳,也不愿意带着豪斯去见自己的兄嫂，更别提她的那些同学了。

有时，她和豪斯两人都到了香港，她也让豪斯在香港等她，自己过深圳看女儿。豪斯并不介意这一点，他在香港享受美食，他说香港是全世界美食最多的地方，东西方的美食都有。

和豪斯结婚半年后，琴琴初中毕业了，麻君婷要接琴琴去美国读书了。为了让琴琴能接受豪斯，来接琴琴去美国时麻君婷是带着豪斯一起来的。她让豪斯住在香港，然后特意提前领着琴琴在香港住了几天，利用在香港游玩的机会，让琴琴和豪斯先熟悉起来。

虽然在深圳的家中，琴琴受到了千般宠爱，但奶奶曾秀云去世后，这孩子受到的打击很大，渐渐地懂事起来，也逐渐适应了父母的离婚生活，同时爸爸和在美国的妈妈都告诉过她，自己初中毕业后要去美国读书，因此，她认真地学英语，也在心里做着准备离开深圳的家的准备。父母离婚了的孩子，生活逼得他们要成熟得快一些。

第一次见豪斯时，她心里确实吓了一跳，这个老外怎么这么高？但表面上她却不动声色。在香港游玩的那几天，琴琴也是该吃的时候吃，该玩的时候玩，但就是不怎么笑。

到了洛杉矶，看到那么大的房子，有花园、果树，还有游泳池，这在深圳的家里是没有的，她也好奇了一阵，但表面仍是波澜不惊的样子。

麻君婷在家里特意给琴琴安排了独立的空间，她让琴琴住在一楼，就是她第一次去豪斯家过夜住的那间房子，这间房子除了她住过，再没有其他人住过。她和豪斯住在二楼。然后她就给琴琴报了一系列的培训班，从英语到钢琴，总之，琴琴连适应的时间都没有了。

豪斯给琴琴找了一个私立高中，这个学校学生要住校，琴琴这样就一天一天地适应着美国的生活，变成了一个美国的高中生，每个周末才回来和麻君婷在一起。

一年一年，从高中到大学，琴琴也在一天一天长大。

在琴琴刚上高一的时候，家里又发生了变化，对于琴琴来说，是很大的变化：妈妈怀孕了，而且一怀就是双胞胎。

其实麻君婷并没有生孩子的计划，她想自己38岁了，豪斯都50多岁了，而且她每月例假都已经开始不准时了，一会儿提前，一会儿推迟，一会儿一个星期也不完，一会儿三天就结束了，她都觉得自己可能是更年期快要到了。麻君婷觉得有一个女儿足矣，豪斯也没有想生孩子的打算，所以，两个人都对麻君婷的突然怀孕措手不及。

麻君婷发现自己怀孕的时候，都已经两个多月了。

由于例假的不规律，所以对它的迟迟没来，麻君婷一点都没有在意。那次她仍然依约和豪斯两个人回国去了一趟义乌，然后就是忙着谈生意，去工厂验货，商谈新的订单。忙完这一切，就已经是一周以后了，她和豪斯两人匆匆来到上海，然后经浦东机场回美国。

自从把琴琴接到美国读书以后，麻君婷去义乌已经不从香港飞了，而是从洛杉矶直飞上海浦东，然后再从浦东飞回美国。结婚以后，麻君婷有意无意地回避深圳，总觉得自己欠了那儿什么，有点害怕面对，所以，除非送女儿回深圳，她再和豪斯一块来谈生意，就基本不从香港转机了。

从上海浦东机场上飞机以后，麻君婷就感到异常困倦，豪斯见她太累，脸色也不好看，就将两人的座位升了商务舱。这种波音747大型客机，商务舱是可以躺下睡觉的。飞机一起飞，麻君婷就睡着了，一路上竟然不吃不喝，一觉睡了十几个小时。中间飞机供餐时，豪斯曾摇醒她，可她翻了一个身，又沉沉地睡去了。豪斯见她太累，帮她把毛毯盖好，直到飞机快到洛杉矶时，豪斯才喊醒她。这个时候，麻君婷睡得脸都肿了起来，豪斯递给她一瓶矿泉水，她竟然一口气全部灌了下去，她口渴却没有胃口吃东西。

回到家里，麻君婷在客厅里收拾行李，这才发现自己从美国出发时准备带在路上用的卫生巾，仍然还躺在包里，她才想起已经快两个月了，怎么例假还没来？麻君婷也没想到自己会怀孕，以为自己真的是更年期提前了，就想去医院检查一下。

但刚从中国回来，麻君婷先把生意上的事整理完，交代给公司，这才去医院，这已经是两天以后了。

其实，在麻君婷家的卫生间里，就有验孕棒，是以前买的还没用完。在美国一般药店和超市里，也有验孕棒卖，她只要早起小便时验一验就知道了，可她根本没有想到自己会怀孕，反而以为是哪儿有问题。

到了医院排了很长时间的队，才轮到她看医生。医生听后，二话没说，开了一张化验单，让她去验尿验血。这家美国公立医院效率并不高，化验结果要到第二天才能出来，麻君婷就回家了。

第二天，公司有点事耽误了。第三天，麻君婷才想起到医院去拿化验结果。

结果是让麻君婷惊呆了。

看到自己怀孕了的化验结果，麻君婷一点思想准备也没有。她根本就没想过再生孩子，她甚至和豪斯连夫妻生活的频率都不高，哪里还想过会有孩子。

医生说，怀孕已有两个月了，并告诉她，这个年龄怀孕要注意的一些事项，让她做一次全面的身体检查。

麻君婷没有一点欣喜的感觉，反而有点失魂落魄地回到家中。豪斯在公司里，女儿在学校。麻君婷又找不到一个人商量，她要想好了，再告诉豪斯。

想来想去，麻君婷一点主意都没有，心里慌慌的。

她出了门，开车直奔琴琴学校。她觉得这个时候，首先要听听女儿琴琴的意见。

女儿在上课，麻君婷就在学校的图书馆里等着她。下课以后，琴琴听说妈妈来了，觉得一定是家里有事，匆匆从教室赶了过来。

麻君婷坐在图书馆里，拿着一本杂志，心烦意乱，一点也看不进去。发现这时女儿从外面走进来了，只见她穿着方格裙子，上身穿一件白色衬衣，她突然感觉女儿长大了，已经是一个亭亭玉立的少女了。

琴琴坐在妈妈对面，问："妈，怎么啦？这么突然。"

麻君婷却拉着女儿走出图书馆，好像害怕别人听到她们的谈话似的，两人在学校的林荫道慢慢地走着。然后，麻君婷停了下来，直面琴琴说："琴琴，妈妈说的事，你别太惊讶啊。"

其实，琴琴这孩子长大了，她最大的特点就是像她爸爸马立一样，不会一惊一乍的，而且她从高中起，就独立住校独立生活，自主性很强。再加上，琴琴是奶奶带大的，又和父亲以及爷爷、太爷爷感情特深，来到美国后就特别想他们，但隔着千山万水，时间一久，琴琴这孩子就有点少年老成的样子。

琴琴见妈妈这样说，就问："什么事，我会太惊讶？您说吧。"

麻君婷就拉起女儿的手，握在自己的手心里，好像有点不好意思地说："妈妈怀孕了。"

琴琴一听，眼神中确实瞬间闪现出了一丝惊讶，但面部表情却没有太大的变化。琴琴自然无法一下接受妈妈怀孕的消息，她瞪大眼睛望着母亲，没有说一句话。

麻君婷有点发慌，语不择句地说："琴琴，你别着急，妈妈就是来和你商量的。"

这时琴琴开口说话了："我着什么急？生孩子是你们的事，你们决定就好了。"

麻君婷说："可妈妈都这个年龄了，还能生孩子吗？妈妈也没了主意，还没告诉豪斯，妈妈来想听听你的意见。"

没想到琴琴说了下面这样一番话："妈妈，这个年龄能怀孕，就能生孩子，我为您高兴。不过这事，您不是要和我商量，而是要和豪斯叔叔商量，因为这是你们两个人的孩子。"琴琴一直不喊豪斯爸爸，而叫豪斯叔叔，豪斯也没什么意见，甚至对琴琴说，叫他豪斯就行。

麻君婷说："妈妈一点生孩子的思想准备都没有，妈妈一直认为有你就够了，这孩子来得太突然了，也太迟了，早几年就好了。"

琴琴仍然是一个小大人的口吻："妈妈，这件事您一个人做不了主，一定要和豪斯叔叔商量。再说，你们俩都这么大年龄了，现在有了孩子，也许是上帝眷顾你们，我也祝福你们。您赶快回去吧，去找豪斯叔叔，我周末回家。"

琴琴将母亲送到学校门口，就转身回教室了。麻君婷没看到转过身的琴琴忽然掉下了眼泪。此时的琴琴强忍着，她知道母亲还在背后看着她，所以，她没有用手去擦眼泪，就是不想让母亲知道她心里难过。

琴琴心里的感受十分复杂，她爱妈妈，但更爱爸爸马立，可爸爸妈妈就是不能在一起，她不能生活在有着爷爷和太爷爷的大家庭里。她喜欢那个大家庭，每天家里都是热热闹闹的，而不像洛杉矶的家，房子是很大，但大得冷清，有时候甚至听不到一点人声。

琴琴虽然表面上和豪斯处得客客气气的，但心里一点都无法接受这个高高的秃着头的新爸爸，尤其不喜欢他那刻板的拘谨的个性，包括他那说得结结巴巴的中文。在洛杉矶的家里，琴琴也不能像在深圳，想说就说，想笑就笑，甚至想打滚就打滚，想撒娇就撒娇，身边总有爱的人围着，使自己永远有安全感，包括那代替奶奶照顾她的桐芳阿姨，也像家里亲人一样。

可在美国的家，没有这种亲情气氛，她和豪斯始终亲热不起来，有的只是一种客气、一种礼貌、一种拘谨，脸上堆着的笑容，显得有点呆板。琴琴始终没有家的感觉，因为她始终不能像在深圳的家里那样放松，那样自如，那样由衷地感到快乐。

后来琴琴习惯了住校，习惯了和各种肤色的人在一起交朋友，周末回来反而有住宾馆的感觉。

这时，听到妈妈又怀孕的消息，她的感受是很复杂的。从感情上，她知道今后家里再也不会以她为中心了；从理智上说，妈妈应该将这个孩子生下来，否则对豪斯不公平，因为豪斯没有孩子。

琴琴心里有一种深深的失落感，她才15岁，正处在孩子向成人的过渡期，此时她觉得，随着妈妈这个孩子的出生，自己的孩子时代就要永远结束了，她也不明白自己为什么落泪。她在心里对自己说：我要长大了，我要独立。

最终，麻君婷如女儿琴琴预计的那样，决定将孩子生下来。因为，当麻君婷把自己怀孕的消息告诉豪斯时，豪斯先是愣住了，好像不相信自己的耳朵。后来，他看到麻君婷一脸严肃的神情，知道这个消息是真的。麻君婷看到豪斯那一双蓝眼睛亮了一下，然后展开他那长臂猿一样的胳臂，一下将麻君婷拥在怀中，这一瞬间，麻君婷知道，这孩子必须生下了。

接着意外不断，后来通过孕检，医生告诉她怀的是双胞胎，这让麻君婷又惊又喜，同时明白自己一生的又一个关键时刻到来了。

生活就这样发生了翻天覆地的变化，她再无法工作了，豪斯为家里又新雇了一个墨西哥裔的女佣，麻君婷彻底回到家中待产了。

肚子一天比一天大，因为是双胞胎，更是大得惊人。虽然自己有过怀孕的经历，但这一次完全不同，她感到自己的肚子像是要坠到地上了。怀孕期间的经历，也很不愉快，墨西哥女佣做的饭，麻君婷无法下咽，可孕妇又十分需要营养，所以，她除了让琴琴到华人超市去买那些中式的食材，自己还不得不撑着下厨。

接着，怀孕的反应也特别大，肚子大，上面顶着胃，她吃什么都想吐，可她又知道两个孩子在肚子里需要营养，她必须强忍着吃。子宫下面又压迫着膀胱，她总想小便，可又行动困难，常常把尿漏在裤子里，让她痛苦不堪。怀孕后期，她身子重得都无法下床，两条腿肿得像大象的腿，满脸都是孕斑。

豪斯由于还要打理公司的生意，也无法一直在家里陪伴她。琴琴也只是在周末才回来，可明显地看出琴琴害怕见到母亲怀孕的样子。麻君婷就是在这样的痛苦中，一天一天地等待着临产。

麻君婷生这对双胞胎，真的是九死一生，肚子越来越大，后来到医院临产的时候，她几乎都寸步难行了，是豪斯和医生一起将她抱上产床的。因为她是高龄产妇，一对双胞胎都是男孩，这两个混血的孩子基因继承高大的父亲豪斯更多，都是大骨架，长手长脚，因此，体重都不轻，无论如何都无法经过东方人小骨架母亲的身体，以自然分娩的方式出生。生产的过程几乎要了母亲的命，麻君婷在产房里惨叫的声音，整栋楼都听得见，最后不得不通过剖宫产取出来的，因此，麻君婷生孩子几乎是在鬼门关上走了一遭。

生完孩子，很长的一段时间里，松弛下垂的肚皮，在小腹部折叠，满腹的妊娠纹就像蟒蛇的花皮，麻君婷自己都不愿多看一眼。经过很长时间的恢复，直到身体消瘦后，肚皮才渐渐回收，但妊娠纹却永远留在了身体上。

后来，麻君婷心情好的时候就会说，这两个孩子她是用命换来的；心情不好的时候，她又会说，这两个孩子是来索命的。

那天，琴琴到医院去看母亲，麻君婷对女儿说："这是你的两个弟弟。"

琴琴看着躺在旁边婴儿床上的两个小孩，虽然是混血，但都是稀拉的金发，蓝色的眼睛，钩状的鼻子，还是像德国人，就从心里怎么也接受不了这是妈妈生下来的孩子，更别说接受他们是自己的弟弟，就那么呆呆地看着。

麻君婷以为女儿喜欢这两个小孩，就说："来，抱一抱你的小弟弟。"

琴琴犹豫着，仍然就是那样看着，始终没有伸出手去。

出院以后，两个孩子的抚养是一个漫长的人生过程，无论曾经的麻君婷如何心高气傲，如今也只好回到家中带孩子了，成为一名全职妈妈。当初不惜离婚要到美国留学，以求得实现自己更大的人生抱负，如今全化成了奶粉尿片锅碗瓢盆，麻君婷变成了一个美国的家庭主妇。由于大龄生育，又是两个如狼似虎的男孩，麻君婷基本没有奶水，全靠人工喂奶粉，这个孩子好不容易喂饱了，那个孩子又饿得嗷嗷地哭。麻君婷连心灰意冷的时间都没有了，成天就在家里围着孩子转。

生得艰难，养得更苦，两个男孩的好动调皮，不知道给麻君婷带来多少惊吓，就是花园里的那个游泳池，也让麻君婷吓得抓狂。注上水时，怕这两个孩子掉进去淹了；抽干了水，又怕这两个孩子掉进去摔伤了。为带这两个孩子，麻君婷甚至还吃过官司，上过法庭，差一点就去坐牢了。

没有麻君婷的协助，豪斯更忙了，白天基本都在公司里，只有晚上才回家。西方人特别讲究晒太阳，豪斯一再关照，不能总将孩子关在房间里，要带他们到后面花园里晒一晒太阳。

那天，豪斯上班后，天气特别好，微风习习，天空湛蓝，云彩稀少，正是晒太阳的好天气，麻君婷就将两个孩子抱到了后面的花园里。她在草地上铺了一块塑料布，将两个孩子放在上面躺着，自己也坐在一旁照看，少有的想静静心。这时两个男孩刚到站起来蹒跚学步的时候，特别好动，一会儿这个爬起来了，跟跟跄跄地往外跑，一会儿那个爬起来了，跟跟跄跄地朝前追。麻君婷抱回这个，那个跑了，抱回那个，这个又跟跟跄跄地站起来了，就怕他们跑到游泳池那儿去了。无奈之下，就用两条大浴巾把两个男孩像中国人包襁褓一样，一个一个包起来了。为了防止他们把浴巾踢开，她还在孩子们的身上打了一个结，这也是中国人包襁褓的方法。襁褓指的不仅是把婴儿包裹起来的被子，还包括将被子扎起来的带子。

可这两个生性好动的男孩被包起来以后，就不高兴地嗷嗷叫了。

这下被在房内二楼做家务的墨西哥女佣透过窗户看见了，她吓了一跳，以为麻君婷将两个孩子绑起来了。在美国绑了孩子，那不等于是虐待儿童吗？她竟然打电话报警了。幸亏警察来的时候,麻君婷已经将孩子带回了屋里,自然也就解开了孩子身上的浴巾,否则浑身是嘴,也说不清中国人包襁褓的方法。

尽管如此,麻君婷还是解释不清楚为了孩子不出危险,需要将孩子包起来的理由,这已经是东西方文化的不同了。于是,警察还是将她带到了警察局里。

进了警察局,麻君婷就成了一个嫌犯,一切按照美国警察局的程序走,又是登记,又是拍照,又是打指模,在警局留下了全部身份资料,接着是盘问了半天,录了口供,按了指印,然后和那些吸毒的、卖淫的、盗窃的几个女人关在一起,麻君婷真是欲哭无泪。

直到豪斯接到警察的通知,立即带着律师来到警察局,这才将麻君婷保了出去。后来,麻君婷还是被起诉到法院,经过律师的努力,并建议她出庭时带着两个双胞胎儿子,否则律师担心法庭判决会出现意外。

主审的是一个白人女法官,带着一种天生的傲慢,她根本听不明白也不想听明白麻君婷的申诉,她认为你生的是一个白人的孩子,用华人养孩子的方法在美国就是行不通。但她又觉得麻君婷毕竟为美国生了两个孩子,有点中国人那种"没有功劳也有苦劳"的感觉,同时,她从一个母亲的角度,也觉得麻君婷虐待儿童的可能性不大,再加上警察没有抓到麻君婷将孩子绑起来的直接证据,只有一个墨西哥女佣的证词,也无法给麻君婷定罪。但最后,这位白人法官还是想教育一下这位华人,她不仅在法庭上训斥了麻君婷,还判了麻君婷做十个小时的社区义工。

麻君婷虽然脱身了,却要一连十天到社区学校门口,在孩子们放学的时候去维持交通秩序。麻君婷有气都不敢回家发,因为她还不能辞了那个报案的墨西哥女佣,如果辞了,那女佣还可以告她,那是可能会赔一大笔钱的。所以说,麻君婷这两个孩子养得辛苦,竟是她想也想不到的辛苦。

双胞胎两岁的时候,琴琴正好高中毕业,在美国无论是社会还是家庭都是非常重视孩子的毕业典礼的,特别是一些私立的名校,都会把毕业典礼办得十分隆重,家长们都会被邀请参加孩子的毕业典礼。特别是高中毕业,更为重视,因为这也基本是孩子们的成人礼了。

琴琴高中毕业典礼那天,正好墨西哥女佣病了,豪斯去中国订货,麻君婷在家里要带两个孩子一下无法分身,也就是说,没有一个家长来学校参加她的毕业典礼。学校里也有不少华人同学,华人更为重视孩子的毕业典礼,有些几乎是全家成群结队地来到学校,大人小孩闹哄哄的,欢声不断。

琴琴很失落。同学们都在草坪上拍毕业照,琴琴却一个人孤独地在宿舍里收拾行李准备回家。

回到家里,只听到两个同母异父的弟弟哭闹不止,却没有一个人来庆贺她的高中毕业,琴琴感到偌大的一栋房子里空空荡荡的。在美国,一般人家都会在孩子毕业这一天,举办家庭聚会以示庆祝,全家人包括亲朋好友都来庆贺,有条件的还会在家里举办派对,热热闹闹的,大家都开心。

琴琴一个人在一楼自己的房间里收拾书本,透过窗户看那偌大的花园,此时连一只鸟都没看到。由于妈妈所有的精力都在照顾两个孩子身上,女佣又生病了,家中没人打理,游泳池里漂着残枝败叶。洛杉矶少雨,园中的果树落下的树叶,在烈日下,蒸发掉全部水分后,变成枯叶,在花园里被风刮过来吹过去,一片萧条景象。

感到落寞孤寂的琴琴,心里就异常冷清,她想到自己在深圳初中毕业时,全家人围坐在一起庆贺的那种火热和喧闹,与眼前的情景形成了强烈的对比。她想深圳的家了。

琴琴坐在自己的房间里,就在想此时深圳的爸爸和爷爷、太爷爷,她昨天就在电话里告诉过爸爸,今天是她的高中毕业典礼,不知他们现在都在干什么。

就在这时,琴琴的手机突然响了,这部三星手机是回深圳时,叔叔马正送给她的生日礼物。手机里传来爸爸热情洋溢的声音:"琴琴,毕业典礼结束了吗?爷爷和太爷爷要祝贺你。你听听——"

没等琴琴回答,电话里首先传来的是太爷爷马卫山的声音,太爷爷的声音还是那么中气十足,还是那么一股"大楂子"味的东北话说:"小琴琴,你长大了,我很高兴。"

接着是爷爷马小军的声音,爷爷马小军虽然说的是普通话,但由于他在广州长大,总带着广府话的尾音:"琴琴,爷爷祝贺你,18岁了,小大人了,早点回来。"

再接着是叔叔马正的声音,还没有结婚的马正自然特别喜欢马家的这位第四代,他几乎是抢过电话来说的:"琴琴,长大了,长大了也是叔叔的小开心。哈哈哈……"

接着,马正做了一番解释:"别怪爸爸没有去美国参加你的毕业典礼,你爸爸刚升了总经理,当大官了,实在走不开,你暑假回来,叔叔在深圳香格里拉大酒店专门给你补办毕业典礼,把你的那些初中同学都请来,好不好?"

琴琴这边仍然没有回答,因为她已经泪流满面了。她知道深圳家里的人一定是特意聚在一起,定好时间来一同给她打电话祝贺的,家人每一次听到她的声音,都是欢喜不已,在中国,自己永远是全家的快乐中心。

这时,电话里传来的是一个女人的声音,是桐芳阿姨。

桐芳在电话里只说了一句:"琴琴,长大了,你奶奶要是还在,可要高兴坏了。"说着,桐芳突然哽咽了。

这边的琴琴终于说了一句话:"我也想奶奶了。"接着,再也忍不住了,哇的一声哭了起来,哭声里自然不完全是想起奶奶的原因。

电话那头的深圳,透着马家的暖暖亲情。电话这头洛杉矶的这间大房子里,仍然是冷冷清清的,麻君婷都无暇顾及女儿回来了。此时接完电话后的琴琴,心里充满了暖意,她更想家了,想深圳的家。

来美国已经这么多年了,高中都毕业了,有着美国国籍、说着一口流利英语的琴琴,麻君婷认为她就是美国人了。可在琴琴心里,一直觉得深圳那间有着太爷爷和桐芳阿姨的公寓房,才是自己的家,而洛杉矶这栋大宅子,是别人的家。

琴琴非常想家了,她心目中的家,仍是大洋彼岸深圳的那个家。

第十九章

琴琴高中毕业以后，接着就是考大学。麻君婷虽然被两个双胞胎儿子弄得筋疲力尽，但仍然不想琴琴离开自己太远，坚持要让琴琴就在洛杉矶上大学。琴琴在学校本来学习就很优秀，她后来考上了在洛杉矶的加利福尼亚大学洛杉矶分校，这是美国录取难度最高的大学之一，而且是公立的常春藤学校。

琴琴竟然选了和爸爸一样的专业——城市规划学。

她虽然已经在美国生活了多年，但仍然对自己出生的城市深圳很有感情，她觉得那里是自己的故乡。上了大学以后，她始终认为深圳的"城市化"水平不比洛杉矶低，甚至发展速度更快。她觉得深圳是世界上最年轻的超大都市，而城市规划专业就是对城市的空间和发展进行预先规划，涉及城市中产业的区域布局、建筑物的区域布局、道路及运输设施的设置、城市市政工程的安排等，是事关整个城市建设的一个专业。

琴琴作为一个女孩子选择了这样的专业，可见在自己专业规划和未来发展上，她和母亲麻君婷完全不同了。麻君婷一切都是为了留在美国，而在琴琴的意识中是想离开美国，回到中国，回到深圳，她并不看重自己的美国国籍。

还有一点很重要，琴琴从情感上一直无法接受那对同母异父的混血双胞胎是自己的弟弟，他们那蜷曲的金发和蓝色的眼睛，让琴琴怎么看也无法在心里接受这是自己的家人。因此，她回到家中，一听到两个弟弟打闹，就心烦，然后以学习为由，将自己关在房间里，不到吃饭时间不出来。但在自己的房间里，也关不住那对双胞胎的吵闹声和母亲时不时发出的惊叫声，琴琴心里就非常烦。她躺在床上，翻来覆去就想深圳的家。

早先在深圳，家里只有她一个孩子，她习惯了她不闹家里就安静，她一闹家里就热闹，习惯了一切都是以她为中心，习惯了自己是家人的快乐源泉，也习惯了所有人对她的爱。家人对她的爱自然地灌溉了她的心田，使她也对亲人充满了自然而然的爱。那种爱，是躺在亲人的怀抱里，就能感到周身都是温暖的爱。

特别是太爷爷，并没有多少言语，就是那么凝视着你笑，用粗大的手握着你的小手，一直握到琴琴长大。直到今天，琴琴回到深圳，只要将自己的手塞进太爷爷的手中，就让她自然而然地感受到一种回家了的踏实。还有叔叔马正，为哄她开心，甚至可以上天为她摘月亮。再就是家中的桐芳阿姨，自从奶奶去世后，她好像就是代替奶奶来照顾自己的，对自己一年四季的冷暖，总挂在心上。

这一切，来到洛杉矶后，都没有了。

其实，豪斯早先因为没有孩子，对琴琴的到来是欢迎的，可琴琴一直无法接受又高又大又老的豪斯，而且由于文化背景的不同，琴琴很快就与豪斯产生了矛盾，这个矛盾竟然是由打电话开始的。

那个时候还没有双胞胎，家里很安静，刚来洛杉矶的琴琴自然没有像深圳那样，只要自己回到家中，书包一扔家人就立即围了上来，嘘寒问暖的。太爷爷是每天算准了琴琴回来的时间，琴琴一进门立即递上一杯热茶，这杯热茶是太爷爷从自己的茶壶里倒出来，然后兑成不冷不烫的淡茶，让琴琴可以一口喝下解渴。所以，琴琴自小就养成了喝淡茶的习惯，到了美国始终没有喜欢上像可口可乐等这些碳酸饮料，琴琴也始终保持着苗条的身材。

初到洛杉矶，琴琴回到家中，除了母亲没有别人，豪斯白天一般都在公司里，偌大的房子出奇地安静，反而没有人气，因为看不到人影。不像在深圳的家中，一进门就可以看到家人，而洛杉矶的大房子，有时候她进门后都不知道母亲在哪里。

那时候，琴琴感到很孤单，就特别想深圳的家人，想得太厉害，就经常给家里打电话，而且一打就忘了时间，因为家人多，你一言我一语，每个人都想和琴琴说两句，于是通话的时间就长了。另外，琴琴刚来美国，周围都是说英语，她还没有习惯用英语对话，母亲麻君婷为了让她尽快适应语言环境，在家里也尽量和她说英语，这就让琴琴有点吃力，所以在和家人可以长时间说普通话时，就感到特别流畅，说着说着，就不愿放下电话。

这就让豪斯不满了。豪斯本来就性格呆板，一切都喜欢按部就班，并不一定是豪斯心疼国际长途的费用高，而是一般无论美国人或德国人的家庭，都不会像中国人那样喜欢煲电话粥。可是豪斯的做法让琴琴接受不了，他没有和琴琴说，就直接把家里国际长途给关了，自己和中国联系都在公司里打电话或者用手机。琴琴再往深圳打电话总是打不通，就问母亲。母亲不得不告诉她原因，这让琴琴很是接受不了，她觉得豪斯将她和深圳家人连接的线给剪断了，她不会去求豪斯，也什么都不说，但心里拉大了与豪斯的距离。

后来，琴琴往家里打电话的次数就少了，偶尔用自己的零花钱在街上公用电话亭给家里打，那样电话费很高，所以，也不能打太多。深圳的家人以为是琴琴学习太紧张，也没多问。

到美国后的第一个暑假，马立打电话和麻君婷商量，老爷爷马卫山和爸爸马小军太想琴琴了，想得老爷爷总是郁郁寡欢的，有好几次都卧床了，只有琴琴回来能治老爷爷不开心的病，因此他和麻君婷商量让琴琴暑假回来一趟，并且说，爷爷马小军讲了，琴琴回来的所有路费由他出。

麻君婷知道马立讲的都是实话，也知道琴琴是马家人的感情寄托，更是老爷爷马卫山的心肝宝贝。再说，麻君婷在与马立离婚和马家在琴琴初中毕业后，就依约将琴琴送到美国，心里已经怀有歉意了。更重要的是，她也知道刚来美国的琴琴，早已归心似箭，你如果不让她回国，她会和你急的，所以，麻君婷一口就答应了。

暑假一到，琴琴一个人经香港回了深圳。一进家门，想琴琴已经想得茶饭不思的太爷爷马卫山，照旧递上一杯热茶让琴琴喝下，琴琴本来一路就渴，接过热茶一口灌下，那种久违了的舒畅感，让她觉得满口甘醇，冲着太爷爷直喊："太爷爷，您这是什么好茶，怎么是甜的?！"

马卫山就笑着说："什么好茶？不就是你以前在家喝惯的铁观音。"

琴琴抱着太爷爷马卫山的一只胳臂，撒娇："不是，不是，以前的茶没有这么甘甜。"说着，习惯性地将一只手塞进了太爷爷的手中。

马卫山拉着琴琴的手，无限地欣慰，他问："小琴琴，怎么打电话少了？"

琴琴突然有一种莫名的委屈感，听到太爷爷问她，眼泪一下就下来了，抽抽搭搭地把少打电话的原因就说出来了。

这下让马家人受不了了,这几乎是在切断琴琴与马家人的联系。太爷爷马卫山生气地将茶杯一下蹾在桌上,冲着儿子马小军直喊:"这事得解决。"

马小军看着他的儿子马立,意思是你来处理。

马立却想得多一点,他觉得女儿现在还未完全独立,要长期住在豪斯的家里,如果女儿和豪斯把关系搞得太僵,麻君婷会很难做,对女儿也不好,所以就对琴琴说:"琴琴,你打电话也不注意时间和场合吧?毕竟在美国和在深圳家里不一样,一切都由着你。你慢慢长大了,今后还是要注意一点。"

这时,站在身后的马正插嘴了:"什么?小孩子打个电话,还要注意时间和场合?想家了,就打呗。这个德国佬,是个老抠。"说完,转身出去了。

一旁的桐芳上来打圆场,拉着琴琴的手说:"来,琴琴洗洗澡,换身衣服,你爷爷给你买了全套的睡衣内衣,说你一定长高了,原来的穿不上了。"

琴琴立马撒娇说:"是长高了,都长了6厘米了。"说着还跑到爷爷旁边和马小军比高。这一句话,又让全家人开心地笑起来了。

洗完澡,晚上由马正叔叔在酒楼订了一桌饭,全家人给琴琴接风。

到酒楼后,菜才刚开始上,琴琴就像一只小饿狼一样,两手左右开弓,根本不用筷子,狼吞虎咽地边吃边说:"在美国全是垃圾食品,都是一个味,还是中餐好吃。"

全家人又看着她笑。深圳的家和洛杉矶的家,在琴琴的心里形成了强烈的对比,一个暖,一个冷。

吃完饭,马正问:"琴琴吃饱了没有?"

琴琴拿了一张餐巾纸擦了擦嘴,说:"吃饱了,吃撑了。"又用手揉着自己的小肚子,撒娇地叫着:"哎哟,撑坏了,撑坏了,半年没有这么过瘾地吃一顿了。"

马正说:"去,到洗手间去洗洗手,叔叔要送你一件礼物。"

琴琴听说有礼物,一个打挺坐直了,凑到叔叔面前,直叫:"什么礼物,还要我沐浴更衣?我看看,我看看。"

马正说:"不行,得洗洗手。"

包间里就有洗手间，琴琴只好去洗了手，然后回来一把抱住叔叔的脖子，左摇摇，右摇摇，继续撒娇："快给我看看，快给我看看。"

坐在一旁的马立就说："琴琴，坐好，都大姑娘了，还没个正形，别和叔叔闹。"马立也不知道马正给女儿买了什么礼物，因为马正早先就经常喜欢给侄女买礼物。马正没结婚，侄女开心他就开心。

这时，坐在一旁的老爷爷马卫山见琴琴着急，他也着急了，就起身从马正身后的纸袋子里，抽出一个包扎着漂亮粉色彩纸的礼品盒，边递给琴琴，边说："看把孩子急的，来，太爷爷拿给你。"

琴琴一把就接过了礼盒。礼盒不仅包着粉色的彩纸，还扎着一条红色的彩带，她先拿在手上颠了颠说："嗯，还有点沉，到底是什么？"说着，三两下揭开了彩纸，打开了礼盒，然后"噢"的一声用手捂住了自己的嘴巴，接着眼泪就下来了。

原来，马正听到琴琴说在美国打电话回家受到限制，就匆匆离开了家，是上街给琴琴精心挑选了一部粉红色的韩国三星牌女式手机。除了礼物的贵重，琴琴立即明白了叔叔的苦心，她是多么需要一部手机呀，有了手机只要想家了，就可以和家里人通话，她再也不会感到孤单了，因为她手上有了一条永远相连的亲情热线，琴琴的眼泪一下就下来了。

其实，琴琴是一个很懂事的孩子，她刚才所有看起来任性撒娇的表现，是去美国这么长时间感到太压抑了，今天回到亲人身边她要释放一下。同时她也本能地知道在家人面前，自己可以永远是一个孩子，越是像孩子一样撒娇，家里老人反而越开心。家人对自己的爱，是无微不至的，家人更习惯看到他们心中的那个小琴琴，尤其是爷爷和太爷爷，她知道他们太想她了。所以，琴琴是"原形毕露"，泥里打滚似的在家人面前完全恢复了早先离开时候的样子，就是让他们开心。

可是，琴琴毕竟是长大了，尤其是一个人到了异国他乡，住在洛杉矶母亲的家里，生活中总有那个长得像长臂猿一样的豪斯在屋子里转来转去，她就从没有感到那里是自己的家。所以，当她看到了叔叔买的这部手机，而且选的是自己最喜欢的粉色，突然再一次体会到亲情在心里的那种无微不至的温暖，眼泪就不由自主地下来了，反而将酒楼包厢里的气氛弄凝重了。

这时，只见琴琴起身，首先拥抱了叔叔，然后拥抱了太爷爷，接着又拥抱了爷爷。马立就在一旁说："我没有？"琴琴就一个鱼跃上前抱住了爸爸，抱住爸爸马立的时候，她感到心里特别踏实，感到这才是爸爸。大家都哈哈大笑起来。笑声中，琴琴不忘又转身抱了抱坐在一旁眼泪也快要下来的桐芳阿姨。

马正走到琴琴面前，打开了手机，先告诉琴琴怎么开机使用，然后对琴琴说："我已经办好了手机卡，开通了国际长途。琴琴，今后就用这个手机给家里打电话，不用那个德国佬的座机，账单挂在叔叔的银行卡上，你无论打多少，叔叔都给你买单。另外，到美国，你办一张美国的电话卡，便于你在美国用。"

琴琴兴奋得要发狂了，将手机高高地举在头上，然后将电话卡拿到眼前，大声宣布："大家记好了，这是我马琴琴的电话号码，大家都要给我打电话哟。"然后，调皮地对马小军说："爷爷，您记住了没有？拿笔记一下。"又扭头对马卫山说："太爷爷，您不用记，我一会儿写给您。"

整个晚上，整个酒楼包厢里，一片欢声笑语，琴琴永远是马家欢乐的源泉。

吃完饭以后，琴琴跟着爸爸马立回到自己的家中，仍然睡她的那间房，一切和她离开时一样。只是爸爸给她换了全新的被子、全新的枕巾，连洗手间里的毛巾和浴巾都换了新的，而且基本都是她喜欢的粉红色。但是，她的那些书，那些玩具，包括她喜欢的招贴画，还有她曾经用过的文具，都一切如旧还在原处，她仍然能够坐在写字台前，闭着眼，也能一伸手找到她需要的文具。

床上仍然放着奶奶给她买的那个"凯蒂猫"的抱枕，只是已经被洗得干干净净，琴琴想奶奶了。她上了床，抱着那个抱枕，回忆着奶奶抱她的温暖。回到深圳，回到家里，处处都是亲情。想着想着，她就睡着了，毕竟坐了十几个小时的飞机。

第二天早上，马立在上班前走进女儿的房间，只见琴琴完全放松地把自己摆成一个"大"字形，昏昏沉沉地睡着。

马立没有叫醒女儿，想让她好好睡一觉，他轻轻地带上琴琴的房门。然后，他小声地给家里打了一个电话，告诉桐芳不要等琴琴回家吃饭，让她想睡到几点就几点，她还在倒洛杉矶的时差。

回到深圳的家中，琴琴有一种鱼儿回到水中的自如，这里才是可以让她彻底放松的地方，这儿可以不顾及任何人，是四仰八叉地想睡到几点就睡到几点的地方。

这就是家。

其实，琴琴并不是由于获得太多的溺爱，或者有更多的人爱她，而拒绝长大任性撒娇的孩子。琴琴所经历的，让她比同龄人要成熟。

第一件让她成熟起来的事，是奶奶的去世。奶奶曾秀云去世时琴琴才5岁多一点，应该是一切都还懵懂无知的时候，可她终生都记得，那天到幼儿园来接她的不是奶奶，而是叔叔。叔叔马正第一次和她见面时没有逗她，没有笑容满面，她问叔叔："奶奶呢？奶奶怎么没有来？"

叔叔马正一把将她抱在怀里，说："奶奶休息了。"

不懂事的琴琴仍然在问："奶奶为什么要休息？"

叔叔叹了一口气，声音有点哽咽："奶奶太累了。"

琴琴懂事地说："叔叔也累，我不要抱了，我下来自己走吧。"

可琴琴记得，叔叔将自己抱得更紧了。

后来，爸爸带着自己去看住在医院里"休息"的奶奶。见到奶奶时琴琴吓坏了，甚至不敢相信躺在床上的那个皮包着骨头的人，是自己的奶奶，只是哭着要奶奶和她一起回家。已经是有气无力的曾秀云强忍着病痛，冲着自己最心爱的孙女，挤出一丝笑容，这个笑容也就永远留在小琴琴的心里。

后来，奶奶没有回家，回家的是一幅带黑框的照片，那天，琴琴看着奶奶的遗照，没有哭，反而特别安静。

第二件让琴琴成熟起来的事是，母亲和父亲的长期中美两国分居，刚开始是每一次家长会都是爸爸去，老师也问过她："马琴琴，怎么从来没有见过你妈妈？"她就回答老师："我妈妈在美国。"老师又问："你妈妈在美国不回来？"琴琴就无法回答了。

接着，终于有一天妈妈告诉琴琴，她和爸爸离婚了。那时候，琴琴已经上初中了，已经习惯了父母长期不在一起，对于父母的离婚，也没有什么特别的失落。可母亲告诉她，等到她初中毕业后，就要跟妈妈去美国读书，这些她也都没有什么感觉。反正现在寒暑假，妈妈也曾带自己去过美国，那个洛杉矶和深圳不太一样，对于去美国读书，琴琴既没有什么期待，但也不排斥反对，那时她还想不明白。

可等她初中毕业，母亲回来接她去美国，带她到广州美国领事馆去办签证时，突然告诉她："琴琴，等会儿签证官如果问你，你不要说你是中国人。"

琴琴不理解地问："为什么？我是中国人啊！"

麻君婷解释说："你有美国国籍，你就是美国人。去美国读书是你的权利，我们到美国领事馆去办美国入境手续，和中国人去美国读书的签证是不一样的。"

琴琴的脑子就发蒙，怎么也无法接受自己是美国人。琴琴依稀知道自己有美国国籍，因为她跟着妈妈去美国入境时，妈妈递给她的是美国护照。可她一直没有想过有美国国籍就是美国人吗？自小在中国长大，受的是中国传统文化的教育，而且是黄皮肤黑眼睛的琴琴，一下无法接受自己是美国人。

琴琴问妈妈："爸爸妈妈爷爷奶奶太爷爷都是中国人，都是骨子里的中国人，我怎么就变成了美国人了？"

那个时候，琴琴还无法弄明白，中国人和华人，不是一个概念。

麻君婷给她解释："妈妈是在美国怀的你，你是在美国出生的，根据美国的法律在美国出生的人，可以加入美国国籍，所以，为了你今天能到美国去读书，你出生后妈妈就给你入了美国国籍。所以今天去美国领事馆签证，就是回美国去读书。"

那时，琴琴已经初中毕业了，道理上她是明白了，感情上仍然无法接受。那天从广州回来以后，她就问爸爸马立："爸，我怎么是美国人？"

马立做了一个模棱两可的解释，他说："你是中国人，但由于你在美国出生，你妈妈为了你能去美国读书，所以给你入了美国国籍，将来学有所成，你再回来，还是中国人。"马立的解释基本与麻君婷一致，也是为了不造成女儿的困惑。

这时，太爷爷马卫山听见了，发了好大一通脾气，琴琴从来没有见过太爷爷发这么大的火。

马卫山将手中的茶杯往桌上一蹾，由于用力过大，哗啦一声全碎了，一家人都吓傻了。

太爷爷大声地说："胡说,什么是美国人?只是中国人去美国读书,美国人还要抢我的孩子吗?琴琴是堂堂正正的中国人。"

爷爷马小军当然明白是怎么一回事,琴琴有美国国籍的事,马立不敢不对父亲说。听到老爷爷发脾气,马小军就上来打圆场,对马卫山说:"爹,琴琴当然是中国人。她只是为了要美国的签证,否则进不了美国,也就读不了书。学成了,就回来。"

从那以后,琴琴再也没敢在家里提起自己的美国国籍。她知道,在家里,特别是在太爷爷面前,这是一个十分敏感的问题。但在心里,琴琴在身份认同这个问题上,一直认为自己是中国人。这个问题,在她离开中国去美国读高中时,还没有完全想明白,可她离开深圳去美国的那一天,她突然觉得自己要长大了。

第三件事,就是妈妈生下双胞胎,这更让琴琴感觉自己要离开母亲的这个家了。这个家既容不下她,她也无法接受这个家。考上大学离开家的那一天,琴琴已经过了18岁了,她就知道自己应该要独立了。

上大学以后,她立即就搬到了学校宿舍住,就是周末也以各种理由不回家。即便是回到家中,她也待在自己的房间里,很少陪两个弟弟玩。

麻君婷一直以为是女儿处于叛逆期,她也不好强迫女儿和弟弟一起玩,再说她自己已经被两个双胞胎儿子弄得身心疲惫,只能任由已经成年的女儿自己选择。

上了大学后的琴琴,不仅不太愿意回到豪斯的那个大宅子,更是一有机会就回深圳。那时候她已经开始在洛杉矶一些建筑事务所帮助别人画图,以勤工俭学挣来的钱做回家的路费,而尽量不要妈妈麻君婷的钱。因为她觉得花妈妈的钱就是花豪斯的钱,她不愿意。虽然豪斯后来对她并不差,也不反对麻君婷给琴琴应该给的钱,但琴琴就是不愿意花豪斯的钱。所以,她尽量不接受妈妈给的生活费以外的钱,这其实就是最大限度地表明自己成熟了,想做一个独立的大人。

随着学习的深入,和每年暑假回来时看到深圳的发展,她感到深圳这座城市几乎每次回来都不一样。琴琴也利用一切机会,带着自己的学习课题和思考,去世界上各个国家学习和考察,慢慢地,她认为世界上没有任何一个城市像深圳这样,可以让她在所学专业领域得到更好的发挥,为此,她大学毕业后,就又在本校读了硕士，专业仍然是城市规划方面的，不过，她选择的方向是世界城市发展史。她还没有完全弄清楚，这是爸爸对自己的影响，还是独立思考后得出的结果。她细细想想，好像都有一些。她觉得，最主要的原因可能还是她对这座城市的认同，因为她把深圳当作自己的家乡。

琴琴对深圳这座城市的认同，也与对自己的身份认同有关。她觉得美国确实科技发达，经济活力澎湃，人们讲究自由，但是她的文化认同始终还是中国式的，这个文化认同是很奇怪的东西，它渗透在你的血液里，因此它是潜移默化的，例如，琴琴的生活基本在洛杉矶，美国最骄傲的文化之一就是美国电影，而好莱坞就在洛杉矶。但琴琴却说，看好莱坞最好的大片，也无法让自己像看中国的好电影那样，牵动情绪让自己入戏，这就如同她始终觉得这个世界上还是中餐最好吃一样，这都叫"口味"，其实"口味"就是一种文化认同。

到了美国后，虽然琴琴已经可以讲一口流利的美式英语，但她的黄皮肤黑头发始终让她无法融入以白人为主体的美国主流社会中，美国人还是认为她是中国人，或者在美华人。虽然美国是一个多种族的移民国家，表面上强调种族平等和融合，但在美国的主体社会里依然深深地渗透着白人为上的现实。就是在校园里，白人同学还是喜欢和白人同学在一起，黑人同学也总是与黑人同学抱团，有色人种基本无法和白人真正融合在一起，华人等亚裔，既融入不了白人群体，也不会融入黑人族群，而是自成一体。

但在美国，就是华人，也不像韩国人那样抱团和相互支持。美国的华人，也分不同的群体，最早当然就是已经在美国生活了好几代自认为已经融入美国社会的早期华人。这些人的后代已经认为自己是美国人了，可由于他们仍然是黄皮肤黑眼睛的华人面容，有时会使他们在学校里身份处于一种尴尬的状态，白人以他们的皮肤为标志，认为他们是华人或者亚裔，可他们自认为是美国人，结果往往是白人的圈子他们进不去，华人的圈子他们又不愿意进。他们当中有不少人甚至已经不会说中文了，因此，被人们戏称为"黄皮香蕉"，意思是像香蕉一样，皮是黄的但心是白的，就是笑话他们自以为是美国人。琴琴认为，无论怎样，他们仍是华人。

再就是二十世纪七八十年代移民到美国的中国香港人和中国台湾人，再往后就是八九十年代中国改革开放以后，陆续移民去美国的中国内地人，这是不同的华人族群，就是这样的华人族群，相互也并不融合。

琴琴到美国上学以后，就发现无论是她上的私立高中，还是到后来上的大学，学校里华人同学不少，但大家相互并非都因自己是华人而互相关照，而是有不同的小圈子。琴琴在学校里是感到很孤单的。她认为，在美国说种族平等和融合，是一个虚伪的话题。

琴琴的内心深处也一直在渴望着有朋友。

琴琴一直不喜欢学校餐厅里的以土豆、西红柿、洋葱为主的菜肴。后来，有同样从中国内地来的同学给了她一个电话，说有一家从内地来的中国人，专给留学生做中式快餐，可以打电话预订，他们会送到学校来。

那天，琴琴就试着打了一个电话预订中式快餐，接电话的是一位带着江浙口音普通话的妇女。

中午的时候，来了一位瘦高的骑自行车的华人小伙儿，长得文质彬彬的，戴着一副框架眼镜，穿着一件白衬衣，有点像琴琴从中国老电影中看到的"五四青年"似的。

他将一份中式快餐递给琴琴，琴琴付完钱以后，他找零时又递来一张招贴纸，原来是他们家快餐的餐单，上面印有快餐的种类和价格。种类不多，无非是中餐具有代表性的那么几个菜，红烧肉、狮子头、糖醋排骨、咕噜肉、豆腐皮百叶结、红烧豆腐、小白菜等。琴琴一看，这些不就是爸爸曾多次带她去吃过的，深圳一家叫作"老大昌"的上海菜酒楼的菜式吗？于是就问："你们家专做上海菜？"

那送餐的小伙子回答说："对，我们家做的是上海菜。以后请多关照。"说完就骑车去送下一份了。

琴琴尝了这份中式快餐，觉得有点像家常菜，但做得很地道，吃得特别舒服，价格也不算贵，于是就隔三岔五地订这家的中式快餐，每一次都是那位戴眼镜男生送，一来二去，就熟悉了，知道他叫秦人杰。

可秦人杰总是来去匆匆的，每次见面两人都说不上几句话，他就又要匆匆去送下一家了。

一天晚上，琴琴在图书馆里看到了一个熟悉的身影坐在角落里看书，远远看着像秦人杰。但她诧异的是一个送快餐的，不太可能在加利福尼亚大学洛杉矶分校读书，因为这是全美录取难度最高的大学之一。所以，琴琴也就没有放在心里，认为自己看错了。

接下来的几天里，琴琴没有来图书馆。一周以后，琴琴再次到图书馆查资料，在相同的位置上，她又看到了那个长得很像秦人杰的人坐在那儿静静地看书。琴琴就好奇地走过去，原来真的就是秦人杰，因为他就穿着第一次给琴琴送快餐时的那件白衬衣。

琴琴走到他旁边惊奇地问："咦，你怎么在这儿看书？"

秦人杰看到是琴琴，就回答说："我为什么不能在这儿看书？"

"这是我们大学的图书馆呀。"琴琴说。

"对呀，我也是这儿的学生啊。"秦人杰回答。

琴琴这才知道，送快餐的秦人杰和她是同一所大学里的学生，心里就有点为刚才的冒昧感到不好意思，她想表示一下自己的歉意，于是就说："我可以坐在这儿吗？"

秦人杰就往旁边让了让，琴琴坐了下来。

秦人杰选的位置本来就是图书馆比较偏的角落，旁边并没有什么人。琴琴一边将手上抱着的刚刚查找到的资料放在桌上，一边说："不好意思呀，刚才我冒昧了。"

秦人杰头都没抬，说："我知道你什么意思，一个送快餐的怎么能上美国这么高等的学府？"

琴琴就装成生气的样子，说："一个男人，别这么小肚鸡肠的啊，我就是好奇嘛。"

秦人杰还是埋首在书本里，说："我才不小肚鸡肠呢，边打工边读书，没什么丢人的。"

琴琴着急地提高了声音："你这个人怎么这么敏感？不是跟你道歉了吗，还没完没了的？"

秦人杰这时才抬起头来，看了看琴琴急得有点发红的脸，想了想，却什么也没说，又低下头去看书，但翻书的速度显然变快了，好像注意力有些分散了，无法集中到书本上。

那天接下来的时间，两人再也没有说话，各自低头看书，但都没有真正把书看进去，可也不愿先离开，就那么静静地坐着。

最后图书馆要关门了，女孩的自尊使得琴琴先起了身，她背好书包，就伸手去抱桌上那一摞资料，不知是有意还是无意，几份资料滑落到了地上。这时，虽然没有抬头看她，但注意力早已在琴琴身上的秦人杰，立即起身帮她捡起地上的资料，接着说："我帮你吧，你一个人拿这么多资料有点困难。"然后迅速收拾好自己的书本，放进双肩包里背到身上，伸手将琴琴抱在怀里的资料全部接过来，起身就往图书馆外面走去，琴琴有点被动地跟在他的身后。

走出图书馆不远，琴琴就看到秦人杰那辆送快餐的自行车。秦人杰将琴琴借的资料放在自行车送快餐的车筐里，然后一脚跨上自行车，回头对琴琴说："如果不嫌弃，可以坐上来我送你回去。"

其实，此时的琴琴已经没有拒绝的余地了，她不由自主地坐到了秦人杰自行车的后座上。秦人杰说了一声："坐稳了。"一蹬脚踏，她的一只手不得不抱着秦人杰的腰。

两个小青年，坐在一辆自行车上，就在校园里的林荫道上飞奔，洛杉矶和煦的秋风吹在他们身上，琴琴闭上了眼睛，感受着风儿的轻拂，许久没有觉得这么舒服了。

一路上，两个人没有说一句话，但两个人都少有地感到身心愉快。

第二天是周末，麻君婷见琴琴好几个周末都没回去了，就打电话让她一定回去。这次回来比以往心情要好多了，把自己关在房间里的琴琴，几次都想给秦人杰打电话，因为她手上有秦人杰给的订餐电话号码，可想想仍然觉得冒昧，她问自己，打电话跟秦人杰说什么呢，不能是往家里要快餐吧？

那个周末有点长，周一到了学校，中午琴琴打电话订快餐，接电话的是一个男人，但不是秦人杰。订好餐后，琴琴早早地就在宿舍门口等，但送快餐的人也不是秦人杰，而是一位50多岁头发稀疏显得有点苍老的男人，他匆匆地将快餐递给琴琴，收了钱，几乎一句多余的话也没说，就又匆匆地去送第二家了。琴琴想，这可能是秦人杰家快餐店里雇的另外一名员工吧。

周二，琴琴又点了秦人杰家的快餐，希望可以见到他，可来的还是那位头发稀疏的中年大叔，仍是匆匆来，递上快餐，收了钱，又匆匆走了，不怎么说话。

周三，琴琴又点，来的仍是那位大叔，她就觉得奇怪了，因为以前来送快餐的都是秦人杰，现在这位大叔就像一个哑巴似的，就是不说话。

周四，学校组织的一个课外活动在学校外面，活动结束返校时已经快到中午了。坐在回程中巴车上的琴琴又想起了秦人杰，这几天几乎一到吃饭的时间就想起他。这是一个姑娘的好奇心，越是见不着，就越想知道究竟是怎么一回事。她想，不知道这几天秦人杰在干什么，现在是在学校里，还是在他们家的快餐店里？

她突然产生了一个念头，到他们家快餐店去看看。她想起第一天秦人杰给她的那张点餐单，好像就在书包里，于是打开书包找，果然在，看到那上面的地址离学校不远，于是中途就下了车。

根据点餐单上的地址，七拐八绕，进入一个老旧的小区，都是一些陈旧的房子，却没有看到哪儿有一个中餐馆，连一个指示牌都没看到，继续往里走，不见一个人影。琴琴就纳闷，这么少人的地方，怎么适合开餐馆呢？她想找一个路人问问，周边却一个人影也没有。

洛杉矶这个城市，就是这样一个特点，除了商业中心，在一些居住小区里，白天真的很少能看到人，可你要开餐馆，没有人来吃饭，你怎么开下去呢？

忽然琴琴看见不远处，有一个人骑着自行车拐进了一座房子里，好像是给自己送快餐的那位中年大叔，于是就三步并作两步赶过去一看，仍然没有看见有快餐店。

琴琴就围着那栋房子找，终于透过一扇窗户看到，在一楼的一间家庭厨房里，有两个人影正在忙碌，一位就是那中年大叔，一位是和大叔差不多年龄的妇女，他们把饭菜装进一个一个纸质的饭盒里，然后由大叔拎着出来，骑上自行车又匆匆送餐去了。

琴琴突然明白了，秦人杰家的这间快餐店，严格来说，并不是正规的餐馆，而是只做快餐送餐，有点像家庭厨房，所以，他们没有店堂，也不能提供点餐堂食，换一句话说，这只是一个帮熟悉的人做便饭的地方。

琴琴知道，华人来到美国如果没有一技之长，也没有合法身份，就不能合法地工作。但华人生存能力极强，他们会想各种办法打工挣钱维持生活，其中以做中餐的最多。在美国，不仅华人喜欢中餐，很多美国人也喜欢中餐，包括日本人、韩国人、马来西亚人等亚裔，不喜欢中餐的很少，洛杉矶有20多万华人，因此中餐有一定的市场。可开中餐馆并不是一件容易的事，投资也不小，你要有店面、厨师、员工等，最难找的是厨师。因此，有些开的就是夫妻店，厨师、店员就是家人。

秦人杰家的快餐馆，可能就是他父母开的夫妻店。在琴琴的大学里，从中国来的留学生不少，秦人杰的父母可能就是看上这一点，做这种有点像家庭厨房一样的快餐，提供给留学生们。这一定也是无奈之举，但凡有其他办法的人，不会做这种快餐，因为价格低廉，根本挣不了多少钱，而且做起来很辛苦。

琴琴没有看到秦人杰的身影，就悄悄地离开了。

第二十章

接下来的日子，琴琴有一段时间没有再订秦人杰家的快餐，不知为什么，她有点不忍心看到那位中年大叔，满头是汗地骑着自行车，来去匆匆的辛劳样子。她觉得这位大叔，还有那位在屋子里佝偻着腰忙来忙去的阿姨，一定有难言之隐，否则不会从国内来到美国，用如此辛苦的方法来供养在美国名校读书的儿子。

因为有了这个想法，因此她每次从这位大叔手上接过饭盒，特别是看着大叔用那消瘦的手接过自己付的快餐钱，又给自己一个硬币一个硬币地找零的时候，不知为什么，她就觉得于心不忍。

几天后，琴琴再一次走进图书馆，眼前突然一亮，在那个熟悉的角落里，又看到了那个熟悉的身影，是秦人杰。他好像瘦了一点，仍然是一个人坐在那儿心无旁骛地看书。已经对秦人杰充满好奇心的琴琴，不由自主地走了过去。埋头看书的秦人杰，没有感觉到有人走到了他的身边。琴琴咳嗽了一声，秦人杰抬起头来，看到是琴琴后马上站了起来。

琴琴坐下后，装着随意地问了一句："好多天都没看到你，去哪儿了？"

秦人杰说："去纽约了。"

"去纽约干吗？"

"找工作。"

"你快毕业了？"琴琴好奇地问。

于是，两人一问一答拉开了话匣子，不过基本是琴琴在问，秦人杰回答。说着说着，突然旁边有人朝他们竖起食指，放在嘴边发出"嘘——"的声音，意思是安静一点。正充满好奇的琴琴就拉着秦人杰出去走走，免得在安静的图书馆里说话，影响别人。

两人在校园里漫步，渐渐地话题也就越谈越深入。

琴琴发现外表看起来拒人于千里之外的秦人杰，其实内心压力很大，他非常想有一个人可以听他倾诉，可又不愿让人同情他，所以表现得格外孤傲，内心其实很脆弱。

秦人杰声音低沉地说："我们家来美国之前，其实在深圳生活得很好。"

正和秦人杰并排而行的琴琴，听到"深圳"两个字，惊讶地停了下来，一下跳到秦人杰的前面，一把拦住他说："等等，等等，你说什么？你们家来自深圳？"

秦人杰被琴琴的讶异弄得莫名其妙，就说："对呀，我们是从深圳来美国的。"

琴琴就推了秦人杰一把："怎么不早说？我也是来自深圳呀。"

这会儿轮到秦人杰惊讶了："你不是出生在美国吗？怎么来自深圳？"

琴琴解释说："我生在美国，所以我有美国身份，但我自小在深圳长大，我的家人都在深圳，我是在深圳读完初中才来美国的。"

"你在深圳读的哪所中学？"秦人杰问。

"实验呀，实验学校。"

"哎呀，我们俩是同一所学校的，我也是实验高中毕业的。"

琴琴高兴得给了秦人杰一拳，说："你是学长呀！"

一算时间，琴琴上初中的时候，秦人杰上高中，两人正好差三年，可两人差不多同时来的美国，只是秦人杰上的大学，琴琴先读的高中。

秦人杰的父母原来都在上海工作，后来夫妻双双来到深圳，父亲曾是深圳一家医院的外科副主任，母亲是一所高中的数学老师，都是20世纪90年代初到深圳的新移民，然后又从深圳陪着儿子来到美国。

现在，秦人杰读的是洛杉矶分校的商学院，学的是经济与统计专业，明年就要硕士毕业了。秦人杰学的这个专业就业面还是比较广的，像大的集团公司、银行、投行、基金、会计师事务所等，都需要这个专业的毕业生，而世界上最大的金融中心在纽约，华尔街也在纽约，所以，学这个专业在纽约的机会远比在洛杉矶多，因此，秦人杰到纽约去找工作。

美国的大公司，包括银行、投行、基金管理公司等，都会在前一年里就开始招聘，并在各个大学的相关专业发布招聘信息。因此，毕业生们也会根据这些招聘信息，在毕业前就开始向一些大公司投递简历，寻找工作机会。招聘单位会根据需要审阅这些简历，然后选中他们认为合适的人进行面试。

秦人杰这次去纽约，就是临时接到一家基金管理公司的面试通知，并且替他买好了洛杉矶与纽约的往返机票，因此，他赶紧飞去了纽约面试。在纽约面试结束后，他又去了一趟华尔街，到包括高盛公司在内的几大投资银行去投了简历，希望能有更多的机会，这样就耽误了好几天。

琴琴读的是洛杉矶分校的自然与社会科学学院，学的是地理与城市研究专业，一般学这个专业的女孩子比较少，她这个专业与父亲马立的专业更近。

这次琴琴与秦人杰的沟通，使两人从相识到有了一定的了解。

那天，了解秦人杰所学的专业和他的追求后，琴琴对秦人杰除了有进一步的好感，更是从心里产生了一份佩服。秦人杰所在商学院里的学生，是学校中的佼佼者。而秦人杰是在深圳高中毕业后才来美国上大学的，以琴琴自身的经历，知道仅英语过关就是一件不容易的事情。在国内英语学得再好，因为没有国外的英语环境，到美国一般都要经过一段时间的语言适应，所以很多国内高中毕业的学生到美国，都要上一年预科，主要是提高自己的英文水平，否则你进了大学上课时恐怕都听不全教授讲课的详细内容。可据她了解，秦人杰是直接上了大学，而且上的是洛杉矶这所名校。从几次在图书馆里遇到秦人杰，都可以看出他学习非常刻苦，可还要每天帮着家里送快餐。

第一次见到秦人杰，就感觉出他很节俭，一个正值青春风华正茂的青年，总是穿一件半旧的白衬衣和蓝裤子。他对时尚好像一点感觉都没有，在学校的时候，他有时就像个送快餐的，而送快餐的时候，他又像一个学生。这一点，反而让琴琴对他充满了好奇。

自那以后，两人时常见面，秦人杰也常在琴琴没有点餐时，顺便给琴琴带一份快餐，他已经熟悉了琴琴喜欢吃哪几样菜。秦人杰还和琴琴开玩笑说："反正我们家的快餐也就那么几样菜。"琴琴反过来和他开玩笑说:"那我也不能成为一个吃白食的。"

和秦人杰在一起待多了,琴琴总感觉秦人杰身上有一种来自内心的深深的忧郁,和琴琴谈心又总有一种欲言又止的感觉。这让琴琴和他在一起时,总觉得他是紧张的,浑身都是绷紧的,让人感觉很累。

那天,已经是傍晚了,两个人坐在学校的草坪上,看着西边山上的落日,秦人杰突然有一种触景生情的感觉,望着夕阳缓缓落下,心里好像有许多心事,嘴巴微张着似乎有好多话,却一句话也没说。夕阳就那么铺在他的身上,琴琴感到他坐在身边,心却在远方。

琴琴很想知道他心里到底装着什么,可他总不说,这种感觉让她快要憋死了,就说:"你怎么总是心里有一种东西吐不出来的感觉,让我都感到堵得慌。"

秦人杰仍然望着西山,眯上了眼睛。

琴琴伸手推了推他,说:"有事总要说出来,这样憋着,人都憋得像个小老头似的。"

秦人杰深深地叹了一口气,说:"其实没什么事。"

琴琴见他仍是这样,就起身站了起来,说:"行,你不说,我也不想听,我们回吧。"

秦人杰没有站起来,仍然坐在草坪上,好像没有从自己的情绪中走出来。

太阳彻底地落到了山的后面,天色完全暗了下来,琴琴弯腰拉他起来,准备回去。

可没想到,秦人杰反而将琴琴一把拉到草坪上坐下来,然后突然将她抱住,竟然抽泣了起来。

琴琴傻了,就那样一动不动地让秦人杰抱着,也是第一次被秦人杰这样紧紧地抱着,这样的拥抱让琴琴一点也没有感到两性之间的冲动,只是体会到秦人杰内心压抑想要释放的激动。

秦人杰仍在抽泣。

琴琴着急了,又问:"到底怎么一回事?说出来,总比放在心里强。"

这时，秦人杰才说了一句："去纽约面试的那家公司正式通知我，没有被录取。"

琴琴一听是这事，不以为意地说："这有什么？纽约有那么多大公司，再找呗，离毕业还有一段时间呢。"

"每天看到父母那样辛苦，我心里就憋得慌。"秦人杰难过地说。

"为什么？"琴琴不解地问。

秦人杰说："你问了我好几次，那位替我送餐的叔叔是谁，其实，我知道你是问他是不是我爸爸，他就是我爸爸。可是你知道吗，他来美国前可是国内一家医院著名的外科副主任，被人们称为'一把刀'，救过多少人的生命，可现在他50多岁了，却骑着一辆旧自行车，到处去给人送快餐。什么快餐？其实就是我妈妈做的家常菜。可我妈妈也曾是国内一名特级数学教师，我的数学基础就是我妈妈给打好的，她教的学生在国内考上清华、北大的有十几位。就是现在我们洛杉矶分校也有从国内来的博士后研究生，当年曾是我妈妈的学生。可如今的中学特级教师，在美国变成了一个厨娘，每天就是辛辛苦苦地围在灶头上。他们这样做是为了什么？还不都是为了我？他们就我这么一个孩子。我来美国都快6年了，虽然在学校可以申请奖学金，但仍然还要靠他们做快餐来补贴我读书。我明年就可以硕士毕业了，可我妈妈说，还要再上一层楼，一定要我考博士，她说在美国一个硕士和在中国一个大学本科毕业生差不多，没有太多的竞争优势，也没有太大的发展前途。如果我再读博士，他们还要干到哪一年？你看我爸爸头上还有几根头发？我要到什么时候才能挣钱养活他们，而不让他们这样辛苦，这样为了儿子干着最底层的活？"

琴琴终于明白了秦人杰那忧郁压抑情绪的原因，她为秦人杰有这样一份无奈和孝心而感动，也不由得抱紧了他。

秦人杰虽然有父母在身边，其实内心也是孤独的，而和同样感到孤独的琴琴在一起，两人就有点抱团取暖的感觉了。这种温暖的感觉留在心中，就像一个站在冷风中的人期待的那份暖意。这样，琴琴和秦人杰的内心就产生了一种磁场，相互总在吸引着，交往就多了起来。无数个夜晚，他们从图书馆出来以后，常常相约在校园里散一会儿步，有时就坐在草坪上，看看星星，说说过去，然后秦人杰将琴琴送回宿舍，两人各自都有一个好梦。

这样，两个金童玉女似的青年像漂在异国他乡的浮萍，在远离祖国的洛杉矶这个校园里相遇，不由自主地相互吸引，自然而然地想携手走一程。慢慢地，几天不见就有点相互惦念了。

两个都倍感孤独的孩子，心慢慢地靠近，往往在图书馆里几乎在同一个时间，两人同时抬起头来，相互凝视，目光代替了语言，然后悄悄地收拾东西起身，一前一后走出图书馆，两手自然相握，十指紧紧相扣，在夜色下，一步一步地丈量着脚下的土地。

随着交往的加深，两人有着说不完的话题，一般是秦人杰在说，琴琴在听，因此，琴琴对秦人杰以及他们家庭的了解也在不断地加深。

琴琴了解到秦人杰虽然是随父母在九十年代中期从上海来到深圳，但他的父亲祖籍实际上是广东番禺。番禺现在就属于广州市，而琴琴的太爷爷和姥爷虽不是广东人，但都在广州工作生活几十年，因此秦人杰与琴琴两人之间，就又多了一份亲近感。

一个周末，秦人杰一定要送琴琴回家，就是琴琴母亲麻君婷的家，这是秦人杰第一次送琴琴回来。

两人走进了那片小区以后，秦人杰看到周边有那么多崭新的独立别墅，就知道这是洛杉矶的一个富人区。走近豪斯的那栋别墅时，秦人杰有点诧异地问琴琴："这是你们家？"

琴琴心里对家的认同，下意识中一直还是深圳的那个家。她虽然说过自己在美国出生，父母离婚，母亲再嫁了一个美国人，但她一直不太愿意多说自己现在的家，更很少说到自己的继父豪斯。

可她没想到，自己住在洛杉矶的富人区和家中的大宅子却刺激了秦人杰的内心，他很敏感地说了这么一句话："我们家，早先在上海也有这样的一栋大洋房。"

一句话说得琴琴有点摸不着头脑，就问："什么？"

秦人杰说："有时间再和你说说我们家吧。"说完很失落地转身离开了。琴琴看着秦人杰头也不回地离开，还是没有明白秦人杰的话是什么意思，怎么心情突然一下就变坏了。

周一回到学校上课。晚上两人在图书馆那个熟悉的位置又见面了，秦人杰先来，好像在等芩芩。上完晚自习，两人又是一同离开，芩芩什么也没有问，秦人杰主动打开了话匣子。

他不无怀念地说："我高中毕业，被加利福尼亚大学洛杉矶分校录取了后，爸爸妈妈欣喜若狂，这比考上了清华、北大，还让他们高兴。在我即将来美国读书前夕，爸爸妈妈带我回了一趟上海。去看了我们家曾经住过的那个石库门旧房子里的老邻居，我就是在那儿出生的。那时我们家好像已经有点钱了，爸爸事先专门选了一处由一栋上海老洋房改建的宾馆入住，就在淮海路旁边，虽然是旧洋房改造的，但房费和五星级宾馆差不多。这种宾馆是由私人租来旧洋房，改建成上海二十世纪二三十年代老洋房的样子，以宾馆和酒楼综合经营，既可以吃饭，又可以住宿，主营的是怀旧式的上海本帮菜，和复旧成二十世纪初上海十里洋场的富人生活。"

接着，秦人杰详细地向芩芩介绍了那次回上海的情景，他说："那栋洋房一共有三层，顶楼是一个阳台，一楼和一个半地下的空间，被经营者改建为酒楼，二楼和三楼是客房，总面积在600平方米左右。后门出去是一个花园，花园大约有四五百平方米，里面种着白兰花和桂花树。我们去的时候，正是白兰花开放季节，清香异常。花园里有一个喷泉鱼池，就像你们家门口那个有着小天使那样的喷泉池，不过这个花园鱼池里养着红黄的金鱼。经营者对这栋洋房的维护很是精心，花园里铺着厚厚的草坪，只供观赏不让客人进入，以免被踩踏坏了。顶楼的阳台被改造成一个怀旧的露天咖啡厅，白天不营业，只有晚上才对外开放。爸爸要了三楼一个最大的套房，我们一家人住在一起。入住以后，爸爸就显得异常兴奋，在这栋洋房里前前后后不停地走动，好像在欣赏一件心仪的古董。"

秦人杰对所有的细节都记忆犹新，他边说边回忆，尽可能地让芩芩有一种身临其境的感觉，他说："我在门口看到经营者为了吸引顾客，专门在门楣上钉了一块铜牌，铜牌上的内容是说明这栋洋房的来历，它建于1920年，已经有近百年的历史了，修建这栋洋房的是原上海一家大型纱厂的老板。整个洋房里，经营者收集了好多老上海的旧物，例如在进门的大客厅里，就有一架带着一个大喇叭的留声机，客厅里有一圈旧沙发，经营者特别说明是洋房当年主人的旧物，经他修复后只供参观，不让客人坐的。还有一些不知是当年的还是做旧的老上海女明星招贴画，用一个一个画框框着挂在大客厅里，给人一种回到过去的感觉。"

琴琴听到秦人杰如此细致地描述着那次回上海，虽然她对上海了解并不深，但关于上海的影视剧看过一些，觉得十里洋场的上海总是充满故事，因此听得很入神。

秦人杰见琴琴聚精会神地听，更受到鼓励似的继续说："爸爸自住进这栋旧洋房就一直很兴奋的样子，他领着我走进客厅，指着其中一位穿着旗袍的女明星对我说，她叫周璇，当年上海红极一时的女明星，《夜上海》就是她唱的。接着，又指着仍然是穿着旗袍的另一位女明星说，她叫阮玲玉，也是当年上海红极一时的女明星，别看她出生在上海，但祖籍却是广东中山。然后，爸爸好像很可惜的样子继续说，这两位红极一时的女明星，都红颜薄命，一个后来成了精神病人，一个25岁就自杀丧命。"

秦人杰解释说："其实，这个唱《夜上海》的周璇我知道，但那个叫阮玲玉祖籍广东的女明星，我不熟悉。第二天一早，爸爸妈妈带着我去上海郊区爷爷和奶奶的墓地祭扫，在墓地前，我听到爸爸自言自语地跟爷爷说：'阿爸阿妈，你们的孙子马上要去美国上大学了，是美国常春藤名校，秦家终于有人可以光宗耀祖了，你们在九泉之下可以放心了。'第一次听到爸爸这样说话，听得我有点心惊肉跳的，心情一下就变沉重了。

"下午回来，妈妈去看她在上海的亲戚去了，爸爸家上海已经没有人了，他就带着我去钻淮海路的那些老弄堂，一一向我介绍当年他在上海的生活，但说到爷爷奶奶时又欲言又止。

"晚上吃完晚饭，妈妈还没有回来。爸爸就喊我到洋房的顶楼阳台上坐坐。这个咖啡厅，有几圈铁质的椅子和带玻璃的圆桌。爸爸叫了一壶咖啡，其实平时爸爸由于睡眠不好，在深圳家里晚上不要说咖啡，连茶水基本都不喝的。爸爸给我倒了一杯，然后自己倒了一杯，他让我先尝尝。我喝了一小口，咖啡好苦好苦。爸爸也啜吸了一小口，然后像一个品咖啡的老手一样说：'会喝咖啡的人，就是要喝这样带苦味的，不放糖不放奶，上海人叫"清咖"，当年你爷爷就是只喝这样的现磨咖啡。'

"然后爸爸把身子往椅子背上一靠，双手抱着头，闭上了眼睛，好像在享受那所谓的'清咖'的苦味。过了一会儿，他睁开了眼，直盯着我慢慢地开口了，他说：'人杰，你就要去美国了，爸爸妈妈的梦也就要实现了。你要努力，你要争气。美国是什么？美国就是代表着世界上最先进的技术，美国的高层教育更是最先进的，不看别的，就看看世界上获得诺贝尔奖最多的就是美国。而你又被美国最好的大学之一录取，爸爸实在高兴啊，爸爸的梦要靠你去实现了，我们秦家人再次出人头地，也要靠你了。所以，今天爸爸要和你好好讲讲我们秦家的历史，这个以前爸爸没有和你说过，今天讲的，你要记在心上，去了美国才有动力。'

"然后，爸爸伸手又拿起咖啡杯，啜吸了一口，突然，动作很夸张地往周围一挥，在空中画了一个大圈，说了一句石破天惊的话，真的是石破天惊，把我都惊呆了。他说：'人杰，我要说这栋洋房曾经是我们家的，你相信吗？'

"爸爸这句话，确实把我吓了一跳，他没有喝酒呀，怎么突然这么激动，说了这样一句大话？爸爸见我一副不相信的神情，就身子前倾，把脸凑到我跟前，说：'你看到门口那个铜牌了吗？建这栋房子的那个纱厂老板，就是你的太爷爷，我的爷爷……'

"接下来，爸爸用了一个晚上，将我们秦家在上海的历史，一一说给我听，虽然我们家的历史以前也支离破碎地听大人们讲过一点，但从没这么系统地听过我们秦家当年在上海的历史。"

通过秦人杰一点一点而且不止一次的叙述，琴琴大概弄明白了秦家的历史。

原来，秦人杰家的祖上是一位粤商，就是广东的商人，至于什么时候开始去上海做生意的，连秦人杰的父亲都说不太清楚，上海的那栋洋房是在秦人杰的太爷爷手上盖的，那么至少一百年前秦家的先人，就已经到上海做生意了。这个事实符合近代上海开埠后发展的历史。

1840年鸦片战争以前，清政府只允许广州"一口通商"，就是所有外国人和中国商人做生意，只能通过广州一个口岸，那时广州专事外贸的"十三行"几乎包揽了所有与外商的生意，他们也叫"行商"。其实行商的户数并不固定为十三家，"十三行"也称为"牙行"，所谓"牙行"就是在交易中"评物价""通商贾"，代清政府统制市场、管理商业的商帮，故也称"官牙"，就是清政府指定专营对外贸易的垄断机构。

在"一口通商"时期，"十三行"的发展达到了巅峰，号称为"天子南库"，几乎所有亚洲、欧洲、美洲的主要国家和地区都与"十三行"发生过直接的贸易，广州也拥有通往欧洲、拉美、南亚、东洋和大洋洲的环球贸易航线，是清政府实行闭关政策下，唯一幸存的海上丝绸之路。

"十三行"商人，是在清代和徽商晋商一样，属于中国的三大商人集团之一，但由于"十三行"商人从垄断外贸特权中崛起，经济实力显赫，是近代以前中国最富有的商帮群体。"十三行"在广州珠江边上的那一条街，曾经发生过一场大火，传说流淌出来的都是白银，因此有"白银一条街"之说。

鸦片战争时，帝国主义用坚船利炮轰开了中国的大门，因此，鸦片战争失败以后，清政府迫于列强的压力，改"一口通商"为"五口通商"，"五口"是指除广州外，另开放了上海、宁波、福州和厦门作为通商口岸。从此，上海因其得天独厚的地理位置，开始蓬勃发展成为远东地区最大的经贸商业中心。

这个时候，有着良好经商传统的大量粤商北上，来到上海做生意，秦家的先人很有可能是那个时候，或稍后来到了上海。经过几代人的劳作和积累，也经过战争和社会动荡，到解放前他们家在上海还留下一家纱厂，有近千名工人，工厂规模不小。秦人杰的爷爷已经是在上海出生长大的，最后由他经营那家纱厂，他一共有三个儿子，秦人杰的父亲是解放后出生的，在秦家是老小，后来一直在上海读书。

解放以后，这家纱厂还一直在正常运营。1954年国家对私人企业进行"公私合营"，就是他们家的纱厂和国家合营了，由政府派人来管理，秦家能拿到一份叫作"定息"的钱，即政府管理工厂后，每年从工厂利润里拿出一部分钱给秦家。秦人杰的爷爷用这部分钱来维持一大家子的生活费用，包括后来去香港的太太和两个儿子的生活费用。这份钱一直拿到"文化大革命"前夕的1966年，国家规定的定息年限期满了，他们家"公私合营"的纱厂，最后就转变成为社会主义的全民所有制工厂了，从这个时候开始，纱厂就和他们家无关了。

秦人杰的爷爷在"文化大革命"中因病去世了，而他的原配太太和大儿子、二儿子，于1950年左右就去了中国香港，后来又从中国香港去了美国。因此，秦人杰的家在中国香港和美国都有亲戚。再后来，秦人杰来美国读书，最早帮助他联系学校的，也是美国大伯家的后人。虽同为秦家人，但已经联系很少了，这是因为秦人杰父亲和大伯同父不同母。

秦人杰的父亲实际上是姨太太生的，这个姨太太是穷苦人出身，她原来是大太太的一个贴身丫头，是爷爷在1942年河南大饥荒的时候捡来的。

那一年秦人杰的爷爷去河南收购棉花，作为上海纱厂的原料，正遇上河南大饥荒。当时在一条乡道的路边，爷爷看到一个饿倒的老人躺在那儿，道边跪着一个约十来岁的小姑娘。看着那个跪在寒风中瑟瑟发抖的孩子，秦爷爷实在不忍心，就下车去查看。当时，在河南重灾区的一些乡镇，已经很难买到食物了，因此他们是随身带着干粮的。爷爷将车上的干粮拿了出来，准备给这躺在地上再也走不动了的逃荒老人。

可走近低头一看，老人已经冻僵了，探了探鼻子，没有一点气息了。再看看旁边跪着的孩子，也已经饿得不知道哭泣了，木木地就那么跪着。秦爷爷心里一酸，将手上的干粮递给那女孩，女孩伸出手来，只见手背上长满了冻疮，还流着脓水。秦爷爷就将干粮袋放在女孩的手上，女孩就那么抱着，却不知道吃。于是，老爷爷就伸手拉那孩子起来，可是由于长时间跪着，再加上饥饿，这女孩已经站不起来了，爷爷和同行的人一起拉她起身时，女孩两腿僵硬地弯曲着伸不直，无法站立，一松手又跪在地上。

爷爷知道，如果将这孩子扔在这天寒地冻的荒野，她不是饿死也会冻死，于是就将这女孩抱上了车，继续往郑州去，一路上这女孩还是不会哭。

到了郑州，爷爷一刻也不停留，立即乘火车将她带回了上海，交给了太太。太太见丈夫带回来一个女孩吓了一跳，但听到丈夫的解释，再加上当时上海报纸上已经有不少河南饥荒的报道，上海的街头已经有不少从河南逃荒来要饭的，太太是一个信佛之人，于是就将这女孩收养了下来。首先将她送到医院，边治手上的冻疮，边做身体检查，在医院给这女孩取了一个新名字叫阿霞。

实际上，阿霞那一年已经13岁了，就一直跟在太太身边，帮着太太带孩子。秦家人不把她当外人，但她也没有把自己当成秦家人，就这样，她变成了一个用人不像用人，家人不像家人，却是秦家不可或缺的人。后来，生了两个儿子的太太，还真的离不开阿霞了。

阿霞就是这样，跟着秦家在上海一天一天地长大。但阿霞一直牢记着，如果没有老爷，她早已死在1942年河南的荒野里。

上海解放以后，1950年太太带着两个儿子要去香港。当时在解放前后，有不少上海资本家去了香港。可爷爷当时不愿去，也不愿意将纱厂搬去香港，为此他后来作为一个爱国商人，受到政府的尊重。爷爷是要留在上海守着他们秦家的产业，也是想再看一看新成立的政府，怎样处理这些民族资本家的财产。

太太要走，老爷要留下来，那一年，阿霞已经21岁了，本来太太离不开她，她也想跟着太太一同去香港。可太太见丈夫一个人留下来，没有人照顾他不行，可另外请人，太太又不放心，于是就决定让阿霞留下来照顾老爷，于是阿霞的命运在这里又转了一个弯。在河南的荒野里遇上老爷，那是她命运的第一个弯；现在她没有跟着太太去香港，而是留下来伺候老爷，这是她生命中的第二个弯，那一年老爷46岁。阿霞的生命中，还有第三个弯。

后来"公私合营"，秦家的纱厂由政府派来的公家人管理了，老爷就逐渐退出了纱厂。到1956年"公私合营"结束，秦家的经济来源就只靠政府给的"定息"了。

阿霞一直留在老爷的身边照顾他，秦家偌大一栋洋房只住着他们两人，还有他们请的一位保姆和一位厨师。

1959年，阿霞突然意外怀孕了。

太太离开以后，爷爷也曾劝过阿霞找一个合适的人家嫁了，可阿霞说："我嫁人了，就要生儿育女，又怎么来照顾你？你连饭都不会烧，衣服也不会洗。"就这样，觉得爷爷对她有救命之恩的阿霞，一天一天地已经到了30岁了。

人们一直以为阿霞就是爷爷解放前娶的姨太太，那时刚解放，这种现象在上海并不奇怪，人们也见怪不怪。可到1959年的时候，新中国已经成立10年了，政府严禁纳妾和重婚，为了不让爷爷在国内被追究，在香港的太太寄来了一纸离婚书，而且还特意将时间写在1958年。这样，爷爷和阿霞就去民政部门补办了结婚登记，成为合法夫妻。

1960年秦人杰的父亲出生。全家人还在靠着工厂的"定息"过日子，当时秦家收到政府的"定息"总额并不低，政府给的"定息"是根据纱厂"公私合营"时，清产核资确定的私股金额股息的年利五厘，在当时的上海收入还是很不错的，所以，秦家人仍然住着那个老洋房，家里还另外请了一位苏北籍的保姆，帮阿霞带孩子，生活过得可以说还是很滋润。爷爷还将"定息"的一部分钱，补贴香港的太太。

在上海，秦人杰的父亲就是当时家里唯一的一个小孩，过着掌上明珠一般的生活，家里不仅有保姆，后来还请了家庭教师，因此受到了良好的教育。

1966年，国家付给的"定息"按事先约定结束了，秦家没有了这笔固定的收入，只能靠积蓄过日子了，有点坐吃山空，日子也过得越来越紧巴，甚至维持那栋洋房的水电维修等，都越来越紧张。紧接着是"文化大革命"，资本家自然是受到了冲击，可由于爷爷曾经有过"爱国商人"称号，相对冲击的力度还不是很大。

但后来，已经很久不联系的当年那家纱厂，到"文革"中已经改名叫国棉几厂了。由于"文革"中的造反派造反，社会一度混乱，纱厂领导想借用秦家洋房。这时，本来秦家就已经无力修护这栋老洋房了，再加上已经在"文革"中受到冲击，哪还敢说不同意？

很快，这栋洋房里就搬进了十好几户人家，偌大一个洋房立即被挤得满满的，楼上楼下院里院外都是人，矛盾就产生了，原来的厨房不够用了，洗手间也不够一家一个了，厂里也不和秦家商量，就派人在花园里搭了一个公共厨房和一个公共厕所，于是，花园里的假山花草金鱼池也就没了。

在上海这座超大的城市里，居民的住房一直就是特别紧张。"文革"中，国家建设基本停滞，根本谈不上建宿舍来安排职员居住，特别在寸土寸金的大上海，搬进来的人，就根本不可能再搬出去了，当年那个承诺有房就搬走的人，后来都不知道到哪儿去了，据说，回江苏老家了。

就在这样一段时间里，大家住在一起也相安无事。但接着不是后搬进来的人搬走，而是秦家人要搬出去了，他们家从这处老洋房里被赶出来了。秦人杰的爷爷一家搬进了一处旧弄堂里的石库门老房子。

石库门的房子本来就是战乱的产物，它出现于19世纪70年代太平天国起义期间，当时的战乱迫使江浙一带的富商、地主、地方官绅纷纷举家涌入上海租界寻求庇护，因此当时的上海住房变得十分紧张，租界内的外国房产商，乘机大量修建一种融合了西方文化特征和江南民居特色的建筑。这种建筑的大门以石头做门框，因此被人们形象地称为"石库门"。

可待秦人杰爷爷一家搬进去的20世纪60年代末，石库门的房子已经有大约100年的历史了，而且这种房子基本都是围合式单进院的，即进门一个很小的天井，然后就是二层或二层半的小楼，没有后院，当年只是供一家人居住的。可在二十世纪六七十年代住房十分紧张的上海，这种单进院的房子，一般都住了好几户人家。

秦人杰爷爷一家三口搬进去时，只有一楼一间厢房，后面就是连着厨房。石库门的房子是供给战乱时期逃到上海的人们居住的，这些人最需要的是安全，所以这种房子强调了围合的私密性而忽略了光线，一楼的厢房基本终年不见阳光而且潮湿。一生住惯了花园洋房的秦人杰爷爷自然是不适应，加上年纪渐大，身体就越来越差，后来患支气管炎终日咳嗽，不久就病故了。

爷爷病故以后，奶奶带着自己的独子完全过起了上海小市民的生活，奶奶担心家中的"海外关系"会给儿子成长造成不利影响，因此不敢再与香港的大太太联系。而香港的大太太由于老爷已经病故，上海的纱厂也早已没有"定息"收入，也不再和阿霞联系。因此，阿霞奶奶每天要为了柴米油盐而东奔西走。

然后是知识青年"上山下乡"，秦人杰的父亲当时由于年龄还小没有离开上海，仍在中学读书。虽然爷爷已经死了，但秦家有着资本家的背景，阿霞奶奶在逐渐变卖了家中旧物以后，也就不得不进上海街道工厂做工了，靠辛苦劳动得来的微薄工资养活儿子，此时过的就是彻底的城市贫民的日子了。

第二十一章

秦人杰对琴琴说，关于家族的历史，当自己在上海读小学的时候，那时还在街道工厂里辛苦做工的奶奶，有空就和他讲一点，但他听不明白。后来逐渐长大，爸爸和妈妈又一点一滴地给他讲过一些，但他还是没有具体形象的记忆。只有这次父母亲专门带他回上海，在那个晚上，父亲突然指着那栋旧洋房说，那曾经是他们秦家的，这个印象极其深刻，也让他很形象地知道了自己的家族曾经的辉煌。

秦人杰对琴琴说，他考上了洛杉矶分校后，父母亲后来都辞了工作来陪读，一有时间还是和他讲家族的历史，其实是父母亲带着某种期望，希望他能光宗耀祖。

秦人杰接着说自己的父亲和母亲，以及他们是怎样到深圳的。

他说，后来"文革"结束，国家恢复了高考，父亲通过高考上了大学，学了医，毕业后分在上海一家大医院里，经过自己的努力，慢慢地成长为一名胸外科副主任，也是胸外科手术做得很好的一名专家。

秦人杰接着不无骄傲地说到自己的母亲。他说，母亲祖籍是广东香山的。秦人杰还特别强调说，今天的澳门和珠海，历史上都曾经属于香山，香山就是孙中山的家乡，后来为了纪念孙中山就改称中山县了，就是如今的中山市。香山不仅仅出了一个孙中山，历史上出过很多大商人，母亲家也是一个有身份的粤商。

秦人杰还告诉琴琴，别看现在许多影视剧里的资本家大亨都是上海人，其实在上海开埠之初，重要的生意人以广东人为主。秦人杰在学商科时，曾经查阅过中国通商史资料，鸦片战争以后，清政府被迫从"一口通商"改为"五口通商"，这时，有着相对悠久商贸传统的大小粤商，也就是广东人，一批一批地来到刚开埠不久的上海。因此，早期在上海做生意的主要还是以广东人为多，秦人杰曾查到过一本由上海社科院一位研究员所撰写的《广东人在上海（1843—1949）》，这位研究员在书中以严谨的数据统计，上海当时在最多时有25万左右的广东人。这也奠定了上海作为中国近代最早的移民城市特点。

因此，秦人杰告诉琴琴，他父母家的祖辈恐怕都是很早进入上海的那批粤商，才会有后来的那一片天地，包括他爷爷手上的那家纱厂和母亲家族的生意。

秦人杰也为此进行过考证。

有一次，琴琴在图书馆里看到秦人杰在查《华尔街日报》。其实学校图书馆电脑里有《华尔街日报》的全部电子版，可秦人杰说，他要找原始的报纸，图书管理员就将他领到报纸库，让他自己查找，秦人杰就在报纸库里翻找得灰尘飞扬。琴琴以为他在找资料写论文，就没有问他找什么，再加上琴琴有过敏性鼻炎，害怕飞扬的灰尘，就回到他们俩常坐的那个角落自己看书去了。

一个多小时后，琴琴正在翻看英文版的《世界城市史》资料，这是她在准备自己研究生考试的专业方向资料。突然听到"砰"的一声，只见秦人杰将一本《华尔街日报》的合订本放在了桌上，满脸都是汗。琴琴抬头看了一眼，那是2001年的《华尔街日报》（亚洲版）。

秦人杰兴奋地翻出其中一期报纸，用手指着上面的标题，让琴琴看。

这期报纸上，有一个醒目的标题：《纵横一千年》。这不是一篇文章，而是由多篇文章组成的一个专辑。秦人杰有点急不可待地边翻着报纸，边指给琴琴看其中的文章。

琴琴看到在《纵横一千年》专辑上面，主要是统计出了上几个世纪世界上最富有的50个人。其中，一些人是琴琴耳熟能详的，例如有"美国铁路大王"之称的范德比尔特、"石油大亨"洛克菲勒。特别是那个洛克菲勒，琴琴记得好像联合国大厦的地皮和北京协和医学院都是洛克菲勒基金捐助的。

对于这些美国的富人，秦人杰都不感兴趣，他用手指着另外几个人的名字，边指边对琴琴说："你看看这儿，你看看这儿，这里有6位华人入选。"

"哦？"听说有华人，琴琴当然好奇，就顺着秦人杰指的地方去看。

秦人杰边用中文翻译，边念给琴琴听："他们分别是成吉思汗、忽必烈、刘瑾、和珅、伍秉鉴和宋子文。"

琴琴就有点不理解了，说："怎么把中国元朝的成吉思汗和忽必烈都放进去了？这是皇上，不是商人啊！还有刘瑾、和珅，这两个是大贪官啦！宋子文也曾经是国民党政府的财政部长和行政院长。"

显然秦人杰关注的重点仍然不在这儿，他说："不错，你说得很对，这里指的是最富有的人，不是仅指商人。可是你有没有注意这个名字，伍秉鉴？"

琴琴对这个伍秉鉴一点也不熟悉，说："这个人是谁？从没听说过呀！"

秦人杰要的就是这个效果，他突然提高声音说："对了，我估计你也是没有听说过，可他却曾经是世界首富。"

接着，他非常骄傲地指着伍秉鉴的名字，说："在这6个人中，唯独伍秉鉴是真正的商人。当年他的资产总额就达到2600万两白银。2600万两白银是什么概念的财富，你知道吗？"

"什么概念？对于白银，我还真的没有概念。"琴琴问。

秦人杰反问琴琴："你知道那时美国最富有的个人财富是多少吗？"

琴琴不是学商科和金融的，当然不知道，她摇了摇头。

"当时美国最富有的人，也只有相当于700万两白银的财富。"秦人杰说。

琴琴就感兴趣起来了，问："这个伍秉鉴到底是一个什么人？"

秦人杰回答说："他是当年广州'十三行'的总商。"

接下来，他给琴琴解释道："'十三行'在中国贸易史上，是一个十分重要的商人行会组织，最初成立时一共有十三家商行，所以叫'十三行'。后来发展到不止十三家，但仍习惯上叫'十三行'。和一般商人不同，他们统称'行商'，在清政府只允许广州'一口通商'的时候，他们有清政府给的海外贸易特权，其首领叫'总商'。伍秉鉴曾经就是广州'十三行'的总商。"

秦人杰喘了一口气，接着说："伍秉鉴之所以成为世界首富，不仅是他的生意做得大，而且还有很多，他有自己的企业，他们家族有一个'怡和行'，专做中西贸易的，主要经营丝织品、茶叶和瓷器。伍秉鉴后来将他的生意多元化，其家族立足广州，主要是跟英国人做贸易，同时又拓展产业放到国外，甚至债务也放到国外，他是英国东印度公司最大的债权人。同时，他也在国内买了大量的田产、宅院、茶园、店铺。他在美国也有投资，当年他将银子变成资本，投资美国的铁路、证券和保险业务，因而伍秉鉴的'怡和行'一度成为世界级的跨国财团。他所经营的茶叶，甚至有专门的商标，叫'浩官'牌，是英商最喜欢的品牌。"

秦人杰如数家珍般地说着伍秉鉴的财富，让琴琴很是好奇，她问道："你怎么对他这么了解？难怪今天在图书馆里翻箱倒柜地找报纸。"

秦人杰有点神秘地说："你知道我妈妈姓什么吗？"

这一问，倒让琴琴难住了，因为直到现在，琴琴还没有正式和秦人杰的妈妈见过面。

秦人杰没有等琴琴回答，就说："我妈妈家就姓伍。"

琴琴格外好奇了，忙问："难道这位伍大爷是你们家祖上？"

秦人杰解释了一下："远亲，远亲。"

接着秦人杰和琴琴说了自己母亲家族的情况。

他说："我母亲家也是来上海做生意的广东人。他们家早先在广州就是和伍秉鉴一样做瓷器生意的。"秦人杰特别强调了一下瓷器生意。

他接着解释说："那时，因为广州的独特位置，中西贸易十分繁荣，当时的广州港海外贸易商船云集，'十三行'享誉世界。广州清政府的官员，甚至让'十三行'商人兼做清政府与外商中间的联系人，就是今天的外交工作。"

这一次谈话让琴琴一下云里雾里，心里也是将信将疑。

过了两天，秦人杰专门送了一个礼物给琴琴，是一个五彩瓷的咖啡杯。琴琴看到上面的图案，好像是中西合璧的，颜色是外国人喜欢的浓彩，大红大绿的，却绘着中国的仕女图案，一看上面的图就是古代中国人。

秦人杰给琴琴解释说："这叫'广彩'瓷器，是当年我妈妈他们家族做的瓷器生意的产品。"说着，秦人杰将咖啡杯翻过来，让琴琴看杯底有一个像印一样的款，其实就是当年的商号标志，就像今天出产商家的商标。

琴琴还以为这是秦人杰他妈妈收藏至今的东西，可是秦人杰接着说了这杯子的来历。

他说："这是带我妈妈去纽约旅游的时候，在一家古董店里看到的。妈妈看了以后说，这是她家祖上生产的，因为，小时候在上海，她家就保存有这样一套咖啡具，平时不用，放在柜子里陈列着。她的爷爷告诉她，这是太爷爷留下来的。后来在'文化大革命'中，红卫兵冲到我们家里来抄家，说这种东西是'四旧'，将它砸了。为此爷爷心痛得在床上躺了好多天，说这是家里祖上生产的东西，专门出口到国外的。我听到是我们家祖上生产的，看着妈妈又一直盯着它，于是，就把它买下来了。"

琴琴听后，立马说："这个对你太宝贵了，我不能要，你应该珍藏着，对你来说纪念意义更大。"说完，又把它包好，放回秦人杰的包里。还特意叮咛了一句："小心别碰坏了，它可是古董。"

秦人杰又从包里将这个咖啡杯拿了出来，对琴琴说："作为古董来说，它的价格并不是很高，这个咖啡杯是光绪时期外销的，一百多年前的东西。拍卖行拍卖的中国古董瓷器，最值钱的是'清三代'即康熙、雍正、乾隆时期的，除了是皇家的东西，尤其以陈设品也叫赏器为贵。"

琴琴不懂，就问："什么叫赏器？"

秦人杰说："就是花瓶之类的，用于欣赏的。这种咖啡杯叫实用器，即日常生活中的日用瓷，虽然也图案精美，但由于产量大，收藏价值相对低一些，所以，在拍卖行很少见到实用器拍出高价钱的。"

琴琴瞪大着眼睛望着秦人杰："咦，你还懂古董？"

秦人杰说："我不太懂，只是妈妈和我说我们家祖上是做瓷器生意的，又在纽约看到这个杯子，以及妈妈跟我讲的一些家族的事，我才开始对瓷器感兴趣的。另外，我是学商科的，对于贸易自然是关心的，贸易也是我将来可能选择的职业之一，学校里上课时也有专门讲中国与西方贸易的，所以就关注这些事，包括那个古董市场。既然是市场，作为学商科的都应该了解了解，所以，我对这个'广彩'瓷的历史，还真研究了一下，研究了以后才明白，一百多年前这个杯子为什么就可以做得这么精致，中国人是很会做生意的。你有没有兴趣，我给你讲讲，什么叫'广彩'。"

琴琴确实有兴趣，急忙点头，说："有有有。"

琴琴浓厚的兴趣，鼓励了秦人杰兴致满满地开始说："我们知道从明代开始一直到康熙以前，中国一直是实行'海禁'的。'海禁'就是禁止海上贸易，所以，那时候几乎没有公开和外国人做生意的。直到清朝康熙皇上在1684年解除'海禁'以后，西方来的外国商船才逐渐增多。外国人最喜欢的中国商品，除了茶叶、丝绸，就是瓷器了。当时欧洲的皇宫、贵族和有钱人，就像今天的中国人喜欢欧洲的奢侈品爱马仕、路易威登、香奈儿一样，都以家中有中国的瓷器为荣。我们今天到欧洲任何一个国家去旅游，哪一个国家的皇宫，都必陈列有中国的瓷器。因为有需求，就有贸易，需求大，贸易就大，于是外国商人就大批地订货或根据欧洲人的喜好来样加工。因为当时清政府规定外国商船只能停靠在广州码头，所以瓷器的交易也大量地发生在广州。

"可是我们知道，中国瓷器的产地主要在江西景德镇，那时交通不发达，广州的商人到景德镇去订货，然后将景德镇烧制好的瓷器，通过人力翻山越岭地运到广州，不仅费力，而且路途中破损量大。商人是要追求利润的，为了把利润做大，把生意做好，精明的广州商人，就在江西景德镇制作瓷器毛坯，运到广州，再把景德镇的画工请到广州来，按外国人的来样，就在广州就地加工烧制，制造出了一种专门用于出口国外的瓷器，这种瓷器后来就有一个专用的名字叫：广彩。

"你现在看到的这个咖啡杯，是光绪时期的，这已经是'广彩'的晚期了，最早的'广彩'到今天已经有三百多年了，它出现于康熙中晚期至雍正早期，那是'广彩'的初创时期。其画师、材料、素材都是来自景德镇，依景德镇彩瓷纹样或外国商人的来样加工，早期的'广彩'特色并不太明显，如今中国国内流传下来的实物都很少了，如果有，其收藏价值就比较高了。"

接着秦人杰拿着那个咖啡杯又继续给琴琴如数家珍般地解释说："'广彩'的全称应该是'广州织金彩瓷'。"然后，秦人杰指着咖啡杯的彩绘，一一解释着"广彩"瓷的特点。

他说："'广彩'由瓷器的五彩和粉彩发展而来，但已经是使用新彩颜料，在瓷胎上彩绘，入炉烧制一次以后，出炉冷却后再重金描画一道，然后再入炉二次烧成，所以，'广彩'拿在手上，最先映入眼帘的是浓艳的金色，这是仿照织金图案，以金色做锦地，因此行话称'织金'，全称就是'广州织金彩瓷'。"

秦人杰还解释道："'广彩'始于清代康雍之间，盛于乾隆、嘉庆年间，流传至今，后来成为享誉中外的瓷艺，所以，现在存留的当年早期的'广彩'，已经变成具有收藏价值的瓷器了。我在纽约的古董店里看到了这个咖啡杯，虽然是光绪年间的，但也有一百多年的历史，因此，它会出现在古董店里，而外国拍卖行时常也有早期的'广彩'精品瓷器拍卖。"

接着秦人杰话锋一转，不无骄傲地告诉琴琴，他母亲家祖上一直是做"广彩"出口生意的，光绪民国以后，又将生意做到了上海，在上海开有数家瓷器行。但到了母亲的上一代，家里也和爸爸秦家一样，瓷器行也通过"公私合营"以后，再也不是他们家的了。他母亲出生的时候，家里早已没有瓷器店了，母亲后来只是上海某重点高中的数学老师。但因为母亲的伍家也同样有亲戚在海外，因此，他们家是一个有"海外关系"的人家。

父亲和母亲两家的长辈出于广东老乡的原因，一直有走动，后来，父亲和母亲相识结婚，母亲对秦人杰说，既有着广东老乡的因素，也有两家都有"海外关系"的原因。

琴琴有点好奇地问："你们家那位世界首富的亲戚伍秉鉴，后来在海外还有资产吗？他不是早期投资过美国的铁路和证券吗？后来呢？"

秦人杰想了想，说："我妈妈总是和我讲伍家的事，我之所以查阅了这么多粤商和'广彩'瓷的资料，一边当然是自己学商科的需要，其实也是在寻找伍家在美国财富的线索。鸦片战争以后，伍家就没落了，可他在海外的投资是巨大的，他后来被《华尔街日报》评为世界首富，也是根据他在海外的投资资料而统计的，这部分资产按道理不会完全消失。可不知为什么，伍秉鉴的巨额财产后来不知所终，伍家的直系后人现如今也不知在哪儿。我多次问过我妈妈，还利用假期跟着妈妈一道到广东中山老家去寻找过，老家也没有人能说清楚。伍秉鉴家应该有财产留下来，特别是在美国的投资，因为当年他不仅投资了美国铁路，还投资了证券和保险，我一直在查找资料，但毫无线索……"

接下来，琴琴就问："那你们家后来怎么到了深圳呢？"

秦人杰说："爷爷死了以后，我们家与海外的亲属渐渐地就断了联系。改革开放以后，国门打开，上海有许多当年去海外的人陆陆续续地回来探亲了。我记得很清楚，有一天晚上爸爸回来很晚，我都已经做完作业了，和妈妈一起在等着他回来吃饭。直到天都黑透了，爸爸才匆匆回家，一进家门就兴奋地告诉妈妈，说他们医院有一位老专家，原籍也是广东的，家里也是有人在海外，他们家解放前在上海和广州都有房产。这天老专家悄悄地告诉他，他们家亲戚来信说，最近广东有新政策，如果能证明当年的房产是属于'侨产'，即房子的主人是海外华侨，可以申请将房子要回去。现在已经将他们家在广州的一处房产，归还给他们家了，他们家亲戚最近来信告诉他关注上海这方面的政策。

"这位老专家知道我们家爷爷在上海也是有花园洋房的，就将这个消息告诉了我爸爸。那时，我们一家蜗居在那个石库门终年不见阳光的旧房子里，别说要回爷爷当年的洋房，哪怕给我们家换一套有阳光的房子，也是天大的喜讯啊！我记得，那天晚上我都睡得一觉醒了，还听见爸爸妈妈躺在床上，在那里叽里呱啦地小声商量着什么事。"

秦人杰告诉琴琴，从那以后，爸爸就在到处跑这件事，后来知道，首先要确定房子是"侨产"，即房子是属于海外华侨的。这就难住了秦人杰的爸爸，因为他和他的父亲，都不是华侨身份。再后来，有人给他出了一个主意，即他的父亲已经去世了，但父亲大太太生的儿子还在海外，他们是有合法继承权的。为此，秦人杰的爸爸就开始找寻解放初期去香港的家人，因为自从他父亲去世后，他们就已经和香港的家人失去联系了。

找来找去，秦人杰的爸爸还以当年香港来信的老地址，专门以游客的身份，多次到香港寻找，但香港经过二十世纪六七十年代的飞速发展，到处都是高楼林立，当年的老地址早已拆了，唯一得到的信息，就是他们的家人已经离开了香港。有人说，好像不是移民去了美国，就是去了加拿大。

最后洋房当然没能要回来，但秦人杰的父亲在多次经深圳去香港时，发现深圳这个地方充满吸引力，就想来离香港只有一河之隔的当时已经比上海还要开放的经济特区深圳。当时他还有一个心愿，觉得至少这儿离香港近，会不会什么时候能够得到一点海外家人的信息。

其实，一般上海人是不愿意离开上海的，而当时秦人杰的父母出于种种原因，决定迁来深圳。

以秦人杰父亲和母亲的专业和资历，在当时十分需要人才的深圳，两人自然是非常受欢迎的。不久，夫妻俩双双被深圳接纳，举家搬来了深圳。秦人杰的爸爸进了深圳一家大医院，任外科副主任。秦人杰的妈妈进了一所重点高中，仍然是特级教师。这时，秦人杰那位在1942年没有饿死的奶奶，已经在上海病故了，死的时候才61岁。

到深圳后，第一个满足了心愿的就是，由于父亲专家的身份，政府给他分配了一套有110平方米还带一个阳台的大房子。他们搬来深圳的时候是冬天，上海的冬天也是阴冷潮湿的，可到了深圳，这儿到处充满阳光，太阳甚至可以直接晒到他们家新房子的床上。这家人，几十年来最渴望的就是阳光，终于有了，而且充足，他们感到很幸福。

于是，夫妻俩安心地把所有的精力都放到培养这个独生儿子秦人杰的身上，而这个儿子也十分争气，学习成绩一直名列前茅。

从这个时候开始，秦人杰一家在深圳活得相当滋润，不仅住上了好房子，而且家庭经济收入逐渐增加，增加到让父亲有时喜欢躲在房间里数钱。

秦人杰告诉琴琴，那时父母亲虽然工资并不是很高，但工资外收入渐渐变得十分可观。父亲在医院里是"一把刀"，经常还会被其他医院请去做手术，每做一台手术会有几百元的类似加班费的钱。后来，出现了一些民营医院，他们将公立医院里休班的主任专家请来帮忙做手术，民营医院给的钱就比较多，视手术的大小难度和做手术的时间长短，一台手术可以给到1000元到2000元不等。

不知是从什么时候开始，公立医院里也时兴做手术送"红包"了。一开始是一些有钱的老板为了让医生多多关照，就在手术前送上一个红包。其实当时医生护士真正索取红包的现象不是很普遍，但病人家属总怕不送红包，医生护士不尽心，因此不管有没有钱，病人家属都要想办法送红包。慢慢地送红包变成了半公开的事情，不仅送医生，还要送护士，送麻醉师，最后干脆包一个大红包交给手术室，让人家自己分。一个手术，有病人家属会送上几千元的红包。

如果在医院里送，秦人杰的爸爸就会将红包放在科室里医生护士大家分。如果周末在外院做手术，那么这些所得就是他自己的了。可送红包变成普遍现象的时候，有些疑难和重病家属就不放心了，他们设法打听医生的家，会找到家里来，除了红包，还送烟酒，父亲都会全部收下。那时父亲很辛苦，几乎每天都有手术，有时一天还有好几台，周末根本没有休息的时候，不在外院，就在民营医院帮助别人做手术。

秦人杰记得，父亲常常一个人在家里数钱，一沓一沓的，让他无意中闯进去看见了。后来，钱多了，父亲就不数了，全部交给母亲，说存起来，以后给儿子出国留学用。父亲这部分收入比工资要高出好多倍，由于他高超的技术和声名在外，他几乎每个周末都在外面。不仅在深圳，还到周边城市的医院里去做手术，父亲既辛苦，也兴奋，乐此不疲。

父亲每次回来不仅带着钱，还带回来一些烟酒，那时南方时兴送洋酒，有很多牌子，有长瓶的、短瓶的、方瓶的、圆瓶的，酒瓶色彩斑斓，包装都很精致高档。酒的名字，秦人杰都说不上来。有一种洋酒他到美国后就从未见过，但至今还记得，因为这种酒很贵重，是一次父亲到东莞一家镇医院给一位做房地产的老板父亲做手术，手术非常成功，老板特意表示感谢送的。这种酒是法国产的，秦人杰至今还记得它的名字叫"路易十三"。听父亲说，一瓶就要一万多，连包装都很特别，盒子是红色方形的，瓶子是白色水晶的，酒是琥珀的颜色。喝完了酒，空瓶子都有人高价收。

可秦人杰的父亲既不抽烟也不喝酒，病人家属送的烟酒，家里后来积了好多，都没地方放了。酒是可以长期保存的，但烟放久了就要变味，家里还为这个事发愁。后来，家中楼下有家卖烟酒的小老板，看到经常有人来我们家送烟酒，就主动提出帮助代卖。再到后来，每隔一段时间，就会有专门的烟酒店上门来收购，这又是一笔收入。

这样的日子过了大约有好几年，后来上面就开始管了，于是医院里都不敢公开收红包了。父亲是科室副主任，自然得从自己管起，否则难以服众。从此，尽管是专家，有时也应邀出去会诊，但明显周末出去做手术的次数就少了，秦人杰也很少再看到父亲在房间里偷偷数钱了。

父亲的工资外收入明显变少，家里别人送的烟酒也少了，父亲不再让病人家属到家里来，有时病人家属找来了，但父亲已经坚决不收了。但是，父亲好像也没有以前那么快乐了。

后来好日子又来了。秦人杰母亲的工资外收入也渐渐多了起来。

做老师的很少不帮学生补课，尤其是秦人杰的母亲教的是高中数学，学生高考压力非常大，作为老师必然要帮帮有需要的同学补补课，这本来是老师常有的也应该做的事。后来发生了一件事，让补课渐渐变了性质，也让秦人杰妈妈有了可观的收入。

高二的时候，班上有一位女同学患了急性阑尾炎住院开刀，耽误了约一周的课程，这女孩长得很乖巧，学习也不错，为落下课程着急得直哭。秦人杰妈妈平时就挺喜欢她的，现在见她缺了一周的课，就让她周末到自己的家里来，帮她补课。这本是没有什么功利的想法，就是一个老师对学生的一种责任，或者说是一种偏爱。秦人杰的母亲也是牺牲了周末的休息时间，一连补了两个周末。女同学的家人过意不去，自然是万分感谢，就送了一点烟酒。

后来，临近高考的时候，这位女同学的家长又找上门来，希望仍能帮他们家孩子补补课，争取考个好大学。秦人杰母亲出于人情，也不好意思拒绝。可这位家长本身是做生意的老板，这一次他就提出占用了老师周末的时间，应该以加班费的形式予以补偿。于是，一开始一次是200元，后来，他们将自己家亲戚的一个孩子也带来一同补课，一次就有400元的收入。那时秦人杰母亲的态度是同学家长给补课费她也收下，但还没想到在家里开补习班。

当时已经是高三下学期，同学们面临着马上就要高考的压力，有时秦人杰母亲也叫班上她比较关心的学生到家里来补课，她觉得反正都要补课，一个人也是要花这样的时间和气力，几个人一同补也是如此，而且几个学生在一起，相互可以讨论做题，效果比一个孩子还要好一些。这样周末的时候，他们家里就有了四五个学生一起补课。

一开始也不是事先说明要收费的，但学生家长一定会登门感谢，来的时候自然不会空着手，最初的时候也只是送烟酒。后来，社会上出现补习班以后，有的学生家长为了孩子高考，希望主课老师开开小灶，于是就开始送红包了。再后来，就一步一步地变成了补课费。

秦人杰母亲周末在家里开小班小课，和学校一样，一堂课45分钟，一个上午三堂课，先是只有四五个学生，后来就发展到10多个，家里根本坐不下了，还有学生想参加，这样就有一个学生家长为了自己的孩子，免费将自己公司的会议室周末腾出来给补习班用。每次补课费200元，后来涨至300元，一个周末可以补两天课，算一算，一个月下来收入相当可观。但还不敢大张旗鼓地这样做，因为她毕竟是公办学校的在职老师，所以一般的学生还报不上名。再加上，上了一周课，周末还要给补习班学生上课，其实秦人杰母亲是很累的，因此为了挣周末的补课费，后来家里不得不另请保姆做饭做卫生，最多时家里曾同时请了一个保姆，一个钟点工，保姆做饭，钟点工搞卫生。

一家人在深圳，由于父母亲的工资外收入，虽然说不上是很有钱的人家，但在那时肯定是财务自由了，总之一句话，活得相当滋润。虽然无论是父亲做手术收红包，还是母亲收取课外补课费，都是被主管部门当作不正之风不被允许的，这个财路后来断了，但他们还是为秦人杰存下了足以支撑去美国读书的费用。

后来，在深圳通过广州的亲戚，还真的让秦人杰的爸爸找到了一点秦家人在海外的线索，这也促成了秦人杰去美国的留学。

秦人杰爷爷的原配太太一家找不到，但找到了太爷爷家的人。秦人杰的太爷爷一共有兄弟三人，一个在上海开纱厂，另外两个一直留在广州。后来他们去了香港，然后，有一家去了美国，这家人被秦人杰的爸爸找到了，并且联系上了。所以，父亲就是通过这个关系，帮助秦人杰在高中毕业后来到美国读书的。

作为一个独子，学习成绩如此优秀，一下就考上了美国的名校，真的让秦家的亲朋好友和邻居同学好生羡慕，自然父母亲更是非常骄傲，尤其是曾在上海和深圳都带过高中毕业班的母亲，对于儿子考上名校格外自豪，因为她整天体验的就是这种学校期盼学生考上名校的压力。当年在上海评选数学特级教师的称号时，她所教班级的学生考上重点大学的比例，是重要的软指标，所以，她对学生能否考上名校就特别在意。

另外，都是出身于富人之家的父母，对秦人杰抱着更大的期望，虽然没有公开说过希望他光宗耀祖，但在他考入美国名校以后，父母亲就对他一个人在美国生活很不放心了。秦人杰初到美国时，母亲寒暑假都来美国照顾儿子。后来父母亲一边是对儿子生活起居不放心，一边是觉得儿子上了美国名校后将来发展空间会很大，而那时父母亲都是期望儿子将来在美国发展，根本没有打算让儿子回国，因此全家的目标就是向美国转移。

可是，虽然秦家在美国有亲戚，但已经是第三代、第四代了，这些秦家的后人，大部分已经是在美国出生和长大的，受到的是美式教育，完全是美国人的思维方式，就是人们所说的那种"黄皮香蕉"。美国人对于亲戚这个概念比较淡，秦家在美国的后人也是如此，并不觉得因为秦人杰是秦家的后人，就应该帮助他。他们觉得你到美国已经超过18岁，就是成年人，一切都要靠自己，因此并不觉得有关心和帮助秦人杰的义务，再加上这些亲戚都是早期到的美国，都不住在洛杉矶，而是分别在纽约、旧金山等地。

秦人杰的父亲是通过在广州的亲戚联系到了美国的亲戚，美国亲戚中老一辈的一位叔公让儿女帮助秦人杰联系了美国的学校，但也就到此为止了，没有再提供其他任何帮助，以后，那位叔公去世了，他的后人渐渐就很少联系了。所以，秦人杰的父母都知道依靠美国亲戚是不现实的。

但秦人杰的父母很自信，他们认为凭着一位是外科"一把刀"，一位是数学特级教师的身份，不怕在美国找不到好工作。秦人杰的母亲甚至说，洛杉矶有那么多华人，实在不行，给华人孩子当补习老师也能活得不错。于是，先是由母亲辞职来了洛杉矶照顾儿子，后来，父亲也辞职来了美国，一家人在洛杉矶团聚了。

可是他们万万没有想到，美国的现实是如此残酷。秦人杰的父亲虽然在国内是著名的胸外科专家，有着非常娴熟的行医和手术经验，但到了美国，虽然这儿也需要经验丰富的医生，更需要像秦人杰父亲这样的胸外科专家，而且医生在美国也是属于待遇很好、受人尊重的职业，但是，美国并不认可秦人杰父亲在中国的学历和职称。如果你要想在美国当医生，除了学历要经过重新认证，还需要经过严格的考试，只有取得在美国行医的牌照，才能在美国做医生。

可秦人杰父亲的年纪大了，首先英语考试就无法过关，尽管在国内是著名专家，但在美国无法取得行医执照，也就做不了医生。已经五十来岁的男人，除了他所干的几十年的医生经验，找不到其他适合自己的工作，别人也不愿雇用一位年过半百的男人，所以，秦人杰的父亲在洛杉矶一直找不到工作。

而秦人杰的母亲同样在美国也无法找到合适的工作，首先仍然是英语过不了关，无法取得美国的教师资格证。虽然在洛杉矶有很多华人，但秦人杰的母亲也找不到需要补习的学生，因为学生们都需要用英语上课。

其实这个时候，如果夫妻俩回国，无论是秦人杰父亲的胸外科"一把刀"，还是母亲的特级教师身份，在国内用一句通俗的话说，都是非常吃香的，可夫妻俩想都没有想过回国，仍然觉得还是在美国的机会多，并且将所有希望都放在了儿子身上，夫妻俩为了儿子的未来，坚持留在美国。

一家人在美国坐吃山空，除了秦人杰有一点奖学金外，其他全靠从国内带来的积蓄。但他们的积蓄仅仅是工资和那些额外的收入，在美国生活是完全不够的，衣食住行，开销不小，因此，为了节约，曾经住在深圳阳光充足大房子里的他们，最后也不得不租住地下室。

后来，有一次秦人杰带他的同为中国留学生的一帮同学到家里来，吃了一顿母亲做的家常饭，都说好吃。第二天，秦人杰去学校时就用饭盒给他们带了一点，就有同学建议在秦人杰家搭伙，因为学校餐厅的饭对中国留学生来说，太不好吃了。于是秦人杰的母亲在做饭时，就多做一点，搭伙的同学就付伙食费。后来学校里的中国留学生不少，大家都说秦人杰母亲做的饭比学校餐厅好，都想来搭伙。于是，正为经济来源困顿而感到一筹莫展的秦人杰父母，脑子灵光一闪，搞一个小食堂，供中国留学生吃饭。

他们没有能力开正式的中餐馆，因为他们没有资金租用店面和招聘厨师，因此，只能自己搞中式快餐。秦人杰的母亲烧菜，父亲打下手，秦人杰就利用中午和晚上休息的时候，骑着自行车送快餐。于是，一位高中特级教师，一位胸外科副主任，在机会多多的美国，做起了中餐外卖。

第二十二章

讲完家里这些事，秦人杰叹了一口气说："你看我父母，现在过的是什么日子？厨师都算不上，顶多算一个小食堂的炊事员，其实我爸爸在国内时根本不会做饭，也不做家务，他是一个小少爷出身，我妈妈累了就骂他'十指不沾阳春水'，现在厨房里厨房外地跑，充其量也只是一个帮厨的，这一切还不都是为了我？"

听到这里，琴琴不解地问了一句："叔叔阿姨在国内有着那么好的专业，又都是各自领域里的专家，而且无论医师还是教师，都是非常受人尊重的职业，为什么不回去呢？现在在美国做着这样简单的劳动，如此辛苦，也看不到将来的发展前景呀！"

秦人杰听了，就有点不高兴地回答说："这一点都不明白吗？还不是因为我在美国吗？"

琴琴脱口而出："你也可以回去呀，现在国内正是需要人才的时候，你在美国名校毕业，学的又是金融专业，深圳就很急需呀！"

秦人杰瞪着一双大眼睛望着琴琴，好像听到的是外星人的声音，问："我们千辛万苦地来到了美国，又好不容易进了美国的常春藤大学，我们家为了我已经花光了所有的积蓄，深圳的房子也卖了，现在要回去，那当初来美国干什么？"

琴琴回答："来美国是为了学习呀，美国的大学教育基础好，学术研究前沿，我们来学习前沿的知识技能呀！"

秦人杰继续瞪着眼睛望着琴琴，好像突然不认识她似的，突然反问道："那你加入美国国籍干什么？你准备回国吗？"然后，仿佛挑衅似的直视琴琴的眼睛，等待着她的回答。

听到这些话，琴琴知道秦人杰不高兴了，她想了想，很坦然地回答说："加入美国国籍是因为我出生在美国，这是我母亲的选择。这就好比一个人无法选择自己的父母一样，我那时也无法选择自己的国籍。但是我长大了，18岁以后我就是成年人了，现在我有选择权。我虽然有美国国籍，但我对祖国的认同仍然是中国。这个问题我已经想了很久了，一个人对祖国的认同，是他对历史，对文化，对人情，对传统，甚至对饮食的认同，等等，还有最重要的一点，即他对亲人的认同。我在美国出生，但我在中国受的基础教育，我最大的认同，也就是心的归属感。我的心始终在我深圳的家，我在深圳的太爷爷、爷爷、爸爸、叔叔，还有我已经故去的奶奶，甚至包括我们家的保姆桐芳阿姨，永远占据着我的心。我在洛杉矶的家，尽管我的母亲是那儿的女主人，但我无法认同那是我的家。我心的归属，仍在中国，仍在深圳。"

在这一点上秦人杰与琴琴的感受可能不同，因为他在国内已经没有家人了，他所有的亲人，就是爸爸妈妈，都在美国，都在洛杉矶，还有那些虽然不和他们联系，但他仍然认同的亲戚也都在美国。爸爸妈妈和他所有的既定目标，都规划在美国，根本就没有想过要回国。否则他父母也不会放弃深圳的一切，带着家中所有的家财义无反顾地来到美国。在经济拮据的时候，他们不仅没有考虑回国，还将深圳的房子都卖了，卖了房子，就基本断了回国的念头。所以，他们咬着牙在美国待着，到最后无奈的胸外科副主任用拿手术刀的手开始切猪肉，特级教师一个硬币一个硬币地计算着每天的收入。他们已经死了心地决定在美国待下去，将现在的状况当作"不吃苦中苦，难为人上人"来度过。所以，今天秦人杰听到琴琴说回国的话，就是这样诧异，这样不理解。

秦人杰又问了琴琴一句："你准备回国吗？"

琴琴没有马上回答，而是把脸抬了起来，凝视着远方好像在思考什么。然后她直视着秦人杰，说："我正在思考着这个问题，想了很久了，坦率地说，我很想回国……"

秦人杰不解地打断琴琴的话："为什么？你现在在美国的条件这么好，经济上根本没有压力，住着那么大的房子，还有你的美国国籍是多少在美国的中国人梦寐以求的目标，你看那些中国人取得了一张美国绿卡，或者仅仅是一张工作签证，都会觉得比其他中国人高一等。而取得了美国国籍的中国人，变得那么自豪，生怕别人不知道他们有美国国籍似的，装得比美国人还像美国人。可你为什么还要考虑回国？"

琴琴说："我也看到了这些，可据我所知，他们中相当一部分人，甚至是绝大部分人，在取得美国国籍以后，基本都不想放弃中国国籍，而那些拿到绿卡的人，有的已经10多年了，也不急于申请转成美国国籍。为什么？我觉得他们虽然来了美国，可心里仍然觉得机会在中国，很多人虽然移民来了美国，却仍在中国发展。其实在美国的中国人，像你们家这样的是最辛苦的。叔叔阿姨虽然在国内有着令人尊重的职业，但仍然属于工薪阶层，虽然你父母亲也曾有过工资外收入，但，那个收入再多，无论是你父亲做手术，还是你母亲搞的课外辅导，也是一台手术一台手术、一个学生一个学生，做出来和教出来的，最多又能挣多少钱？而且还是不被公开允许的，那样辛辛苦苦赚的钱，在美国能够生活几年？而且还要供你读书。"

说到这儿，琴琴喘了一口气，停顿了一下，觉得自己的意思还没表达完，就又接着说："在美国，许多想留下来的人，一类是像你家这样，一心想在美国图发展。还有一类，他们是带着在国内弄到的灰色收入，有许多是违法收入来到美国找安全的。这类人，有做生意的，有做官的，跑到美国来，是一心想在美国留下来的。在我们家的那个区域，许多大别墅里住的都是这样的人。他们不是不想回去，而是不敢回去。他们待在美国，经济无忧，但生活未必安逸。像我们家旁边那栋别墅里住的一家，听说就是一个不小的官员，可那对夫妻，也才五十多岁，根本不懂英文，这么多年，很少出门。我想，他们在美国的内心感受，只有他们自己知道，我在家经常听到他们家传来吵架声。在一个国家生活，不懂基本语言，整天就待在自己家别墅的院子里，这种生活跟圈养有什么区别？其实他们一点也不愉快。"

琴琴讲的这些都是事实，在华人圈子里是公开的秘密，留学生当中也经常有人议论，秦人杰送外卖当然也知道这些，学校里有些同学就是这些人家的孩子，可这些人家的孩子，反而不太愿意和像琴琴这类同学打交道。

秦人杰很认真地又一次问琴琴："琴琴，你真的想回国，你妈妈同意吗？"

琴琴说："我妈妈当然反对，她当年花了多少气力才在美国待下来，又花了多少心思才将我的身份落在美国。如今，嫁了美国人，又有了和美国人生的孩子，她当然不愿意我回国。可她理解我的感受，因为她也有同感，她是这样过来的，只是生活让她无法回头。"

秦人杰不无感慨地说："总之，你妈妈的命比我父母的命好多了，不管怎样，她生活无忧，没有工作的压力，住着有游泳池和果园的豪宅，还生了两个混血的儿子，她应该已经是一名真正的美国人了。"

琴琴瞪着眼睛，问秦人杰："你羡慕她吗？你怎么不从另一个角度再想一想？这个问题我和我妈妈探讨过。我问她：'你一个国内名校的毕业生，又到美国读了建筑规划硕士，可你现在，所有的专业都丢光了，变成了全职妈妈，专职养着这两个儿子，而且起早贪黑地既做奶妈又做保姆，那你要到美国来干什么？你当初来美国的志向是什么？你和我爸爸离婚并不是感情破裂，而是为了要留在美国，然后嫁给这样一个长臂猿似的德裔美国人，如此大龄为他生下两个孩子，你是为了爱情，还是为了要留在美国？'"

秦人杰目瞪口呆地问琴琴："你真的敢这样和你妈妈说话？"

"为什么不可以？美国不是重视孩子成年后的独立性吗？什么叫独立性？就是成年的孩子有独立思考能力了，包括和父母讨论问题。"

琴琴停顿了一下，接着说："我这并不是质问我妈妈，而是要解决我心中的留不留在美国的疑问，所以，我必须将自己想的问题都提出来，而且是郑重地、严肃地提出来。"

秦人杰说："我觉得这样说，对你妈妈一定是刺激很大。"

琴琴说："是的，那天我这样问了以后，我妈妈就像你这样目瞪口呆的，久久地看着我，没吭声，然后低头哭了，好像我触动了她心中最伤心的地方。我觉得，人有时候是不愿意面对自己的，我妈妈就是如此。"

秦人杰好像来了情绪似的，好奇地追问："那你妈妈是怎么回答的？"

"妈妈转身离开了，突然又回头对我说：'琴琴，你长大了，你已经是个成年人，你有自己的独立思考，妈妈想过两天再回答你。'"

秦人杰还是穷追不舍地问："后来你妈妈是怎么回答你的？"

琴琴说："后来好几天，妈妈都好像闷闷不乐的，不怎么说话，情绪也不好，因为她对那两个双胞胎好像突然失去了耐性，不停地呵斥他们。我觉得，我把我妈妈心上的一层纸给捅破了。"

秦人杰说："她到底还是没有回答你的问题。"

"不，她用她的方式回答了。"琴琴说。

秦人杰急问："怎么回答的？"

琴琴突然扑哧一笑，说："那天，她突然打了我屁股一巴掌，说道：'滚！怎么养也养不亲，心里还是想着你爸爸。你回国吧，我不拦你。'"

秦人杰望着琴琴，又问："你真的想回国？"

琴琴说："我得先将学业完成了，才能最后决定，还有，如果决定回国，也要考虑一下最终修哪个专业，回国才能真正派上用场。现在，安心完成学业，这也是我爸爸对我说的，也是我妈妈知道我现在回不去的，所以，才威胁我滚。"

其实，秦人杰和琴琴两个人，在美国在学校都是属于比较孤独的，他们并没有什么朋友。秦人杰由于自己的父母就在学校附近做快餐，还有一种看起来很自负其实是自卑的心理，一门心思搞学习，很少和中国留学生团体接触。琴琴稍微好一点，但也没有什么真正的好朋友，所以，自从和秦人杰认识后，就走得越来越近，最后变成了情侣。

两人关系稳定以后，秦人杰就一定要带琴琴和自己的父母见面。琴琴刚开始不太愿意，后来又担心让敏感的秦人杰觉得她瞧不上他的父母，于是就答应了。这是琴琴第一次正式到秦人杰家。

秦人杰的家就租住在离学校不是很远的一个老旧小区里。洛杉矶这个城市，一般居民小区无论是高档的，还是老旧的小区，都是低矮的楼房居多。高档小区都是独栋的别墅，低档小区一般是一排一排的房子。秦人杰家就租住在一幢房子的一楼，半层在楼上，供人居住，地面上一层，用来做快餐，后面有个小院子，可以洗菜洗碗，此外还有一个地下室。

上海人出身的父母是非常爱面子的，自然重视儿子第一次带女朋友回家，本来是想安排全家到一个华人开的大型超市里去吃饭，因为那儿有正式的中餐馆，档次还比较高。可由于他们家的这种快餐是订餐式的，每天有固定的订餐人群，如果哪天不做，就要提前通知别人，否则会影响别人第二天吃饭。一边是怕这些老客户流失了，一边是考虑到停一天送快餐也就少了一天收入，所以，还是请琴琴到家里来吃饭，只是那天老夫妻俩把自己收拾了一下，没有像平时穿得那么随便。

琴琴进门的时候，看到秦人杰的母亲穿了一件丝绸的素花衬衣，戴着一副无框眼镜，立即显现出一个手持教鞭的老师形象。秦人杰的父亲穿了一件显然熨过的白衬衫，可手上却拿着一把剔骨刀，正在给一块猪肉剔骨，看到琴琴进来立即笑脸相迎，琴琴也无法不让自己想象，他曾经的胸外科专家的样子。

老夫妻俩放下手中的活欢迎琴琴到来，秦人杰母亲泡了一杯茉莉花茶递给琴琴，琴琴双手接过时，就闻到一阵淡雅怡人的清香，她下意识地看了一下手中的杯子是不是"广彩"，遗憾的是，只是一只普通的白瓷茶杯。

老两口满脸笑容地陪着琴琴坐了一会儿，秦人杰母亲不失礼貌地认真打量着琴琴。注重面子的上海人，自然注重未来儿媳的外貌，显然身材苗条、五官端正、皮肤白皙又落落大方的琴琴，让他们很满意。自然是问了一些爸爸妈妈的话，琴琴说的爸爸是马立，而不是美国的豪斯。

一杯茶还没喝到一半，老两口就要在厨房里忙进忙出了，他们必须按时准备那些快餐。琴琴看着他们在厨房里忙碌的背影，心里就在想，曾经是穿白大褂的医师和手持教鞭的老师，如今像两个炊事员每天在厨房里忙来忙去，这就是他们来美国追求的生活？琴琴总感觉那个场面有点不协调。因为听秦人杰详细介绍过他们的历史，介绍过这对老夫妻，琴琴就感到心里有点酸酸的。这位胸外科副主任，这位特级教师，成天围着这个灶台，忙碌着那几十份快餐，年头到年尾，周而复始，就是为了自己的儿子，这个牺牲也太大了，难怪秦人杰心理压力那么大。这也就是中国父母才会这样，主要还是受中国传统的望子成龙的思想的影响，可秦人杰的父母应该算高级知识分子了，怎么也会这样呢？

琴琴想，是一种什么精神，或者是一种什么期盼，让这对还算是人到中年的夫妻在这个真正的异国他乡坚持着，真的值得吗？

这天中午，秦人杰父母急急忙忙地弄完了当天订的快餐，还得给人家送去，于是，就让秦人杰父亲骑自行车去送，秦人杰的母亲陪着琴琴吃饭。

中午饭也做了一大桌，除了快餐里配的那些菜，秦人杰母亲还专为琴琴做了一个香煎带鱼，美国的带鱼比中国的好像要大要宽，一个板栗烧鸡，还做了一个典型的上海菜熏鱼。秦人杰说，这个熏鱼，妈妈昨天晚上就用作料腌上了，妈妈说，腌得久一点味道更好一些。

秦妈妈挨着琴琴坐了下来，她虽然很正式地穿了一件丝绸的衬衣待客，但琴琴此刻就从她身上闻到了一股油盐酱醋的味道。琴琴还看到，在秦妈妈那灰白的头发里，明显地粘着一些做菜的油烟。

显然，秦人杰已经将琴琴家的情况向他爸爸妈妈做了介绍，知道琴琴父母是离婚的，所以，秦妈妈不多问琴琴父母的情况，而且从她的态度上也可以看出，秦人杰的父母亲对琴琴是非常满意的，特别是对琴琴的美国国籍，因为如果儿子和琴琴结婚了，等于是和美国人结婚，再要取得美国国籍就容易多了。

秦妈妈先是不停地给琴琴夹菜，然后开口说的一段话，却让琴琴心里一沉，而且一直放在心里，无法忘记。

秦妈妈说："姑娘，你喜欢我们家小杰，我们做父母的很高兴。小杰自小就很优秀，学习成绩一直名列前茅。"

这席话，琴琴能理解的是秦人杰成绩确实很优秀，做父母的为自己的儿子感到骄傲，也能理解。可怎么一开口就说，是琴琴喜欢他们家小杰，而不是秦人杰喜欢琴琴，这让琴琴的到来反而有点上门求亲的感觉，本身一直很自信的琴琴心里就有点不舒服，可接下来的一段话，琴琴心里更沉重了。

秦妈妈接着说："小杰，自小在家就娇生惯养的，我们夫妻俩基本都是围着他转。今后，你可要多包涵他，多关心他，多照顾他。"

这几句话说得真的是让琴琴蒙了，她比秦人杰还小三岁，第一次见面，秦妈妈就以未来婆婆的口吻，让她包涵和照顾她儿子，难道以后结了婚，自己要去做秦人杰的保姆吗？听到这几句话，琴琴心里咯噔了一下，不由得产生了阴影。

琴琴不知道该怎样回答，她扭头看看坐在对面的秦人杰，希望他能出来说几句话。可没想到，秦人杰好像自然而然地接受着母亲在女朋友面前对自己的夸奖，并没觉得母亲第一次与自己的女朋友见面，就提出这样的要求是不合适的，因为他觉得自己就是家里的核心，也变成了一种自然而然的习惯。他根本想不到，母亲第一次与琴琴见面，就提出这样的要求，会对琴琴造成多大的压力和在琴琴心里形成怎样的一片阴影。

那天，琴琴闷闷不乐地离开了秦人杰的家。

和秦人杰的家人见面后,秦人杰也希望正式见见琴琴的妈妈,他觉得只有这样,两人才算正式确立了经过家人认可的恋爱关系。在琴琴的心目中,并没有觉得两人的关系已经到了要见双方父母的程度。她和秦家人见面,是秦人杰一再坚持的,而且秦人杰那么敏感,琴琴担心如果一直不同意见面,他会以为琴琴看不上他父母。再就是她本来就经常在秦人杰父母亲那里订快餐,已经多次和秦爸爸见过面了,都已经认识了,所以,她并没有把那次见面当作她和秦人杰最后确定关系的见面,而且对于秦妈妈说的那一番话,她不仅感到突然,也接受不了。现在,秦人杰提出要和母亲麻君婷见面,她犹豫了好久。

后来,她将这件事在电话中先告诉了爸爸。马立在电话里问了琴琴一个问题:"你觉得和他已经是恋爱关系吗?"

琴琴想都没想就回答说:"那当然是。"

马立又问:"你对这个恋爱是认真的吗?"

琴琴回答说:"当然是认真的。"

马立就说:"那你对他要见见你妈妈,犹豫什么?"

琴琴想了想,说:"我觉得,我目前只是和秦人杰恋爱,但还没有到要和双方父母见面的程度,我认为见过双方父母就是要确立婚姻关系了。"

马立说:"现在还不是双方父母见面,而是秦人杰想见你妈妈。我认为,可以让他见见,你们毕竟是同学嘛,也让你妈妈看看他这个人,听听你妈妈的看法。等到双方父母都见面的时候,爸爸会到美国去看一看,你别忘了,你是爸爸唯一的女儿,也是马家目前唯一的第四代,马家人都爱你,太爷爷和爷爷都要参与意见。好不好?"

琴琴听后,觉得爸爸讲得有道理,于是,就去和母亲麻君婷商量。

麻君婷已经感觉到女儿恋爱了,但琴琴不说,她也不好直接问,现在听女儿这样一说,就等于琴琴将自己的恋爱告诉了她,并且在征求她的意见。对女儿的恋爱,麻君婷当然关心,但她在美国已经生活了20多年了,知道在美国父母基本上是不干涉儿女的恋爱和婚姻的,只是祝福。作为母亲自然很想见见有可能成为未来女婿的秦人杰,所以她很高兴地答应了。

于是,琴琴就利用一个周末,将秦人杰带到了自己洛杉矶的家。

麻君婷事先也和豪斯说了这件事。见面那一天，麻君婷和豪斯也穿得很正式，麻君婷穿了一身浅蓝色的连衣裙，豪斯穿了西装，并且很正式地打了一个领结。

也是在家里吃的饭，是麻君婷烧的中餐，豪斯对于琴琴的恋爱好像也很高兴，一直是满脸笑容。大家都很高兴，只有琴琴一点都不兴奋，而且秦人杰那天很紧张，显得拘谨。

送走秦人杰后，当天晚上麻君婷将两个儿子安排睡下，就悄悄地敲了敲女儿琴琴房间的门，琴琴还没睡。

麻君婷拉开琴琴房间里的一张椅子坐下，然后很严肃地对琴琴说："琴琴，妈妈对秦人杰比较满意，这孩子不但学习的专业好，人也长得很文静，而且一家人都在洛杉矶，你要好好和他相处。恋爱就是两人相互了解，相互适应，相互磨合。在美国找这样一个合适的华人，不容易。听到没有？"

母亲对秦人杰满意，琴琴并不感到意外，因为从今天她与秦人杰见面时，以及吃饭的时候那种融洽的气氛，琴琴也看出来了。因此，她手里拿着正在翻的一本书，甚至都没抬头，嘴巴里"嗯"了一声，并没说什么。

麻君婷伸手点了一下琴琴的头，继续说："认真一点，妈妈在说你的人生大事。"

琴琴有点不耐烦地说："别弄得那么正式，人生大事，还没到那个程度。"

麻君婷很严肃地说："人的一生，有必然也有偶然，必然偶然有时就会影响人的命运。我知道你对妈妈和你爸爸的离婚，一直心存不满，我们离婚，并不是你妈妈选择错了，也不是感情完全破裂，而是命运的选择。有时有感情，也未必幸福，例如我和你爸爸。别看这人海茫茫的，要遇上一个合适的人，还真得看缘分。我看你遇上了秦人杰，就是一种缘分，珍惜一点，过了这个村，就没这个店了。你记住妈妈的话。"

说着，麻君婷又在琴琴的头上敲了一下，说了一句："要知道什么是应该做的，什么是不该做的，世界上没有后悔药。"

麻君婷说完这话，没有再说什么就起身准备走了，出门的时候，她往琴琴上学用的书包里塞了一个信封。

琴琴以为是妈妈给她的零花钱，第二天在学校里，拿出信封想看看是多少。结果，信封里根本没有钱，而是几只安全套。

见过双方的家长，琴琴与秦人杰的关系就变得比较稳定了，两人并没有因为热恋而成天粘在一起，琴琴本身就不是一个黏人的姑娘，她独立性比较强，并不想整天和秦人杰泡在一起，毕竟两人学的是不同的专业，而且各自的学习任务都比较重。秦人杰本身就是一个学习刻苦的人，又对学业极其钻研，他一心只想尽快拿到学位，在美国找一份收入好的工作，不让爸妈再这么辛苦，所以他也成天忙于自己的博士功课和四处求职。

琴琴也在准备自己的硕士论文，论文的研究方向是"城市空间的科学规划"，这个研究方向重点在新兴城市的建设方面，所以琴琴也在寻找大量资料和数据，来完善自己的硕士论文研究，因此也是忙得晕头转向。

两人时常见面的地点仍然是图书馆，仍然是那个比较偏僻的老座位。但由于课程和学习时间不一致，两人已经不用互相约定，只是谁到了图书馆就自然地坐在那个老地方，心情已经不是在等待着对方。这样在图书馆里两人见面就有点像偶遇了，你到了，见旁边没人，于是坐下后就埋头看书。然后，我到了，看见你在这儿，打个招呼，你抬头看见我，也打一个招呼，类似熟人见面一个说"来啦？"另一个点点头说"来了"，然后各自拿出自己的资料阅读、做笔记，各自都埋首在自己的功课里。

秦人杰仍然帮琴琴带饭，这个时候已经不是琴琴点餐了，而是秦人杰觉得今天家里哪个菜好，或者觉得琴琴喜欢哪种菜，就带哪种菜。琴琴见了，也不挑食，秦人杰带什么她就吃什么，就像每天在家里吃的家常菜一样。但有一点，琴琴坚持要付钱。她觉得自己不能这样长期免费吃秦人杰家的快餐，因为自己还不是秦家的媳妇，就这样吃饭不付钱不好，再就是她知道秦人杰家不富裕。刚开始时，秦人杰不收，琴琴一定要给，甚至说，不收就不吃。后来，秦人杰见琴琴坚持付钱，也就自然而然地收下了，琴琴给多少，他就收多少，琴琴每次都按秦家的快餐单上的价格付钱，一分不少，也一分不多。

两人就这么过早地进入了恋爱的平静期。

日子就这么一天一天地过着。

那段时间琴琴在紧张地准备着硕士论文答辩，有好多天都没有见着秦人杰，琴琴也没顾上这些，就一直在学校餐厅吃饭。忽然一天，琴琴在宿舍接到秦人杰的电话说要马上见她。

琴琴问："有急事吗？"

秦人杰说："见面说吧。"

琴琴又问："现在？"

秦人杰果断地说："对，现在。"

琴琴感觉可能有事要发生，就急忙收拾了一下书包，匆匆走出了宿舍。

琴琴走出宿舍不远，就看见秦人杰远远地站一处林荫道边，很着急的样子。

秦人杰远远看见琴琴朝他走来，立即迎着琴琴跑过来了，这让琴琴吓了一跳，有什么事这么急？

跑到琴琴身边的秦人杰，突然一把将琴琴抱住，然后在原地转了好几个圈，吓得琴琴一阵惊叫，秦人杰这才将她放下。

琴琴问："什么事，这么兴奋？"

秦人杰说："我被高盛录用了。"

琴琴一听，高盛？在美国不知道高盛集团的人很少，尤其是学金融投资的，因为高盛集团是一家国际领先的投资银行，是美国历史最悠久及规模最大、影响力也最强的投资银行之一，它的总部位于纽约，分部遍及全世界。在美国包括全世界学金融的人，无不想进入高盛工作，就如同学审计和会计的人，想进入美国普华永道等会计师事务所一样。

琴琴这才明白了，秦人杰为什么这么急着想见她，也明白他为什么这么激动，因为她知道他一直梦想着进高盛工作。

秦人杰一直在找工作，但由于前些年美国经济状况并不好，一些公司都在裁员，秦人杰又觉得自己是名校博士，一般工作又不愿低就，所以一直没有找到满意的工作。

虽然学的是金融投资，学校在洛杉矶，但世界最大的金融中心在纽约，所以秦人杰一直在纽约找工作。他很早就给高盛公司人事部门寄过简历，但一直石沉大海。前几天，突然接到高盛公司的通知去纽约面试的消息，所以，他消失了好几天。由于有以往不被录用的经历，他就不想事先告诉琴琴，自己一个人悄悄地去了。没想到，这一次机会好，高盛公司正急需人手，面试后，很快就通知秦人杰被录用了。

接到通知后，欣喜若狂的秦人杰第一时间就来告诉琴琴。另外，还有重要的一点，即秦人杰被纽约高盛总部录取，那么也就是表明，秦人杰要去纽约了，从此他和琴琴要异地恋，这对于他们也是一件大事。

琴琴自然为秦人杰找到这样一份工作而高兴，因为他终于找到了与所学专业对口的工作，而且是世界最著名的投资银行。另外，琴琴也知道高盛公司的工资待遇也是相当不错的，只要干得好，也会有不断的升迁机会，收入也会逐年增长，这样也可以将秦爸爸秦妈妈从每天繁重的快餐工作中解脱出来了。

可琴琴对秦人杰去纽约工作，自己和秦人杰就要分离的事，并不感到非常失落。她本来就没对秦人杰有很大的依赖性，平时两个人也不是天天粘在一起，她甚至在心里觉得，两个人异地恋，反而会增加两人的思念，也挺好的。她觉得，秦人杰总要走出去，他也需要独立。

所以，当秦人杰问她"我就要去纽约了，你怎么想？"时，琴琴想都没想，就回答说："挺好呀！学金融投资的，进了高盛，当然就有更好的用武之地，以后的发展空间也大。"

秦人杰有点失落地又问："我们俩分开了，你就舍得？"

"我可以去纽约看你呀！你父母还在洛杉矶，你也要回来的。"琴琴说。

秦人杰说："我在纽约安顿好了，可能要把父母接到纽约去。我自小就没有离开过父母，他们也离不开我。"

琴琴对这一点有点不以为意，她说："你长大了，不能总是离不开父母，总是要独立的。"

"我父母就我一个孩子，又为了我来到美国，我独立不了的。"秦人杰说。

琴琴想了想，说："这倒也是，你确实独立不了，你独立了，你父母怎么办？他们俩在美国反倒是无法独立生活。你父母连英语都不会，如果不住在华人小区里，在美国真的有点寸步难行。"

秦人杰对琴琴这样说自己的父母，有点不乐意，就说："今天就不谈我父母了吧，他们暂时还在洛杉矶。我先去纽约，等到我一切安定下来，再考虑父母的问题，目前他们在洛杉矶毕竟还有这么一个快餐工作。"

琴琴就接过话头说："我有时间会去看他们的，你先安心去工作吧。你准备什么时候去纽约报到？我去送你。"

秦人杰说："招聘我的那个部门，就是因为突然有个人辞职了，急需人手，希望我尽快去纽约报到。可我的博士学位证书还没下来，等于还没有正式毕业，这个我还要去和学校交涉。不过，我已经告诉了我的博士生导师，他倒是支持我去高盛，他说这是一个很好的机会。"

"你告诉你父母了吗？"琴琴问秦人杰。

秦人杰说："去纽约面试他们知道，但最后录取是我刚刚接到的通知，打了一个电话给我导师以后，就跑到你这儿来了，还没有告诉他们。"

琴琴急忙说："你赶快回家吧，让他们高兴高兴。还有一堆事要准备呢，有什么需要我做的，告诉我。我争取送你去纽约。"

"真的？"秦人杰一听欣喜得又一把抱住琴琴。

由于高盛公司招聘秦人杰的部门急缺人手，催着他尽快报到，第三天，秦人杰就动身前往纽约。琴琴觉得秦人杰到纽约上班是一件大事，这又是他第一次获得工作机会，再加上他要离开洛杉矶去纽约了，两人等于要异地恋了，而秦人杰自从来到美国就基本生活在洛杉矶，这一次对于他也是第一次远行。正好那段时间琴琴也没有什么重要的课，所以就陪秦人杰一同去纽约了。

那天去机场，秦爸秦妈都来送行，显得十分郑重。秦妈又穿着那件丝绸的绣花衬衣，外面很正式地罩着一件咖啡色外套。秦爸也挺正式地穿着白衬衣外套一件蓝夹克衫。秦妈听说，像高盛这样历史悠久的传统金融大公司，有特有的文化，包括着装不会像一些新型互联网公司员工那样休闲随便。高盛公司的男职员上班基本都是穿西装系领带，因此特意给秦人杰买了一套新西装。去机场那天已经是11月底了，秦妈一定要秦人杰穿着这套新西装。

秦人杰是个学生，平时在学校里就衣着随便，以休闲衣服为主，今天穿着这套新西装，显得有点呆板。琴琴看着也觉得不再像她熟悉的秦人杰了，就一直想笑，但当着秦妈的面又不好意思笑，就憋着不让自己笑出来。

从洛杉矶乘飞机到纽约，等于是从美国的西海岸飞到东海岸，时间不算短。上了飞机后秦人杰仍然是十分激动，洛杉矶的气温本来就不低，他热得满头大汗，就将妈妈特意帮他买的新西装脱了。

琴琴没有像秦人杰那样激动，飞机飞了一段时间后，就开始供餐，两人吃完饭以后，秦人杰上了一趟厕所，回来后就把头靠在琴琴的肩膀上，慢慢地没有了声音，琴琴扭头一看，睡着了。她想，一定是他这两天兴奋得没睡好，就挺着身子让秦人杰睡一觉，慢慢地琴琴也睡着了。

等到空姐提醒大家系好安全带，飞机要降落了，琴琴才醒来，这时她发现秦人杰已经醒了，正圆睁着双眼望着机舱外面。

已经是夜晚了，天完全黑透了，从飞机上可以看到，不远处就是世界第一大金融中心城市纽约，但由于是晚上，并且不是晴空，只能看见一片灯火。

慢慢地，纽约机场已经在飞机的舷窗外，这时，琴琴看见跑道上亮晶晶的，哦，纽约下雨了，整个机场都湿漉漉的。对于一直生活在雨水很少的洛杉矶的琴琴来说，见到下雨就多少有点小兴奋。随着飞机不断降低高度，机身的舷窗已经接近地面了，这时琴琴发现，纽约不是在下雨而是在下雪，可能温度还不是很低，雪花落到地面很快就融化了。

当天晚上，秦人杰和琴琴找了一家宾馆住了下来，这是琴琴第一次与秦人杰单独住在一间房里。虽然和秦人杰谈恋爱已经好几年了，但他们俩还没有单独在一起同住过一间房，因为在学校是集体宿舍，而秦人杰家的房子很小，琴琴又不可能把秦人杰带到自己的家里同住一屋，因此，这是两人第一次住在一起，秦人杰表现得非常兴奋，而琴琴有点紧张，脑子里不由自主地出现了妈妈送她安全套的画面，总觉得有点滑稽。

……

第二天，琴琴陪同秦人杰去报到。高盛公司总部就在华尔街附近，进公司人事部门报到需要电话预约。琴琴觉得陪着并不方便，于是就让秦人杰自己去办入职手续，她一个人在华尔街附近转转。

琴琴虽然在美国生活了多年，纽约以前也来过，但华尔街还真的是第一次来。这个世界著名的华尔街，掌握了多少财富，美国的强大从某种角度来说，就看华尔街了。可今天琴琴到了华尔街,非常失望,她没想到真正富可敌国的华尔街,竟是这么小小的一条街。

昨晚她和秦人杰就住在华尔街旁边曼哈顿的一家宾馆,从这家宾馆出发走不远,就是曼哈顿区南部,很快就看到那条著名的百老汇路,从百老汇路再到东河的那一条大街,就是华尔街了。

琴琴顺着这条路,从这一头走到那一头,不一会儿就把整个华尔街走遍了,全长才三分之一英里,虽然叫大街,可宽度仅有十来米。华尔街可以说是一条狭窄而短的街道,从百老汇路到东河,琴琴数了数仅有7个街段,但这里就是以"美国的金融中心"闻名于世。

高盛集团总部就在这里,而琴琴沿途还看到了美国许多著名大财团的总部也在这儿,如美国的摩根财团、杜邦财团、罗斯柴尔德财团,还有被称为"石油大王"的洛克菲勒财团等开设的银行、保险、航运、铁路等公司的总部都集中在此。当然最为著名的是纽约证券交易所总部就在这条街上,还有纳斯达克、纽约期货等交易所的总部也在这儿。因此,"华尔街"一词已不仅仅包含这条街道的本身,还成为附近区域的代称,进而演化成指对整个世界经济具有影响力的金融市场和金融机构。

琴琴走在这条街上,虽然感觉这条著名的金融街比印象中小多了,但也为秦人杰能在华尔街有一席存身之地而感到骄傲。

琴琴饶有兴致地拐进了旁边一条支巷,正好看到有一个报摊,醒目的位置放的就是《华尔街日报》,于是顺手买了一份。琴琴并不是开始关心金融信息,而是她想到了一个实际问题,秦人杰马上要租房,她知道报纸上有出租房屋的小广告,于是买了一份报纸想了解一下情况,可《华尔街日报》上此类租房信息并不多。这时,琴琴又看见路边有一些免费报纸,就放在一些架子上,没有人看管,旁边有一个牌子,上面注明免费报纸。琴琴从这些免费报纸上看到一些房屋招租信息。结果发现在华尔街附近租房,就是租一间地下室,一个月的租金也要1500美元左右,华尔街真是一个寸土寸金的地方。

中午,秦人杰才将一些基本入职手续办好,马上就来找琴琴。两个人一起找了一家麦当劳快餐店,一边吃,一边交流情况。秦人杰仍然处在兴奋之中,他告诉梦梦他的工作岗位是做投行，在高盛公司这是属于一线部门，他已经和自己的部门经理见了面。经理有一个让人一听就能记住的名字，叫约翰，约三十五六岁，一头金发，西装衬衣外罩马甲，衬衣带着亮晶晶的袖扣，皮鞋擦得光可鉴人，一看就是一个精致的金领。约翰告诉他，他们的部门连同秦人杰一共有4个人，秦人杰来了以后的岗位，根据他所学的专业先做数据分析员，主要是为一线操盘手服务的，入职后的年薪为8万美元。

梦梦看得出来，秦人杰对这个年薪收入还是很满意的，他自我释怀地说："刚进公司，努力做一段时间，熟悉了情况后再说。数据分析员在高盛公司，虽在一线部门，但实际上做的是前中台工作，不算真正的一线，真正的一线是那些操盘手。他们的收益不仅是工资，而是效益的利润分成，有时做成功一个项目，就够他们吃一辈子了，那才是我奋斗的目标。所以，每一个操盘手，都有一个团队为他服务。看项目的大小，操盘手的能力，团队也分大小，人手或多或少，约翰就是我们这个部门的操盘手，我就是给他做数据分析，我们这个团队一共只有4个人，在高盛公司应该不算大。"

梦梦说："刚进公司，虽然读了那么多年的书，你成绩也很优秀，可在实践中，你还是要从零开始的，做金融投资可并不是读了很多书就一定能行的。据我所知，在华尔街的人，讲究的并不是高学历，而是综合能力，他们追求的不是像你这样攻读博士学位，而是MBA证书，他们往往是先工作一段时间，再去读MBA，而且也大多是边工作边读MBA，原因就是这个职业讲究的都是工作实践。你不用太着急，先熟悉情况，积累经验，再有所追求。"

秦人杰听了梦梦的话，就说："我一个已经在读博士学位的人，还比不上那些只是本科毕业的？你说得也对，我只是缺少实践经验，我相信我会比他们强。"

梦梦见秦人杰仍然是自负的样子，也不想再多说什么了，她把自己了解的租房情况跟秦人杰说了一下。

秦人杰一听到房租，一下就回到现实中来了，他得知租一间地下室每月都要1500美元左右，马上诧异地问："一间地下室都要1500美元？那么一年就要18000美元，还有水电费等，加起来恐怕要2万多美元了，我总共工资才8万，还要缴税，差不多三分之一的工资去租了一间地下室，太贵了。而且纽约比洛杉矶冷多了，昨天下了一场小雪，今天就这么冷，那么冬天又多雨雪，这才11月，就开始下雪了，地下室肯定潮湿，住在下面肯定是暗无天日了。"

琴琴告诉秦人杰："那只有到稍远一点的布鲁克林去找了。我查了一下，在布鲁克林租一间单身公寓，差不多也要1200美元左右，自然比洛杉矶贵多了，不过你要有心理准备，这里是纽约，是世界金融中心，华尔街是中心的中心，有钱的人多，房租自然就贵。"

秦人杰听后没有说话。

后来，琴琴才知道，虽然秦人杰抱着要挣大钱的梦想，但在现实中他还是非常实际的。他是一个既懂事又孝顺的孩子，他自然明白父母亲的苦心，又非常心疼父母，一看到爸爸妈妈拿着切肉切菜的刀和炒勺在厨房里进进出出时，他倍感压力，所以现在虽然有了第一份工作，有了不算低的工资，但他知道为了将父母亲从洛杉矶接到纽约，他需要攒钱。可工资是死的，支出就要计划，这个学金融投资的秦人杰，第一次把所学运用到了自己的身上，尽可能地减少支出，才可以保证积蓄。

因此，为了节省房租，秦人杰最后跑到更远的纽约皇后区去租房住，在那儿花了800美元租了一间房，40多平方米，带独立的厨房和洗手间。

琴琴后来到纽约看秦人杰为了省钱住在这间房里，每天上班，秦人杰都要早早出门，中途挤公交车，转地铁，花一个多小时才到公司，晚上再这样回来，每天上下班路上要三个小时左右，确实很辛苦。

秦人杰对琴琴说："想想我爸爸妈妈在洛杉矶做快餐送快餐，我就不感到辛苦了。我要尽快把他们接到纽约来，因此，不得不尽量节省每一美元。"

琴琴送秦人杰来纽约待了三天后，就不得不回洛杉矶了。秦人杰因为刚上班几天，不好请假送琴琴到机场，那天早上是在他们住的宾馆里分手的。临分别时，秦人杰突然变得很激动，依依不舍地抱着琴琴，在她耳边说："我一定要好好干，争取在高盛做一个一线操盘手。做上一线操盘手，就可以带团队了，才可以称得上是成功的投行经理，到那时才能算是一个真正的华尔街金融人士，我要努力成为像卡尔·伊坎这样大名鼎鼎的华尔街投行大亨。"

琴琴虽然不是学金融投资的，但知道秦人杰说的卡尔·伊坎是谁，因为秦人杰一直崇拜这个人，他曾约琴琴一起去看过一部叫《华尔街》的电影，讲的是华尔街操盘手在股市上翻云覆雨强势收购企业的故事。看完电影后，秦人杰兴奋地告诉琴琴，这部电影的主角原型就是卡尔·伊坎。这个卡尔·伊坎还和美国畅销书作家马克·史蒂文斯，联手写了一部名叫《华尔街之狼》的书。这本书秦人杰也买了一本，如获至宝地读。

琴琴见秦人杰这么崇拜卡尔·伊坎，就好奇地在网上查了查资料，结果发现这个卡尔·伊坎在华尔街被称为"企业狙击手""企业掠夺者""无情投机商"。有着这样骇人的头衔，表明人们对他的评价至少是复杂而非正面的，这并不是一个好名声，可卡尔·伊坎本人对此毫不介意。

卡尔·伊坎虽是美国顶级富豪，但却被美国《财富》杂志称为"这个星球上最成功的投机者"。美国《福布斯》杂志在刊登卡尔·伊坎的采访报道时，使用的标题竟然是：《美国商界最危险的人》。许多资料都表明，卡尔·伊坎的财富是靠投机取得的，而且他的投机不择手段并且极为凶悍。一些新闻报道描述，卡尔·伊坎在股市上对一些公司的股权收购是恶意的，并且常常采取突然袭击的方式，让对手措手不及，塑造了他的威胁者形象，使自己获利巨大，让交易对手蒙受巨大的损失。也就是说，他的财富是建立在投机之上。

琴琴总觉得投机不等于投资，"投机"终归是一个贬义词。另外，卡尔·伊坎被人们称为"华尔街之狼"，狼是为了自己不惜一切手段弱肉强食的动物。当然，琴琴也知道，华尔街这个地方，不是讲正义的地方，华尔街永远是弱肉强食的一条街。可琴琴看到秦人杰如此崇拜这样的"华尔街之狼"，有点不寒而栗。作为一个学城市规划的学生，脑子里永远是建设，而狼在琴琴心里，是一个凶悍的破坏者。

琴琴能理解秦人杰急于赚钱的想法，也感受到了秦人杰想赚大钱的强烈欲望。她觉得想赚钱并不是坏事，可像狼一样去赚钱，她觉得不好。秦人杰崇拜"华尔街之狼"，在琴琴的心里产生出一种说不清、道不明的感觉。

第二十三章

　　琴琴与秦人杰的恋爱，对于马家来说自然是天大的事，特别是一直担心她找一个老外的太爷爷马卫山和爷爷马小军来说，得知她找了一个中国留学生而且还很优秀，就特别欣慰。所以，对琴琴的恋爱，马家人都是赞成的。

　　与秦人杰的关系基本稳定以后，太爷爷马卫山和爷爷马小军，就一直想见见秦人杰，常向马立提起，马立见两位老人如此着急，于是就让琴琴找一个时间和秦人杰回一趟深圳。

　　虽然，琴琴也发过秦人杰的照片给家里，但没有见过真人，两位老人一直都想看看秦人杰本人。现在琴琴虽然人在美国，但她的婚姻是马家的大事，全家人没有一个不关心和着急的。

　　在麻君婷见过秦人杰之后，马立和麻君婷通了一次电话。虽然自从麻君婷结婚以后，他们之间的直接联系已经越来越少了，一般都是通过琴琴传话，但琴琴毕竟是他们的女儿，马立主要是想了解麻君婷见过秦人杰以后的印象，这一点琴琴传不了话。

　　马立让琴琴和麻君婷约了一个方便通电话的时间，按照约定把电话打了过去。电话通了，马立在电话里："喂。"

　　两人已经很久没有直接通过电话了，麻君婷在电话那头停顿了一下，然后回应了一声："喂。"

　　麻君婷生了双胞胎儿子以后，变成了专职家庭主妇，已经累得身心疲惫，连反思自己的时间都没有。今天一接到马立的电话，心里陡然升起一股说不出的感觉，既有难过，也有歉意。没有离婚前，她只要和马立通话总是理直气壮的，充分的理由就是在美国发展前途一定会比在国内好，所以她坚持要马立来美国，甚至不止一次对马立言之凿凿地说："你不来，将来后悔的一定是你。"

可如今，自己活成这样，别说在美国的发展前途，就连自己所学专业也丢得差不多了，可能永远都无法再搞专业了，等到这两个双胞胎儿子长大，自己恐怕也老了，还谈什么发展？因此，麻君婷当初的理直气壮，就变成理屈气短了，一声"喂"以后，不知道接下来说什么了。

这反而让马立一下不知话该从哪儿说起，也停顿了。

这时，麻君婷问了一声："你好吗？"声音弱弱的。

马立仿佛听到了他们当初在谈恋爱时的声调了。

此时，马立已经在主持一个国有大型企业，管理着几千号人，又在自己城市规划专业领域有了不少实践成果，他将自己的精力都放在专业和工作领域里，每天都在处理许多问题和矛盾，工作和生活都使他变得越来越成熟，也越来越沉稳。虽然，过去他和麻君婷相爱的岁月，也时常让他回忆，也有留恋，但此刻他清醒地知道早已过去了。

如今，麻君婷已经是有夫之妇了，两人再怀念过去的岁月，自己也不能接这个话头了，因为接下来的话不好说。

所以，马立直奔主题："琴琴告诉我，你答应她和秦人杰相处，我们都尊重你的意见。但你知道琴琴是爷爷和爸爸的精神寄托，他们非常想知道这男孩是一个什么样的孩子。你已经见过他本人了，所以打个电话问问。"

麻君婷立即明白了马立的意思，毕竟她和马立在一起那么多年，自信是了解马立的，包括马立此刻的心理。她总觉得，马立这个人的优点就是沉稳，缺点是太沉稳。她明白他不想再把话题拉到除琴琴的事之外了，她也知道自己和马立已经过了那个村，而且都无法回头张望了。目前，只有女儿琴琴还是她和马立继续联系的理由。

就是在琴琴的教育和恋爱的问题上，马立也表现得很沉稳，一是尊重麻君婷的意见，因为琴琴在麻君婷身边；二是关照马家两位老人对琴琴的感情。所以，他和麻君婷离婚后，从未因琴琴的事产生过大的矛盾。

马立不仅维持着与麻君婷相对友好的关系，也维护着麻君婷与马家两位老人相互尊重的关系。因为，马立非常清楚，琴琴在美国，在麻君婷身边，如果他和麻君婷的关系不维护好,女儿会很为难,亲生父母关系紧张,马立也担心会影响女儿的心理。他一心只想虽然自己和琴琴的妈妈离婚了,但不能让琴琴缺乏一个完整家庭的爱。同时,深圳的家里还有两位老人,他如果和麻君婷关系紧张,而麻君婷又个性张扬,势必也会让两位老人过多地担心。

马立也为了这些现实,多年来对于自己重新再组织一个家庭顾虑重重,也是考虑到女儿的感受,她能不能再接受一个新妈妈,又考虑到新找的妻子能不能处理好与琴琴,特别是家中两位老人的关系。因此这么多年来,有时有人介绍,有时是在工作中遇到比较合适的姑娘,一个一个都错过了。错过的主要原因,都不是马立的条件太高,而是马立的顾虑太多。

还有一个非常重要的原因,由于马立在工作中表现突出,他在仕途上一直往上走。仕途有一个特点,即上了一个台阶,就会有另一个台阶出现在自己面前,吸引着自己不由自主地继续往上攀。仕途还有一个特点,即每一个往上的台阶都会变得越来越窄,越来越拥挤,要想往上,不但要继续努力,还要自律,否则就容易被人挤下来。因此,只要你在仕途上,很多时候往往是身不由己的。另外,马立在国企工作,国企虽然是企业,但其干部管理基本是参照国家干部管理方法进行的,市属大型企业的主要领导人,甚至是由市委组织部任命的,因此国企的干部对个人生活的一些事情,也必须谨慎小心,不能像民企老板那样随便。

马立这种性格,典型的技术型人才,在他成长的时候看到作为国企领导的父亲那巨大的压力,经常愁容满面地回家,为了发不出工资而唉声叹气,这在他的心里留下了很深的印象,因此,他那时就知道做一个国企领导的不容易,不如单纯去搞技术,因此,他并不是一个想挤仕途的人。

可生活中许多事情并非由着自己的意志转移。马立年轻,专业学历高,做事肯钻研,性格沉稳,又不喜欢和人争高低,这些特点,会让一些领导欣赏他,让同事不戒备他,后来不知不觉地就一有机会就上了一个台阶,一有机会又上了一个台阶,可上到中层以上以后,原来不戒备他的同事就变了,因为台阶越来越高就越来越窄,上面所能容纳的人就越来越少,再往上仅靠努力是不行的,还得随时担心被挤下,所以,你就不得不自律小心了,包括生活小节。

因此,马立在工作中、在生活里,都变得很谨慎。其中,他是著名的"金牌王老五",当今社会又是如此开放,生活中总有个性开朗的姑娘主动贴上来。这样，就容易产生流言，流言伤人是无形的，所以，马立在与女人的接触上也变得格外小心。如此一来，一年一年，时间就这样流逝了，马立也就一直单着。人们说，习惯成自然，单着，单着，马立就单出了自然来。

在麻君婷再婚又有了孩子以后，两人的关系就变得客客气气了，实际上是马立的态度在彬彬有礼中带着一种距离感。

这一点麻君婷感觉到了。一般来说，男人比女人念旧情，特别是有责任心的男人。可在麻君婷与马立的关系上，却是麻君婷一直在念旧情，这可能与麻君婷在后来的日子中，慢慢地觉得还是和马立在一起的日子最幸福，与马立离婚这件事情上，是自己的过错。再加上马立一直小心地维护着女儿与麻君婷的良好关系，麻君婷尤其感激在自己生下双胞胎儿子时，又遇上女儿琴琴的叛逆期，马立一直在努力帮助琴琴克服心理上对母亲的不理解和对洛杉矶这个家的抵触，而让女儿与自己一直维持着相互尊重的关系。

包括琴琴谈恋爱，这么重大的事情，马立也首先让琴琴征求母亲的意见，让麻君婷见过秦人杰答应他们相处以后，马立才算正式答应女儿谈恋爱。麻君婷后来一直认为马立作为丈夫是称职的，作为前夫也做到了仁至义尽。

麻君婷理解马立此时的冷静，也理解马家对琴琴恋爱的高度关心，就在电话里谈了自己对秦人杰的看法。她说："我觉得小秦是一个不错的小伙子，已经快博士毕业了，并且很懂礼貌，也懂得尊重长辈，这样的小伙子在美国也是比较难得的。美中不足的是，家里没有什么经济基础，父母亲在洛杉矶都没有固定收入，将来他们很有可能和他儿子一起生活，这一点不知道琴琴能不能与他们和睦相处。不过小秦在学校成绩优秀，可塑性很强，所学专业有很好的发展前途。我觉得，琴琴在美国找到小秦这样的小伙子，机会不多。所以，我就答应让他们先相处，好像两人关系保持得比较稳定，既不热，也不冷。现在年轻人谈恋爱和我们那个时候不同了，琴琴和小秦好像早早地就进入了平静期。"

马立听了麻君婷的介绍后，觉得和琴琴讲的是相互印证的，他就说："我把这些和爸爸、爷爷说一下，家里人是希望如果他们关系稳定了，就想他们回来一趟。家人都想见一见小秦，他们认为琴琴的婚姻是大事。你觉得怎么样？"

麻君婷想了想，说："现在小秦正在找工作，我的意思是稍等等，等小秦找到合适的工作后，他们之间的关系就更稳定一些了，那时候再让他们一同回去一趟，我觉得更稳妥一些。"

马立觉得麻君婷的话有道理，就说："好，我和爸爸、爷爷说一下，你多保重。"

马立没有给麻君婷留下再说怀旧话的时间，就将电话放下了。

在秦人杰被高盛公司聘用到纽约工作以后，马立就觉得应该让琴琴他们回来一趟了。爷爷马卫山一天比一天苍老，话也一天比一天少，时常一整天都一声不吭。年纪大了，听力下降很大，可只要有人提到一句琴琴，他的耳朵就立即能捕捉到，马上就把注意力转过来。父亲马小军虽然这些年身体还过得去，但自从母亲去世后，他的退休生活也是非常孤寂。马小军几十年来在部队，风里来，雨里去，除了工程还是工程，没有什么业余爱好，既不下棋，也不打牌，更不会打麻将，也不会约三五战友喝喝酒、叙叙旧，他除了看看报，整理整理旧物，就是照顾老父亲马卫山，余下琴琴就是他一切快乐的源泉了。孙女初中毕业去美国，马小军竟然想得病了一场，还住了半个月的医院。后来，琴琴每年暑假基本都回来，假期结束琴琴再次去美国后，两位老人几乎都是数着日子等着琴琴再回来。现在琴琴已经长大成人，并且有了男朋友，应该让她带着秦人杰回来一趟，以满足老人的心愿。于是，马立和麻君婷再次商量以后，就给女儿打了一个电话。

琴琴说，秦人杰刚去纽约上班，待他对工作稍熟悉一点，两人就回来。然后就将回深圳的事和秦人杰商量，秦人杰和父母通了一个电话，父母亲当然希望秦人杰和琴琴的家人见面，再加上现在已经有了稳定工作，有了工资收入，应该和马家人见面了。另外，秦人杰也有很多年没有回过深圳了，早就想回来看看，所以就决定利用今年圣诞假期回深圳，正好也是琴琴的寒假，于是，两人就结伴成行了。

琴琴先飞到纽约，然后他们从纽约飞到香港，二叔马正去香港机场接他们，从深圳皇岗口岸进的深圳。

琴琴几乎每年都回来，所以通过海关进入深圳以后，就闭着眼睛克服着时差带来的不适。而秦人杰自18岁离开深圳去美国读书，除了头几年父母还在深圳时他回来过，后来父母卖掉了深圳的房子也到了美国以后，他已经差不多有10多年没回国了。二叔马正包了一辆有深港两地牌照的车，直接从香港机场经皇岗口岸进入深圳，一过关，迎面而来的林立高楼就让秦人杰有点目瞪口呆了。虽然在他的印象中，深圳是一个现代化的新兴城市，但没想到这才十多年，深圳的天际线几乎长高了一大截，出现了一大批超高大楼，远远地望去就是一片生机勃勃的景象。

秦人杰想到住在洛杉矶十几年来，几乎没见它变样，也很少有新的高楼出现。到了纽约，特别是在曼哈顿地区虽然也是高楼林立，但那是几百年的建设成就，很多大楼都已经陈旧了，著名的帝国大厦也已经80多年了。可自己离开也才10多年，深圳一下就冒出这么多的崭新的摩天大楼，秦人杰坐在车里东看看，西瞧瞧，显得很兴奋。

琴琴闭着眼睛一直没说话，二叔马正却话很多。马正自从把原先那个基金公司解散以后，仍一直在股市里打拼，只是一个人单打独斗，现在是专职炒股者，或者讲得好听点叫投资人，听说秦人杰在美国高盛公司做投行，就非常感兴趣，一路上，主动给秦人杰介绍深圳的变化。

现在的秦人杰，对于深圳变成一个熟悉的陌生人，因此十分有兴趣地听马正给他介绍。这时，秦人杰指着远处两栋超高层的大厦问："记得我离开深圳时，深圳最高的楼叫'地王大厦'，好像是60多层，我还曾经上去参观过，现在怎么变得像一个小弟弟一样，旁边那幢高楼是后来建的吗？"

马正因为经常要接待从外地来的朋友同学，常常陪着他们参观，很熟悉这些高楼的情况。另外，马正学的是金融，现在的职业是炒股，他有一个特点，即对数字特别敏感，记忆也很好。他接过话头，报出了一组数据。

马正说："地王大厦一共69层，高384米，1996年建成的。现在紧挨着它的那栋大厦叫京基100，2011年建成的，一共100层，楼高有441米多。地王大厦虽高达384米，但它上面有一个60米高的天线，实际高度在324米，京基100大厦整整比地王大厦高117米，因此，地王大厦站在旁边不就像是一个小弟弟？"

这时，琴琴睁开了眼睛，好奇地问："二叔，你怎么对深圳的高楼这么熟悉？楼高多少都能报出来？"

马正说："你别忘了，你爸爸现在是深圳城市规划方面的专家，是他告诉我的。我这人其他事记不住，但对数字特别敏感，一般说一两次，我就记住了。梦梦，你别忘了，你二叔是银行出身，专门数钱的。"

梦梦知道二叔特别喜欢逗她开心，就说："你的这个好记性，为什么没有遗传给我？我现在学的也是城市规划，我要是有你这么好的记性，考试就不发愁了。上次考试有一个题目里有世界超高层建筑的历史数据，其中曾经是世界第一高楼的纽约帝国大厦，楼高我就把它记成了381米，实际上这是它1931年建成时的高度，后来20年后的1951年也是增添一根高62米的天线，楼高就变成了443米，那么和深圳的京基100大厦差不多一样高。"

马正说："二叔也只是对数字敏感，对于公式、定律什么的，又不行了。所以二叔只会数钱。"

梦梦说："会数钱多好呀，有钱才能数呀。我听爸爸说，你现在炒股票赚了不少钱。"

马正马上笑道："打住，打住。你别晚上到二叔家里来打劫啊，二叔家里没钱。二叔会数钱，不等于有钱呀！二叔在银行里是替别人数钱的，所以，不干了。现在只数自己的钱。"

梦梦自小就喜欢和二叔打嘴巴官司，她马上说："二叔，你的家还要我去打劫吗？你再不结婚，将来我给你养老，你的不就是我的了！"

马立笑着说："你这样算计我比打劫还彻底，我得把钱藏紧点，不过，你出嫁的嫁妆，二叔还是给得起的。"

梦梦说："那好，我不算计你，我现在要提前支出，你给我多少？"

马正说："嫁妆哪有预支的？不结婚哪有嫁妆？不行不行。"

梦梦就说："二叔，你是银行出身的，信誉很重要，不能开空头支票。"

马正就继续和自己最喜欢的小侄女拌嘴，说："到时候不开支票，二叔给你现金。"

梦梦还和二叔逗，说："不行不行，我现在就要。明天我要去买个包包。"

马正一听，说："买个包包，也要这么大惊小怪的？明天二叔陪你去买，世界名牌随你挑。"

这时，秦人杰看到了另一栋比京基100大厦更高的楼，一栋看着有点晕头的超高摩天大楼，就问："二叔，这叫什么大厦？好像更高。"

马正抬头看了一下，说："哦，这是现在深圳的第一高楼，叫平安大厦，刚刚竣工才两年，一共118层，楼高590多米。"

琴琴说："哦？那比美国'9·11'事件后建成的世界贸易中心一号楼还要高。新建成的世界贸易中心一号楼总高度才541米，地上94层，地下5层，总共99层，现在是美国第一高楼。也就是说，深圳的第一高楼，比美国的第一高楼还要高50米。"

琴琴不愧是学城市规划的，她对美国摩天大楼的情况还是比较熟悉的。

马正就想夸琴琴两句，说："你对数据的记忆也不赖啊！"

琴琴说："我是学城市规划的，不是学建筑的，我更关心城市的发展历史。但，'9·11'恐怖袭击以后，世界城市规划学界对城市超高层建筑，已经有了许多不同的声音。不仅仅是恐怖袭击，还有消防安全、能源消耗、大楼管理等问题，所以，今后恐怕不会再一个城市一个城市较着劲的，比谁拥有高楼多了。"

秦人杰说："但毕竟拥有摩天大楼最多的城市，也是最有活力和创造财富最多的城市。例如纽约、东京、伦敦、香港，现如今的深圳也给人一种后来居上的感觉，这个城市不可小觑。"

琴琴就笑秦人杰："你什么时候中文又长进了，还小觑小觑的。"说得秦人杰满脸通红。

说说笑笑就快到家了。

马立知道爷爷和父亲都比较传统，秦人杰第一次来到马家，虽然马立一个人住了一套三室一厅的房子，里面有秦人杰住的地方，但让秦人杰和琴琴住在一起，尽管不是一个房间，老爷爷和父亲也会觉得不合适。马正原想让秦人杰住到他"水榭花都"的大房子去，但马立觉得那边家里空空的没人气，另外，秦人杰好多年第一次回来，可能还要去会同学和朋友，还是让他有一个独立不拘谨的地方，所以，叫马正在家附近预订了一家宾馆。

车子就直接开进了这家宾馆，马正让秦人杰先在房间里好好休息，倒倒时差，晚上就在这家宾馆里全家人请他吃饭。

秦人杰还是很有礼貌的，他提出要先登门去拜访长辈，马正说："不用了，晚上都要来的，我已经订好了8号包厢，就在宾馆6楼。"

然后，马正就带着琴琴先回家了，当然是太爷爷和爷爷的家。路上，琴琴突然对马正说："二叔，别嫁妆嫁妆的，我还没考虑好呢。"

马正一愣，问："怎么，人都从美国带回来了，还没有考虑好？"

琴琴说："爸爸说的，太爷爷和爷爷很挂心，特别是太爷爷年龄越来越大了，也都知道我谈了恋爱，不带给他们看看，他们放心不下，所以我才答应了。"

马正又问："那你是怎么想的？对他还不满意？你也不小了，硕士就快毕业了，婚姻问题应该严肃地考虑了。"

琴琴说："这次回来，就是想和家里人好好商量商量。二叔，我要是回来，你欢不欢迎？"

马正停车从车座位上转过身，望着琴琴问："回来？你不是总回来吗？"

琴琴说："我想回国，我想回深圳工作。"

马正眼睛紧紧地盯着琴琴："琴琴，你是认真的吗？在美国有什么不开心的事吗？"

琴琴说："不是有什么不开心的事，就是总感觉美国不是我的家，我的家在深圳。我总觉得有亲人的地方，才是家。"

马正说："你妈不是在美国吗？你妈不是你的亲人吗？你现在谈的秦人杰也不感觉他是亲人吗？"

琴琴望着马路前方："我妈是我的亲人，可我妈现在待的家，不是我的家。我也从来不觉得有一头金发的双胞胎弟弟，是我的亲人。我的亲人是太爷爷、爷爷和故去的奶奶，还有爸爸和二叔您，甚至包括桐芳阿姨，我始终无法接受豪斯是我的亲人。"

马正拉了拉坐在副驾驶座上琴琴的手，问："琴琴，你在美国待得不快乐？"

琴琴说："也不全是，在美国接受教育，学知识，还是很有必要的，但我自从初中毕业去美国后，随着年龄越来越大，总觉得自己的故乡在中国。美国虽好，但太冷漠，中国人，或者说取得美国国籍的华人，是永远无法融入美国主流社会的，美国永远是白人至上的，其他有色人种无法和白人真正融为一体。再加上这些年，随着中国的不断强大，美国社会害怕中国超越美国的心理越来越强，因此对中国人的戒备和抵触更强。在美国生活了这么多年，总有一种扎不下根的感觉，我在美国实际上是'漂'着的，心是'漂'的。现在，我成年了，学业也快完成了，我不得不考虑自己的将来到底要在哪儿发展。"

马正说："琴琴，你回来，叔叔当然开心，叔叔是把你当作自己女儿的，你回来就住到叔叔的大房子里去，太爷爷和爷爷更是期盼已久，只是不好说出来。可是这是件大事，一定要和你爸爸商量好，也要征得你妈妈的同意，还要完成学业，并且要从长计议。听到了吗？"

琴琴说："二叔，我知道。这次回来我就是要和爸爸好好商量一下，我选专业时就已经考虑了回深圳工作。这个是征得爸爸同意的，我硕士学位主攻的方向也与城市规划有关。爸爸说，深圳很需要这方面的人才。"

马正问到眼前的一个问题："回国和你的婚姻有冲突吗？为什么不让叔叔说到嫁妆？"

琴琴心情一下就坏了起来，情绪立即低沉了，说："秦人杰可能不想回国。他的父母可能也不会同意他回国。"

晚上，马家的欢迎家宴在秦人杰所住的宾馆里如期举行。全家人都来了，老爷爷马卫山由桐芳推着轮椅和马小军一道进了房间。秦人杰当天下午就给在洛杉矶的父母打了电话报平安，同时告诉他们琴琴家晚上在宾馆宴请他。秦妈妈特意叮嘱儿子："一定要提前到酒楼，不能让马家人等你，这样没有礼貌和教养，因为你是晚辈。"所以，秦人杰早早地就到了二叔马正订的包厢里等着大家。

进门寒暄以后，马卫山先将琴琴叫到自己身边，拉着琴琴的手，笑得合不拢嘴。又让琴琴把秦人杰叫到自己身边，又拉着秦人杰的手，老人一手拉着一个曾孙辈显得无比幸福，笑着笑着，就笑出了眼泪。琴琴连忙从包里拿出纸巾，一点一点地帮太爷爷擦了擦眼睛，马卫山像一个孩子一样，闭着眼睛，任凭曾孙女摆布。

马小军进门后没有看到马立，就问马正："琴琴她爸呢？"

马正说："我哥总是忙，这个老总当得没有时间概念。"

马小军一听，就维护马立，说："这不怪他，当老总哪能像你那样自由散漫？我们再等等。"

马小军对于马正辞职炒股，一直不赞成，所以一有机会，就会说马正，明显地偏袒大儿子马立。

在这一点上尽管老爷爷喜欢马正，因为马正会哄老人，对老人也很孝顺，但在对于马立的维护上，马卫山是站在马小军一边的，这时他在一旁对马正说："马立是老总，一把手，不像你一人吃饱全家不饿。"

马正在长辈面前有着好脾气，心里不服，但从来不顶嘴，嘻嘻哈哈，就过去了。

这时，成虎走进了房间。在马家全家重要聚会的时候，有两个人一般都会被邀请参加，一个自然是桐芳，再有一个人就是成虎，在有重要的事情时，马家都会热情地邀请他参加。

琴琴是成虎来深圳后的第二年出生的，可以说是成虎看着她长大的，琴琴自小就和成虎很熟悉，除了二叔马正，琴琴就觉得成虎是自己最亲的叔叔了，琴琴每次从美国回来，都会和成虎见面，成虎有时还会带着琴琴参加他觉得对她了解国内变化有意义的一些活动。琴琴去美国已经这么多年了，但她对国内一点也不陌生，这和她经常回来以及成虎对她的影响有关。

这次琴琴带着自己的男朋友回深圳，对于马家自然是一件大事，所以马小军和马立都同时想到请成虎一起参加家庭聚会，也想听听成虎的看法。

成虎的报社离宾馆不远，他是从报社直接过来的。琴琴看到成虎来了，高兴得立即迎了上去，成叔叔长成叔叔短的，然后将秦人杰介绍给成虎。成虎听说秦人杰在华尔街高盛公司工作，就和秦人杰多聊了几句。成虎是记者，自然对华尔街不陌生，但对金融投资就不熟悉了。聊了几句后，成虎拿出他最近出版的一本名叫《粤商》的书，送给琴琴和秦人杰，这是成虎花了三年时间写完的关于近代中国现代化进程中，粤商群体所做出的贡献，以及他们的变迁历史。

秦人杰听说是写粤商的，立即想到自家的祖上，马上兴趣浓厚地翻了起来，不一会儿他翻到其中的一页，立即用胳膊捅捅琴琴，用手指着书上的一张照片给琴琴看。

琴琴转头一看，是一个干瘦的小老头，穿着清朝的官服，留着两撇八字胡，像是一个清朝的官员，就问："谁呀？"

秦人杰指指照片下的说明：曾为世界首富的十三行总商伍秉鉴当时的油画肖像。

琴琴吓了一跳，脑子中跳出来的第一个念头就是，世界首富这么干瘦？然后就是好奇，这是秦人杰家的祖上？再看看秦人杰怎么看也看不出家族的遗传，秦人杰一副白面书生的英俊样子，可伍秉鉴一张标准的倒三角脸。

当然，琴琴不会将自己的想法说出来。

这时，马立还没有到，马小军就让大家都入座了。马小军一定要让成虎坐在老爷爷旁边，可成虎却坐到了马小军的旁边，和琴琴以及秦人杰迎面而坐。

大家边说笑，边等着马立。因为这天晚上，马立应该是主角，他是琴琴的父亲，也是以家长的身份欢迎秦人杰的。

可大家一等再等，一直到7点多钟，天都黑透了，马立还是不见身影。

马正就给马立打电话，但电话一直占线。马小军预感公司一定发生了重大事情，否则这样的场合，马立不应该一迟再迟。

7点半已经过了，马立才把电话打过来了。马正只听见电话里传来一阵阵发动机嘈杂的声音。马立告诉马正："不要等我吃饭了，我有紧急任务，赶不回去了。"

马正在电话里问："哥，什么任务这么紧急？"可那边马立已经把电话挂了。

马正不解地对父亲马小军说："什么任务这么紧急？电话那头是像打仗似的调动着机械设备的声音。"

琴琴抬头望着马正，不明白爸爸单位里有什么事这么紧急，秦人杰更是一脸蒙圈，老爷爷也望着儿子马小军。

只有马小军似乎明白，他说："可能又发生什么市政方面的事故了，而且很有可能是大事故，否则马立不会这么紧张。"马小军所在的公司后来就是专做市政工程的，而马立现在任总经理的集团公司，主要专业也是城市规划和市政工程方面的，一遇自然灾害和大的市政方面的事故，都会调他们的队伍去现场抢险。

马小军说："我当年任总经理时，就曾经参加过一次深圳的'8·5'大爆炸抢险，也是这样紧急被调到现场，回来换衣服都来不及了。"

琴琴一听"大爆炸"就感到很惊奇，问："爷爷，深圳还发生过大爆炸？是怎么一回事？快说说，快说说！"

秦人杰也一脸好奇心地盯着马小军，希望能知道是怎么一回事。

马小军就对马正说："叫上菜吧，小秦和琴琴还是在飞机上吃的饭，恐怕都饿了，我们边吃边说。"

老爷爷马卫山这时也开口了，说："对，上菜上菜，边吃边让你爷爷给你说，他当年是离火场最近的抢险队队长，差点把命都送掉了。"

老爷爷马卫山这样说，琴琴和秦人杰就更好奇了，大家边吃饭，边听马小军讲他当年在深圳抢险的故事，实际上也是一代"开荒牛"在建设这座城市中，所做的贡献。

马小军先给父亲马卫山斟了一小杯酒，然后对琴琴和秦人杰说："如今的深圳并不是一开始就规划成这么大的，当年的城区主要在现在的罗湖一带，琴琴出生的时候，城区的边缘也才建到现在的上海宾馆附近。过了上海宾馆，往西就等于到郊区了，我们现在这个地方连近郊都算不上。当时整个罗湖也不都是城区，隔着一个现在的笋岗路，以北很像内地城市城乡接合部的工业区。当时，深圳就在笋岗路以北一个叫清水河的地方，建了一片仓储区。其中，有一个叫清水河化学危险品仓库。来来来，我们边吃边说。小秦，你离开深圳多年了，在美国的中餐总没有国内的地道，你多吃点。"

马小军热情地给秦人杰布菜，然后接着说："1993年，就是琴琴出生的那一年8月，深圳气温很高，清水河化学危险品仓库区里的4号仓库储存的化学品发热，接着开始冒烟，然后就起火了。当时的仓库管理员惊慌失措，拿灭火器灭火，结果根本无济于事。中午1点钟的时候，突然发生爆炸，爆炸的威力一下就摧毁了4个仓库。当时整个深圳的主城区，都感受到了爆炸的震动，接着就引起了大火。"

这时，马卫山已经把杯中的酒喝完了，伸手就去拿马小军手边的酒瓶给自己斟酒，但老人年纪大了，手拿着酒瓶有点微微发抖。马小军拿起酒瓶给父亲斟酒。

琴琴坐在老爷爷的另一边，马上起身就从爷爷马小军的手上接过酒瓶，说：

"爷爷，您接着说，太爷爷的酒我来斟。"然后，给马卫山的酒杯里斟满酒，还拿起桌上的小餐巾替太爷爷擦了擦嘴，活脱脱的一个贴心小棉袄。

也许是当年的事给马小军留下了太深刻的印象，他清晰地述说着22年前发生在深圳的那次大爆炸，清楚地记得许多细节。这是因为那次大爆炸是深圳城建史上的一次大事件，它差点毁了深圳半个城。

马小军接着说："15分钟后，深圳市的消防人员接到报警后赶到了现场。深圳市公安局的两位副局长，一位是当天值班的副局长，还有一位是分管消防的副局长，听说爆炸破坏很大，都赶到了现场。爆炸也惊动了全市的媒体，一些报社和电视台的记者，纷纷都赶来采访，当时现场浓烟滚滚，热浪袭人。"

说到这儿，当年的事仿佛一下都活生生地浮现在眼前，马小军拿起面前的酒杯喝了一小口，酒杯没有放下，扭头看到成虎坐在旁边，就说："当年你成叔叔被抽调到抢险指挥部，专门写过'8·5'大爆炸的全过程材料。下面请成叔叔接着说吧，他比我了解全面。"

成虎不能喝酒，就接过话头说："我并不是第一时间赶到现场的，我是后来被抽调去的，'8·5'大爆炸是深圳建市以来，比较大的一桩事故，当时市里抽调了很多人到一线参加抢险，很多细节是我事后调查和采访的。

"第一次爆炸，彻底摧毁了2、3、4号连体仓，强大的冲击波破坏了相邻的货仓，使存放在此的多种化学危险品暴露于燃烧的火焰之前。可由于是化学品仓库，抢救与一般火灾不同，例如，消防救火首先是用水，但在高温之下的化学品，如果用水会造成化学反应，反而更危险。当时赶到的消防人员正商讨救火技术问题，两位公安局的副局长也在一线。而最先赶到的新闻记者并不明白现场充满危险，以为爆炸已经发生过了，目前是救火，所以，有少数记者深入到了现场。当时有一位《深圳晚报》的摄影记者正将相机对着起火的仓库拍照时，突然'嘣'的一声。"

此时，成虎做了一个很形象的动作，说："第二次爆炸发生了，巨大的冲击波将那位记者一下掀起，重重地摔在地上，他手上的长焦镜头竟被炸碎了。后来这位被严重炸伤的记者在医院抢救的照片被登在报纸上，整个人的头肿得变了形，他那部被炸坏的相机和最后的照片，也同时登在报纸上，所以很多深圳人都见过，都有印象。"

琴琴和秦人杰都听呆了，马正插嘴说："那时我还在深圳实验学校上高二，学校放暑假。那天，我和几个同学到学校去踢足球，大家正坐在操场上换球鞋，足球就放在草地上，突然一声爆炸，足球都滚了起来。我们都惊呆了。"

马小军接过马正的话说："第二次爆炸比第一次威力大多了，几乎整个深圳市都感觉到了。当时我正在罗湖和一位港商谈合作的事，一点多的时候正在一家酒楼吃饭，爆炸声让整个酒楼都震动了一下，吃饭的人都惊得纷纷站了起来。我当时就感觉不对，我们基建工程兵施工时常常实施爆破，以我的经验，这次爆炸远比我们施工爆破的威力要大得多。正巧我坐在酒楼的一扇窗户旁，那扇窗户正朝着清水河方向，我就看见清水河上空升起了一朵黑色的蘑菇云，我就知道这是个大爆炸。"

琴琴忍不住问道："哎呀，那么严重？有死人吗？"

秦人杰也放下了筷子，竖着耳朵听着。

成虎说："比我们想象的还要严重。这一次爆炸，不仅将我们那位记者炸飞了，还炸死炸伤了不少在一线救火的消防人员。深圳公安局那两位在现场指挥的副局长都给炸死了。不仅如此，后来统计两次爆炸一共炸死了15个人，有200多人包括消防警察和记者都有不同程度的受伤，其中有25人是重伤，当时还动用了直升机将危重伤员紧急送到广州军区广州总医院抢救。我后来被派到现场，看到两次爆炸在现场留下了两个深达7米的大坑，有近4万平方米的仓库和其他建筑物被炸坏。当时周边几乎所有建筑物的玻璃都被震碎了，我看到挂在建筑物外墙上的分体空调主机，不是被震到地上，就是东倒西歪地挂在那儿，随时都要掉下来的样子。爆炸的原因，还是那些化学危险品。"

琴琴说："那现场不就像战场一样？"

成虎说："和电影上差不多，炸毁的建筑仍然在燃烧，到处都是火苗。火场周围弥漫着化学品燃烧后的毒气浓烟，没有爆炸的化学品正面临着烈火的威胁。第二次爆炸的毁坏是巨大的，方圆数公里内的建筑物玻璃全部被震碎了，通红的火球四处乱飞，清水河一共有14座储物仓、两幢办公楼，还有堆放着的几千立方米的木材和大批货物在火中燃烧，火苗甚至飞到了附近的山头，把树木和茅草也点燃了，你看那像不像电影上表现战争被轰炸过的样子？"

琴琴关切地问："那么危险的地方，爷爷他们能干什么？"

成虎说："第二次爆炸发生后，人们发现了更大的危险在后面，这个危险如果发生了，半个深圳恐怕都不保了。第一次爆炸炸毁了2、3、4号仓库，炸塌了1号仓库的围墙，人们发现就在这个1号仓库里，存放着4个大型的双氧水罐，里面有240吨双氧水，正在受到烈火的威胁。还有更危险的，距爆炸中心南面不到300米，是深圳特区最大的油气库，它在全市起着油气中转的作用，包括供应市民和所有机关单位食堂、社会酒楼所用液化石油气，这里有深圳市燃气公司的8个大罐、41个卧罐的液化气站。更要命的是，当天还刚刚通过火车运来了28个车皮的液化气，就停在旁边的铁道上。火场的西面约300米处，还有中国石化的一个加油站。此时，整个清水河片区已经成为着了火的'弹药库'。如果双氧水罐爆炸，必然威胁到邻近的液化气区的安全；而如果液化气库发生爆炸，方圆数十平方公里都有被夷为平地的可能。"

棼棼和秦人杰都惊呆了。

马正此时补充道："知道数十平方公里都将被夷为平地是什么概念吗？当时，深圳的主城区基本都在罗湖。而清水河离到香港的罗湖口岸，直线距离只有4公里。"

成虎说："整个深圳特区都在告急，现场成立了抢险指挥部，由市领导指挥抢险。在危急时刻，现场指挥部做出了一个决定，先将北面的货仓放一放，集中力量全力以赴将南面的双氧水仓库保住，保住了双氧水仓库就保住了液化气罐区，保住气罐区就等于保住了深圳。此时，有消防部门负责人提出，由于是化学品仓库，不能盲目地用水灭火，建议在起火区与油气区之间，铺一条水泥隔离带，阻挡住火势蔓延到双氧水仓库和气罐库区。这条建议被指挥部采纳后，紧急从全市各处调水泥，调到的水泥由抽调来的3000多名官兵，冒着大火扛上去，在起火区和气罐区之间，紧急铺一条水泥路阻挡火源。这就有点像在草原上或者森林里起火时，打那个隔离带，隔离火源。"

棼棼还是不明白，问："爷爷原来是基建工程兵，又不是消防兵，调他们上去做什么呢？"

成虎说："在火场与油气区之间铺水泥隔离带，旁边爆炸区又在燃烧，仅靠人手既危险时间又来不及，需要大型设备在前面开路，后面由消防武警官兵组成的抢险队往上铺水泥。这个工作相当危险，靠社会企业不行。当时在现场指挥的一位深圳市女副市长也是分管城建的,她就想到了你爷爷他们基建工程兵出身的公司,她在第一时间直接把电话打给了你爷爷,我当时就在指挥部现场,我听见她说:'你们是基建工程兵转业的队伍,是市属企业,是深圳市的亲儿子,我们自己的队伍。在这个紧急时刻我不可能去找外边的人,只有我们自己的队伍才能一下命令就立即执行,请你们立即调人、调机械设备到一线来抢险,要有不怕苦不怕死的精神。'后面的事,就请你爷爷说吧。"

这时马小军喝了一口酒,像一个战士回忆当年战场上的情景一样,有少许的激动,他说:"我是下午5时45分接到电话的,二话没说,立即抽调人手和设备,带着5名公司最好的装载机操作手,于6时45分就开着装载机赶到了事故现场,接受了指挥部下达的'靠近火源,打开通道'的任务,为消防车灭火和战士们铺水泥创造条件。这5名技术娴熟的机械操作手,都是工程兵出身,我在现场指挥他们每人开着一台履带式铲车,在火场中间往返十几个来回,推出了一条几百米长的隔离带。抢险队员们在没有任何防护设备的情况下,与火情展开了搏斗,我们冒着浓烟,顶着火烤,在消防车前面开辟灭火通道,直至灭火通道被彻底打开,消防官兵和武警战士在现场铺了一条宽宽的水泥隔离带,使火势无法越过,整个过程整整持续了25个小时,清水河的大火才被扑灭,危险才基本排除。大火扑灭后,我们抢险队又参加了清理事故现场的工作,将爆炸和燃烧后留下的大量化学品残余物清理出去。在还弥漫着毒气的现场,顶着深圳8月的酷暑,又干了15个日夜,和其他兄弟单位一道,把爆炸现场所有残余物清理完,我们才最后撤下来。我们集体转业后的基建工程兵,又像在部队一样参加了一次抢险战斗。"

听到这儿,琴琴结合自己所学的城市规划方面的知识,不解地问:"深圳怎么将危险品仓库放在离市中心那么近的地方?"

成虎接过了这个话题,说:"从你所学的城市规划专业知识来看,这当然是不合理的。当时事故发生以后,国内也有专家提出这个疑问,深圳怎么将危险品仓库规划在市区里?但是,分析事故离开了历史背景,就找不到正确答案。我们知道,深圳这个城市并不是一开始就规划成今天的样子,然后严格按照规划来建设的。你不是听过那句话,叫'摸着石头过河',深圳是改革试验区,它是在一边建设一边摸索着前进的。当时的清水河仓储区,本来就在城市中心外,有点像内地城市的城乡接合部，后来城市发展快了，清水河也被包括进市区里了，但要改变的事也不是一朝一夕就能立马实现的，接着意外就发生了，这对于深圳，当然是一次惨痛的教训，也为后来的科学城市规划做了提醒。"

梦梦问马小军："爷爷，你当时考虑过会有生命危险吗？"

马小军说："那时哪还有时间想这个问题，一心扑在抢险上，事后想想，如果出现意外，现场所有人包括市领导都是有危险的，大家还不都在那儿坚持着？特别是第一批来救火的消防官兵，已经经受了一次死亡的考验，他们都知道那儿的240吨双氧水和几十个液化器大罐就是定时炸弹，他们也不都还在现场坚持着？我事后想想确实有点害怕，是怕如果我的员工出了危险，我怎么向他们家属交代？所以，直到今天我仍清晰地记得所有细节，这也是一种后怕吧。"

可这时，一直没有开口的老爷爷马卫山却说："这种危险比起我在战争年代的枪林弹雨，不算什么。"

就在这时，成虎接了一个电话，放下电话后，他立即起身对大家说："不好意思，报社有急事，我要先走了。梦梦、小秦，有时间我们再聊。"说完，就急匆匆地离开了。

作为记者的成虎也这样紧张地走了，直觉告诉马小军，一定是出大事了。

第二十四章

晚上,琴琴让秦人杰在宾馆里休息,好好倒一倒时差,她将太爷爷和爷爷送回家以后,就回到了自己的家里。家中的一切依然如故,爸爸这些年并没有将家重新装修,也没有增添新的家具和电器,可见他是将一切精力都放到工作上了。琴琴的房间,爸爸一直保持着她在家时的样子,走进房间里就感觉好像昨天还住在家里,这使她感受到熟悉的真正的家的味道,这种感觉在美国洛杉矶是没有的。虽然爸爸的房间有些乱,床上的被子还是他早上出门时的样子,但琴琴的房间仍然是那样干净整洁。床上的被子一看就是刚洗过晒过的,琴琴知道这一定是桐芳阿姨干的,每一次回家桐芳阿姨都会提前将她的被子洗一遍,晒一晒,让她睡进去就能闻到一股阳光的味道,舒服极了,安逸极了。

已经有近一年没有回深圳了,琴琴将行李放进自己的房间,然后就在家里各处走走看看。琴琴已经不是孩子了,她环顾四周时心里就感觉到,这个家一看就是没有女主人,除了自己的房间,其他地方都显得有点凌乱,不像天天有人打扫的样子。琴琴走进厨房,看到也没有做饭的痕迹,冰箱里几乎是空的,只放着一包吃了一半的面包和几盒牛奶,还有几个已经有点脱水的皱巴巴的橘子。琴琴不放心地拿起那包面包看了看,果然已经过期了,就将它拿出来扔进了垃圾桶里。

爸爸的书房虽然更乱,但可以看到他的勤奋和努力,里面都是资料和书籍,还有他写的研究论文打印稿,打印稿上满是他修改的笔迹。书房增添了一样新电器,爸爸买了一台新的27英寸苹果台式电脑,琴琴知道苹果电脑很适合搞设计,尤其是这种大屏幕的。

琴琴又走进了爸爸的洗手间,漱口杯里还是只有一支牙刷,毛巾、浴巾都只有一条，洗发水、沐浴露都是男人的牌子，她拿起爸爸用的梳子，那上面留下的头发也已经是灰白的了。她以一个女孩子的直觉，知道爸爸还是没有女人，至少没有将女人带回家，因为家里找不到一点女人的痕迹。琴琴一直希望爸爸能再找一个妻子，至少生活中有一个人可以照顾他。琴琴心里沉甸甸的，爸爸已经快奔五十了，可为什么还是一个人？

走出洗手间，她就在想，爸爸现在在哪儿？今天到底发生了什么事，让爸爸不能回来吃饭？于是，琴琴又给爸爸拨了一个电话，电话仍然占线，无法接通。琴琴心里一直惦记着爸爸，她在客厅里打开了电视，在深圳卫视新闻里看到的一幕让她惊呆了，原来，深圳光明新区发生了严重的滑坡事故。

从电视画面上看，这可不是一般的滑坡，新闻画面是用无人机在空中拍摄的，一大片红土顺着山坡往下滑，巨大的推力将山边几个工业园区里的厂房都推倒了。整个画面中被红土覆盖的面积，以琴琴学规划的专业目测，至少有30万平方米，滑坡现场，有许多挖掘机在挖掘抢险。琴琴想，爸爸可能就在这个抢险队伍里，难怪不能回来吃饭。

正在这时，家中客厅中的电话响了。琴琴急忙接起，是爸爸的声音："琴琴吗？我是爸爸。"

琴琴听到现场都是机器的轰鸣声，就大声问："爸爸，你什么时候回来？"

马立在电话里说："今天晚上回不去了，这儿发生了大型滑坡，有人被压在倒塌的厂房里，爸爸要指挥救人，你先睡吧，明天爸爸再给你打电话……"

话还没说完，琴琴就听到有人在喊"马总——快来，快来"，马立就把电话收线了。

放下电话后，琴琴就想爸爸真辛苦，不知道有没有危险。

第二天上午，马立仍然没有回来。琴琴就给二叔马正打电话，说要去给爸爸送几件换洗衣服，再去看看爸爸，让二叔开车送她。马正立即开车过来了，然后又接上了秦人杰，一同赶往事故发生地光明新区。

深圳光明新区原来是光明华侨农场，离市区有30来公里，再往前就是东莞了。事故发生地在一个叫作凤凰村的地方，这里紧靠山边，远远就可以看到红土从山坡上顺流而下的情景，旁边工业区的一些厂房被滑坡的泥土推得东倒西歪，有厂房被泥土掩埋了。深圳市正在组织大型机械对掩埋的厂房进行搜救，以抢救被泥土埋在下面的人员，有大量挖掘机分别在整个滑坡区清理那些滑下来的泥土。

滑坡区附近的公路上都是抢险车辆，有红色的消防车，有白色的救护车，还有大量工程车，一些挖掘机是履带式的。

马正的车转入进滑坡现场的公路口时，就被警察拦下了，警察告诉他因为一切都为抢险车辆让路，所以，社会无关车辆暂时不能进入，以免造成堵车。马正只好无奈地把车停在一个路边的小树林里。

这时琴琴看见一个熟悉的身影，是成虎叔叔。原来成虎昨晚接到报社的电话就是这个突发事件，现在他也在现场采访。琴琴急喊，成虎看到琴琴，就连忙跑过来，然后带着琴琴和秦人杰进了抢险区里。

琴琴边走边给爸爸打电话，电话通了。琴琴在电话里问："爸，你在哪儿？我给你送换洗衣服来了。"

马立在电话里惊奇地问："你怎么来的？"

琴琴说："二叔开车送我来的。现在社会车辆不让进，成叔叔带着我们往里走呢。你在哪儿？"

马立说："抢险车辆多，你要注意安全。你顺着公路往前走，有一个恒泰裕工业园的牌子，我就在旁边这幢倒塌的厂房旁边，找不到就给我打电话。"

成虎说："走，我知道那个恒泰裕工业园的牌子。"

琴琴就和秦人杰一起往里走。抢险的车辆和人都很多，不停有救护车"呜啦呜啦"地鸣笛往外开，再往里走就是一片红泥了。几个人走了大约十分钟，就看到了那个恒泰裕工业园的牌子，里面就是从山坡上滑下来的泥土，有厂房半埋在泥土里，旁边有好几辆挖掘机正在开挖。

人来车往，川流不息，戴着安全帽穿着长筒雨靴的抢险人员神情都很紧张，都是一路小跑，根本看不到爸爸马立，琴琴就又给爸爸打了个电话。马立叫她就站在那个牌子旁边等他，他马上就过来，并且一再叮嘱，要注意来往抢险的车辆。

成虎因为要到抢险指挥部采访，就先离开了，分手时关照琴琴他们一定要注意安全。

琴琴和秦人杰站在那个牌子下面等。可等来等去，就是不见爸爸过来，琴琴又打爸爸的电话，电话通了，可没人接。就这样等了差不多一个小时，只见从一栋塌了一半的建筑里，几个浑身都是泥巴戴着安全帽的人，抬着一副担架飞快地跑了出来，担架上躺着一个刚刚从泥巴里扒出来的人。这时，一辆救护车也迎着开了过来，担架被抬到救护车旁，立即交给了身穿白大褂的救护人员，救护人员首先给这个刚救出来的人做了人工呼吸，然后马上抬上救护车，"呜啦呜啦"地开走了。

这时，一位刚刚随着担架一块跑过来，满脸满身都是红泥的人朝琴琴走来，走近后喊了一声："琴琴。"

"哎呀！爸爸。"琴琴发现这个泥人竟然就是爸爸马立，她要扑上去，被马立制止了，因为他浑身上下都是泥。

马立指着那辆刚刚开走的救护车说："刚才那个就是我们从掩埋的厂房里扒出来的工人。"接着很庆幸地一连声地说："还好有呼吸，还有救。"

琴琴看着爸爸满眼的血丝，眼睛都凹陷进去了，就心疼地问："昨天一夜没睡？"

马立说："怎么能睡呢？事故发生后72小时是最佳抢救时间，我们得争分夺秒呢！"然后心情沉重地接着说："据初步统计，还有几十个人失踪，恐怕都埋在倒塌的厂房里，现在是最紧要的抢险时间，我们集团公司调来了十几台挖掘机在开挖呢。琴琴，你们赶快回去，我要到抢险现场去了。"

这时琴琴才想起旁边的秦人杰，就说："爸爸，这是秦人杰。"

秦人杰拘谨地弯弯腰，说："叔叔，您好！"

马立是看过秦人杰照片的，但现在现场紧张他也没顾上，一看旁边站着的竟然就是琴琴男朋友，有点抱歉地笑笑，然后伸出一只满是泥巴的手说："手上全是泥，不好握手了，很抱歉，昨晚没有陪你一块吃饭。你先和琴琴回去，我这边忙完了就回家。"话还没有说完，不远处又有人在喊"马总——马总——"马立转身答应了一声，就挥挥手急忙离去了。

琴琴这才想到自己带来的换洗衣服还在手上拿着。不过，她环顾四周，在这样的抢险现场哪里还有洗澡的地方？只得转身领着秦人杰往回走，既为爸爸担心，也为爸爸自豪。

秦人杰跨过琴琴半步走在前面，不时提醒着琴琴注意来来往往的车，好像他也被现场的氛围和琴琴的爸爸感染了，要表现得像一个能保护别人的男子汉。

穿过一段人来车往的地段后，就走进了一条相对车要少一点的路，秦人杰就握着琴琴的手，突然说："琴琴，昨天晚上听你爷爷讲当年的抢险，和今天看到你爸爸，再联想到以前听你讲过的老爷爷的故事，让我有一个感觉，你们家的人似乎都有一种英雄情结，好像有一种担当的责任感在支撑着他们。"

琴琴听后，想了想说："我们家的人，好像就是这样，一直守着一种初心，我奶奶也是这样的。"秦人杰的话，让琴琴不由得从心里升起一股对家里三代人的崇敬，这种感觉在美国是绝对没有的，她想回到家人身边、回到深圳的念头更清晰了一些。

接下来的几天里，马立大部分时间坚持在抢险现场，只是中途回家拿了一身换洗衣服。马立是回公司开会后抽空回的家，琴琴正好陪秦人杰出去了，没有遇上。马立拿着衣服赶到父亲那儿去看看父亲和爷爷，怕他们担心，然后就在父亲那儿洗了一个澡，将换下来的衣服交给桐芳后，又匆匆赶到抢险现场了。

这几天马立晚上一直没有回来，二叔一直陪着秦人杰，一个在华尔街的高盛，一个是深圳职业炒股的，他们俩好像有说不完的话，秦人杰好多年没回深圳了，二叔马正就开着车陪秦人杰到处转转。

琴琴觉得太爷爷一天比一天衰老了，因此，尽量猫在家里陪着两位老人，逗他们开心，下午还牵着太爷爷的手，陪他下楼去散步，把太爷爷高兴得脸上的皱纹都笑开了。但太爷爷已经走不动了，走不了几步就要坐在轮椅上由琴琴推着走。

回到深圳的第五天，琴琴要二叔陪她去一趟吉田墓园看看奶奶。桐芳听说琴琴要去看曾秀云，也提出要去。秦人杰知道后，自然也要求一同前往。

那天，琴琴特意去花店专门给奶奶买了一大束鲜花。

吉田墓园在深圳沙湾的金银坑，离家大概有20公里的距离，马正开了不到一个小时就到了。曾秀云去世后，当时有两个选择，一个是安葬回她的老家梅县，一个是安葬在深圳，最后全家人统一意见安葬在深圳，这样便于大家可以在想她的时候就去看她。

马小军每年的清明和曾秀云的忌日，都会带着马立和马正来祭扫。琴琴对奶奶感情极深，每一次回深圳都要来吉田墓园祭扫奶奶。

当年麻君婷没有和马立离婚时，也来过这里。和马立离婚后，麻君婷有一次和豪斯一起回深圳，也曾一个人悄悄地来过这儿，还伤心地悄悄落泪。麻君婷在心里对这个婆婆还是很有感情的。

来看曾秀云最多的人是桐芳，她除了和马家人一道在清明节和忌日的时候来祭扫曾秀云，几乎每一个年节，她都会悄悄地来到吉田墓园看望曾秀云。

曾秀云是一个活在好多人心里的人。

到了墓园，琴琴很快就找到了奶奶的墓穴，将鲜花放在墓碑前，然后给奶奶跪下，她虽然在美国待了多年，受西方习俗的影响已经很大，也跟着母亲及豪斯一家去教堂。豪斯是一个基督徒，常带着自己的孩子去教堂做礼拜，麻君婷也就跟着一起去。琴琴只要在家里也去，因为她也喜欢教堂里的那种气氛，但她不信西方的宗教，她总觉得，那不是中国人的宗教。

可只要到了奶奶曾秀云的墓前，面对着墓碑，琴琴总觉得只有跪坐在地上，才可以把自己一年来的事和苦恼，以及想念奶奶的心情，在心里默默说给奶奶听。她觉得，奶奶就是她心中的上帝。而且，每一次从奶奶的墓地回家后，琴琴都会感到内心变得澄净了。

桐芳每一次来到曾秀云的墓前，都会掉眼泪。她和大家不同的是，每一次来，她都会带一个小塑料桶和一块抹布，在墓园里接一点水，把墓碑上嵌着的曾秀云照片瓷片上的灰尘，一点一点地拭去，然后把整个墓碑里里外外擦一遍。

秦人杰看到琴琴跪下了，不知该怎么办，不由自主地也要跪下了，马正急忙从一旁拉住了。

每一次从奶奶的墓园回来，琴琴都要安静一天。她会把自己关在房间里，从影集里翻出奶奶当年的照片，一张一张地摊在床上，怀念和奶奶在一起的那些日子。这些照片，有些她带到美国去了，有些还保留在深圳的家中。

琴琴和奶奶的第一张合影，是在洛杉矶奶奶抱着刚从医院出来的她，那时的奶奶又黑又瘦，但满脸笑开了花。然后，每年琴琴的生日，都有一张和奶奶的合影。从照片中看到，琴琴在一年一年地长大，奶奶也在一年一年地老去。琴琴和奶奶最后一张合影是在医院里，那时奶奶已经快要走到生命的尽头了，不但消瘦，而且满头灰白的头发。那一天住院的奶奶特别特别想琴琴，于是爸爸就带着琴琴到了医院，在病床前拍了一张和奶奶的合影，没想到，这就是与奶奶永别的照片。第二天，奶奶就进了重症监护室，浑身上下都插满各种管子，再见到奶奶已经是在遗像里了。

每一次拿出奶奶的照片，琴琴都感到奶奶在凝视自己，那种凝视暖暖的，充满关怀，总让琴琴感觉到奶奶在问她：琴琴，你好吗？

其实，奶奶去世时，琴琴还不到6岁，可奶奶就是以血脉之亲深深地印在琴琴的心里，使她每每想起奶奶，仿佛奶奶就在那儿看着自己，并没有走远，可就是摸不着牵不上手，因此就有一种想落泪的感觉。她仍清晰地记得，奶奶每天早上牵着她的小手，送她去幼儿园，下午又从幼儿园把她接回来。一早一晚一路上，都是奶奶关切的询问，然后是琴琴喋喋不休地说着幼儿园里的事，祖孙两人在一路欢声笑语里，回到家中。留在琴琴记忆深处的，就是自己的小手牵在奶奶的大手里。

那时候，奶奶给童年的琴琴留下最大的印象就是，奶奶在哪儿，家就在哪儿。今天，深圳吉田墓园里奶奶的那座墓碑，仍是已经逐渐长大的琴琴心中的灯塔，即便她远在大洋彼岸，却指引着告诉她，家在那儿。也因此，琴琴去了美国这么多年，心里一直无法认同家在美国，因为，奶奶和其他亲人在中国，在深圳。

这是血脉认同。

琴琴在心里问了自己一个问题：一个人虽然离去了，却总活在其他人的心中，这是不是就是活着的最大价值？

这一次回到深圳，却是秦人杰这些年来少有的快乐时光，也是秦人杰过得最愉快的一个圣诞假期。他回到阔别已久的深圳，见识了许多以前没有见识过的事物，增加了不少知识。他怎么也没想到，仅仅过去10多年，深圳变化是如此之大。这十多年里，他都在洛杉矶，洛杉矶这座美国第二大城市，除了增加不少移民，华人是其中的大多数，其他就没感到有什么变化，而深圳的高楼都已经超过了美国高楼的高度。这座城市的繁华，也毫不逊色洛杉矶，因此，这让秦人杰感到很惊讶。

前天下午，二叔马正带着他去京基100大厦参观，琴琴要在家里陪太爷爷和爷爷吃饭没有来。京基100大厦主楼旁边是一家大型商场，与大厦是一体的，里面全是高档的名牌店。马正不是带秦人杰来逛商店的，主要是带他来吃特色菜。

一家叫"外婆家"酒楼的门口，竟然排着长长的队。马正说，正是带秦人杰来吃"外婆家"的，因为这家酒楼的菜式是江浙菜，可能合在上海出生的秦人杰的口味。果然，秦人杰尝后赞不绝口，他说，小时候外婆做的家常菜就是这个味道，在美国绝对吃不到这么正宗的江浙菜。

在商场里吃完晚饭以后，马正带着秦人杰上了京基100大厦的顶楼，这里有全深圳甚至有可能是全中国最高的酒吧。

马正找了一个靠窗的位置坐下，点了两杯鸡尾酒。440多米高的大厦上，实际上没有能打开的窗户，所谓靠窗只是靠着大厦边上的落地玻璃，而脚下就是灯火灿烂的深圳夜景。旁边那座秦人杰在深圳读高中时，学校曾经专门组织上去参观过的当时深圳第一高楼69层的地王大厦，如今像一个小弟弟，就在京基100大厦的半腰上。而那条著名的深圳河仿佛就在脚下，静静地并不流淌。

秦人杰在美国一心读书，再加上家里经济条件一直不太好，他从未去过酒吧，也没喝过鸡尾酒。今天，和马正一起不仅来到了酒吧，而且是最高也可能是最豪华的酒吧，喝着那五颜六色酸酸甜甜带着酒精味的鸡尾酒，不知是酒精的原因，还是自己坐在这么高的云端上，秦人杰感到有点头晕，甚至怀疑这一切不是真的。

昨天上午马正又带着他和琴琴一道参观平安大厦。平安大厦开业不久，琴琴也没来过，所以她就和秦人杰一同去了。在平安大厦的感觉和京基100大厦不同，因为一个是夜景，又喝了一点酒，总觉得虚幻一些，一个是白天，一切清清楚楚地尽收眼底。在观景层，秦人杰感觉仿佛踩在半空中，这时正好有一架直升机就在不远处飞过，直升机竟然飞得比秦人杰现在站的这个地方低，仿佛在他脚下，这让秦人杰感觉很新奇。

中午，马正请他们在平安大厦最顶层118层的旋转餐厅吃自助餐。在这里，秦人杰尝到了从未吃过的"海鲜"。马正特意请来服务员给秦人杰介绍那些海鲜，服务员如数家珍地告诉他们，自助餐有波士顿龙虾、智利银鳕鱼、俄罗斯翡翠螺、朝鲜象拔蚌和阿拉斯加帝王蟹。服务员接着介绍，还有新西兰羊排、纯手工的虾丸和牛肉丸，特色水果有泰国的凤梨和中国台湾的莲雾。

看着那些摆在餐台上琳琅满目五颜六色的美食，秦人杰都蒙了，这些别说吃过，他在美国见都没见过。

最让秦人杰开心的是那份自豪感。秦人杰回到深圳约了自己的初中和高中同学聚会，大家已经分别十多年了，各自的变化都很大，当年的班花都已经是孩子他妈了。秦人杰当年是班上的尖子生，后来去了美国留学，如今在华尔街高盛公司做金融投资，大家自然羡慕，听说他回来了纷纷相约请秦人杰吃饭。

有同学家里就是在深圳开酒楼的，而且是开那种很大的高档粤菜酒楼，于是就专门留了最大的厅房，约同学们聚会，欢迎秦人杰回来。

这种聚会，琴琴不想去，因为都是她不认识的秦人杰的同学，她还不想在秦人杰的同学面前，以女朋友的身份出现，尤其是这些同学都是深圳的。琴琴不想去，秦人杰也不勉强，因为全是自己初中和高中的同学，如果琴琴以女朋友的身份坐在旁边，其实大家都会拘谨的，尤其是那些很久不见的女同学，于是，他也乐于自己一个人赴宴。

同学家开的酒楼真的很大，在深圳的华强北路，上下两层，分大堂和包厢，最大的厅房中间有一个足可以坐20位客人的大餐桌。同学们来了不少，竟然挤下了23个人，女同学比男同学多，结婚的没结婚的嘻嘻哈哈地挤在一起，叽叽喳喳说个没完。

人到齐以后，大家坐下一一做自我介绍，其中一个重要内容，是已婚、未婚。大家边说边哈哈笑，秦人杰发现其中女同学多数没有结婚，甚至有女同学在做自我介绍时画蛇添足地加一句，没有男朋友。轮到秦人杰自我介绍，他就含糊地说，未婚。有同学追问，有没有女朋友？秦人杰笑而不答，竟然没有介绍这一次回来就是见女朋友家人的。这样，明显有女同学对秦人杰更热情了，秦人杰好像也很享受这种氛围。

自然，宴席的主位让给了贵宾秦人杰，同学们围着他而坐，秦人杰也就自然成了这次聚会的中心。坐在主宾的位置上,所有同学关注的目光也都在秦人杰身上,大部分话题也围着秦人杰展开,例如,美国的名牌大学,纽约的华尔街,世界著名的高盛公司,一切的一切都是以秦人杰为核心。10多年来,身在洛杉矶的秦人杰哪有这样的经历?

洛杉矶由于华人多,有钱的华人也多,因此,也有高档的中餐馆,但那里哪是他们家消费得起的地方?他们家到美国10多年,一次也没有去过高档的中餐馆吃饭,更没有约这么多熟人一起聚餐,秦人杰哪里享受过成为这种场合里的主角和贵宾,尤其旁边坐着好多未婚的女同学。这让秦人杰兴奋异常,这天晚上先喝的是红酒,后来又改成洋酒,酒还没有喝几口,秦人杰就满脸通红了。

餐台由于太大,中间是一个电动的转盘,转盘的转速很均匀,始终缓缓地把每一盘菜,不紧不慢地送到每一个人的面前。同学们集体敬酒,刚开始还是大家一起干,但,酒过几巡,就开始相互敬酒了。自然,秦人杰又成了核心,每一位同学敬酒首先都是敬他。可秦人杰不胜酒力,刚开始时,男同学来敬酒,他只是象征性地抿一小口,可后来女同学来敬酒,就有人起哄了,要干杯的,有女同学很豪气地先一口干了,这让秦人杰逃不了,也不好意思退缩,只好也干了。可干了一个人,不行,其他女同学也上来了,而且是一个一个来,这让秦人杰受不了。

他知道中国的酒文化与西方的酒文化最大的不同就是敬酒。西方人敬酒是象征性的,没有人会一定要让你干。可中国的酒文化,是一定要你干,你喝得越多,喝得越迷糊,他们好像越开心。如果他敬酒,你不喝,或者喝一小口,他们会莫名其妙地觉得你看不起他。女同学来敬酒,你如果再不喝,她们会觉得很没面子。中国人把面子看得很重,尤其在这种社交场合。

而在此时,秦人杰觉得那么多同学来给他敬酒,他有一种被大家敬重的满足感,特别是那么多女同学一个一个来敬酒,就感到很舒服了。于是,一杯一杯,他都喝了,喝得满脸都是猪肝色了。

那天晚上酒确实喝得太多了,再加上开心,秦人杰渐渐地自我感觉迟钝了,变得头重脚轻,手舞足蹈,舌头变大了,话也说不清楚了,坐在那儿只会傻笑,笑得面部的肌肉都僵硬得发麻了。

这时,就有有心的女同学上来做护花使者了,她们阻拦男同学的继续劝酒。

有两个没有男朋友的女同学格外热心，她们不仅给秦人杰递上了热毛巾，还帮他擦脸，有人冲来浓茶给秦人杰醒酒，还有人悄悄把秦人杰杯中的洋酒换成了普洱茶，从外面看和洋酒颜色差不多。秦人杰虽然喝多了，但并没有醉糊涂，他任由女同学摆布，觉得自己有点像电影《末代皇帝》里的溥仪。

酒喝得多，毕竟是液体，膀胱就胀了，他想上厕所，包厢里就有独立洗手间，两位女同学竟然一直将他送到洗手间里，然后就守在门口，一人还不放心地问："没事吧？没事吧？有事叫一声。"

秦人杰在里面，一边尿尿，一边仍在笑，他心里想：我在尿尿，怎么叫你们？可毕竟喝太多了，洗手间里前面同学来用的时候，弄得地上满是水，还没尿完，秦人杰感到一阵眩晕，这一次是真晕了，突然站不住，就伸手想去扶墙，忽然头重脚轻一下滑倒了，"扑通"一声摔倒在地上。

两位站在门口的女同学，听到洗手间里"扑通"一声响，还真的冲进去了，去扶倒在地上的秦人杰，结果两人看到了秦人杰还没尿完的样子，排泄的部位还挂在裤子门襟的外面，就不约而同地既想笑又尴尬，其中一个女同学比较老练，知道如果秦人杰这种样子被其他男同学看到会成为笑话的，而她们两个人也会尴尬地成为笑话的一部分。于是，她示意另一位女同学别吭声，接着她帮秦人杰松开了皮带，褪了褪裤子，让那令人难堪的部位回到裤子里面，然后重新整理好提上，再系上皮带，这样就遮掩了秦人杰的出丑。

从洗手间出来，她们将秦人杰扶到沙发上坐下，让他休息休息，醒醒酒，从这时开始，就再也没有人向秦人杰敬酒了。

宴席散了以后，这两位女同学和傍晚去接秦人杰的那位开车来的男同学，一起送秦人杰回宾馆，这时秦人杰的酒仍然没有醒过来。

其实，秦人杰并没有醉到这种程度，他在洛杉矶这么多年，从来没有受到过同学的如此关照，因此在潜意识里有点享受两位女同学对他的照顾。在车上，他坐在两位女同学的中间，脑袋有意无意地倒在一位女同学的胸前，他依稀知道就是这位女同学帮他提了裤子，而且她长得很丰满。

一路上，大家都没说话。两位女同学非常尽心地一边一个扶着秦人杰。车到宾馆门口，仍然是一边一个搀扶着秦人杰进了宾馆大堂。秦人杰仍然有意无意瘫软地趴在一位女同学的肩膀上。

进了大堂，其中一位女同学就问："住几楼几号房间？"

这时秦人杰指了指自己的裤子口袋，说："门卡在裤子口袋里。"

这位女同学就伸手到秦人杰的裤子口袋里掏出了门卡，然后根据门卡上的房号，上了8楼，一直将秦人杰送进了房间。

仍然是那位老练的女同学，将秦人杰的外套脱下，鞋子也脱了，然后将他放在床上，又进洗手间拧了一条毛巾，给秦人杰擦了擦脸，最后盖上被子，坐了一会儿，见秦人杰睡得还平稳，两人就商量了一下，说开车的男同学还在下面等，她们继续留在这儿也不方便，于是，两人带上房门就离开了。

下到大堂，两人上了仍然等在那儿的同学的车，离开了，然后他们又一块去唱卡拉OK了。

可是她们不知道，琴琴此刻正坐在大堂里，看着她们离开。

原来，琴琴今天没有和秦人杰一起赴同学的聚会，但她一直不放心秦人杰。她知道秦人杰不胜酒力，担心他喝多了需要人照顾，所以，晚上8点多在爷爷那儿吃完饭就来到了宾馆，可房间门是关着的，秦人杰没有回来，琴琴没有门卡，于是就坐在大堂里等，等来等去，就看到了刚才的一幕。

琴琴看到有两位女同学搀扶着秦人杰，就没有上前，觉得自己跟上楼也不好，因为她和秦人杰的同学也不认识，她不知道，接下来会发生什么，就仍然坐在大堂里。好在两位女同学在秦人杰的房间里没有待太长时间，琴琴看着她们离开了。显然，看着刚才她们一边一个搀扶着秦人杰的样子，琴琴心里就有些窝火。

同学们离开以后，她上了楼，敲门，没应声，秦人杰睡熟了，琴琴继续敲，秦人杰仍是没反应。琴琴觉得如果这样继续敲下去，会惊动左右的客人，于是，她就又反身下楼到了大堂，找到了大堂经理，和他说明了情况，希望他用门卡开一下门。大堂经理请琴琴报出客人的名字和房间号，核对无误后，也担心客人醉酒出意外，就拿着宾馆门卡上了8楼，打开了秦人杰房间的门，果然房间里一股酒臭味，秦人杰沉沉地睡在床上，怎么也叫不醒，这会儿的秦人杰是真的睡着了。

大堂经理看到秦人杰呼吸还平稳，没有什么异常，就对琴琴说："您好！有什么需要您再给我打电话。"说完，就离开了。

琴琴掀开被子，见秦人杰除了没穿外套，其他衣服都穿在身上，就想帮秦人杰把衣服脱了，可没想到，一个人睡着的时候，身体竟是这样重。于是，琴琴就想到给二叔马正打一个电话，让他来一下，反正他住得很近，开车几分钟就到了。

这个时候，琴琴把洗手间里的浴缸仔细地洗了洗，然后放满了水，只等二叔到了以后，帮秦人杰好好洗一洗。秦人杰浑身都是酒臭味，琴琴第一次闻到酒臭味是这么熏人。

此时，房间里非常安静。琴琴看着睡在床上的秦人杰，心里有一种莫名的感受，不仅仅是生气，也不仅仅是担心，她说不出来，反正秦人杰没有给她踏实的感觉。

一会儿，马正赶到了。他立即帮着琴琴将秦人杰一身都是酒味的衣服脱了，然后将秦人杰搀扶到洗手间，琴琴转身就出去了，她把房间里的窗户打开，把门也打开了，让空气对流一下，吹一吹那满屋的酒臭味。

马正将秦人杰的身服脱光，放到浴缸里，非常小心地帮秦人杰洗了洗，洗去他一身的酒气，然后将浴缸里的水放干，又用花洒把秦人杰浑身上下冲了冲，这才拿浴巾把他身上的水擦干，给秦人杰穿上宾馆里的浴衣，扶回到床上，盖上被子，秦人杰又沉沉地睡去了。

琴琴坐在那儿不说话。

马正看出琴琴不高兴，就劝解说："小秦多年没回来了，同学们在一起高兴高兴，可能多喝了几杯，你别放心上。"

琴琴说："我从未看到他喝醉酒。在美国除了啤酒，也没机会喝成这样。"

马正说："男人嘛，免不了高兴时多喝几杯。你回去吧，我在这儿陪着，一觉醒来，就没事了。"

琴琴说："二叔，你回去吧，我在这儿陪着，可能他醒了要喝水。"

马正说："还是你回去吧，免得你爸等你着急。"

琴琴说："我爸还在光明滑坡现场，已经快一周没有回来了，他告诉我，今晚也回不来。抢险已经到尾声了，其他抢险队已经撤了，只留下几支国企的抢险队在收尾，我爸带的那支抢险队也留下了。"

马正见这样，就说："那好，我回去了，有事给我电话。"

琴琴送走了二叔，关上了房间的门。这是一间双人床房间，她在另一张床上躺下，留下秦人杰旁边的那盏床头灯仍然亮着，她担心秦人杰夜里醒来要喝水，就将宾馆放在房间里的一瓶矿泉水拿到了秦人杰的床头，然后自己也躺下了。

可琴琴久久睡不着，这时她心里在想爸爸。以往每次回来，除了粘在太爷爷和爷爷身边，最快乐的时光就是和爸爸在一起，他一直很忙，但总是抽时间陪她，自从她去美国以后，每次回来父女俩就像好朋友一样，无所不谈。可这次回来，爸爸一直在忙着抢险。

她看看旁边睡得很沉的秦人杰，再想想爸爸马立，心里就不由自主地把这两个男人做了一下比较，她觉得秦人杰如果像爸爸那样，她在心里就有安全感了，可秦人杰一直没有给她这个感觉。

琴琴在想，秦人杰和爸爸的区别在哪里呢？想来想去她觉得，他们之间最大的区别在于，秦人杰的思维总在围着自己和自己的父母转，而爸爸这个人总在替别人着想，甚至和妈妈离婚这么多年，不仅从未听到爸爸在她面前抱怨妈妈半句，而且只要是琴琴的事，他都要女儿首先征询妈妈的意见，然后再谈自己的意见。

琴琴想，爸爸为什么凡事总要尽可能地想周全，他活得多累呀！

琴琴还感到，多为别人着想的人，活得都不轻松。例如奶奶、爷爷还有太爷爷，就是桐芳阿姨也活得不轻松。

可琴琴也觉得凡事都从自己的角度考虑的人，活得也未必轻松，例如自己的母亲，例如秦人杰。

想来想去，身边的人就二叔活得很轻松。本来他有一份非常不错的工作，在一家银行里当经理，可一旦不想干了，说辞职就辞职了，爷爷奶奶反对也没用，悄悄地辞了，再告诉家人。后来，成为职业炒股人，还成立一家基金公司任总经理，再后来，基金也不干，一个人干，成为一家证券公司的大户，现在是马家最有钱的人。你看他，住着豪宅，开着豪车，还不找老婆，成了马家的一个另类，却是活得最潇洒的人。爷爷和太爷爷虽然更喜欢爸爸马立，可他也不在乎，他也活在他自己的世界里。可琴琴总觉得，二叔是善良的，也是孤单的，有时候他的快乐是强挤出来的,她就见过二叔到了奶奶墓前,前面还和她有说有笑的,转身就突然流泪了。

琴琴又想到爸爸,为什么总是活得那么辛苦,7天了,7天都没回家了。

想着想着,琴琴迷糊着闭上了眼睛。

第二十五章

第二天一早马正就到宾馆来了,还是有点不放心昨晚秦人杰的醉酒,另外今天是周末,股市不开市,他原本就和秦人杰约好,带他去深圳东部的大鹏海边吃海鲜。

琴琴见二叔来了,就叫醒了秦人杰,然后将秦人杰交给二叔,自己就回家了,她心里一直惦念着爸爸。

琴琴回的是自己的家,一打开房门看见门口放着一双带泥的鞋,鞋上的泥还没干呢,就知道爸爸刚刚回来的,她高兴地喊了一声"爸——"没人答应,于是琴琴急忙走进爸爸的房间,只见爸爸只脱了带泥巴的工作服,就趴在床上昏昏地睡过去了。琴琴知道爸爸7天都坚持在抢险现场,一定没有睡过一个好觉,她轻轻地给爸爸盖上被子,就转身走了出来,又把房门轻轻地带上了。

为了不影响爸爸睡觉,她给桐芳阿姨打了一个电话,说自己中午不回去吃饭了,爸爸回来了,她要在家里陪爸爸,还特别告诉桐芳阿姨别打家里的座机,免得把爸爸吵醒了。

然后,心疼爸爸的琴琴,把家里的客厅洗手间,包括冰箱都收拾了一下,她希望让爸爸看到一个干净的家,然后就出门去超市给爸爸买一些水果、牛奶、面包等。琴琴还特别去买了一种日本的拉面,这种带配料的拉面很筋道,是爸爸喜欢吃的,以前妈妈就经常给爸爸做。琴琴还买了一点火腿肠和青菜,等着爸爸醒了,她要给爸爸做一碗面。

从超市回到家里爸爸仍然在睡,琴琴就把青菜洗了洗,准备给爸爸做午饭。可到中午的时候,琴琴悄悄进到爸爸卧室看了看,爸爸仍然沉沉地睡着。她还是不想叫醒爸爸，让爸爸好好睡一觉，7天了，他一定太困了。

中午，琴琴只吃了一点面包，然后就把爸爸那双带泥的鞋刷干净晒在阳台上，又把爸爸带回来的内衣拿出来洗。琴琴没有开洗衣机，怕洗衣机的振动声吵醒了爸爸，她用手一件一件地搓洗着爸爸的内衣，然后一一地晾在阳台的衣架上。

弄完这一切，已经快下午2点了，琴琴坐在客厅的沙发上等着爸爸醒来，她想让爸爸睡到自然醒，这样才能更好地消除疲劳。可坐着坐着，自己也犯困了，昨天一夜她也没睡好，慢慢地就靠在沙发上也睡着了。

不知睡了多久，琴琴闻到一股烧菜的味道，睁眼一看，已经是傍晚了，天色都暗了。自己横躺在沙发上，身上盖了一条毛毯，脑袋下还垫着一个抱枕。琴琴急忙起身，见厨房里亮着灯，伸头一看，爸爸正系着围裙背对着她在做饭。

多么熟悉的身影，一看就让琴琴有一种暖暖的家的感觉。"爸——"随着一声呼喊，琴琴从后面抱住了爸爸，抱住爸爸的时候，琴琴就从心底里升起一种踏实的感觉。

其实，爸爸做的仍然是他拿手的拉面，用的全部是琴琴上午从超市里买回来的食材，父女俩好像有默契似的，爸爸几乎把琴琴买回来的所有食材都用上了。

马立说："醒了？准备吃饭。这次你回来，爸爸还没来得及给你做一碗你最喜欢吃的拉面。你去把餐桌收拾一下。"

琴琴边走出去，边和爸爸开玩笑说："其实，您也只会做拉面。"

说是晚饭，也就是一人一碗面。一个人的个性，常常会在生活里的细节上表现出来，搞城市规划的马立就习惯性地注意细节，他将煮熟的面从锅里捞到碗里时，会将面条整齐地放在碗里，倒面汤时，他不会让面汤全部淹没了面，这样就好在面上放配料，否则会一切都泡在面汤里，变成一锅煮了。除了拉面本身带的汤料，马立将琴琴买的火腿切成方片，放在拉面上，红色的火腿，白色的汤，绿色的青菜，淡黄色的面，尽管只是一碗拉面，但色、香、味、形都有了。琴琴最喜欢的就是爸爸做的这种面，清清爽爽的，让人看着就很舒服，面汤淡而有味，就像爸爸一样，乍一眼，不惊人，但越看越有男人的魅力，而琴琴每年回来都要爸爸做一碗，吃了这碗拉面，才感觉真正回了家。

琴琴边吃面，边问爸爸："爸，抢险结束了吗？"

马立说："抢险基本结束了，这段时间主要是救人，一共有30多栋房子被泥土掩埋或冲垮了，我们救出了一些被掩埋的人。前段时间就是紧急挖开泥土救人，那天你去现场看到的就是我们抢险队从泥土里刨出来的一个人，这个人后来救活了。救人主要是最初的72小时，所以叫'黄金72小时'，现在救人时间已经过去了，主要就是救灾了。这次滑坡，据救灾指挥部的通报，覆盖面积有约38万平方米，接下来清理那么大量的泥土还需要一段时间，还有一个再建的规划。另外，整个工业园都被冲垮了，被泥土掩埋了一半，工业园里还有好多工厂需要清理搬迁再建。一个这么大的灾害，救人只是最初的一步，下一步还有好多工作要做呢。"

琴琴好奇地问："爸，怎么会发生这么大的滑坡呢？"

马立说："这个问题爸爸也想和你探讨探讨，从目前来看，事故发生的原因有具体的诱发因素，这个诱发因素可能有人为的原因，因此最终也会追究到具体的责任人。但我觉得，归总来看，再往深处多想一想，和深圳这座城市的规划和发展速度有一定的关联。"

琴琴对爸爸讲的话题有很大的兴趣，因为她现在所学专业就是城市规划。

马立却说："走，我们去看太爷爷和爷爷，我有一星期都在抢险，中间只回去过一次，他们一定很担心。另外，你爷爷也是搞市政工程的，他来深圳时，深圳还是一个小集镇，他们那一代人是从无到有开始深圳的城市建设的，他对深圳的城市建设历史更了解，你听听爷爷怎么说。"

琴琴说："爷爷那天和我们讲了深圳的'8·5'大爆炸，那也是惊心动魄的故事。"

马立边收拾东西，边和琴琴出门，锁上门以后问琴琴："你听爷爷讲了'8·5'大爆炸？那时你爷爷可是在一线的！这样更好，其实这两个发生在深圳城市建设史当中的重要事故，归总来看，都有城市规划的问题可探讨。"

马立住的地方离父亲马小军的家不远，当年房子买得这么近，就是为了便于照顾老人。他和女儿边聊边往回走，走着走着，琴琴又像小时候一样，习惯地牵着爸爸的手。

马立问:"小秦呢?"

琴琴说:"二叔带他去大鹏海边玩了。"

"你怎么没去?"

"我以前去过很多次了,爸,您不都带我去过两次了吗?"

马立说:"现在不同了,你们在恋爱。恋爱不就是多在一起增进了解吗?"

"我们已经够了解的了。"琴琴说。

马立说:"琴琴,我看了这个小秦,长得还是不错的,是个学习好的孩子,在美国又是名校毕业生,目前又在世界一流的投行工作。你妈妈对他也比较满意,你是怎么打算的?"

琴琴说:"爸,我也觉得不错。"

马立问:"那你准备什么时候结婚?你太爷爷年纪一天比一天老,如果你们早点结婚,我们家就有可能出现第五代了,那不仅是大喜事,可能还是个大新闻呢,当今社会哪有五世同堂的!"说完,马立高兴得忍不住呵呵地笑了起来。

琴琴说:"秦人杰他父母也希望我们早点结婚。可我觉得,我硕士还没毕业,可能的话,我还想读个博士,所以,没有结婚的心理准备。另外,我还在读书,秦人杰刚刚工作,我们也没有结婚的经济基础,我是不会要我妈的钱的。我总觉得,我和秦人杰还没有到相伴终生的那个程度。还有最重要的一点,结婚后把家安在哪儿?这个问题也没有考虑好。"

马立显然认同女儿的想法,就说:"嗯,婚姻是一件大事,一定要慎重考虑。你年龄还不大,有时间。不过,爸爸要提醒你一句,如果没有考虑好,你们之间相处就要注意分寸了,你明白爸爸的意思吗?"

琴琴点点头,说:"爸,我明白。"

琴琴想想就问马立:"爸,说说您,您还不到48岁,这么多年都一个人走过来了,多辛苦呀!我又不在您身边,将来谁照顾您?太爷爷和爷爷都老了,难道您就不再考虑给我找一个新妈?"

马立听到女儿这样问,停顿了好长时间,才说:"爸爸也不是不想找。可思来想去,找不到合适的。爸爸如果再成一个家,不仅仅是爸爸一个人的事,要考虑的地方很多。找一个年纪和爸爸相当的,不是离婚的,就是带着孩子的,你说我们家自从奶奶去世后,太爷爷和爷爷都要人照顾,我害怕两头顾不上,结果又是和你妈妈那样，没完没了地吵，吵到最后还不是要分手？找一个没结婚的，你说还要不要别人再生一个？不让别人生，对人家不公平，如果再生个一儿半女的，爸爸觉得没有精力再从头做起。太爷爷和爷爷都是高龄了，这些年太爷爷经常住院，爷爷的身体也比以前差多了。如果，我再生一个小孩，肯定精力不济，所以就这么一天一天地过来了。"

琴琴听后就握紧爸爸的手，说："爸，您这个人怎么总是在替别人着想呢，您自己怎么办？将来您老了，我如果在美国，您身边还有什么人来照顾您？"

马立说："你太爷爷和爷爷不是别人，是家人！你知道你太爷爷一生吃了多少苦？他是真正从枪林弹雨死人堆里爬出来的，他只和你太奶奶相处了很短的时间，然后一生连太奶奶埋在哪儿都不知道，你理解你太爷爷心里的苦吗？我们吃的苦，和你太爷爷那一代人比，那算苦吗？你看到今天的深圳是如此繁华，可你知道当年你爷爷来深圳的时候，这里是什么样子吗？我们现在走的这条路当年是没有人烟的一片荒岗，爷爷和奶奶刚来深圳时住的是竹棚，他们是建设深圳的第一代，所以他们叫'开荒牛'。什么叫'开荒牛'，你知道吗？就是从一片荒地上建设一座城市的人。你爷爷吃的苦，爸爸知道，因为当年爸爸和你奶奶一道经历过一段那样的日子。爷爷给你讲的'8·5'大爆炸抢险，那是冒着生命危险的，因为随时都有可能再次发生爆炸，如果爆炸了，可能半个深圳都没了，可你爷爷退缩了吗？和今天爸爸'光明滑坡'抢险是不一样的，这几天爸爸虽然很辛苦，可毕竟没有危险。爸爸今天不考虑到他们怎么行呢？还有爸爸工作上的事，所以，爸爸不得不思考再三，因为婚姻的事，爸爸是有教训的。"

琴琴说："爸，您想得这么多，不累吗？你的日子过得又如何呢？"

马立摸了摸女儿的头，说："琴琴，世界上有许多事情，不是你出发点好，结果就好的。比如你妈妈去美国读书，本来出国深造是一件好事，可后来发展成了就是为了留在美国，并为此不惜离婚，结果呢，你都看到了。你妈妈现在早已把专业丢光了，成了全职太太。我不是在埋怨你妈妈，但以我对你妈妈的了解，现在这个结果，绝对不是她想要的，可她也很无奈。"

琴琴脱口而出，说："我妈妈现在就是两个孩子的妈，还谈什么专业？"

马立马上说："不要这么说你妈妈，你妈妈为了你也是操碎了心。"

琴琴说："好，现在不说我妈妈，说您。无论如何再成立一个家，将来我如果不在身边，太爷爷和爷爷都不在了，您也好老有所依呀。"

马立说："我是在想，为了将来老有所依，再找一个人成一个家，我理解你都是为了爸爸着想，可是从现在到老了，还有很多年，爸爸也不是一个人，这中间的过程相当长，如果不考虑好，会出现许多矛盾，结果可能就是事与愿违了。这对于爸爸一个人没关系，但是给整个马家，甚至给你，恐怕都会造成影响，那就本末倒置了。与其事与愿违，不如多考虑考虑再做决定，没把握就不要轻易做。"

这时，琴琴突然问了一个调皮的问题："爸，您长得也算帅了，专业又是如此优秀。您不是'金牌王老王'，您是'钻石王老王'，没有女人骚扰您吗？或者说，有没有姑娘喜欢您？如果没有，那您活得是成功，还是失败呢？"

马立拍了一下琴琴的脑袋，说："你以为有人喜欢就是好事？如果有人骚扰，那就是麻烦了。小孩子不懂，以为有人喜欢就好，而且像明星一样，有一大帮粉丝围着你，那就好？等你遇上了，你会痛苦不堪。现在的社会，爸爸也看明白了，'作'的女孩比较多，愿意相夫教子的比较少。一个人，有一个合适的人爱你就够了，多一个就是麻烦。"

琴琴穷追不舍，说："爸爸，您老实告诉我，有没有她喜欢您，您也喜欢她的女人？您说老实话，您如果说没有，那您就活得太失败了。您的责任心，您的专业水准，您的社会地位，都有什么用啊？"

马立在琴琴脑门上弹了一下，然后说："激将爸爸？"

然后马立沉默了一会儿，对琴琴说："正是因为有，因为真喜欢，爸爸才要对别人负责，不能把别人耽误了。"

琴琴以不屑的口吻说："您不是爸爸，您是雷锋。"

说着，两人已经到了马小军家的楼下，马立走在前，琴琴在后面用手推着爸爸的腰，父女俩一前一后上了楼。

桐芳开的门，看到马立就心痛地说："立总，瘦了，又黑了。"

桐芳平时称马小军仍然沿用在公司时的称呼"马总"，现在马立也是老总了，为了不弄混就称马立为立总。

老爷爷马卫山在房间里听到马立回来了，就颤颤巍巍地走了出来，马立立即上前扶着爷爷坐到客厅里的一张藤椅上。这张藤椅是马立专门为爷爷马卫山买的，因为他见爷爷年纪大了，沙发又矮又软，爷爷坐下起身都有点吃力，就专门买了这张高一点也硬一些的藤椅给爷爷坐，因此这张藤椅就变成了马卫山的专用。马卫山看着又黑又瘦的大孙子，伸手去摸马立的脸，心疼地说："瘦了，瘦成这样。"

马小军听到动静也从书房里出来了，7天没见到儿子，他没问马立辛苦不辛苦，而是问："抢险结束了？"

马立说："抢险基本结束了，下一步就是清淤泥救灾了。"

马小军毕竟是深圳的老市政了，他立即把话题切到了这次滑坡的实质问题上，说："现在是深圳的冬季，冬季既没台风，也少雨，怎么会发生这么大的山体滑坡灾害？"

可见这位深圳的老市政，这些日子一直在琢磨这件事。说实话，虽然已经退休但对深圳仍满怀感情的马小军，是直击要害的内行人。这些天，他恐怕一直在思考这个问题，想一探究竟。

马立说："爸，您不愧是搞了10多年的市政工程，看到了问题的实质，这么大的滑坡灾害，冲垮了几十栋楼房，到现在还有几十个人失联，极有可能埋在泥土下面，这在全国都是一次大事故啊。中央已经派调查组下来了，相信最后会有一个权威的事故调查结果公布。但，有一点您讲得对，这次滑坡的不是自然山体，而是余泥渣土堆场。"

马小军说："果然，我说这些日子基本没有下雨，也没有地震，怎么会发生这么大的滑坡？而且从电视新闻上看，滑坡的面积那么大，掩埋了一个工业区，光明新区哪有那样松软的山？我就一直在纳闷，这里面有没有人为的因素？"

马立说："余泥渣土堆场发生了这样大规模的滑坡，没有人为的责任可能说不过去，至少余泥渣土的堆放是有技术要求的。我看到初步的调查报告说，事故发生地点原来是一个老采石场，后来就作为了余泥渣土堆场使用。虽然事故当天有一点降雨，但经过科学论证并不足以诱发山体滑坡。初步判断主要原因还是废弃渣土堆得过高，时间又久了，而且没有采取防护措施对堆土进行支护，堆土一旦失去稳定后，顺着山坡冲下来的势能很大，所以造成的破坏就大。"

坐在一旁静静听着的琴琴问："爸，什么是'余泥渣土堆场'？"

马立回答道："哦，这一点可能是深圳特色，也可能是中国中心城市建设中出现的特色。你是学城市规划的，你应该关注这个问题，这有可能是高速发展城市建设中的一个新课题。爸爸正在做这方面的研究，想在未来城市发展规划中，提出我的设想对策。"

马小军对孙女解释说："'余泥渣土'主要是城市建设当中产生的建筑垃圾，例如盖一幢大楼要开挖地基，楼越高，地基也就相对较深，挖出来的土方量也就大。爷爷是搞市政工程的，城市修路下面就要挖排水沟排涝，例如，深圳是全国最早在规划建设中，把各种线路，如电线、电话线等都埋到地下管道中，因此在深圳你看不到像其他老旧城市里那么多的'蜘蛛网'，马路上也很少看到电线杆了。那么要把那些线路埋到地下，也要开挖涵沟，这些挖出来的土就叫'余泥渣土'。

"2000年以前，深圳的建设项目数量相对较少，项目规模也没有今天这么大，于是挖出来的这些土就填到一些待建土地和低洼的地方。那时产生的'余泥渣土'完全可以在不同的建设项目上自行消化。另外，还用于工地上的"三通一平"中的土地平整、滨海地带大型工程的填海造地，因此，深圳能基本实现社会自发的'余泥渣土'排放消化平衡，有时甚至还不够用，需要到东莞等周边地区花钱去收别人的'余泥渣土'。

"再后来，随着深圳一些超大型项目的上马，特别是轨道交通就是地铁的全面铺开建设，深圳地铁1、2、3、4、5号线集中开工。地铁那么长，从地下挖出的泥土就多了，于是深圳的'余泥渣土'排放难的问题，就在原深圳特区线内外全面爆发。那时爷爷还没退休，还在岗位上，又是搞市政工程的，自然对这方面的困难情况十分了解，因为我们也常常为市政工程开挖出来的'余泥渣土'没处倒而感到头疼。当时我就知道这个问题会越来越严重，在一些会议上我也提出，这个问题将会对深圳市的社会经济、城市环境、交通安全造成严重挑战。现在深圳地铁早已不是5条线了，地铁的建设增加了一倍都不止，一条地铁线路要挖出来多少土？因此，'余泥渣土'堆放的困难会越来越大，这将是新兴城市发展过程中的一个难题。

"所以，那天一听到滑坡，我就想到可能是'余泥渣土'的问题。光明新区的路，修建时我们公司承建过，我了解那儿的地质情况，哪里会发生滑坡呢？但他们那儿一些偏远地方，早就有偷偷乱倒乱堆'余泥渣土'的情况，有人因此收费牟利。"

马立接过话头说："这次滑坡的'余泥渣土'堆场，就是属于一个社会公司管理的，他们是经营性公司，如果说到人为责任，恐怕就在乱倒乱堆'余泥渣土'的问题上。听说，这个公司的老板和管理层，已经被公安部门控制起来了。因此，这里恐怕就有爸爸你所说的人为因素。"

马小军生气地说："那些人只想着赚钱，心里没想到责任重大，人命关天。"

马立说："从我们搞城市规划的角度来看，这里确实有值得总结和改善的地方，就像当年您参加的'8·5'大爆炸抢险，那次爆炸既有人为管理的问题，也有城市规划滞后的问题，比如，没有充分重视危险品仓库离城市中心近而可能会发生的危险。但，从我们搞规划的专业角度来客观分析，这是一个大课题，城市发展速度超过了规划的速度，城市化进程和人口大量往城市涌，会带来让人猝不及防的变化。爸，您到深圳时，深圳城区人口才2万多，现在多少？2000多万了。深圳一开始的规划中，怎么也没敢考虑有这么多人口在这儿生活和工作，所以，规划必然会出现严重滞后，甚至存在重大隐患。我觉得，这个问题会带来城市建设规划当中发生问题的防范新课题，也可以把它当作'城市病'治理的一个重要方面，当然'城市病'不仅仅是规划滞后的问题，但规划得好会解决一部分问题。这是我们下一步要研究并要在规划中充分考虑的问题。"

琴琴就好奇地问："爸，您是不是又有新课题了？"

马立说："是。滑坡没有发生前，其实城市中已经出现了许多问题，例如空气污染、霾的问题，交通拥堵、影响城市效率的问题，传染病暴发等，例如2003年的非典，都属于'城市病'的一种表现，而这些与城市规划或多或少都有关系。"

琴琴接过爸爸马立的话题说："爸，我知我现在所学的这个专业，绝对不是盖楼修路那么简单，随着城市规模越来越大，城市规划将是一门不断更新的大学问。我现在硕士论文研究的方向主要是世界城市史，钻进去了，就会发现从世界上最初城市的产生后，就出现了'城市病'的问题，最早的问题是公共卫生，公共卫生的问题就会带来传染病的暴发，不过现在的'城市病'要复杂多了。"

琴琴是搬一个小凳子坐在太爷爷马卫山的身边的，老爷爷年纪越来越大以后，喜欢听儿孙们谈话，有一句没一句地听着，现在见琴琴也说得有头有尾，眼睛里不禁就露出欣喜的神色，一只大手，仍然是握着琴琴的手。

这时，家里的座机响了，桐芳接起电话，是马正。马正问，琴琴是不是在家里？他让桐芳告诉琴琴，他已经将秦人杰送回宾馆了。

马小军对马立说："琴琴的男朋友特意从美国回来的，你一直在工地抢险，现在回来了，就去见见小伙子，多多增进一点了解，我们家琴琴的婚姻大事，你要多操心。"

琴琴急忙说："爷爷，没关系，二叔一直在陪着呢。"

马小军："马正那小子，不是很靠谱。马立，琴琴是你的女儿，你做主。"

这时一直没说话的老爷爷马卫山开口了，他仍然握着琴琴的手，说："马立，工作是忙，但琴琴的婚姻大事是你的头等大事，你要尽心尽力。"

马立急忙说："爷爷，我知道了。我明天就去看他。"

马小军见时间不早了，就说："马立，这些天没日没夜的，早点回去休息吧。琴琴，陪着爸爸一块回去吧。"

第二天，马立带着琴琴请秦人杰吃了一次饭。作为家长，马立说了一些期望的话，也请秦人杰代向他爸妈问好。马立利用这个时间第一次仔细观察了秦人杰，了解了秦人杰所学专业和目前的工作，总体对秦人杰还是比较满意的。但他也产生了与爷爷一样的担心，觉得秦人杰缺乏男子汉的气质，这个气质会表现在责任担当方面，马家的人特别看重这一点，当然，他也觉得可能秦人杰还不够成熟，甚至觉得还没有女儿琴琴成熟。但他也理解，现在的独生子女，有不少都是这样。

马立把自己的看法也向爷爷和父亲马小军说了。马小军的意见是，一切让琴琴自己做主，长辈只提供参考意见。老爷爷好像有点不满意，他觉得秦人杰是个小白脸，不像个男子汉，他说："他那个单薄的身子，将来能保护好琴琴吗？"接着，他还问了一句："这样琴琴就永远在美国了吗？"

马小军和马立都没有接这个话，马卫山很失望地起身离开了。马小军和马立看着老爷爷离开的背影，都沉默不语。马小军虽然能接受这个现实，但，心情有点沉沉的。

圣诞假期很快就要结束了，秦人杰和琴琴都要返回美国。回去的时候，两人并不同路，秦人杰回纽约，琴琴回洛杉矶，两人不乘同一班飞机。

琴琴每次回美国都有一种离家的感觉，尤其是对太爷爷难分难舍的，她总担心下一次回来太爷爷就不在了，所以分别的时候，她总是抱一抱太爷爷。两位隔辈亲的太爷爷和曾孙女心有灵犀似的，一个抱着高大的马卫山，一个用布满青筋的大手轻轻地拍拍琴琴的头，琴琴觉得有一种亲情在心里流淌，暖暖的。

站在一旁的爷爷马小军笑着说："不抱抱爷爷？爷爷吃醋了。"琴琴就转身，亲了亲爷爷的面颊，一家人开心地哈哈大笑起来。

琴琴也不忘抱抱自小带自己长大的桐芳阿姨，马家人都记着曾秀云的话，桐芳在他们马家一天，就是家里人，因此，琴琴一直和桐芳阿姨很亲热。她抱着桐芳阿姨说："桐芳阿姨，你带着两个老头够辛苦了，你不要惯着他们，你别看他们师长、老总的，现在都归你管。我现在任命你为军长、董事长，该管的时候还得管，不能随着他们。"说得大家又哈哈大笑起来，但桐芳眼睛里总是含着泪水。

其实，这是琴琴故意的，因为她不想看到因为自己的离开，一家人都依依不舍的样子。

随着年龄的不断增长，琴琴对爸爸马立越来越牵挂，总觉得爸爸一个人日子过得太清苦了，常常一碗清汤拉面就是一顿饭，家里真的是缺一个女人。她在临走的那天晚上，和爸爸坐在客厅里聊天，她半认真半开玩笑地说："家里真的缺一个女人，爸，要不您找一个，要不我回来。"

马立自然理解女儿的苦心，也知道琴琴有回国的念头。但马立考虑，琴琴学业还没结束，还要继续读书。另外，琴琴如果现在回国，麻君婷一定接受不了，再就是，现在琴琴已经谈了一个对象，秦人杰在美国，她怎么能考虑回国呢？马立是用搞城市规划的思维，一条一条地考虑琴琴回国的事，所以他说："琴琴，爸爸知道你对家的关心，你不用操心爸爸的生活，这么多年都过来了，你都长大了，爸爸已经习惯了一个人的生活。"

琴琴马上反驳说："爸爸，什么叫习惯？习惯过苦日子？您看太爷爷一个人，爷爷也一个人，您也是一个人，我们马家人到底是怎么一回事？太爷爷是无法忘记太奶奶，那是战争年代造成的，爷爷是和奶奶过了一辈子，奶奶去世的时候，爷爷年纪已经大了，可如今要是没有桐芳阿姨，他们怎么生活？您呢？您和妈妈离婚时才三十来岁，为什么也拖到今天？您还正处在壮年，总得考虑考虑今后的生活吧？"琴琴说着说着，眼睛里竟闪着泪花。

马立也被琴琴的话打动了，他伸手摸了摸女儿的头，说："琴琴，爸爸向你保证，如果有合适的，爸爸一定再找一个，但一定要把问题考虑清楚，对人家负责，也对家人负责。我们现在不谈爸爸了，谈谈你吧？"

"我有什么好谈的？"琴琴说。

"你和秦人杰的下一步怎么打算？爸爸也好有一个心理准备。"

"爸，您到底怎么看秦人杰？我觉得您好像有所保留。"

马立想了想，说："爸爸并不是有什么保留，只是爸爸和你考虑问题的角度稍有不同而已。以大众的眼光来看，包括你二叔、桐芳阿姨，也包括你爷爷，都觉得小秦的条件相当不错。小伙子人也长得标致，学业和专业都很好，家庭情况也很简单，是一个非常不错的选择。再说，你在美国择偶的条件，如果只在华人当中找，可选择的空间不会很大，你找到了小秦，很有眼光了，应该是很不错的对象。从这些方面来看，爸爸可以说是相当满意的，你怎么觉得爸爸有所保留呢？"

"俗话说，知儿莫如母，我们家是知父莫如女。爸爸，我从您的神情和语气中，感到您有所保留。这个就是直觉，是两个人太熟悉了以后的直觉，说不了一清二楚的。"琴琴说。

马立转过身来，面对着琴琴，说："琴琴，其实人的一生一直在寻找。从生活层面，寻找适合自己的道路；从事业层面，寻找适合自己的专业；从感情层面，寻找适合自己的伴侣；从精神层面，寻找自己最后的归宿。寻找对了，人生的路就通畅；寻找错了，就会付出代价。对与错，适不适合自己很重要。其实，爸爸心里是有点担心，而这个担心首先来自你。"

琴琴不解地问："来自我？哪方面？"

"你说知父莫如女，同样知女莫如父，爸爸感到，对小秦有所保留的是你。"马立说。

琴琴不置可否，问："从哪儿看出来的？"

"这也是直觉，一对年轻的恋人，不应该现在就处得这么冷静。你是一个热情的女孩，可好像对小秦并不依恋，你们现在应该是热恋期呀。"

琴琴看着马立："爸，您继续说。"

马立说："爸爸还有一个直觉不太好，就是小秦这个家庭。以前就在电话里听你讲过他们家的历史，听得出，无论是小秦的父亲家还是母亲家，都曾经是有钱人家，后来没落了，变成了城市贫民。可小秦的父母好像很留恋以前的家庭，他们几乎牺牲了一切，将儿子送到美国深造，那么他们对小秦的期望值就一定很高。这个期望值和我们对你不同，我们包括太爷爷只是希望你过得好，过得幸福，可他们家几乎把全部家当都押宝似的押到小秦身上了，而小秦本人也强烈地感觉到这一点，一门心思地想赚钱，想让父母亲过上好日子。这虽没有什么不好，但，他们家的期望值太高了，如果实现不了呢？

"什么叫押宝？押宝就是赌啊！赌赢的概率有多大呢？小秦现在在华尔街工作，华尔街那就是一个充满风险的地方。他的这些情况，你认真思考过吗？和你的想法吻合吗？你有思想准备和小秦一道拼搏吗？他们家和小秦有如果实现不了甚至失败的思想准备吗？你有思想准备和小秦这样的人和这样的家庭，过一辈子吗？可以说，这是爸爸有所保留的原因，也是爸爸担心的事。我本来就准备在你回美国前，和你好好沟通沟通。"

琴琴说："想不到爸爸观察得这样仔细，分析得这么透彻。"

马立说："细节有时决定胜负。我从小秦的言谈和思考方式中，感觉他很聪明很自负，但并不成熟，有些急于求成。急于求成就是风险啦。而从细节中发现风险，是回避风险的一个重要方法。比如说，爸爸这次参加的滑坡抢险，爷爷一直提出一个问题，没有下雨，没有地震，怎么会发生这么大的滑坡灾害？爸爸回答说，是'余泥渣土'堆垮了。可'余泥渣土'堆已经存在很长一段时间了，否则也不会堆得那么高那么大，那么它是怎么垮下来，造成如此重大的灾害的？虽然，现在中央调查组在进行调查，但据爸爸在现场观察，可能就是一个细节，造成了最后灾害的发生。"

琴琴很感兴趣地问："是什么？"

"你知道中国有一句成语，叫作'千里之堤，溃于蚁穴'吗？"马立问。

"知道呀。"琴琴回答。

"是什么意思？"

"意思是千里的大堤，会毁于一个蚂蚁洞。"

"对的，严格说不是蚂蚁洞，而是白蚁穴。意思是，小事不慎将酿成大祸。"马立说。

琴琴问："这次滑坡灾害是白蚁穴引起的？"

马立说："不是，我觉得是水。"

"不是没有下雨吗？哪来的水？"琴琴又问。

马立说："这就需要对细节的观察了。我在现场抢险，发现滑下来的土很潮很松，也就是土的水分含量不低。而堆土的地方地势高，那么土为什么会这么潮呢？我观察到这些土都是建筑渣土，原先是从地下挖出来的，无论是地铁施工，还是工程开挖，都是从地下挖出来的，深圳本身的地下水位就不低，南方又很潮湿，所以，从比较深的地下挖出来的土都含有一定的水分。

"这些土被集中在一起堆起来，自身的水分就往下渗，渗入堆场的底层，使底层的土含水量更高，因此造成一个结果，即这么大的土堆底层反而因含水量高而松软，底基就不牢了。可这个堆场最致命的一点，是下面的排水没做好，渗到下面的水分越聚越多，又没有及时排出去，最终整个'余泥渣土'堆的根基松动了，再加上他们支护也做得不到位，土堆又在高处的山坡上，积到一定程度，就会产生一个能量，能量一旦产生移动，就会推着'余泥渣土'顺着山坡往下流动，最后变成了我们所见到的大型'滑坡'事故。"

琴琴那天在现场看到那样惊心动魄的情景，脑子里也一直在想，怎么会产生这么大的滑坡？今天听到爸爸这样一分析，作为一个学城市规划的学生，此时的琴琴对爸爸几乎佩服得五体投地："爸，您是怎么想到这一点的？"

马立说："细节，还是细节。虽然我们所学专业看起来很宏大，是规划一个城市的建设，但具体的事还是需要对细节的观察和研究。我也从小秦的身上观察到一些细节，让爸爸有一点想法，供你参考。还是回到原点，你的事，你的恋爱和婚姻，爸爸和家里人都会尊重你的选择，但你要听听大家的建议，好吗？"

琴琴原来是靠在爸爸身上的，这时，她突然坐了起来，面对着马立，很认真地说："爸，其实您说的，我早已有所感觉。这还是一个人追求的问题，秦人杰的追求深深地受到他父母的影响。他父母未必是要他挣大钱，但确实他父母的期望值太高了，把他当成一切的希望，甚至是活着的精神支撑，我也担心如果将来他失败了，或者遭遇到重大挫折，在华尔街他所干的这种投行工作，其实是高风险的，这个可能随时会发生，如果发生了，他们一家都承受不了，可这个世界上哪有只能成功而不会失败的事？"

说到这儿，琴琴缓了一下，接着说："爸，其实我还有一个最大的担心，没有考虑好，也就没有和您说。我越来越想回国的念头也曾和您提过，我觉得对于我来说，在美国绝对没有在国内发展得好，这一点以前我也多多少少和您聊过，您的意见是让我先学习，完成硕士学业，然后再考虑要不要读博士，把学业完成了再考虑要不要回国。可我越来越觉得回国可能就是我最好的选择。还有，所有我的亲人都在国内，我为什么不回来？我一个人在美国就是'漂'，我总是感到很孤独，这也是我和秦人杰走到一起的一个重要原因，他也感到孤独。可是，虽然我们俩都孤独，但他基本没有想过要回国。如果我回来，秦人杰回国的可能性有多大，我心里没有把握。如果他不回来，那我们不可能在中美两个国家分居，像您和妈妈那样，这也是我心里对我和秦人杰今后关系发展的一个最大的顾虑。"

琴琴这孩子，虽然在家里集万千宠爱于一身，那么多的家人都宠爱她，可她并非娇生惯养而长不大的孩子。她虽然是在千般溺爱中成长的，但她又和许多孩子有不一样的地方，就是她的童年时身边没有母亲，而每年妈妈回家，都基本处在与爸爸冷战或不断的吵架之中，这不可能不对她产生影响。初中毕业到了美国，她生活在妈妈和豪斯这样的继父身边，无论文化和情感，她都无法从心里接受豪斯是她的父亲，甚至无法接受妈妈生的那两个混血的双胞胎弟弟。

琴琴太爱爸爸家的人了，她从内心里浸润着马家的血脉和情感，她想家人想得太厉害的时候，只能在夜里悄悄地哭。但她又知道，她只能接受现实。因此，她在美国一直没有生活在自己家里的那份安定的感觉。也因此，遇上了秦人杰后，两人有同病相怜的感触。所以，环境造成琴琴比同龄人成熟，独立思考的能力强，而且，为了不让爸爸和国内的家人担心，她在问题没有考虑成熟的时候，一般不会对家人说，对在美国的母亲也是如此。例如，有回国的念头已经很久了，她只在情绪上有所流露，并没有正式地说出来。今天，和爸爸谈到这个问题，才把自己的想法告诉了爸爸。

马立见女儿很认真，也非常严肃地回答说："琴琴，你长大了，爸爸的态度是，不仅你个人的婚姻大事由你自己做主，回国这样的大事，自然也由你自己做主。作为爸爸，对你回国发展，当然是最赞成的。说一句煽情的话，小棉袄当然在爸爸身边好，放在美国，爸爸冷的时候怎么会有温暖呢？家人更是盼星星盼月亮似的等你回来，就是你桐芳阿姨也盼着你回来，她还说将来要帮你带孩子呢。你看你每次回来，都能给大家带来快乐，像个小太阳似的把我们家都照亮了。最重要的是，当今世界最有机会的地方，自然是中国。所以，爸爸认为你回来是最好的选择。但，有一点你要处理好，就是你妈妈的问题。她为了让你去美国几乎费尽了所有心思，当然她认为是为你好，如果你要回来她肯定是不赞成的，你要做好妈妈的工作，不着急，慢慢来。"

琴琴认真地听着，点点头。

马立接着说："还有最重要的一点，你回国准备干什么？"

"当然是干我所学的专业，城市规划啊。"琴琴说。

马立说："对，回来学非所用，那书不白读了？但，你现在已经在读硕士，既然在美国读了这么多年书，也在美国名校，就把知识学扎实了。根据爸爸的观察和经验，给你提一条建议。"

"爸爸，您说。"琴琴坐直了身子。

马立说："以我对国内的观察和研究，经过30多年的'城市化'高速发展，我感觉，国内的城市规划建设积累了许多问题，国内早期的城市建设存在的最大问题，就是规划滞后。随着经济建设的高速发展，城市也在高速发展，而规划跟不上，有时就积下了大问题，再加上城市布局的不合理、交通的堵塞、人口的流动等等，我们把它称为'城市病治理'吧，所以，国内急需这方面的专业人员研究并提出对策。你现在所学专业是世界城市发展史，爸爸觉得这个专业研究性质多一点，实用方面可能少一点，所以，爸爸建议你再读一个博士，专业方向就选'城市治理'，将来回国肯定是城市需要的专业人才。"

琴琴说："我还有半年多硕士就毕业了，我认真地考虑爸爸的提议。"

马立摸了一下琴琴的脸，说："这次回来瘦了，圆脸都快变成长脸了，睡觉吧，明天还要赶飞机。"

这一夜，马立和琴琴都睡得很沉。

第二十六章

琴琴回到洛杉矶继续她的学业。

自从和爸爸在一起规划了她的专业方向以后，琴琴的学习就有了明确的目标，她按照这个目标计划着自己的学习。秦人杰去了纽约，反而让琴琴空出许多时间，虽然常常在学校图书馆里习惯性地抬头看看秦人杰经常坐的座位空着时，心里也有些失落感，但随着学习逐渐紧张，慢慢地琴琴也习惯了。

秦人杰这次回深圳很兴奋，看到了许多新奇的东西，除了那些比纽约高楼还要高的摩天大楼，深圳的大型商业中心、高档写字楼、满眼的绿树成荫、宽阔的马路，特别是深圳的地铁，都让秦人杰目瞪口呆，太有对比性了，因为他在纽约每天就是坐地铁上下班的，不要说纽约地铁的陈旧，就一点就让秦人杰惊奇不已——在深圳一上地铁就看到年轻人都在看手机，不仅可以顺畅地浏览网页，还可以流畅地刷视频、看电影，这让秦人杰很惊叹，因为在纽约的一些地铁里，"9·11"以后，为了防恐，甚至都没有手机信号。人们在地铁里，不是呆呆地坐着，就是打瞌睡。秦人杰从深圳去美国才十来年，一座城市就发生了这么巨大的变化，使他几乎目不暇接，觉得深圳真是一个新奇的城市。

这一点琴琴和秦人杰不同，琴琴回到深圳是回家的感觉，因为她每年都回来，深圳是她的家，她没有秦人杰这种新奇感，只有亲切感，因为她回家了。秦人杰不同，他在上海出生，在上海长到了快上小学的时候来到深圳，再加上父母亲的影响，特别是后来父亲经常带他回上海，给他介绍秦家在上海的历史，这使他始终认为上海是他的故乡，他是阿拉上海人，深圳仅是他人生途经的一个地方。再加上，他离开深圳已经10多年了，中间几乎没回来过，所以，他回深圳感到像到了一个新兴城市里去旅游。

可秦人杰也很喜欢深圳，喜欢这座城市的日新月异，喜欢这座城市的年轻富有朝气，再加上他是在深圳读到高中毕业才出国的，这儿同学特别多，这次回来见到了许多老同学，大家聚会相当愉快，虽然那天差点闹出让琴琴很不高兴的事。但后来琴琴并没多问什么，他再去和同学聚会也不敢多喝酒了，只敢适可而止，可他仍然非常享受同学们把他当作华尔街新秀的感觉。那些充满羡慕的眼光，使他感觉自己像站在一个舞台的中心，所有的聚光灯都照着自己，自我感觉特别棒。回到纽约的好多天里，他都在电话里和琴琴谈这种新鲜感。

这一年真的是秦人杰的人生高光时刻，苦读了那么多年的书，终于进了高盛公司这样全球顶级的投行，然后衣锦还乡般跟着女朋友琴琴回了一趟深圳，在深圳受到了众人的瞩目，虚荣心得到极大的满足。站在舞台中央，灯光在自己的身后形成了一个硕大的影子，秦人杰就觉得自己有影子那么大了。

回到纽约后，他就开始了在华尔街的打拼，他在心里暗下决心，要在这儿拼出一片天地来，不仅让父母亲为自己骄傲，还要让那些同学更羡慕自己，特别是那位为自己提裤子的女同学，他在心里对她很是感激，也充满了好感。秦人杰心中的偶像就是卡尔·伊坎，在秦人杰的意识里，在挣钱的世界里，就必须有狼性，弱肉强食，因为钱就那么多，没有狼性怎么挣得来？他要争取将来在华尔街做一个有名气的股票经纪人。

在高盛公司上班的初期，秦人杰既新鲜又兴奋。他到美国一直都生活在洛杉矶，洛杉矶与美国第一大城市纽约相比，是完全不同的。无论是文化和市容市貌，都相差甚远，纽约是真正的世界第一大都市，洛杉矶几乎没有几栋高楼，而纽约高楼林立，特别是在华尔街，不是寸土寸金，而是寸土尺金，好像全世界的财富都集中到这儿来了。华尔街地处美国，但它是挣全世界的钱的，因此，说它每天金钱滚滚一点也不过分。而秦人杰所在的高盛公司是投行，实际上就是直接做着钱生钱的生意。

在高盛公司工作，站在投资银行的一线，满眼都是金钱滚滚，几乎天天都能看到有人实现了发财的梦想，当然也能看到亿万富翁一夜变成穷人的例子。可现在对于秦人杰来说，就如同一个走进赌场里想赌博的人，看到的都是那些赢了钱的极少数人，而无视绝大多数输钱的人，因为，每一个赌徒都会这样想：我为什么不能成为那个赢钱的幸运者？秦人杰现在的状态就是如此，他鼓足了劲，浑身上下热血兴奋。

秦人杰极为羡慕那些成功的经纪人操盘手，他们不仅会挣钱，而且也很会享受生活。名牌西装是基本的工作服，穿在身上有意无意地露出千元以上的皮带扣，十几万美元的名表，皮鞋不会沾灰，裤缝永远笔直，走起路来就是一阵风，因为，他们总在挣钱的路上，时间对于他们就是金钱，在成功的路上，一路脚印都是金钱铺就。

下班以后，享受的生活才刚刚开始，高档会所、著名酒吧、声色犬马的夜总会、马球高尔夫，都是他们经常光顾的地方，接着是美酒佳肴靓女如云。但，他们不会去那些中低档的场所，因为他们并不是随便找一个地方寻欢，而是到高档场所来收集信息，寻找客户，物色项目，他们永远在赚钱的路上。这些让秦人杰羡慕和渴望的，都变成了他的人生目标。

从深圳回到纽约就是新年了。新年的时候，像高盛这样的投行都有一些庆祝活动，他们是很强调团队协作的，所以也有像"团建"一样的活动，以增强大家的相互了解。这1年，秦人杰所在大部门的迎新活动结束后，秦人杰的头儿那个叫约翰的就带着小组的3个人去了一家酒吧。

这家酒吧十分高雅，进门以后灯光暗淡，用星星点点的小射灯，照亮着酒吧的各个角落。这些射灯不仅十分柔和，而且避免直射在客人的头顶上，因为任何灯光如果直射在人的头顶，都会在人的脸上造成阴影，使人的面部轮廓扭曲，会让酒吧里的任何美女和俊男失去花容月貌，可见酒吧老板的用心，这些都请的是专业灯光师精心设计安装的，让人一走进来，就有一种宁静高雅的感觉，不由得放轻了脚步。

酒吧的正中有一个小小的舞台，舞台被一圈聚光灯围绕着，台上放着一架白色的三脚架钢琴，在柔和暗淡的以深色为主调的氛围里格外显眼。一位身穿燕尾服的钢琴师正在演奏一首和柔和的灯光一样的小夜曲，音乐的旋律仿佛带着一种甜味。

秦人杰不懂音乐，更不懂钢琴，只觉得营造出了一种高雅的气氛。在这样的酒吧里，没有夜总会的那种喧闹，人们说话也很小声，是真正的窃窃私语。秦人杰他们刚刚坐下，钢琴演奏就结束了，接着上来四位身穿白色坠地长裙像天使一样的姑娘，她们分别手持小提琴、中提琴和大提琴，原来是弦乐四重奏，音乐和人一样美，秦人杰听得如醉如痴。

后来，秦人杰听说，带他们去玩的约翰，那一年的业绩不错，据说仅分红就有几十万美元，所以那天晚上情绪特别好，所有消费的账单，都由他一个人买了。在美国大家是习惯AA制的，各人账单各人自己买，如果这样秦人杰就尴尬了，他刚到纽约哪有能力出入这样高消费的场所？

不仅如此，从高雅的酒吧出来余兴未尽，约翰又带着他们去了一家夜总会。一走进去，从来没有见过这种场面的秦人杰立即感到面红耳赤，原来这是一家大型钢管舞夜总会，整个大厅里有好多大大小小的案台，每一个案台上都竖着一到数根不等的钢管，几乎每一根钢管前，都有一位半裸的艳女在跳舞。这些艳女才叫五彩缤纷呢，因为她们的肤色有棕色的、黑色的、白色的，还有黄皮肤的东南亚人，都穿着小得不能再小的比基尼泳衣，在钢管前做着各种挑逗的姿势。

客人们根据自己的嗜好不同，围在不同肤色的艳女前观看。坐在最前排的人，往这些艳女的三角短裤里塞钱，因此几乎所有的艳女三角短裤上都别着一张一张的美元。秦人杰发现塞的钱并不多，都是一美元的纸币，塞钱的人也没有太过分的动作，他们只是在享受这个过程。每一位艳女表演的高峰，是最后把那小小的比基尼也脱下，然后迅速消失，引起阵阵惊叫。舞厅里光线很暗，其实客人们什么也没看清楚，秦人杰瞪大了眼睛，聚足了目光，也没看清比基尼脱下后的"精彩风光"。

在入职华尔街高盛公司之前，秦人杰是个优秀学子，一直努力学习，几美元几美元地帮助父母亲送快餐，既没有经济能力，也不会想到这种声色犬马的地方来玩。其实洛杉矶与世界著名的赌城拉斯维加斯很近，拉斯维加斯就是一个纸醉金迷的天堂，什么声色犬马的东西没有？秦人杰在洛杉矶住了10多年，也带着父母去拉斯维加斯旅游过，但就是没有去过这些场所。因此，这一天是秦人杰人生中第一次真实地面对面看脱衣舞，他首先有些尴尬地不知坐到哪儿，却发现和他一起进来的那位女同事，见怪不怪地一屁股坐在一个卡座里，他也不想让别人看到自己是一个菜鸟，于是，也在那个卡座里坐了下来。

脱衣舞厅里灯光和刚才的酒吧完全不同，酒吧里的灯光设计得让人宁静，这儿的灯光像舞台上的舞女一样五彩斑斓，并且随着音乐闪动，既让人眼花缭乱，也让人心跳不由自主地加快。刚才在酒吧里喝了一杯又酸又甜又辣的秦人杰也记不住叫什么名字的鸡尾酒，到了夜总会大家喝的是啤酒。但无论是什么酒，对于不胜酒力的秦人杰，都让他头脑晕晕的，再加上舞厅里的这种气氛，让秦人杰如进入梦幻一般，有一种不真实的感觉。

整个晚上，他都在兴奋中，身体不自觉地有着反应，后来都记不清自己是怎么回家的。

第二天早上醒来，他感到裤子里黏黏的，掀开一看，他大吃一惊，昨夜竟然做了只有在高中时代才做过的事，这让他很是羞愧脸红，他有点怀疑昨晚是不是真的看到了脱光衣服的舞娘了。

到高盛公司工作最初的感觉，是这儿的一切都让秦人杰着迷，除了新鲜，就是兴奋，也让他看到了一些有钱人是如何享受生活的。

可秦人杰这种兴奋没有保持太久。华尔街不仅是让人羡慕和兴奋的地方，华尔街是个财源滚滚的地方，华尔街也是一个制造富翁的地方，但华尔街更是一个竞争残酷的地方，有时是你死我活的竞争。现实很快就让秦人杰的兴奋和愉悦消失殆尽。

在高盛公司，秦人杰才感受到什么叫压力，什么叫作加班。高盛公司的压力是无形的，无处不在的，从进去那一天开始，没有哪一天让你感到没有压力。在高盛公司是没有加班一说的，一般人们把上班后八小时以外的工作叫作加班，可在高盛公司到了下班时间，只要你手头上的工作没做完，你就不会下班，这就变成了自觉加班，而在高盛公司下班时手头工作没做完，几乎是常态。

虽然说高盛公司是美国最好的公司之一，工资也不低，可是高盛公司里的员工却说，如果以西方国家最常见的计算方法，小时工资标准，即以工作的每小时收入来算，高盛公司的工资就算不是最低，也是比较低的，这就是说高盛公司上班时间长，平均到每小时的工资标准就不算高了。

那样高强度的加班，不仅每天回家都筋疲力尽，而且觉不够睡，到高盛公司工作不久的秦人杰，曾经连续加班一周，每天睡不到三个小时，加班结束的那一天，他凌晨才回到租住的房子里，一进屋子就一下趴到床上昏睡过去了，这一睡竟然睡了36个小时。那时秦人杰的父母还在洛杉矶，知道儿子一直加班回家很晚，因此不放心就每天打一个电话询问，那天打电话给秦人杰，由于加班手机没电了，回到家就睡过去了，也没有充电，结果父母打了一天没通。再打到公司，由于秦人杰父母英语都不好，讲了半天双方都没明白，这让秦爸秦妈更是急得头上冒汗。好在高盛公司有不少华人，约翰就找来一个华人同事帮着翻译，秦爸秦妈才知道儿子回家了，这下可把秦爸秦妈吓坏了。纽约的治安不好是大家都知道的，父母非常担心儿子凌晨回家时出了意外。后来着急得没办法，就打电话给纽约警察局报了警，警察得到具体地址后就来敲门，没人开门。警察找到了房东，房东用备用钥匙打开了房门，发现床上和衣躺着一个人，秦人杰就这样趴在床上昏睡了36个小时。

就是这样辛勤地工作，也不表明你在公司就一定让领导满意，因为几乎每一个人都是这样，高盛公司不是看你如何苦干，而是看你怎样为公司发挥作用。

公司是华尔街的公司，而华尔街是不讲感情的，秦人杰作为一个刚入职的新人，面临的巨大的工作压力并不仅仅是加班。他所在的这个团队，经纪人约翰是真正的操盘手，也是团队的头儿，团队的一切工作都围绕着他转。秦人杰所做的工作是资料数据分析，把约翰所需要的资料找出来，做出分析报告，提供给约翰操盘时参考。

在美国，像高盛这类的投行公司，工作岗位有前台和后台之分，这个前台可不是我们常看到的那个办事大厅的窗口，或一般大型公司坐在门口的接待人员。这类公司的前台，用一句通俗的话来说，叫作为公司直接带来利润的部门和岗位。而我们所看到的那些办事大厅和设在门口的行政接待，在这样的公司里反而叫后台，因为他们工作的一切都是为前台服务的。后台一般不能直接为公司创造利润，因此，无论是薪资水准还是奖金分红，自然是前台比后台高。

秦人杰所在的约翰团队在公司里是比较小的，经纪人约翰主要是为几位有钱的富翁代理做投资，也就是在市场上寻找机会，包括股票二级市场，自然属于前台，属于直接由经纪人操盘来赚取利润的部门。秦人杰在前台部门，但他所干的这个工作，属于前台中的后台，因为他不直接参与操作，而只是为面向市场的经纪人操盘提供分析参考报告，因此也可以叫中台，这让一心想成为经纪人操盘手的秦人杰心有不甘。

但他也知道，要成为经纪人是非常不容易的，不仅要有相当的学识和熟悉市场，了解自己所投资行业的现状和发展前景，有着特有的对市场机会的嗅觉能力，并且能提出操作的办法，还需要有相当的资源，其中就包括客户资源。经纪人是直接给公司带来利润的，但也承担着巨大的风险，这不是一个新入职的哪怕你学历再高的人可以承担的。

在华尔街，经纪人操盘手需要一种特殊的能力，他的思维方式要异于常人，他对市场的嗅觉要异常灵敏，他要能从繁复的信息中捕捉到赚钱的机会。如果他的思维方式和常人一样，在激烈诡异的股票市场上，他哪里还能赚钱？因此，每一个人在成为经纪人和操盘手之前，都要经过相当长一段时间的磨炼和积累。可这种操盘手式的经纪人，是一项既费脑力又费体力的工作，所以，年龄又不能太老。因此，在华尔街形成一个共识，做一个优秀的投资经纪人，不是靠大学就可以培养出来的，他真的需要有这方面的天赋。

可秦人杰没有弄明白这一点，他不仅心有不甘，而且还有些愤愤不平，即他所服务的这个约翰，也就是他的顶头上司，只是一个大学毕业生，就是我们中国所说的本科，而秦人杰已经是博士了。但这个本科生随着时间的推移，慢慢地不仅不把秦人杰放在眼里，而且还很看不上像秦人杰这样读了很多书的人，每每对秦人杰所提供的资料分析报告挑三拣四，提出一大堆的毛病，有时甚至把秦人杰加班几天所做出来的分析报告，随手就扔在桌上。两天后秦人杰再去取这份报告时，发现他别在中间的回形针，竟然还原封不动地在那儿，说明他的顶头上司根本就没有仔细读。

不仅如此，渐渐地秦人杰发现，在高盛公司很多实力很强的经纪人都只是本科毕业的。后来他才发现在投行这个行当里，根本不讲究高学历，一般都是本科毕业就开始工作，经过相当一段时间的历练，然后上升为经纪人。其中他们会利用晚上和周末，再去读一个MBA。MBA的全称就是工商企业和经济管理专业。而MBA的招生对象，往往是有一定工作实践的本科毕业生。美国的一些大学，开办的MBA班还特别照顾这些华尔街经纪人的工作性质，把课程放在晚上或周末，而来上课的老师许多都是华尔街投行里的有经验的经纪人。这又形成一个文化现象，就是这一行里有不少人是校友。

还有一点让秦人杰不甘心的是，MBA只是一个硕士学位，而秦人杰已经是博士研究生了。他的这个博士学位在公司里却并没有受到特别的重视，这一点在入职面试的时候，面试官就讲得很清楚。高盛公司录取了秦人杰，是因为他读的专业，对于搞数据分析有利，而不是因为他是博士。

同时，秦人杰还发现，虽然在公司里表面看起来华人并不会被歧视，但有一种共识在公司里虽不公开谈论，但却是很多人的共识，即不是完全在美式教育下成长的人，很难成为一个华尔街的职业经纪人，理由是，中国的教育是"填鸭式"的，不适合华尔街这种竞争激烈、瞬息万变的市场，因此，从中国来的这些留学生，即使你学业再优秀，只有极少人经过许多年的磨炼，被人们共同认可后，才会被选为经纪人成为操盘手。

这种结果，逐渐让秦人杰着急起来，他当然不甘心永远当一个分析员，可走到一个台阶，再往上就极难了，这让他变得越来越焦虑。

在华尔街工作了一年多以后，秦人杰觉得自己的收入已经能够养活父母了，就把父母接来了纽约。父母到了纽约后，人生地不熟的，当然无法再做快餐了。可秦人杰虽然已经有了白领的收入，但在消费水平全美最高的纽约，一家人生活得并不轻松，为此，父母仍然处在省吃俭用的状态。

这样，也让秦人杰不敢轻易跳槽，因为以他的自身条件，在纽约也找不到比高盛更高工资的公司了。因此，秦人杰变得越来越心烦意乱，心态也发生了很大的变化。那种新鲜，那种兴奋，早已消失殆尽，并且渐渐地没有了工作热情，因此，工作就越干越不能让他的顶头上司满意了。这就让秦人杰陷入了一个非良性循环，心态变得越来越坏，情绪也不稳定。

其实秦人杰的心智并不成熟，他自小在父母亲的精心培育下，自觉天资聪颖，学习成绩优秀，受称赞的时候多，对于挫折的承受能力反而低。可秦人杰的自尊心又极强，工作上的一切不顺，他又不愿意让父母亲知道，因为不愿看到父母亲为他担心。

虽然他和琴琴关系还是稳定的，但他也不愿意把这些告诉琴琴。因为和琴琴回了一趟深圳以后，无论是二叔马正，还是秦人杰的那些同学，对于他在华尔街顶级投行工作，都是羡慕不已的，他在琴琴面前又表现得很自负，基本是个报喜不报忧的人，始终要在琴琴面前表现出自己是一个很优秀的男人。现在在高盛公司干得这样不开心，他自然不愿意告诉琴琴。

心里不开心，又无处发泄，久而久之，秦人杰总处在焦虑之中，渐渐地就出现了一个十分痛苦的问题：失眠。要不入眠难，要不好不容易睡着了，夜里总醒，醒了再入眠就更困难。就是睡着了，也无法进入深睡眠，整夜都在浅睡眠的状态中。浅睡眠，人似乎睡着了，神经却醒着，哪怕有一只蟑螂从地下爬过，他都能听到沙沙的声音，这样就整夜都睡不沉，身心都感到很累。

该睡的时候睡不着，不该睡的时候就打瞌睡，他有时竟然早上在上班的地铁里睡过站。夜里睡不好，精神状态就差，白天上班还要去做那些数据信息分析，头脑总是晕乎乎的，思维自然不清晰，数据分析报告又怎么写得好？约翰就更不满意了。

心里很痛苦，可他又不愿和人说，但内心深处却渴望着别人的呵护，这个呵护父母亲给不了他。

心情烦闷时，秦人杰常常下班以后就不想回家，他不想把自己的坏情绪带给父母，可在父母面前装出没事一样，又很难受。可哪个孩子不快乐时，父母会没有感觉？几十年的抚养，父母对孩子的点点滴滴，哪一点不了解？秦人杰夜里睡不好觉，白天上班又不开心，回到家里就不想说话，可他很快就感觉到，父母亲的目光一直就在自己的身上，那种想问又不敢问的神情，让他更难受。他又不想和父母亲说，因为也说不清。可装出若无其事的样子，又装不好，哪能骗得过父母的眼睛？同时又觉得白天在公司里就在装，晚上回到家里还要装，太累了。

华尔街的操盘手，专业的称呼应该叫股票或投资经纪人，这是一个十分需要信息的行业，他们是没有明确的上下班之分的，股市开盘以后，一般要在电脑前守着，股市收市后，不等于他们就可以下班了，因为信息并不仅仅来自传媒，传媒上的信息是公开的，是大家所共知的，网络上的信息可信度也需要证实。另外，这些经纪人有着他们自己的渠道，而这些信息的获得往往在社交中，然后再根据所获得的信息进行分析。所以，经纪人也有他们聚会的场所，三三两两，见面聊聊，信息真真假假，各取所需，信不信由你。因此，下班后不回家也是常态。

虽然秦人杰也去过这样的场所，那是头儿约翰带着他一块去的，不是为了获取信息，而是消遣。还有一些特有的信息渠道，是经纪人的独有资源，他是不可能拿出来共享的。所以，这些地方他是不会带着像秦人杰这种做中台的人去的。秦人杰是做数据分析的，他的工作并不需要去这样的场所获取信息，而实际上不同的经纪人也有自己的圈子，这种圈子不是谁想加入就可以进去的。但，高盛公司也常搞聚会，参加的人员公司内外都有，而秦人杰所在的小组也常常集体聚会。去的场所无非就是酒吧、夜总会、咖啡厅，如果全是男人的时候，也会去例如脱衣舞厅、桑拿这样声色犬马的场所。

股票经纪人工作强度高，但是高风险也会有高收益。华尔街的经纪人赚了钱，当然追求高品质的生活，除了名牌服装、名表、名车，他们当然也花天酒地，以高消费来舒缓压力。而花天酒地的地方无非就是美酒美女。有美酒美女的地方，也是上流社会人士交际的地方，这儿的消费自然就高，一般人进不去，进去了也消费不起。有的地方是会员制，不是会员你就是有消费能力，也不让进。

虽然秦人杰也知道一些这样的场所，但对于他这样收入的人来说，这些地方，他一个人是不敢去的。秦人杰现在的工资收入，已经达到了中产水平。他的工资是按照年薪来制定的，第一年他的年薪是8万美元，这个工资标准并不算很高，但高盛公司是每年都涨薪的，涨的幅度与公司整体效益有关，另外，还有他所在小组的效益奖金。秦人杰虽然在公司里干得并不愉快，但到第三年，他的一年收入包括奖金已达到了15万美元左右，相当于100多万元人民币了，有时还会有额外的奖金，这也是他始终没有考虑过跳槽的原因，因为他通过市场了解，根本找不到这么高工资的工作。但，现在父母亲来纽约以后，快餐也不能做了，纽约这个城市消费水准也高，一家三口，全靠秦人杰的收入，秦人杰并不轻松。自然，他也不敢经常去高消费的地方。

可秦人杰在公司里不仅承受着工作压力，而且人际关系也不好，一个部门一共只有4个人，其他三个人都是美国人，其中一个是女的，和部门的头儿约翰显然还有着某种暧昧关系，而约翰对秦人杰不满意，常常把业绩不好的责任推到秦人杰做的数据分析水平不高上，两人经常在工作中有冲突，这女的显然站在约翰一边，至少对秦人杰不热情，自然也就没有过多的接触。而另一位男同事是个很自我的人，他既不表面上站在头儿一边，也不和秦人杰有除了工作以外的交流，因而，秦人杰在部门里实际上是很孤立的。在公司里，秦人杰也不善于处理人际关系，甚至连点头之交的人都很少，上班匆匆而来，下班一人离去。自然大家也不约他一同去泡吧。其实就是在高盛公司，一个普通的华人工作人员也很难融入白人的圈子，秦人杰倍感孤独。

可回到家里，面对着把自己当作一切的父母，看到自己的情绪不好，父亲和母亲好像大气都不敢出一声的情景，秦人杰就感到更累，他发现自己连一个舒缓情绪的地方都没有，因此，有时下班后他也想去酒吧里坐坐。

男人独自一人去酒吧，喝酒是个由头，潜意识里还是想有艳遇。秦人杰连喝酒的由头都没有，因为他根本不能喝酒，但艳遇的渴望有没有呢，他自己不会承认，但他并不喜欢喝酒，那么一个人到酒吧里来干什么呢？

秦人杰已经快三十岁了，已经是成年人，感到孤独的时候就常常想琴琴，他在心里深深地爱着琴琴，所以，他常常让琴琴来纽约。刚开始的时候，琴琴也会利用周末或假期坐飞机来纽约，住上两天，周日再飞回去，虽然有点辛苦，但琴琴觉得自己是学生，自由度比在上班的秦人杰要大，所以是琴琴来纽约的时候多。

琴琴到了纽约，秦人杰不让她住到家里，因为父母亲都在，家里房子又小，他觉得既不方便也不尽兴。他总是给琴琴订宾馆，然后整天缠着琴琴在床上不起来，这让琴琴很反感，再加上琴琴远在洛杉矶，隔着数千公里，坐一次飞机就要6个多小时，周末来回在飞机上就要耗去十几个小时，琴琴也很疲劳。而且琴琴学业也不轻松，她已经硕士毕业，考了博士，正在按她和父亲商量的，向关于"城市病治理"的研究方向发展。说实话这个课题太大了，所以，琴琴学习也很忙，不太乐意把太多时间耗在飞机上，而且琴琴觉得秦人杰现在需要的并不是她这个人，因此，这让琴琴在内心里对与秦人杰见面慢慢地有些抵触。

而秦人杰和琴琴已经恋爱了好多年，两人的关系早已过了热恋期，虽然秦人杰心里仍然装着琴琴，他在生活中也没有另外一个女人，但他在潜意识里并不排斥一夜情。美国的电视剧和好莱坞电影里拍了那么多让人难忘的艳遇和一夜情，秦人杰心里暗暗也有这样的渴望，所以琴琴不在时，他也会去酒吧夜总会放松放松。

可他去了这种地方也并不放松。秦人杰发现，酒吧文化是西方人固有的，东方人虽然也在其中混，但怎么混也混不像，特别是他本人。例如，他不会喝酒，进到酒吧里连点什么酒都不会，更欣赏不了那些五花八门的鸡尾酒。他觉得那些被外国人弄得神乎其神的鸡尾酒，无非就是把一些乱七八糟的东西，往酒里兑，然后摇出各种怪味道，满足那些喜欢新奇的人。那些洋酒他几乎都不喜欢，唯一能喝一点的只是啤酒。对于那些有着各种喝法讲究的法国红酒，在他的口中无非有些酸一点，有些淡一点，几百美元一瓶和十几美元一瓶的红酒，他真的区分不出优劣。所以他在酒吧里，常常只是端着一杯苏打水坐在那儿，样子都是不自然的。

虽然一个人进到酒吧里，潜意识就是来艳遇的，可他也不会像西方人那么幽默地搭讪，他连和自己有眼缘的人打招呼都开不了口，就傻傻地坐在那儿，好像在等着别人来找他。其实搭讪好像是男人的特有技巧，女人主动去搭讪的就是在美国也极少。女人如果主动来和你搭讪，除非你英俊潇洒，否则上来搭讪的可能就是妓女。可他既不像有钱人，也不是潇洒风流的样子，神情也不自信，哪有女人前来主动搭讪？因此，秦人杰常常是坐一会儿觉得实在没趣，就起身离开了。

生活在高楼林立的纽约，特别在华尔街，对于一年四季的变化感受迟钝。只有在出门的时候，一阵寒风袭来，你才会感到冬天来了。在高盛公司上班时非常忙，所以根本没有时间谈论今天天气如何。那一天秦人杰下班的时候已经是晚上9点多了，走出公司大楼站在夜空下，突然感到这天天气特别冷，纽约已经在下大雪了。

可能是因为天气不好，叫的士的人就特别多，开车的当然也不少，造成华尔街这一带交通特别拥堵，地铁站的人也很多，秦人杰就想避开高峰期晚点回家。

他走进了一家咖啡厅，这家咖啡厅里人并不多，他要了一杯热可可和一块蛋糕坐了下来。刚坐下抬头发现角落里还坐着一个金发碧眼的女郎，于是就下意识地多看了几眼，结果发现这金发女郎也在看他，并主动朝他笑笑，秦人杰也礼貌地笑笑。

因为这是一家咖啡厅，并不是酒吧夜总会，一般不是艳遇的地方，秦人杰并没多想，然后就从旁边的书报架子上拿了一份当天的《华尔街日报》，来看上面的股市评论和刊登的一些股票数据。出于专业的关系，再加上现在又是做数据分析工作，所以，秦人杰一看到数据就被吸引了，他一会儿就看进去了，并拿出笔来做笔记，他觉得有些数据可能他用得上。

这时，他感到一个人坐到了他的桌子旁，一抬头竟然是那位金发女郎。没想到，这位金发女郎主动上前跟秦人杰搭讪，看到秦人杰在看股市信息，就笑着说："你是做股票经纪的？"

在华尔街的咖啡厅里，又在认真研读股市信息和数据，自然不是做股票经纪的，就是做和股市工作有关的人，这些人都可以统称为股票经纪人。

秦人杰抬头发现这位姑娘气质很优雅，谈吐也得体，就和她多聊了几句。这时，秦人杰看到金发女郎手上拿的是一杯红酒，而这时已经喝干了。于是，他就去吧台要了两杯红酒，一人一杯聊了起来，不一会儿两人杯中的酒都干了，秦人杰的脸又红了。喝过酒脸上发红的时候，也是他兴奋的时候。

这时，金发女郎适时示意了一下空了的杯子，秦人杰就又想去要酒，被金发女郎劝住了，她对秦人杰说："我就住在楼上的宾馆里，我那儿有酒，到我房间里再喝一杯？"说完，没等秦人杰表示同意她就起身离去了。

素昧平生的金发女郎，邀请陌生男人到她房间里喝酒，这个暗示的意思太明显了，对本来在潜意识里就是到咖啡厅里来想艳遇的秦人杰，似乎口渴的人被递上了一杯水，心中一阵窃喜，不由自主地就跟了上去。

宾馆就在咖啡厅的楼上，从咖啡厅的另一个门进去就是宾馆的前台，绕过前台，顺着电梯就上了11楼。无声地穿过铺着厚厚地毯的走廊，金发女郎用钥匙打开了一间客房的门，引秦人杰进了房间。

秦人杰随手关上了门，再转身时，发现这位金发女郎已经在脱衣了，就呆呆地站在那儿不知所措。

三下五下就把自己脱光的金发女郎，故意在秦人杰面前转了一圈。像小山一样的胸，像峰峦一样的屁股，刚刚在咖啡厅里还气质优雅的姑娘，此时像一只发情的母狮子，上来就脱秦人杰的衣服，三下五除二就把秦人杰扒光了，然后抱住秦人杰把他推倒在床上，用那高耸的胸蹭秦人杰的脸，让秦人杰简直不能呼吸，然后金发女郎埋下头去，热情地耕耘起来。

不管秦人杰有没有思想准备，他的情绪就这样被金发女郎技巧娴熟地给调上来了。刚刚喝了一点酒的秦人杰，此时已经满是猪肝色的脸上除了惊讶，脑子里却冒出一个惊喜不已的念头，今天竟然这样神奇地艳遇了，而且是如此美丽的金发女郎。

不容秦人杰多想，也不容他开口说话，一切都不由秦人杰做主了，他的脑子模糊了，好像要晕了过去，身体也不听使唤，任随别人摆布。怎么第一次艳遇，就遇上了这样热情高涨的女人，一切都在她的操控中，秦人杰感觉自己仿佛被这位金发母狮子强奸了。

大浪过后，沙滩上一片泡沫，过程并不久，大约10分钟，一切就过去了。

金发女郎起身去了洗手间，一会儿就听到沐浴时水流的声音，秦人杰瘫软在床不想动。当这位金发女郎从洗手间里出来的时候，穿着一身丝绸睡衣的她，又恢复了优雅的神情，她将秦人杰从床上拉起来，推进了洗手间。赤身裸体的秦人杰此时才发现，自己还套着安全套，他甚至都不知道金发女郎是什么时候给他戴上的。秦人杰觉得这位金发女郎技术太熟练了。

冲完澡走出洗手间的秦人杰，看见已经穿好衣服的金发女郎坐在那儿抽烟，就不好意思地连忙将衣服穿上了。待秦人杰穿好衣服，优雅的女郎伸手朝秦人杰要1000美元。这时候秦人杰才如梦方醒，不是艳遇，而是碰上妓女啦，只是高级妓女而已。

秦人杰的口袋里平时怎么会带1000美元的现金？

女郎说："不要紧，做股票的都很有钱，下面宾馆大堂里就有银行提款机，我领你一块去，你赶快穿上大衣吧。"

然后，女郎勾着秦人杰的胳臂往外走，从表面看像一对情人，而实际上像押着一个俘虏走出了房间。

现在，和20分钟前走在这厚厚地毯上的感觉完全不同了，这时的秦人杰头重脚轻，腿都是软的，踩在厚厚的地毯上，仿佛踩在泥泞的小道上，走路都不稳，好像被金发女郎搀扶着下了楼。

在宾馆大堂的一角，有一部银行提款机，金发女郎让秦人杰拿出银行卡，秦人杰手都有点发抖，银行卡塞了几次才插进提款机入口，极不情愿地输入密码，然后在提款机上取了1000美元的现金。钱没有经过秦人杰的手，就被女郎直接从提款机的出钱口拿走了，金发女郎又优雅地亲了一下秦人杰的面颊，然后就"拜拜"扭身走了。

这是秦人杰的第一次，不知道算是他招嫖，还是被人强奸，但他出血了1000美元。这让秦人杰心疼了好多天，前后还不到20分钟，从性价比角度，他觉得怎么都不值。

后来时间久了，秦人杰对这行也有了一个大概的了解，长得那么艳丽，又住在宾馆里的那位金发女郎，不会是普通妓女，应是一位高级应召女郎，这样的人也不应该在一个咖啡厅里招客。那天，也许是天气原因，或者是她急需用钱，就下楼到宾馆咖啡厅里临时加一个"班"，正巧看到了秦人杰。其实秦人杰是一副文质彬彬的样子，又一个人坐在咖啡厅里研究股票，这也许是她对秦人杰有兴趣的原因之一，所以就上来主动搭讪。

但她毕竟是职业应召女郎，工作的时候，仍然是职业化的，这让先欣喜地以为是艳遇的秦人杰，就像坐了一次过山车，从低谷到山顶，再到低谷，时间太快了，让他都完全记不清过程，就突然见到一只伸出来的手：盛惠1000美元。这如同爬山的人，正当满身大汗的时候，却一下滑进了冷水池，有冰火两重天的感觉。

这一次的经历，给本质上是书生的秦人杰心理上带来两个影响，一是厌恶感，对这种人对这种事，都厌恶，以至于后来看到本公司里的金发女同事，都下意识地愣一下，然后本能地绕开。二是从身体上又觉得刺激。这件事后，秦人杰竟然不止一次在梦里重复过程，早上醒来裤子又湿了。这让秦人杰有了一个非常糟糕的心理变化，时不时地脑子里就浮出那个过程，让他身体不听脑子的使唤。秦人杰失眠的毛病加重了，时常晚上睡不着的时候，就在网上找成人片看。看了成人片更受刺激，可他无论是心理还是经济承受能力，都不敢再去寻找这样的"艳遇"，于是，就更加想琴琴。

尤其在情绪不好的日子里，秦人杰就特别想。他经常给琴琴打电话，哀求琴琴到纽约来看他。

琴琴在成长的过程中，自然深受家庭的影响，在她的心目中，她是马家的后代。马家的人，都是比较传统的，琴琴虽然受到家人的宠爱，但同时也在成长过程中耳濡目染地养成了马家人的个性，一是独立性，二是责任感。这两点，都使琴琴表现出不愿依赖别人，她来美国甚至都不依赖妈妈麻君婷。因此，她与秦人杰交往后，也从来不喜欢两个人成天粘在一起，她和秦人杰见面的大部分时间都在图书馆，一边看书，一边就那么相邻地坐着，反而每一次都是秦人杰约她，有说不完的话。

随着时间的推移，他们俩恋爱已经好几年了，也慢慢进入了理智期，并不一定三天两头就在那儿说，我想你。秦人杰去纽约后，工作十分繁忙，琴琴的学习任务也不轻，所以，两人相见的时间就少了。可两人毕竟是相熟相知的恋人，琴琴能感受到秦人杰的情绪不稳定，当秦人杰希望琴琴能来一趟纽约时，琴琴也会根据课程的安排，抽空来纽约看秦人杰。

可后来琴琴发现，自己坐了6个多小时的飞机到纽约，见了秦人杰的面，秦人杰就会变成一个雄性动物，没完没了地纠缠。这让琴琴感觉很不好，好像变成了她从洛杉矶到纽约，就是来陪秦人杰干这事的。

本来，琴琴从深圳回美国后，就越来越觉得她和秦人杰之间的沟通并不畅。可她毕竟还爱着秦人杰，又理解他到了华尔街以后，巨大的工作压力一定很累，因此，在心里也很心疼秦人杰。近来，秦人杰在电话里表现得那么想念自己的迫切情绪，让琴琴也无法总是拒绝来纽约。可当她来了以后，秦人杰的纠缠，对从一个传统家庭里成长起来的琴琴，越来越无法接受。她强烈地感到眼前的秦人杰，已经不是她在洛杉矶时认识的秦人杰了。

琴琴和秦人杰从相识到恋爱，已经4年多了。她当然了解秦人杰，长处短处都了解。比如秦人杰的爱面子，比如秦人杰的虚荣心，比如秦人杰的过分敏感，等等。

从当初秦人杰不厌其烦地和琴琴说他们的家庭，说他们秦家出身是多么显贵，后来又到处去查找母亲伍家的资料，来寻找家庭的历史渊源，表面看是说父母为他做出了许多牺牲，其实是虚荣心在作祟。他是不想让既有美国国籍又住在那样的富人区里的琴琴，看不起他们家现在这种寒酸的样子。他的言语里，其实也明显表达着一种意思，我们家无论是家族历史，还是在深圳，曾经都是过得相当不错的。

听到秦人杰对他们家历史的叙述，特别是说到母亲的伍家历史，琴琴也对粤商这个群体产生了很大兴趣，她曾在空闲时间里，从网上查阅有关粤商的资料和"十三行"总商伍秉鉴的资料。

后来，琴琴发现成虎叔叔对粤商做过很深的研究，他写的那本《粤商》，琴琴认真阅读了。可对于秦人杰把曾经的世界首富粤商领袖伍秉鉴说成是自己母亲伍家的先祖，琴琴也问过成虎叔叔，有没有伍家后人的线索。

成虎回复琴琴说，从史料中来看，伍秉鉴并不是出身于广东香山，而是福建人，他是早年跟着父亲从福建来广州做生意的。这和秦人杰母亲家祖籍广东香山并不一致，而伍秉鉴一家也一直在广州，并没有在香山居住过。成虎问，他们会是同一个伍家吗？

成虎还说，据他了解伍秉鉴家族后来并不兴旺，但至今还有后人在。

他告诉琴琴，伍秉鉴以及他的"怡和行"，鸦片战争以后渐渐就衰落了。伍秉鉴之所以被西方称为世界首富，是因为他有大量的海外投资，包括成为英国东印度公司的债权人，所以，才会有后来国外统计他为世界首富。

成虎说，他在写这本《粤商》时，是系统地写粤商的发展，伍秉鉴只是其中的一节，当时并没有在官方的权威资料中找到伍家人的线索。但近年，网上有人发表文章说，伍家有后代还在广州，到今天应该是第六代和第七代了，伍家的后人有在华南农业大学担任教授的，据说，已经在2001年去世了。也有在广州东方宾馆里担任大厨的，但资料并不详细，姓名也不知准不准确。

成虎在回复琴琴的询问时还说，据他所知，伍家的族谱都已经流失了，能找到踪迹的是《广州荔湾区地方志》中的部分记载，其中有伍家后人的名字。伍家可能还有人定居在海外，但也只是普通人了，否则不会没有任何信息。所以时至今日，伍秉鉴的后人能找到的已经不多了，更没听说，伍家还有巨额财产在海外的哪里。

其实，秦人杰在深圳时，就把成虎的这本书仔细读完了，并且悄悄地给成虎打电话，询问有关伍秉鉴家族的信息，成虎也是像对琴琴说的这样，告诉了秦人杰。

琴琴就曾有点怀疑，秦人杰花了那么多精力去查找伍秉鉴家族的资料，难道是听到他母亲说了什么，对于在海外寻找伍秉鉴家族的资产，而心存一线希望？

琴琴想，如果没有有力的证据说明，他母亲的伍家与伍秉鉴的伍家是一个家族，寻找这些资产的线索又有什么意义呢？

现在琴琴认为，这一点秦人杰应该是明白的，可他还是这么做，这其实仍是他的虚荣心在作祟。而且，他实际上已经从成虎叔叔那儿得到了答案，可他并没有把答案告诉琴琴，这正反映了秦人杰个性虚荣，自己不愿说破而已。

但，虽然有这些疑问，琴琴也不便对秦人杰说破。

爸爸马立多次和她说过，任何人都是有缺陷的，任何人又都是有局限的，因此世无完人，要学会宽容地与人相处，但也要明白哪些缺陷是可以克服的，哪些缺陷是致命的。琴琴觉得作为一个男人，有虚荣心是可以理解的，也不是致命的缺陷，再加上，秦人杰学习勤奋，努力上进，孝顺父母，本质单纯，这些就已经让琴琴爱秦人杰，与秦人杰长久地保持着恋爱关系，而且将他带回深圳见了自己的家人。

可从秦人杰在华尔街工作时间长了以后，琴琴越来越感到他一天天地变得不像以前的秦人杰了。

但是琴琴并不知道，秦人杰实际上的变化远比她知道的大。

第二十七章

自从在深圳和爸爸有了那次夜谈以后，琴琴就基本确定了自己的人生目标。寻找到了明确的方向，她就朝着那个方向坚定地走。爸爸让她首先要在洛杉矶努力完成自己的学业，只有身怀一技之长，回国才有更大的用武之地，她就心无旁骛地学习，课余时间到建筑事务所兼职。硕士快毕业时，琴琴就想回国，征求爸爸马立的意见，马立说，如果能考上博士，最好再继续读，如果没有考上，再考虑回国的事。但马立强调，回国一定要征求妈妈的同意。

于是，琴琴一边准备硕士毕业论文，一边寻找机会试着和妈妈沟通了一次。

一天琴琴周末回家，晚上麻君婷走进琴琴的房间，琴琴正在准备论文答辩的资料。麻君婷关心琴琴的考试情况，看到琴琴蛮有把握的样子，就问："琴琴，硕士毕业后下一步怎么打算？"

琴琴见妈妈主动问，就顺势回答说："我想回国发展。"

麻君婷听到女儿想回国，像不相信自己的耳朵似的，瞪大着眼睛问："什么？什么？什么？"

妈妈的反应既在琴琴的意料之中，也在她的意料之外。她已有心理准备，妈妈会不同意，但她没想到妈妈的第一反应会是如此激烈。于是就从书桌前站了起来，说："妈妈，您别急，听我说嘛。"

然后，把麻君婷扶到一张椅子上坐下，自己就坐直了身子不慌不忙地对麻君婷说："妈妈，我想回国发展。我所学的城市规划专业在美国恐怕连工作都难找，可在城市化日新月异又高速发展中的国内，有着施展专业才能的天地。所以，我想回国……"

麻君婷根本没把琴琴的话听完，就打断她说："你脑子是不是进水了？成糨糊了？想回国发展，当初费那么大的劲来美国干什么？"

琴琴想说什么，还没开口就被麻君婷打断了，麻君婷的声音都变得尖锐起来，继续喊道："现在国内有那么多人削尖脑袋想来美国，已经来了美国的千方百计想留在美国，你脑子坏掉了啦，却想回国？这么多年的书白读了？"

琴琴见妈妈大声喊叫，就不吭声了，让麻君婷把话说完。这也是她的心理准备之一，因为她太了解妈妈了，同时爸爸马立也一再告诉她，不能激怒妈妈，要努力说服妈妈，所以，在她准备试探性地和妈妈说回国的事之前，心里就有了多种准备。

麻君婷喊了一会儿，见女儿琴琴不说话了，以为女儿理亏，就说："你说话呀，你说话呀，妈妈说得有没有道理？你怎么不说话了？"

望着妈妈的琴琴，很冷静地说："我听您把话说完，您说完了没有？您说完了我再说嘛。"

琴琴这么一说，麻君婷愣住了，她还没见过女儿和她争论时会这么镇定。从气势上，琴琴反而占了上风。

麻君婷只好说："那好，你说，你说。"

琴琴很清晰地表达着自己的看法，她说："妈，我知道您为了把我办到美国，花了好多心思，也吃了不少苦。这些都是为了什么呢？为了让我受到更好的教育。可受到更好的教育又为什么呢？为的是，让我的人生有更好的发展。学习是为了掌握知识和技能，掌握了它是为了能更好地发挥，您看在美国，我有更好的发挥机会吗？"

麻君婷说："为什么没有？美国是世界上最发达的国家。人们为什么要到美国来？就是因为它发达嘛。"

琴琴说："谁也不会否认，美国是世界上最发达的国家，但，美国的城市化已经搞了100多年了，如今的美国在城市发展方面，我不说它老化，我说它已经逐渐钝化了。可中国正处在从一个农业大国向工业大国的高速发展中，城市化至少还有20年的发展机遇。我在美国想找一个适合自己专业的工作，真的很难很难，可在国内，大量需要城市化专业方面的人才，那么，在国内发展机会不是更多吗？"

麻君婷抢白说："无论如何，中国和美国的差距也还有老大一截，人往高处走，水往低处流，你怎么就往低处走呢？"

棽棽说："我看的高处与低处和你不同。作为我们年轻人，能有发挥自己专业才能的地方，就是我们的高处。美国是很发达，但我觉得它留给我的机会不多。别看美国高喊着平等，在这个国家里仍然是白人至上的，哪有我们这些华人的多少机会？可中国是我的祖国，她正张开着臂膀，欢迎我们这些在海外学有所成的人回国，我们为什么不抓住这个历史机遇呢⋯⋯"

麻君婷又打断棽棽的话，说："别忘了，你现在是美国人。"

棽棽镇定地回答："不，我是有着美国国籍的华人，但在心里我仍然认为我是中国人。"

这一句话，呛得麻君婷急白了眼，张开的嘴巴什么也说不出来，因为，棽棽的话撞击了麻君婷的内心。

此时，在她的心里突然冒出一个念头，虽然在美国已经生活了二十多年，和美国人结了婚，生了两个美国小子，自然也有了美国国籍，但此刻女儿的话也让她扪心自问，在自己的内心深处，什么时候也没有觉得自己是美国人。

这时麻君婷突然明白了，女儿要回国发展，国内机会多，是一个因素，但根本原因是女儿不认同自己是美国人，她在美国待了这么多年，根本没有融入美国社会，她从感情上就没有融进去，她一直游离在美国社会之外，心理上更像是一个中国留学生。她突然想到，这些年来每年棽棽都要回国，其实深圳的那个马家，始终在深深地影响着棽棽，使棽棽觉得，自己的祖国是中国，自己的故乡在深圳。

这时，麻君婷突然觉得女儿真的长大了，她并不是一时冲动而是思考已久了。女儿的思维方式让麻君婷突然想到了自己。自己呢？自己现在是美国人的妻子、美国人的母亲，又拥有了美国国籍，可自己就是美国人了吗？

女儿的一番话，突然把麻君婷这么多年来虽然没有仔细想过，却一直藏在心底某个地方的疑问，一下挑出来了，让她不得不好好想一想。

麻君婷突然一句话也说不出来了，她朝女儿看了看，然后起身，像一棵水面上的浮萍一样，轻轻地飘了出去。

离开女儿的房间,麻君婷心事重重地下了楼,机械地以每天的惯例把客厅和厨房收拾了一下,又把别墅的大门、一楼厨房的门、通往花园的门、朝着阳台的门一一地关好。房子大,门就多,每天晚上麻君婷上床前都不放心地要全部检查一遍,所有门都关好了,然后再检查一下灯和电器的开关,才放心地上床。

干完这一切,就已经半个多小时过去了。其实这天晚上,麻君婷有些心不在焉,脑子里一直装着女儿说的话,而身体上也一直感到从没有过的疲惫。她经过女儿的房间,看见灯还亮着,知道她还在复习,就从她的门前走过。然后又到两个儿子的房间门口,习惯性地轻轻推开了门,房间里有两张单人床,每张床上躺着一个已经入睡了的孩子,都长大了,两个儿子都10多岁了,长得瘦长瘦长的,脸上满是雀子斑,似黄似红的头发贴在头皮上,这两个孩子越长越像豪斯,一副德国人的样子。两个人都有点叛逆,一切都有自己的主意,一切都不愿按母亲的要求办。而麻君婷虽然在美国已经生活了多年,虽然生的是两个美国的混血儿子,也在表面上觉得自己是美国人了,但她骨子里仍然是中国母亲的思维方式,对孩子什么都不放心,什么都要管,结果造成两个孩子比赛似的和母亲对着干,麻君婷叫东,他们非向西不可,而且两个孩子并不依恋父母,喜欢在学校里淘气,经常被人投诉,让麻君婷操碎了心。

其实还有更刺激麻君婷的事,她一直没有告诉婪婪。在学校开家长会时,两个儿子都非常排斥妈妈去学校,而坚持要让爸爸豪斯去。一开始麻君婷以为儿子怕她训斥他们,后来才知道他们上的那所私立学校,几乎全是白人,儿子不愿意让班上同学们知道他们的母亲是黄皮肤的亚裔。这对麻君婷的刺激很大,也导致她第一次动手打了儿子。

给两个孩子盖好被子,麻君婷从房间里退了出来,进了自己的房间,豪斯已经睡着了,她走进洗手间刷牙洗漱,可面对着洗手间的大镜子,麻君婷第一次认真地打量了镜子里的自己,这是麻君婷吗?

自从生了双胞胎后,麻君婷就变成了标准的家庭主妇,成天围着两个孩子转,也没有心思和时间来打扮自己,一直素面朝天。十几年过去了,岁月的刻刀已经在脸上拉了一道又一道的皱纹。麻君婷的皮肤本来既白又细腻,她一直自信"一白盖三丑",何况自己天生丽质,又有着好气质,这在大学时是大家公认的,可今天镜子里的自己早已不是当年的那个麻君婷了,皮肤不是白皙,而是苍白，过去的细腻如今细纹纵横，头发里早已间夹着灰发，自己看上去既精神不济，也显得苍老，岁月真的很残酷。

她的脑子里突然冒出一个怪念头，随着孩子们一天一天地长大，自己就变成了一个身在美国的、身边既无亲戚也无朋友的华人老太婆？

心情沉重的麻君婷从洗手间里出来，上了床，只见旁边仰躺着已经睡着了的豪斯，大张着嘴巴在一口一口既像呼吸，又像是打呼噜的样子，如果是第一次看见，一定会吓一跳。

豪斯很瘦，但心脏不好，血压和血脂一直比较高，心脏已经出现过一次问题，医生给他安装了支架。豪斯还有呼吸间歇症，就是睡着的时候会出现呼吸间停，一旦出现就会不自觉地张大嘴巴，发出喉咙堵住的呼噜声，样子看起来很恐怖。每当这个时候，麻君婷会把豪斯的身子扳成侧睡，以保证豪斯的呼吸道顺畅。可豪斯个子高大，身体就重，每一次搬动他都十分吃力，搬完以后，麻君婷的心跳好久都恢复不了平静，因而也好久才能入睡。

豪斯已经快七十岁了，白种人实际上比黄种人看起来更容易衰老，豪斯又很早就开始秃顶，没有头发的人就更显得苍老，这几年豪斯老得特别快，身体也大不如从前了。他已经不能每年去一趟中国订货了，只能在美国守着公司，派其他年轻人去中国。但，德国人较真的个性，又让他事必躬亲。圣诞礼品丰富多样，每年还要变换花样，以吸引更多的消费者，豪斯一旦事必躬亲，就会发现很多地方不满意，所以，豪斯总在生气，也很辛苦，但已经力不从心了，公司的效益也在逐年下降，因此回到家里情绪好的时候少。

可在家里带孩子也很累很烦的麻君婷，再加上儿子叛逆，她的情绪好的时候也不多，中国女人喜欢埋怨的习惯在麻君婷身上也一样有，白天说孩子不听，晚上就朝回家的豪斯发火。豪斯虽然未必和麻君婷吵架，但也没好脸色，因而，日子就过得磕磕绊绊的，开心的时候越来越少。

此时，看着躺在那儿张大着嘴巴睡着了的豪斯，麻君婷感到丈夫已经很老了，头发稀疏得已经完全露出头皮，而且头皮上甚至长出了一块一块的紫癜。日耳曼人的皮肤好像特别容易打皱，麻君婷觉得自己的脸上是一道道皱纹，而豪斯的脸上是一道道沟壑。豪斯苍白的皮肤几乎没有血色，这让麻君婷又产生了一个让自己害怕的念头，如果豪斯发生意外，自己怎么办？

这天晚上，麻君婷总也睡不着，今天女儿琴琴提出的问题，让她第一次认真地回想自己来美国这些年的情景，她要回答女儿的问题，来美国干什么？

她一点一点地回忆着这些年是怎么过来的。她感觉，最初来美国的目的是很明确的：留学深造，提高自己。可过着过着，怎么就变成了想尽一切办法留在美国？留在美国干什么不重要了，只要能留下。

麻君婷想，自己和那些从中国内地来的、一心想留在美国的人，完全不同。这些人当中，有些是在国内捞了不义之财的官员和老板，他们跑到美国来既不是投资，也不是学习，而是躲避。像自己家旁边的那户中国人，一家老小都来美国了，基本都不工作，他们有的是从中国带出来的资财。而绝大部分来美国的特别是那些留学生，一是来学习，二是来寻找机会的。可真正在美国找到机会的有多少呢？

麻君婷想到自己，当初像着了魔一样，一心想留在美国，脑子里并没有经过仔细思索，认为只要留在美国，机会一定会有，结果，混了好多年，别说机会，最后连一个住处都没有了。今天想想，当时嫁给豪斯真的有一种为了生存不得不寄人篱下的窘迫。

今晚女儿和自己谈的问题，让麻君婷不得不想想，作为同济大学的优秀毕业生，自己失去了婚姻，失去了家庭，付出了巨大的代价后，留在美国，就是为了当家庭主妇？

旁边的豪斯呼噜声又起，麻君婷的心又提了起来。

她想道，自己虽然嫁给了豪斯，生下了两个儿子，可她属于美国吗？豪斯如果去了，按照美国的传统习俗，孩子并不像中国人那样注重赡养父母，只要他们成年以后，都要离开家庭去创造他们自己的世界，虽然自己有两个儿子，但他们会有自己的生活，都不会和年迈的父母住在一起。因此，美国的老人都习惯了独自生活，再老得不能动了，就去养老院。美国的老人能接受这样的现实，可自己呢？自己虽然已经是美国籍，也可以享受美国的养老福利，可自己能接受一个人终老在美国的养老院里吗？

这时候，麻君婷感到自己还是个彻头彻尾的中国人，中国的老人是希望和儿女们在一起的，中国的儿女是有赡养父母的传统道义的。因此，麻君婷以前并没有认真地想过这个问题,但她潜意识中认为自己老了就和女儿琴琴在一起,而且女儿也找了一个在美国的中国人,是能够接受和老人在一起生活的。

可今天琴琴提出了要回国发展,以麻君婷对女儿的了解,以及女儿提出的理由,麻君婷知道她已经思考这个问题时间不短了,自己是没有办法劝阻她的,琴琴回国只是个时间问题。

从琴琴说的那些理由,麻君婷也觉得自己无法说服女儿。在这个问题上,自己这些年变成了一个忙忙碌碌的家庭主妇,目光已经短浅了,情感也变得麻木了,女儿对祖国的热爱,也唤起了自己对祖国的怀念,尤其是对安睡在广州墓园里父母的怀念。这些年,自己完全被两个双胞胎儿子所羁绊,已经好多年没有回国,也就很久没有给自己的父母扫墓了,和自己的哥哥姐姐的联系也越来越少了。过去,父母亲在那里,家就在那里,如今父母亲都不在了,如果国内没有亲人让自己牵挂,实际上自己就变成了一个没有根的浮萍。

没有父母,还有儿女,儿女在哪儿,家就在哪儿。如今,想来想去,美国的儿子好像无法依靠,可女儿是可以依靠的,但女儿要回国,自己依靠谁呢?

仔细想想,麻君婷从心里还是觉得,女儿比自己站得高,也就看得远。她不想承认,可不得不承认,女儿可能是对的。

今晚,麻君婷彻夜难眠,思来想去自己的几十年,忽然发现,现在思考的已经不是女儿往何处去,而是自己的人生归宿了。

麻君婷突然有一种不寒而栗的感觉。

琴琴第一次和妈妈谈回国的事,不欢而散。不过,她们也没有起冲突,第二天早上起来的时候,两个人都没有再提这件事,只是都变得沉默了。麻君婷继续为琴琴做早餐,琴琴吃完早餐就和麻君婷说:"妈,我回学校了。"

麻君婷说:"我开车送你。"母女俩一路无语。

接下来的日子,琴琴集中精力应付硕士毕业论文答辩,没有再和妈妈谈回国的事。琴琴的硕士毕业论文顺利通过以后,又报考了博士研究生,结果被录取了,因此,回国的事就暂时被搁下了。

这段时间秦人杰在纽约的心情总是不好,有事没事就给琴琴打电话,电话中也没有什么可说的,总是问琴琴什么时候来纽约。

母亲麻君婷的态度让琴琴的心情也不好，可给爸爸打电话爸爸总说，回国是件大事，一定要说服妈妈，否则妈妈会很伤心的。可琴琴发现妈妈总在回避和她谈回国的事，所以，她的心情也不好。这个时候如果再接到秦人杰的电话，就没有好言语了，往往电话一通，琴琴就问："有事吗？"

一句话就把秦人杰噎住了，他不知该说什么好。

那边琴琴就说："没事，我挂电话了。"然后就收线了。

这样的事一发生，秦人杰就会生气一段时间不来电话。过了两天后，琴琴又觉得自己做得有点过分，于是就主动把电话打过去。这个时候，秦人杰接电话就会比较慢，有时故意不接，表示自己很生气。

琴琴知道秦人杰故意不接，就放下电话，她想：反正我打过电话了，你不接是你的事，我没有事找你。两个年轻人谈恋爱，变成较劲了。

秦人杰见琴琴不再打电话了，熬不住就又把电话打过来。

琴琴接通电话的第一句就是："你不是不接电话吗？"

秦人杰找个理由搪塞："开会，很忙。"

琴琴就赌气地说："找我什么事？"又是一种噎人的话。

秦人杰只好找台阶下，说："想你了。"

琴琴最不愿意听的就是这句话，因为这句话一语双关。既可理解为想琴琴这个人，也可理解为想琴琴的身体。琴琴觉得，自从秦人杰到了纽约后，也许是两人距离的关系，也许是秦人杰变得更为成熟，也许是华尔街的纸醉金迷，反正秦人杰想琴琴的身体的时候更多。这一点，让琴琴不舒服。

虽然她也理解秦人杰29岁了，自己也26岁了，都是成熟的青年，并且两人已经恋爱多年，谈恋爱要说的话，已经说得差不多了，现在结婚都属于晚婚了，一切的发生都是可以理解的。但，琴琴反感的是现在一和秦人杰见面，秦人杰就急吼吼地要上床，仿佛自己从千里之外的洛杉矶飞来，就是送来给秦人杰上床的，这极让她反感。

琴琴这种情绪一直在积累，她觉得自己虽然在秦人杰的面前，心却有点渐渐远去。

琴琴的心情很痛苦，可又无人诉说。这种情况无论是对母亲麻君婷，还是对父亲马立都不好说，因为无法启齿，而有些只是自己的感觉，也说不清，所以琴琴的心情常常很糟糕。

但她又担心秦人杰，毕竟她还爱着他，她也感受得出秦人杰的精神状态很不好。于是，琴琴又不得不买张机票飞来纽约见秦人杰，可秦人杰依然如故，没有改变。

其实，琴琴最担心秦人杰的地方，是他不切实际的想法，一心想在华尔街当一个股票经纪人，可以挣大钱，给父母买一个大房子，给琴琴一个体面的家。这反而让琴琴更担心，因为她觉得秦人杰以为只要当上了股票经纪人就可以赚大钱，他很少想到股票经纪人所面临的压力和风险。如果连这一点都不多想，琴琴就觉得秦人杰还缺乏做股票经纪人的基本素质。

琴琴知道做股票经纪人，主要是对市场特有的敏感，对自己投资领域的现状和将来都熟悉，因为投资就是投预期。股票经纪人既要有冒险精神，又要有控制自己的能力，这些都是秦人杰所缺少的。

但秦人杰不这么想，他觉得自己不能当上股票经纪人是因为公司没有给他机会，他对公司里的人，特别是对自己的顶头上司约翰一脸不屑的样子，好像他们都不在自己的眼里。琴琴担心，这种情绪不仅会让秦人杰无法进步，而且还会让他搞不好和团队的关系。而他在高盛公司工作，就是在一个团队里，这样的想法和情绪又怎么合作和工作？这更让琴琴担心。

因此，每次琴琴来纽约，秦人杰都是在牢骚满腹地埋怨着别人，这不仅让他自己情绪很糟糕，也坏了从洛杉矶来的琴琴的情绪。秦人杰变得越来越固执，听不进别人的劝，连琴琴的话也不听，还常常和琴琴大吵。这让琴琴的心情糟糕极了。刚才还在床上缠绵，秦人杰甚至连人都还没有从床上下来，紧接着就爆发一阵争吵，而且往往是秦人杰情绪不受控制，他把在公司里窝的火，不加控制地一下全发泄到琴琴的身上了。所以，琴琴每一次在洛杉矶上飞机的时候都是乘兴而来，可常常又是败兴而归。

那一次琴琴离开的时候，秦人杰甚至没去机场送行。那个冬天纽约特别冷，又下了大雪，琴琴一个人在机场等待航空公司扫完雪，飞机才起飞，望着脚下白茫茫的一片，琴琴真的感到很沮丧，也让她留在美国的最后一个羁绊被慢慢地打开。

从纽约回来的琴琴心情很糟糕，她也变得越来越烦躁。

后来，有人建议心情烦躁的琴琴去练练瑜伽，说练瑜伽可以让她心情平复下来。洛杉矶有不少瑜伽馆，于是琴琴就找了一家瑜伽馆，跟着一位华人瑜伽老师练瑜伽。练着练着，瑜伽没有练出什么心得，琴琴却对瑜伽当中的冥想有了兴趣。因为她觉得，只有在冥想时，才可以什么都不想。她觉得可以什么都不想的时候，才是自己全身彻底放松的时候。盘腿坐在那儿，深深地呼吸着，一口一口地深深吸进，然后再一口一口地慢慢呼出，把一切杂念都呼出去了，这时人似睡似醒，身体也变轻了。老师说，瑜伽师练到最高境界冥想时，人可以悬空浮起。琴琴不知道自己会不会练到全身浮起，但，什么都不想，似睡似醒时，人，似乎是飘浮着的，这时，人最轻松。

尽管瑜伽师把冥想说得很玄，可琴琴只是把冥想当作让自己静心放松的一种方法。为了把自己从回国的问题上与母亲麻君婷的冲突，和与秦人杰相处中的烦恼中解脱出来，琴琴经常用冥想入眠。她每晚在入睡前，盘腿坐在床上渐渐进入冥想，虽然此时在想，可脑子里什么都没有，其实就是把所有的东西都放下了，什么都不想，就是进入一种似睡似醒的状态，然后再慢慢地入睡，一夜无梦。

不管怎样，琴琴还是想和秦人杰好好修复一下关系，两个人相处了这么多年，而且两人都是第一次恋爱，总有一种牵挂让她无法一下放下秦人杰。她想再做一些努力，让两人的心能再次走得近一些。

于是，她就有了一个想法，想约秦人杰一起去旅行一次，在旅行的朝夕相处中再好好地沟通沟通。她和秦人杰还有一个悬而未决的问题，和妈妈麻君婷的冲突原因其实是一致的，即将来到底是在哪儿发展，这也涉及将来他们如果要结婚，家安在哪里？如果琴琴回国，秦人杰怎么办？两个人不太可能分居在大洋彼岸的两个国家，这些都需要一次认真的冷静的心平气和的沟通，需要两个人好好地商量商量，也好共同规划未来。沟通这些事还需要相对长一点的时间，所以，琴琴觉得两人一起去旅游一次比较好。

对于所要去旅游的地方，琴琴也有了自己的选择。即她的硕士专业学的是世界城市发展史，博士又在研读关于"城市病"治理方面的专业，这些都与城市的规划和建设有关，而人类的城市，是文明发展的标志和里程碑，因此，更多地了解和研究不同的城市在不同的历史时期的规划建设，对于今天城市的发展，有哪些借鉴意义可以汲取，有哪些教训可以避免，是琴琴研究的方向。所以，琴琴想去世界上一些著名的老城去看看，她已经去过了英国的伦敦和爱丁堡、意大利的罗马和佛罗伦萨、法国的巴黎和马赛、中国的北京和西安，现在她最想去的是中东的耶路撒冷老城，她知道这个地方秦人杰也会感兴趣。

琴琴想法成熟以后，就在网上对旅行路线做了一点功课，设计了一个旅行线路图。做好这一切准备以后，琴琴并没有主动给秦人杰打电话，她觉得在纽约和秦人杰不欢而散错不在自己，如果现在自己主动和秦人杰联系，接下来再说两人一起去旅游，反而会给秦人杰造成一种错觉，是琴琴错了，而且有求于他，那么下面沟通的基础就不会太好。她决定等着秦人杰主动联系自己，如果秦人杰一直不主动联系自己，那么沟通的基础就没有了。

琴琴静静地等待着秦人杰的电话。以她对秦人杰的了解，这个等待的时间不会超过一周，秦人杰一定会把电话打过来。

其实只等了三天，琴琴刚刚把旅行线路图做好，秦人杰就把电话打过来了。根据洛杉矶与纽约的时差，琴琴知道这个时候正是纽约的晚上9点，秦人杰可能刚刚下班，正在回家的路上。

琴琴不是那种总喜欢在男友面前撒娇胡搅蛮缠不讲理的姑娘，秦人杰只要把电话打过来了，只要不在她的气头上，她一般也会给秦人杰面子，尽量不扯旧账，不重提两人发生的不愉快。

两人扯了几句，秦人杰没话找话说："春天快要来了，洛杉矶已经比较温暖了吧？"

琴琴听到秦人杰讲到春天，就趁势说："今年我们俩去旅游一次吧。"

秦人杰一听考虑都没考虑就说："好呀，你想去哪儿？"

琴琴说："我想去耶路撒冷老城看看，那里不仅是世界三大宗教的发源地，而且自大卫王于公元前约1000年，率领以色列人征服了该城以后，就定都于此，改名为耶路撒冷，那么距今就有3000多年的历史了。我从资料上看到，考古发现，耶路撒冷的开发可以追溯到公元前4000年，而耶路撒冷是一座至今有着完整城墙的老城，我很想去看看它的设计规划的延续。"

秦人杰一听，也兴趣浓厚，就说："好呀，好呀，我有兴趣。"

琴琴说："那好，你早做休假安排，我也把课程安排好，到时我们一块去。"

秦人杰问："什么时间最好？"

琴琴说："我查了一下气候资料，耶路撒冷属于地中海气候，温度和深圳差不多，每年的一月最冷，七八月最热，我们三四月去怎么样？你把休假的事提前办好，我在做博士论文准备，和导师说一下，他会给我时间，我是公私兼顾，既是去旅游，也可作为博士学位论文研究。"

秦人杰说："那好，就这么定了，到时你从洛杉矶到纽约来，我们从纽约飞。"

于是，两人约好了时间，就各自做准备了。

最后定的时间是4月初，秦人杰也在纽约提前把机票订好了，因为早订机票价格折扣高，秦人杰兴奋地等待着琴琴从洛杉矶来到纽约。

琴琴从洛杉矶飞往纽约的头一天晚上，两个人都为即将到来的旅行而感到兴奋。秦人杰打电话给琴琴，告诉她明天会到机场去接她。

琴琴从洛杉矶起飞的时候，因为秦人杰的假期是从第二天开始的，所以这天早上他准备先到公司里冒一下头，露个脸，表示自己来上班了，然后下午去机场接琴琴，第二天两人再一起从纽约出发。

走进办公室，他突然看到那位顶头上司约翰主动朝他笑笑，这在平时是很少见的。秦人杰和约翰一直关系紧张，其实两人一直都处在面和心不和的状态，甚至有时连面也不和。秦人杰前段时间给他递了请假条，隔了好多天，约翰也没批，直到秦人杰当面找到他本人，脸色已经相当不好看了，约翰才勉为其难地在假条上签了字，然后多日面色阴沉。今天，约翰突然破例主动朝秦人杰笑笑，秦人杰还没有来得及想这是什么意思，桌上的电话就响了。

是公司人事部来的电话，请秦人杰到人事部去一趟。秦人杰以为是请假手续的问题，于是就将包放在椅子上，上楼去了人事部。

人事部的一位女经理正坐在一间小会议室里，看见秦人杰进来，就朝他招了招手。秦人杰一头雾水地走了进去，看到小会议里不仅有这位女经理，旁边还站着一位人高马大的保安。

人事经理示意秦人杰坐下,一脸公事公办的神情。她从面前的一本文件夹中抽出一份文件,然后一半是念,一半是稍加解释:"根据公司的有关规定,经研究决定即日起解除与您的聘用关系,即时生效。请现在就去办理相关离职手续。"

秦人杰脑子"嗡"的一声,什么都听不到了,只看到那位涂着粉红色口红的女经理嘴巴在动,说什么已经不重要了。他知道了一点:自己被高盛公司毫无预兆地解聘了。

难怪今天进办公室的时候,他的那位顶头上司约翰少有地朝他笑笑,他当时就感到有点奇怪。果然如此,解聘一定是他的主意,因此他也提前知道了,所以才会有那种不怀好意的笑。一点都没有思想准备而且兴致勃勃准备明天和女朋友婪婪一起去耶路撒冷旅行的秦人杰,觉得自己一下掉进了冰窟窿里,里里外外都凉透了。

秦人杰虽然在公司里干得很不愉快,但从来没有想过离开高盛公司,他始终觉得以自己的高学历和能力,高盛公司是需要自己的,而且他一直在计划着如何能早日成为股票经纪人,甚至他都想过如何替代现在的这位只有大学本科学历、他所看不起的团队的头儿约翰。

秦人杰太自信,甚至自信到盲目,而忽视了显而易见的也是一个最严重的问题,在高盛公司尤其是他们做前台的人,是非常讲究团队精神的。所谓团队精神,当然是由这个团队的头儿来决定的,因为他是股票经纪人,投资人把钱交给他来运作,他也是承担着效益和风险的压力,团队里的其他人都是他的助手和为他服务的。公司也自然是要首先满足他的要求的,因为公司的利益也是由他体现的。秦人杰在他的团队里,长期和团队的头儿搞不好关系,而团队的头儿一直对他不满意,那么公司自然是尊重团队头儿的意见,除非头儿有重大的失误和过错。

这一点,今天秦人杰才突然明白了,可已经晚了,一切都变成结果了。

秦人杰在高盛公司已经工作好几年了,他也见过不少被公司解聘的人。高盛公司每一年都有不少人被解聘或辞职,每一年又招进一些新鲜血液,高盛公司就是用如此的管理办法,来保持公司永远充满活力和竞争力。所以,解聘一旦形成了决定,你要去解释和努力,试图改变这个决定,都是无济于事的。高盛公司是世界一流的投行,多年来形成了一套完整的人事制度,效益是整个公司的终极目标,而人事制度是为效益服务的,高盛公司在炒人时,也是非常无情的,这就是资本主义制度下的市场经济所决定的。

不仅如此,高盛公司一旦向你宣布:你被解聘了。那么,为了防止你带走公司的任何资料和机密,你必须立即离开,甚至都不给你和同事告别的时间,只允许你收拾个人物品。而从这个时候开始,就一直有一个保安跟在你的身后,你收拾个人物品的全过程都在保安的监督之下,包括不让你拿走公司任何一张有文字的纸。这个过程非常无情,这也是秦人杰刚看到人事经理的旁边站着一个高大的保安时,心里立即产生的一种不安。

人事经理宣读完解聘决定以后,看着秦人杰,意思好像是,你还有什么要说的吗?但这个话,她并没有说出来。

此时的秦人杰下意识地冒出了一句:"能告诉我为什么吗?"

这时那位经理又拿起那份解聘决定看了看,然后仍然是一副公事公办的态度,说了一句:"决定书上说,不适应本职工作。"

这句话,比解聘决定本身对秦人杰的打击还要大。秦人杰自视清高,觉得自己既有高学历,又有高智商,工作又非常努力,已经在世界一流的投行高盛公司做了几年了,结果高盛公司给的评价是"不适应本职工作"。这也就是说,自己在高盛公司工作的几年时间里,不但没有一点积累,而且全部是负资产。

在美国,尤其是在华尔街,一个人的能力是要看其工作资历的,美国的大公司非常重视这一点。可你的工作资历并非完全看你的履历表,他们在招聘一个人的时候,往往要了解你为什么离开头一家公司,而且他们的人事部门对于重要岗位的人,还有一个尽职调查,这个调查也很简单,给你上一个公司,或者他们感兴趣你曾工作过的公司打一个电话,询问你的能力和离开的原因。这一点,很厉害。一是他们能真实地了解到你的能力,包括你在原单位的人际关系。二是也让任何一个被炒的员工不敢在原公司撒野,怕留下不好的记录,因为你肯定还要继续找工作。

秦人杰知道争辩也没有用了,他满脸猪肝色,冷汗竟然从额头上流了下来,因为这个打击对他来说，太大了。

此时富有经验的人事经理起身，用纸杯给秦人杰倒了一杯水，放到秦人杰面前，意思很明显，先冷静冷静消消火。既有礼貌又很无情地请秦人杰去办离职的相应手续，然后她就起身离开了。

打开小会议室的玻璃门，走出去时，她又转过身来，一半身体在门外，一半身体还在门内，很职业化地对秦人杰说了一句："祝您愉快！"然后，那扇玻璃门就在她身后异常冷酷地关上了。

这个过程中，那位高大的保安一直站在一旁，像一个机器人一般的脸上没有任何表情，也许是他见多了，因此见怪不怪。待人事经理离开以后，他就朝秦人杰走近了一步，没有说话，意思却很清楚：走吧。

秦人杰知道，现实已经无法改变了，他努力让自己冷静下来，不让自己失态，伸手将桌上那杯水拿过来，大大地喝了一口，结果他发现，尽管现在是4月，在纽约天气还是有些凉的，可那位人事经理给自己倒了一杯冰水，水里甚至还有冰块。此刻那股冰水顺着自己食道一直到达了胃里，给了自己一个真正的透心凉，他知道人事经理是想让他冷静下来。

冷静不冷静，眼前都是这个现实了，面对不面对，你都必须离开。秦人杰清楚这一点，他起身朝门外走去，那位保安就一直跟在身后，像押着一个犯人，公司里很多人都不由自主地朝他看一眼，大家都知道又有一个人被解聘了，这让秦人杰更不舒服。可秦人杰知道，这也是公司的惯例，每一个被解聘的人都会这样。

一旦明白自己已经被解聘了，那么再待在公司里每一分钟都是煎熬，秦人杰用最快的速度办理那些离职手续，最后回到了自己的座位收拾自己的东西。此时，他发现，团队里那几位平时和自己朝夕相处的同事，一个都不在，显然他们都在回避和此时的秦人杰相见，也许是为了怕尴尬，也许……

秦人杰已经不再想这些了，他用一个小纸箱，尽快地收拾着座位上的私人物品，结果他发现虽然已经在高盛公司工作了好几年，但他留在座位上的私人物品连一个纸箱的底都盖不满。

收拾完这一切，秦人杰就下楼了，那位面无表情的保安一直跟在身后。下到一楼大厅，秦人杰正准备走出大门，那保安却一手拦住了他，秦人杰还不明白怎么一回事，保安指了指秦人杰胸前的工作牌，示意他要收回。

也就是说，收回了工作牌，不仅告诉你从此刻起你不再是高盛公司员工，而且你再也不能进入高盛公司的大楼了。一股无名怒火此时从秦人杰的心底翻上来，他非常生气地从胸前摘下高盛公司的工作牌，甩手就扔给了保安，因为动作用力过猛，保安没接住，工作牌掉到了地上。那保安也不生气，弯腰从地上捡起来，招手说了一句"拜拜"，也是很职业化地走回了大楼。

游走在华尔街的大街上，秦人杰的心情和早上兴致满满地来公司打卡时已经有天渊之别了，秦人杰抱着那个小小的纸盒，突然不知该往何处去。

华尔街永远是那样的繁华，来往人群也总是那么匆匆忙忙。看不见的金钱在华尔街流动，看得见的人流在马路上穿梭，不知是人在推动着金钱，还是金钱在推动着人。攘来熙往，人为财死，鸟为食亡。

此刻，已经垂头丧气的秦人杰站在街边，像一个泡沫被华尔街金钱的潮流扔在沙滩上。

此刻出现在秦人杰眼前的是灰发苍苍的父母亲，那一副站在角落里充满惊恐又不敢言语的神情。

秦人杰呆呆的，就那样茫然不知所措，手上还抱着那个小小的纸盒。他看到街边有一个垃圾桶，顺手就把纸盒扔了进去，仿佛把高盛公司也扔进了垃圾桶。

可此刻他忘了，琴琴早已在纽约机场降落了。

走出机场的琴琴在出口处没有看到秦人杰，因为事先约好秦人杰到机场来接她的，可现在却没有见到秦人杰的人影。她感到很奇怪，于是就打秦人杰的电话，奇怪的是秦人杰的手机一直关机，琴琴有一种不好的预感。

其实，这天秦人杰的手机没有开机，因为一早他到公司来打卡，准备晃一下就到机场去接琴琴，他担心如果手机开机，公司万一有事找他，他就不好离开了，因为他请的假毕竟是从明天开始的。结果就在他准备离开的时候，人事部门把电话打到他办公桌上的座机上，后来一想，这很可能是秦人杰部门的头儿约翰看到他来了，通知了人事部，否则再晚几分钟，秦人杰就离开了。

后来发生的事，让秦人杰根本就想不到自己的手机没开机，甚至都把接琴琴的事给忘了。当站在马路边茫然不知所去的时候，他突然一下想到接琴琴的事，一个激灵马上从包里掏出手机，这才发现手机没开机。

秦人杰急忙打开手机，发现有好几个未接电话，都是琴琴打来的，就马上把电话打了过去，此时琴琴已经在从机场来华尔街的路上，接到秦人杰的电话才把一颗提着的心放下了。

因为飞以色列特拉维夫的航班是第二天的，原来的计划就是琴琴来纽约先住一晚上，所以，她就从机场往市里赶来了。秦人杰知道琴琴已经在来华尔街的路上，于是就约好在事先订好的宾馆等她。

琴琴敲开宾馆房间的门，看见门后面的秦人杰像是一夜未睡似的，面色苍白，情绪低落，吓了一跳，以为秦人杰病了。

秦人杰看到琴琴也没有像以往那样，立即扑上来，紧紧地将琴琴拥抱在怀里，而是转身回到房间，躺到了床上，一只手就盖在眼睛上，一只手垂在床沿边，一声不吭。

琴琴刚刚放下的心又提了起来，急忙走到床前伸手摸了摸秦人杰的额头，感觉体温正常，就问："怎么了？病了？"

秦人杰有气无力地回答："没有病。"

"没有病，怎么这么无精打采的？"琴琴又问。

"别问了，让我躺一会儿。"秦人杰说。

放下行李箱以后，琴琴坐在秦人杰旁边，说："到底是怎么回事？你不说，让我急死了。"

秦人杰仍然是用一只手盖着自己的眼睛，不正面看琴琴，说："耶路撒冷，我们是不是可以不去了？"

"什么？机票和宾馆都订好了，我也请好了假，怎么突然不去了？"琴琴着急地问，"到底发生了什么事？"

秦人杰想了想，然后无奈地说："我辞职了。"虚荣心让秦人杰不愿意对琴琴说，他被公司炒了。

琴琴既感到突然，也感觉其中一定发生了什么事，绝不会是秦人杰辞职那么简单，否则不会这样毫无预兆地就辞职了。琴琴知道秦人杰与团队的头儿关系不好,因为她常常听到秦人杰抱怨话,也知道秦人杰一直对自己的工作不满意。但琴琴也知道,不太可能是秦人杰辞职,一定是他干不下去了,因为从来没听到他说过想辞职,更不可能在两个人就要去旅游的前夕辞职。

此时,反而是琴琴冷静下来了。她宽慰秦人杰说:"既然是辞职了,更要出去散散心了,我们还是去耶路撒冷吧。正好我们也可以在路上好好商量一下下一步找工作的事,我还有一年博士就毕业了,我们好好规划一下未来。"

毕竟是琴琴,几句话竟然就让秦人杰的心情好了一些。他把手从眼睛上移开,看了看琴琴,突然从床上翻身下来,又一把抱住了琴琴,拼了命似的在琴琴的脸上亲。这一次,琴琴没有像以往那样制止他,而是任由他吻了好一会儿,并且宽慰地回抱了秦人杰。

琴琴的回抱,更刺激了秦人杰,他转身一把将琴琴抱上了床,疯了似的在琴琴身上耕耘,似乎想把所有的压力和憋屈都释放出来。

高频率的运动结束以后,秦人杰像昏过去似的睡了过去。

琴琴一点睡意也没有,她先是躺在秦人杰的旁边,让他好好地舒舒服服地睡一觉,以释放今天离职后的压力,她怕自己一动弹,惊醒了秦人杰。她猜想今天秦人杰一定受到了很大的刺激。

她知道一定不是秦人杰主动辞职,无论是时间节点,还是秦人杰现在的情绪,都不像是主动辞职,而且辞职这么大的事情,秦人杰也不会事先一点都不跟琴琴商量,甚至连情绪都没有流露过,昨天他还在电话里兴高采烈地商谈去耶路撒冷怎么玩,要看哪些著名的教堂,怎么可能一夜过后就把工作辞了?

那么,今天极有可能是秦人杰被解聘了。对于华尔街的职场,以前秦人杰讲过不少,也看到不少华尔街的公司无情地解聘员工,只是他一直没有想到,有一天这些会落到自己的头上。琴琴了解秦人杰自尊心极强,所以,极有可能是他把解聘说成了自己辞职。

琴琴在心里想道,尽管这样会极大地影响他们去旅游的情绪,但,看到秦人杰这样,不仅仅是考虑到机票和宾馆都订好了,更重要的是秦人杰的精神状态,更需要缓一缓,所以,她决定还是要按计划继续旅行,在旅行途中好好地和秦人杰谈谈,重新规划一下未来。本来她约秦人杰这次旅行的目的,就是好好商量一下未来的规划。

一个念头又从琴琴心里浮起，她想，现在秦人杰失去了工作，下一步怎么办？这是秦人杰要认真考虑的问题，这是否也是琴琴再和秦人杰商量一下，有没有两人一同回国发展的可能。

琴琴认为，深圳更有秦人杰发挥专长的条件，中国的两大证券交易所，其中之一就在深圳。深圳还有那么多上市公司、那么多证券公司，还有那么多公募私募基金公司，需要大量像秦人杰这样的投资管理人，何况秦人杰的学历和在高盛公司干了这么多年，这个履历是非常亮丽的。在深圳，不可能会有招聘单位打电话到美国的高盛公司去做秦人杰的尽职调查。

想到这儿，琴琴的心情反而亮了起来。她轻轻地下床，想收拾一下秦人杰的行李，因为明天要出行。她发现秦人杰早已把行李准备好了，行李箱就放在宾馆房间的柜子里。这是秦人杰的一个特点，自己的东西总是收拾得井井有条。

第二十八章

第二天早上琴琴醒了，感到身边躺着的秦人杰一动不动，好像还在熟睡中，于是，就小心地翻身起床。可她刚一起身，发现秦人杰睁大着的眼睛，正瞪着天花板发呆。他早已醒了。

"你醒了？"琴琴问。

秦人杰"嗯"了一声。

琴琴说："那我们早点起床吧，吃点东西就要去机场了。"

秦人杰很顺从地说："好。"然后就起床了。

两个人穿衣洗漱，下楼吃早餐，秦人杰变沉默了，琴琴也不主动挑起话题。吃完早餐，两个人就办了退房手续直奔机场。

飞机起飞以后，秦人杰就闭着眼睛睡觉，然后真的睡着了，而且睡得很沉，微微张着嘴巴，发出粗重的呼吸声。琴琴也不惊动他，向空姐要了一条小毛毯，盖在秦人杰身上，心想就让他好好睡一觉吧，希望落地后他的心情能好一些。接着，琴琴也困了，因为昨夜她几乎是一夜无眠，没多久，琴琴也睡着了。

飞机落地时是秦人杰喊醒了琴琴，他又比琴琴早醒。从以色列的特拉维夫机场出来以后，他们就乘车去了耶路撒冷老城。

琴琴事先从去过以色列的同学那里了解到，从特拉维夫去耶路撒冷老城，最方便的还是乘大巴，出了机场就有，中间只需要一个小时左右，而且直达耶路撒冷市中心，很方便，价格相对便宜。

到了耶路撒冷市中心，入住了事先从网上预订的宾馆。

接下来的两天，琴琴和秦人杰两人进行了一场景点打卡式的参观旅游。按照琴琴事先做的旅游攻略，划定了路线，参观的景点大部分都是教堂。一路上，秦人杰始终提不起兴致来，再加上他对宗教既不熟悉也不感兴趣，所以，到耶路撒冷变成了一场索然无味的旅行。

琴琴理解刚刚失去工作的秦人杰心情不好，一路上都在迁就一直情绪低落的他，除了当导游，安排行程和参观景点，还照顾秦人杰的饮食，弄得一路上既累也心烦。

在耶路撒冷市中心参观了一天以后，第二天计划去耶路撒冷老城，这是琴琴来的主要目的，可早上正准备起床时，秦人杰突然不想起来了，他说他很累，想在旅馆里休息一天。琴琴见此也无奈，只好自己一个人出门，把秦人杰留在宾馆里休息。秦人杰翻了一个身，就又睡去了。

琴琴一个人来到耶路撒冷老城，背着双肩包，手上拿着导游图和相机，边走边仔细地以一个专业规划者的视角，参观这座有着几千年历史的古城。

耶路撒冷既是这一片土地的地名，也是这座古城的名字。

耶路撒冷老城就在耶路撒冷的东边，其面积只有一平方公里。老城的东边是橄榄山，南边是锡安山。老城里又分为四个区，都是以宗教划分的区域，分别为穆斯林区、基督徒区、犹太区和亚美尼亚区，每一个区里都充满了浓郁的宗教氛围。这里有许多具有重要宗教意义的地方，例如犹太教的圣殿山、哭墙，基督教的圣母教堂，伊斯兰教的圆顶清真寺和阿克萨清真寺。

可耶路撒冷又是一个有许多居民生活的城市，老城里有住宅、市场、商店和学校，并且是一个以旅游为特色的城市。

但尽管如此，宗教色彩还是极为浓烈，例如在圣殿山区域内，非穆斯林教徒是不能进入到阿克萨清真寺及圆顶清真寺内的。琴琴在圣殿山附近参观时，受到了非常严格的安检。

琴琴对耶路撒冷这个地方感兴趣，除了因为它是一座古城，还因为它是世界三大宗教的基督教、犹太教和伊斯兰教都视为圣地的地方。耶路撒冷，在阿拉伯语和希伯来语中都是"和平之城"的意思，可现在耶路撒冷却是世界上最不和平的城市之一。以色列与巴勒斯坦都宣布这里是他们的首都，因此，因主权的争议激起了巴以冲突持续多年，至今纠结难解。梦梦学的是城市规划，自然对耶路撒冷这座距今大约有几千年历史的老城，早就充满神往。

可这次梦梦来到耶路撒冷，本来是计划考察一下这座老城的规划建筑，同时和秦人杰认真地聊一聊未来，可就那么不巧，在出发前夕秦人杰失去了高盛公司的工作，让他们的整个旅行充满着一种压抑的提不起兴趣的情绪。

这两天，梦梦一直小心翼翼地与秦人杰相处，体谅他心情上的不愉快，希望他的情绪有所平缓，接下来她要好好与秦人杰谈谈是否可以回国发展的大事，她需要一个好的氛围。可，秦人杰一直精神不佳，她便没有找到合适的时机开口。

已经出来两天了，秦人杰的情绪并没多大的改变，今天早上甚至不愿出来参观，要留在宾馆里睡觉，可见情绪仍然低沉。

梦梦觉得不好勉强他出来，只好自己一个人来到耶路撒冷老城，但她的内心有着极大的失落感。

她想想也好，自己正需要一个空间来好好考虑一下自己的未来，这个未来当中有秦人杰自然是好，可没有秦人杰，也该由自己安排了。

梦梦还有一年就要博士毕业了，她也不算很年轻了，因此对于回不回国，她觉得必须做出定夺了。

爸爸最近在电话里告诉他，国家又规划了一个更大的发展战略，要建设一个"粤港澳大湾区"。爸爸说，这个湾区的建设，应该是国家在深化改革中一个非常重要的发展规划。规划中的"粤港澳大湾区"总面积达5.6万平方公里，人口已达7000万，所以被称为"大湾区"。按照国家的规划，"粤港澳大湾区"不仅要建成充满活力的世界级城市群，还要成为中国高质量发展的典范。因此，"粤港澳大湾区"的规划对标的就是美国的纽约湾区、旧金山湾区和日本的东京湾区。而香港、澳门、广州、深圳四大中心城市，是作为这个区域发展的核心引擎的。作为即将成立40周年的经济特区深圳，面对中央的这个宏大规划，自然把它当作自己新时期发展的重大机遇，投入了全市之力，在进行一系列的先期规划和筹备，爸爸马立参加了这个重大规划工作。

马立在电话里兴奋地告诉梦梦，"粤港澳大湾区"中，除了香港、澳门、广州和深圳四个中心城市，还包括珠海、佛山、惠州、东莞、中山、江门、肇庆七个城市，其规模今后一定会超过美国的纽约湾区、旧金山湾区和日本的东京湾区。琴琴所学的专业，一定会在这儿大有可为。

接完爸爸的电话，第二天琴琴就从网上查了很多关于"粤港澳大湾区"发展目标的资料，她甚至还查到了中共中央和国务院印发的《粤港澳大湾区发展规划纲要》，仔细研读了内容，越看越觉得自己回国大有可为。因此，这次约秦人杰外出旅游，关于商谈是否一同回国的事，从某种角度讲，是比旅游本身和考察耶路撒冷老城更重要的内容，所以在临行前得知秦人杰失去了高盛公司的工作以后，琴琴认为这可能是认真商谈回国事宜的契机。

那么，怎么谈？秦人杰在回国这个问题上虽然没有明确表示反对，但态度一直是不积极的，他总用在华尔街有一个美好的发展目标，来回应琴琴想回国的提议。现在突然被解聘了，受到的刺激这么大，而虚荣心极强的秦人杰，现在还能不能静下心来和琴琴认真探讨一下回国的问题，琴琴心里没有把握。所以，她就想趁今天自己一个人出来，好好想一想，想想自己的下一步该怎么办。

实际上琴琴心里已经逐渐明白，目前面临的不仅是回国还是留在美国的问题，同时，她在和秦人杰的情感上，也面临着何去何从的决定之际，这虽是两个问题，而处理的结果会汇成一个问题，要不要回国最终也直接影响着她和秦人杰未来的关系。

琴琴在耶路撒冷老城里漫步，边走边认真地参观，并用相机拍了大量照片，然后来到只要发生巴以冲突，在国际电视新闻里，都会看到的那个大家十分熟悉的画面，圣殿山下的犹太教圣殿的西墙，即犹太人称之为的哭墙，和圣殿山上那个有着金色穹顶的伊斯兰教清真寺。现在琴琴就站在它的面前，眼前却是一片平和的景象，除了偶尔见到佩枪的以色列军人，其余都是大量的旅游者和朝圣者。

琴琴在圣殿山下看到一些大石头，这些石头显然都是被人工打磨过的。也许在几千年前，它们就是耶路撒冷老城墙或某座圣殿里的废弃的石头，因为耶路撒冷作为一座古城，几千年来几经被毁又重建，历经无数磨难，甚至最早建设过这座古城的犹太人，都被征服者整体迁往古巴比伦了，因此，历史遗迹在这儿比比皆是，至今还能看到不少废墟。

在这儿仿佛能看到当年筑城者的身影，琴琴以专业的眼光分析这些断壁残垣本来的面貌、它们在建筑美学上的创新，以及其历史文化的价值。也看到今天的人们，如果和平，就可以重新建设它，使耶路撒冷老城保护得更好。但，这儿一直是世界上一个最不平静的地区。

这个时候，琴琴又想到自己那和平稳定的祖国，和每一次回去都日新月异给人感觉总在长"高"的深圳。从建筑设计美学的角度，她还十分欣赏自己母亲的出生地——广州，那座被人们美誉为"小蛮腰"的电视塔，她以专业的视角认为，那是全世界最美丽的电视塔。这也就是在今天的中国才会出现。她在想，再过十年二十年，只要世界和平，"粤港澳大湾区"会建设成什么样子？她憧憬着自己也能成为其中的一个建设者。

琴琴在美国已经深深地感受到因为祖国的飞速发展，让一些美国政客焦虑不安，他们在不同的场合和媒体上，总在不停地讲中国很快就要超过美国，充满危机感。琴琴从报纸和电视上不断看到这些新闻和评论，她并不觉得中国马上就能超过美国，美国政客的这些鼓噪，反而让琴琴觉得中国充满希望，否则他们不会那么焦虑。

因此，琴琴觉得现在可能正是自己回国发展的好时机，她在想，自己在美国苦读多年是为了什么？从一开始在爸爸的指导下，自己的学习目标就比较清晰，大学毕业后，一直朝着一个方向努力，从硕士到目前正在读的博士，都基本是一个方向：城市规划。

虽然开始来美国读书，并没有清晰地想到将来要回国发展，可后来的学习目标和方向好像一直未变，并不是因为琴琴后来学的这个专业，只有回国才有发展，而是中国是最充满希望的地方。再加上，琴琴对自己的家，那种从血脉上的联结，对太爷爷、爷爷、爸爸、二叔，每一个人都有一种割不断的情感，对躺在深圳吉田墓园里的奶奶那种精神上的依恋，这一切都潜移默化地让琴琴感到自己的归宿在中国，在深圳。

琴琴知道，爸爸这些年一门心思地扑在城市规划和治理方面的研究上，再加上新兴的城市深圳和他所在的工作单位，都给了他许多便利条件，使他有了不少在学术界得到认可的研究成果，这些成果逐步让爸爸在国内成为城市规划专业方面的知名专家，爸爸的一些研究成果，近年也经常在一些国际学术会议上宣读。爸爸还悄悄地告诉她，有关方面根据爸爸的学术水平和研究成果，已经在鼓励爸爸申报中国工程院院士，爸爸觉得再努力两年看看。

往前看，让琴琴充满兴奋，感觉机遇就在眼前，发展的路径也非常清晰，可往身边看，琴琴又觉得十分丧气。对于说服母亲麻君婷她还是有信心的，虽然上次和母亲谈到回国时母亲不支持，但最终也没激烈反对，而且从那以后，喜欢唠叨的麻君婷，并没有经常在女儿的面前说到反对回国一事，因此，琴琴觉得只要自己态度坚决，母亲最后还是会同意的，因为她也知道琴琴回国一定会比在美国得到更多的发展机会。

让琴琴灰心的是秦人杰的状况。秦人杰身处华尔街就如同一个人身处赌场，看到别人赢钱，就一直想那个人为什么不会是自己。琴琴一直明显感到秦人杰越来越焦虑，工作上的压力和自己的想法南辕北辙，别人对他的工作不满意，他却对别人不服气，琴琴一直担心这种状况如果不改变，会在某一个节点上发生极端变化。这次果然如此，所以当听到秦人杰说他辞职了，琴琴虽然也感到惊讶，但并不十分意外，她一直认为，如果秦人杰不做改变，这一天一定会到来，因为高盛公司不会为秦人杰改变。

但，从目前秦人杰这种状态看，琴琴对说服秦人杰和她一起回国，心里一点把握都没有。这就是琴琴感到丧气的原因。

可她明白，无论如何到了该做决定的时候了。

在耶路撒冷的圣殿山下，琴琴见到的这些大石头，作为一个学城市发展史和规划建筑的人，看这些石头和普通人的眼光不同，琴琴知道这些都是过去耶路撒冷老城历史建筑的残垣，她走进这历史的废墟之中，找了一块约有一米高、四四方方的大石头爬上去坐下。这块石头显然曾经是一座巨大历史建筑的基石，它的四周都雕刻有云纹。琴琴想，一块基石这么大，那么它原来所在的建筑有多大？它又是如何从它原来屹立的地方，被遗弃到这堆石头当中？它的身上一定记载着人们所不知的故事。

琴琴感觉，坐在这块石头上，就是坐在历史当中，她突然想要好好冥想一下。

琴琴自小就不太喜欢太剧烈的运动，对于任何一项剧烈的有氧运动，都接受不了，可她又喜欢动，因此郊游、踏青、旅行都是她喜欢的，她觉得换一个新环境，呼吸的就是新空气，身体就有新感觉。她甚至说，在人生中首先喜欢的是旅行，在不同的环境里去感受生活，并且旅行让她不停地运动，而这种运动不是枯燥的。再就是读书和冥想，读书，让她感受别人的感悟和别人的体验；冥想，让她到自己内心的深处去寻找自己。

现在，她在耶路撒冷老城的一块历史遗留下来的大石头上冥想。她在感受着犹太这个古老的民族数千年来的磨难，感受着千百年来耶路撒冷这座被誉为犹太教、基督教、伊斯兰教世界三大一神宗教的圣城变迁，以及在这个圣殿山上数千年来发生的故事。

实际上，琴琴最重要的是在想，她的人生也已经走到了一个重要的路口，何去何从自己必须做出选择，不能再犹豫了。

此刻，在这块大石头上，琴琴最想要的是心静。几天来，和秦人杰在一起，心里一刻也没有静下来过，秦人杰的任何一个风吹草动，都让她心惊肉跳的。她知道秦人杰是一个极其情绪化的人，现在虽然他在极力地克制自己，但她仍担心他会在某一个节点上受到刺激，而情绪突然爆发。所以，几天下来，她真的很心累。此刻，她就想静心地冥想，让自己彻底放松下来。

喜欢冥想以后的琴琴，就在探究冥想真正是什么含义。有一天，她在洛杉矶随意地在从国内带来的一本《现代汉语词典》上查了一下，"冥想"这个词到底是什么意思。《现代汉语词典》上的解释是：深沉地思索和想象。

她想了一下，好像不是这样的。她在冥想的时候，实际上脑子里什么具体的内容也没有，哪有什么深沉的思索？她有时候喜欢冥想，是因为它可以让自己进入什么也不想的状态。这时琴琴感觉是最轻松的时刻，而且如果真的闭着眼睛进入了冥想，脑子里什么杂念也没有了，就会产生一种身体很轻的感觉，一切物质都变得没有了重量。

她在洛杉矶上瑜伽课时，女老师是一位美籍华人。有一次，她问这位华人瑜伽老师，冥想真正的含义是什么？这位老师说，冥想，中文的意思是：沉思。英文"meditation"，指的是禅修的意思。老师进一步解释说，冥想在瑜伽当中，是把心、意、灵完全专注在原始之处；最终的目的在于把人引导到解脱的境界，是实现人的"入定"的一项技法和途径。入定，是僧人修行的一种方法，端坐闭眼，心神专注。这位老师还说，练瑜伽者通过冥想来控制心灵，并超脱物质欲念，感受到和原始动因直接沟通，通过简单练习冥想，即可帮助人们告别负面情绪，重新掌控生活。

琴琴虽然喜欢冥想，但觉得没有那么复杂，瑜伽老师一讲到什么"禅修""入定""控制心灵""超脱物欲"，不懂佛教的琴琴就头晕，她感到这都有些虚无缥缈。她觉得，冥想的效果因人而异，因为，在冥想的时候，人是什么也不想的，如果还在想这想那，就进入不了冥想的状态。那叫闭目养神，而不叫冥想。

琴琴坚持认为，冥想，就是什么也不想。可是，她又觉得，人真的坐在那儿什么都不想，其实也是很难做到的，至少此时人会想到自身的感受。人，总在想，而把心中的一切杂念，都排除，然后什么都不想，她觉得基本是做不到的，否则，还怎么叫冥想呢？

例如此刻，她坐在这块历史的大石头上，确实是希望什么都不用思考，她想在这座有着几千年历史的耶路撒冷老城里，试试冥想，试试放下心头的一切，尤其是与秦人杰的负面情绪，试试在这世界三大宗教的圣地，是否能感受到不一样的体会，是否能丢开一切，感受一下这历史的回声。

但，她感到什么都没有，只有不远处那哭墙旁，不断地传来人来人往的嘈杂声音，这不是历史的声音，而是现实世俗的声音。

就在这个时候，琴琴随身带的双肩包里的电话响了。琴琴不想接，她想，不是妈妈，可能就是秦人杰打来的，她想静一静，这两个人都是让她无法静下来的，而且从某种角度说，她现在一切烦恼和压力，都来自这两个人。

可电话铃声顽强地响着，她感觉不对了。妈妈和秦人杰，如果电话打不通，不会这样一直打，那么极有可能是爸爸打来的，爸爸这样打电话一定有急事。她急忙翻开包拿出电话，一看果然是爸爸的。马上把电话拨了回去，爸爸立即就接了，显然在等她的电话。

琴琴问："老爸，找我什么事？"她知道中国时间比耶路撒冷慢5小时，现在是中国的下午，爸爸应该在上班。

马立在电话里听到女儿的声音，就问："琴琴，你在哪里？"

"我在耶路撒冷。"琴琴说。

"怎么去了耶路撒冷都不和爸爸说一声？"马立问。

琴琴说："我来旅游，顺便考察一下耶路撒冷老城，所以没有告诉您，打电话找我有什么事吗？"

"刚才接到你爷爷电话，说太爷爷身体很不好，要你赶快回来一趟。"马立说。

琴琴听到太爷爷身体很不好，虽不感到意外，但也很焦急，因为她知道太爷爷已经97岁高龄了，上次回去就住在医院了。她自然和太爷爷感情很深，也知道太爷爷一直放不下她。

琴琴急忙问："太爷爷病得很重吗？"

马立说："还是回来一趟吧，爷爷让我打电话让你回来，一定是有道理的，太爷爷可能随时都会有意外，毕竟那么高龄了。刚才你爷爷给我打电话时，声音都变得很沉重。爷爷好像很着急，所以让我马上给你打电话，叫你回来，怕太爷爷万一有意外，你会见不着了。"

琴琴想，可能太爷爷身体很不好，否则爷爷不会这么着急，她在电话里说："爸，我马上去改航班，看看有没有特拉维夫直飞香港的机票，改好了我给二叔打电话，还是让二叔来接我。"

琴琴放下爸爸的电话，立即就打电话给航空公司询问航班，发现当天晚上12点有一班阿联酋航空公司的航班飞往香港，第二天上午就可以到，琴琴立即订了一张机票，然后马上回宾馆。

回到宾馆后，琴琴怕秦人杰还在睡觉，因为他以往就有在休息日一直睡到中午才起床的习惯，所以就轻轻地用门卡打开了房间，进门后，秦人杰果然还躺在床上，不过是醒的，睁大着眼睛望着天花板在发呆。

琴琴见秦人杰醒了，就说："中午了，起床吧，下去吃饭，我有重要的事情和你商量。"

秦人杰边嘟囔着"什么重要的事情"，边慵懒地极不情愿地起床。

琴琴心里想着太爷爷已经心急如焚了，不愿意看到秦人杰这副慵懒的样子，就说："我在楼下餐厅等你。"说着，就转身出门了。

梦梦在楼下宾馆餐厅找了一个僻静的位子坐了下来，不停地看着手表等秦人杰下来，大约过了20分钟，秦人杰下来了，在梦梦对面坐下。

坐下以后的秦人杰拿起餐桌上的一壶冰水，倒在自己面前的玻璃杯里，一口气喝下，然后又倒了一杯，这才问梦梦："什么重要的事情？快说。"

梦梦看着眼前的秦人杰，皱皱眉头，但她强忍着，说："我今天晚上回国。"

秦人杰又拿起面前的杯子正要喝，听到梦梦的话，立即惊讶地放下了杯子，瞪着眼睛问："什么？今天晚上就要回国？我没听错吧？回到哪儿？美国还是中国？"

梦梦沉静地说："没听错，我今天晚上要回国，当然是回中国，已经买了12点多飞香港的机票。"

秦人杰惊奇地问："为什么？"

梦梦说："刚才我接到爸爸的电话，太爷爷的身体可能不行了，爷爷让我立即回去，担心见不了最后一面。"

秦人杰听后"哦"了一声，就没有再吭声了，显然他感到很意外，但也不知道该说什么。

这时一位餐厅服务员走了过来，询问是否点餐，梦梦拿起餐单，匆匆地点了两个菜，然后她也喝了一口冰水后，说："人杰，这次出来我本想好好和你商量一下我们下一步的打算。我还有不到一年就要进行博士论文答辩了，答辩结束以后，就要考虑今后去何从，我本想趁着这次旅游，我们俩好好商量一下，做一个决定，因为已经不能再等了。你也知道我很想回国发展，你现在已经从高盛公司离职，下一步，你是怎么打算的？"

秦人杰想都没想，就说："我计划下一步是继续留在华尔街打拼，全世界没有比华尔街更有机会的地方了。"然后，他又喝了一口冰水，仿佛给自己增加底气似的，说："高盛不留我，自有留爷处。"

梦梦看着秦人杰，虽然有心理准备，但此刻心里凉透了，她预感到她和秦人杰的关系无可挽回了，因为，她已经基本铁定了心，决定回国。

梦梦虽然从观念上很能接受现代思想，包括时尚、流行物、爱好，等等，都是现代青年的思维方式，但梦梦在心里受马家的家风影响很大，他们的为人行事，特别在对待情感方面的态度，对琴琴的影响是潜移默化的。所以，琴琴在择偶观方面，是持很稳重的传统观念的。她虽然已经27岁了，从高中开始就在美国接受教育，在十分开放的美国，在择偶方面，琴琴却一直是很传统的。

琴琴长得落落大方、个性独立，举手投足彬彬有礼、谈吐交流自然、分寸拿捏得体，无论坐在哪个人群里，都和普通人不太一样，受到很多男孩子的关注，可琴琴到现在也只和秦人杰一个人谈过恋爱。虽然，她早已感到和秦人杰有许多三观不一的地方，但，她对自己的感情一直持慎重的态度，一直在看秦人杰身上的优点，希望与秦人杰共同成长，因此，她一直在努力地培育着和秦人杰的关系，一直希望能和秦人杰达到统一的人生目标。

今天，当她看到秦人杰不假思索地脱口而出，就感到有点伤心，这表明秦人杰没有总结教训，还是那样做不切实际的幻想，将人生就赌在赚大钱上，而她已经多次和他谈过自己想回国发展，看来秦人杰不但根本没有考虑过回国，而且也没有顾及她的想法和感受，特别在刚刚接到太爷爷身体可能不行的情况下，琴琴心里更难受了。

琴琴觉得自己和秦人杰已经渐行渐远了。

这时，琴琴喝了一大口冰水，把自己的心弄得凉凉的，然后决定什么也不说了。

两人默默地吃饭，秦人杰竟然一点都没感觉到琴琴的内心变化，反而奇怪地看着琴琴怎么一下子就不说话了，他知道琴琴是一个极有个性的人，也不好问什么，只得也埋头吃饭。

这顿饭吃得十分安静，只有刀叉碰到盘子的声音，和间或喝水时喉管发出的"咕噜"声。

吃完饭，琴琴也就想明白了，下面的路要自己走了，身边自有家人，而不会再有秦人杰了，想到这儿，心里仿佛一下亮堂了，情绪竟然变得开朗了。

她用餐巾擦了擦嘴，然后说："不好意思，家里出了急事，我今天晚上就要回去了。你继续旅游吧，宾馆是由旅行社订的，费用都已经付过了，你可以住到后天。耶路撒冷还是有好多地方值得一看的，你自己去看看吧，至少圣殿山一定要去看一看，我就不陪你了。回美国的机票也是订好的，你只能一个人回去了。"说完，琴琴招呼服务员结账，秦人杰想来结账，结果发现自己是空着手下来的，并没有带钱包。

　　琴琴结完账，马上回到房间里收拾自己的东西。秦人杰像一个感觉自己犯了错但又不知道错在哪里的孩子，跟在琴琴身后想帮什么，又帮不上手。

　　琴琴心里虽然很难受，但一点都不生气了，反而对秦人杰客客气气的。收拾好东西，琴琴稍稍喘一口气，然后就叫了出租车。虽然现在去机场时间有点早，但她宁愿去机场等，也不愿意再和秦人杰待在这间宾馆的房间里了。

　　秦人杰一定要送琴琴去机场，琴琴拦住了，因为从耶路撒冷到特拉维夫的本古里安机场还有很长的一段路程。琴琴说，再打车回来很不合算，让秦人杰不要送了。

　　两个人在宾馆的楼下分手，分手时，大家都很客气，作为一对恋人如果变得这样客气，那就是彻底死心了。

第二十九章

就在琴琴从耶路撒冷赶回国的时候，成虎也在接到马小军的电话后从老家赶回了深圳。放下行李，他第一时间就去了医院看望马卫山。

成虎匆匆走进病房，就看到那位叫兰兰的小护士正在听老爷爷唱歌，马卫山唱的还是那两句"火烤胸前胆，风吹背后寒"，反反复复也就这两句听得清楚，其他都是只听到马卫山老人哼出的旋律，断断续续的，听不清楚歌词。

成虎没有立即上前打招呼，就站在门口静静地听着老人已经口齿不清地反复吟唱着这两句，脑子里却浮现出82年前的1937年。成虎了解这一段历史的艰苦。那时只有15岁的马卫山，跟在东北抗联的队伍里，进行着抗联历史上著名的"西征"。这首歌，就是在抗联"西征"途中唱出来的。

马卫山老人也曾经给成虎唱过这首歌，老人只说是东北抗联的歌，但是什么歌，老人已经记不清楚了。他说原歌比较长，时间太久了，他只记得这两句，当时抗联战士在小兴安岭里经常唱这首歌。他还说，记得歌词里有许多"火"字，因为当年在小兴安岭的密林里，火，无论是春夏秋冬，对于抗联战士们都太重要了，所以印象深刻，但现在只记得这两句了。马卫山说，这首歌，许多东北抗联三军的战士都会唱。

马卫山对这首歌印象如此深刻，成虎就觉得它一定在东北抗联里是一个重要的历史记忆点，否则对于在白山黑水之间如此艰苦战斗，经历过无数生死的马卫山，让他记忆深刻的事太多了，怎么过了80多年，还能吟唱它？于是，成虎上一次到东北采访时，特意留心查找这首歌的来源，他还想通过查找这首歌和会唱这首歌的人，收集更多东北抗联三军的信息，进而寻找到赵兰兰的踪迹。

虽然只有两句歌词，结果还真的让成虎找到了这首歌的源头。马卫山铭记一生的这首歌，确实是东北抗联历史上一首重要的歌，由抗联主要领导人亲自参与创作，记载着抗联的一段异常艰苦悲壮的历史，而马卫山是这段历史的亲历者。

这首歌的名字叫《露营之歌》，创作于东北抗日联军"西征"前与"西征"途中。是由东北抗联的创始人之一、抗联第三路军总指挥李兆麟以及几位抗联干部先后共同作词的。当时没有人能谱曲，所以旋律套用了古曲"落花调"。成虎在去东北采访时，听过东北歌唱家在纪念抗日战争胜利七十周年的活动中，以古曲"落花调"的旋律演唱的《露营之歌》，非常悲壮。不仅是马卫山，许多还健在的抗联老战士都记得这首歌。这首歌的创作者之一李兆麟，已于抗战胜利后的第二年，1946年3月在哈尔滨被国民党特务杀害了，时年才36岁。

通过进一步的了解，成虎发现弄清楚这首歌的创作过程，不仅弄清楚了抗联三军一段重要的历史，而且可以看到当年马卫山的一段真实细致的经历，能够丰富成虎正在创作这本书的内容。于是，他花了一些精力详细考察了这段历史。

东北的抗日斗争，于1931年就开始由中共满洲省委组织了抗日游击队与日军作战。而东北抗联是1936年2月，由中国共产党满洲省委依共产国际的指令，将所属抗日部队联合地方义勇军筹组了东北抗日联军。

从1936年开始，日本关东军组织了十几万的敌伪军，妄图一举剿灭东北抗日联军。为了粉碎敌人的大讨伐，东北抗联决定实施"跳出包围圈，到日伪统治相对薄弱的西部作战"的战略构想，进行了千里"西征"。

抗联"西征"从1936年到1938年，一共有三支部队，分别从东北不同的地区出发：一路是杨靖宇将军率领的第一路军，一路是周保中将军率领的第二路军，一路是李兆麟将军率领的第三路军，三支部队开始"西征"的时间并不一致。马卫山于1937年参加东北抗联，就在第三路军的部队里。

"西征"是东北抗联历史上一场悲壮异常的历程，是当时还是游击队形式的只有几千人的东北抗联部队，与强大的十几万日本关东军和伪军的围堵进行的战斗，力量悬殊无法比较。因此，第一和第二路军都失败了。第二路军里，有一支抗联部队从出发时的1200人，打到最后没有活下一个人。著名的"八女投江"的故事，就发生在"西征"途中的第二路军里。

唯有李兆麟将军率领的抗联第三路军，也就是马卫山所在的部队，最终到达目的地，胜利实现了战略转移。

1937年，日本关东军调集了当时的三江省（今天的佳木斯）地区的日伪军几万人，对当时活动在小兴安岭地区的抗联第三路军进行大围剿，马卫山正是这一年参的军。当时的中共北满临时省委对抗联部队发出了"保存实力"的指示，于是，抗联第三路军总指挥李兆麟，带领着一部分抗联部队开始了悲壮的"西征"转移。

李兆麟将军率领的抗联第三路军，是1938年8月从北满根据地开始以黑龙江松嫩平原为目的地的"西征"。途中与围堵的敌人不断战斗，打了几个月就进入冬季了，战士们在零下40摄氏度的严寒中与敌人周旋，途中没有补给，粮食吃完了，就扒开雪挖草根，啃树皮，吞棉絮。当时只有15岁的马卫山跟着部队，他为首长养马，可面对强敌、饥饿和寒冷，首长的马后来也被杀了充饥，他只能作为一名警卫员，背着一支枪跟在队伍的后面。

马卫山对成虎说，在"西征"途中每一天都面临着死亡。可部队首长要鼓舞士气，正是在那极其严酷的环境中，这首《露营之歌》在雪原林海的篝火旁诞生，并且在身处险境的"西征"将士中传唱开来。

这首歌的创作过程，由当事人后来详细地记录下来了，马卫山还依稀记得一些场景。

马卫山回忆说，部队开始出发时，不久就进入了秋天，天就变得多雨起来，进入了雨季，道路就十分泥泞，特别是在晚上行军，常有战友滑到山沟里。马卫山的主要任务是给部队首长养马，在山区十分泥泞的道路上首长也不敢骑马，特别是夜里，就由马卫山牵着马，所以夜里路滑的地段，他就死死地抓着马鬃。

马卫山还清楚地记得，那一天赶到了黑龙江依兰县东白石砬子，准备渡过松花江，部队到达时已是傍晚，当时江边又是风，又是雨。李兆麟将军组织船只运送部队过江，马卫山经过一天一夜的行军，正牵着马在江边饮水，战马不时地发出嘶鸣声。抗联部队人马迅速上船，战士们的衣服都被雨水和浪花打湿了。

渡到对岸以后，李兆麟就让马卫山等战士拾柴火，在风雨中勉强点起篝火，边烤干被雨水打湿的衣服，边等待后续部队过江。

成虎后来从找到的资料中查到,就是在这种情况下,由当时一位叫作陈雷的政工干部有感而发地写了歌词的第一稿,后经李兆麟的修改后,让陈雷先教抗联少年连演唱。马卫山当时由于参军时年龄小,虽然为首长服务,但被编在少年连里,所以是第一批学会这首歌的。

因此回忆资料中记载,李兆麟是《露营之歌》的作者之一。

《露营之歌》虽然创作于"西征"途中,但整个歌词并不仅仅是写"西征"途中的经历,而是写了整个抗联部队的艰难历程和战斗意志。

据马卫山回忆,部队在开始"西征"的时候是夏天,在东北的原始森林里,并非仅仅是冬天的寒冷日子艰难,就是在夏天也十分困苦。马卫山牵着马跟着部队在穿越原始森林的行军中,东北森林里有一种蚊蠓,有的比南方的蚊子稍小,飞来就是一群,有的比南方的蚊子要大,大得像个小蚂蚱,同样叮人吸血。它们能闻到人的气息,飞来就是一群,然后落在你的手上、胳臂上、头上、脸上、脖子上和后背上,一叮就是一片。

马卫山穿的是两层单衣,都被叮透了。当时的单衣是由农村粗纺布做的,粗纺布就是棉花的原色,蚊蠓叮咬后,就在衣服上留下点点血迹,几乎每一个少年连的小战士都是如此。连马卫山所牵的马,也被蚊蠓叮得渗血,血和马流出的汗交混在一起,真的有点像人们所说的"汗血宝马"了。人被这种蚊蠓叮咬之后,先是疼,然后皮肤就开始发痒,忍不住就用手去挠,结果越挠越痒,皮都挠破了,痒也止不住。当时正是三伏天,密不透风的森林里闷热异常,大家汗流不止,皮肤上挠破的地方就发炎了,流着黄水,让人痛苦不堪。部队在原始森林里走得非常艰难,大约经过了一个月,部队才走出小兴安岭。

后来找到完整歌词的成虎发现,《露营之歌》的第二段歌词,写的就是这段经历。

9月,东北的山林里已经进入秋季,白露已经把草甸子染黄,到了夜晚气温一天比一天低了。经过半年的思考、修改,《露营之歌》在部队所到的松花江北岸一个叫作老等山的地方发表了。到11月,在伊春老白山抗联六军的营地,李兆麟又写了第三段歌词。那个时候,因为马卫山一直跟在首长身边,所以他常看到首长李兆麟坐在篝火旁,手上拿着一个小本本,边写边思考着什么,有时候和陈雷在一起商量着一些句子的修改。

1938年底，李兆麟率部队到达海伦八道梁子，完成了"西征"任务。正要着手赶写第四段歌词时，因紧急任务李兆麟要离开，就把写作任务交给了时任一师政治部主任的于天放。后来李兆麟带着胜利消息返回八道梁子，这时于天放已经把第四段歌词写完了。李兆麟接过于天放的初稿进行了修改，于是完成了《露营之歌》第四段歌词，它最初的名字叫《冬征曲》，因为"西征"的大部分时间在冬天，而冬天也是最艰难的。

东北抗联的这首歌，是一边行军一边宿营，在战争的间隙中一路切磋、一路修改、一路传唱。从1938年夏天一直写到1938年冬天，部队一直在"西征"途中，但歌词中反映了春夏秋冬四个季节和东北抗联经过的不同地方，每段歌词都有战斗生活的背景。因此，这首歌也记录了东北抗联第三路军的艰苦历程，它是一首记录历史的歌。

《露营之歌》的全曲，首次发表在1939年抗联编撰的《革命歌集》（第二集）中，该《歌集》为抗联第三路军政治部所编。马卫山一直就在这个部队里，赵兰兰也是从参军到牺牲都在这个部队。

成虎在去东北查找资料时发现，在抗联战斗的艰苦岁月中，许多资料都丢失了，但非常惊奇的是，这首歌的原始资料竟然保存下来了，全国解放后，收存于中央档案馆，一直没有对外公开，所以，抗联老战士们也只是口口相传，以至于把一些歌词传走样了。成虎在东北采访时，曾听到多位抗联的老战士吟唱这首歌，但，真正把所有歌词都完整地唱下来，并且准确的人，已经没有了。例如，马卫山一直铭记于心的这两句"火烤胸前胆，风吹背后寒"，也因年代久远，慢慢地就唱错了，它准确的歌词应是"火烤胸前暖，风吹背后寒"，直到1999年这首抗联的《露营之歌》原始版本被公之于世后，成虎才看到了最初完整的歌词。

这是一首很值得重新回味的抗联歌曲，从中也可以看到马卫山当年战斗生活的一个背景环境。成虎非常敬重这首歌，决定在他的书中，全部照录，让它永远留在人们的记忆里。

成虎摘录的这首《露营之歌》，来自抗联第三路军政治部编写的《革命歌集》（第二集），是1939年7月7日印制的油印本，就是收藏于中央档案馆的那个原始版本。

它的歌词为：

铁岭绝岩，林木丛生，暴雨狂风，荒原水畔战马鸣。
围火齐团结，普照满天红。同志们！锐志哪怕松江晚浪生。
起来呀！果敢冲锋，逐日寇，复东北，天破晓，光华万丈涌。

浓荫蔽天，野花弥漫，湿云低暗，足溃汗滴气喘难。
烟火冲空起，蚊吮血透衫。战士们！热忱踏破兴安万重山。
奋斗啊！重任在肩，突封锁，破重围，曙光至，黑暗一扫完。

荒田遍野，白露横天，夜火晶莹，敌垒频惊马不前。
草枯金风急，霜晨火不燃。弟兄们！镜泊瀑泉唤起午梦酣。
携手吧！共赴国难，振长缨，缚强奴，山河变，片刻息烽烟。

朔风怒号，大雪飞扬，征马跻蹰，冷气侵入夜难眠。
火烤胸前暖，风吹背后寒。壮士们！精诚奋发横扫嫩江原。
伟志兮！何能消减。全民族，各阶级，团结起，夺回我河山。

我们从这首后来被称为东北抗联军歌的《露营之歌》原始歌词中可以看出，这首歌是按春、夏、秋、冬四个季节，写成的四段歌词。据当时的歌词创作者之一、抗联十一军一师政治部主任于天放于1959年的回忆，《露营之歌》的全部四段歌词，差不多在一年多的时间里才完成，也差不多记录了那段抗联艰苦的真实生活。

而作为马卫山，这位最早吟唱这首《露营之歌》的抗联老战士，留在他脑海里最深刻的不是歌词里所写的四季，而是其中的一个"火"字，如马卫山的回忆说，每段歌词中都离不开一个"火"字，因为在当年抗联战斗生活中，火，对于他们太重要了。

马卫山对成虎说："当时在小兴安岭密林里，火，不仅在冬季里是人们离不开的,甚至是保命的,因为离开了大家就要冻死。就是在夏天,除了生火做饭,抗联的战斗生活中几乎也天天离不开它。"

成虎不理解,问:"夏天天热,为什么还离不开火?"

马卫山说:"你可能没有在夏天去东北小兴安岭密林的经历,在那个季节,虽然没有冰雪和严寒,但在伏天里,树林里的那种蚊蠓叮咬可是让人无法忍耐的,密密麻麻的,一片一片的,可以把人叮得血迹斑斑,因此只能用火来驱赶蚊蠓的袭击。还有,夏天烈日高悬,但阳光照射不进阴暗的密林里,汗透了的衣服洗洗是晒不干的,因此也要用火来烤干衣服。"

后来,由于日伪军的一路堵截,封山清剿,不仅战斗打得越来越艰苦,供应补给也基本断绝了,部队开始还有少量骑兵,后来马就越来越少了,到最困难的时候,就不得不杀马充饥,就是包括首长赵尚志、李兆麟在内,后来也没有马骑了。马卫山也拿起枪,与日本兵战斗了。

成虎问:"那时你才15岁,有多高?恐怕还没有日本的'三八大盖'长吧?"

马卫山说:"有有有,那时我细长细长的,瘦,但个子不矮。可我在抗联里拿的第一支枪,不是'三八大盖',而是'辽十三'。"

"'辽十三'?"成虎从来没听说过,不懂是什么枪。

说到枪,马卫山就有点兴奋了,因为他一生经手过不少枪,有日本人的,有国民党的,有苏联的,还有东北军张作霖部队的枪。他说,那时候抗联的武器一部分是从日本人和伪军伪警察手上夺来的,还有一部分是来自原东北军的武器。马卫山津津有味地告诉成虎,今天许多人都认为当时日本人的"三八大盖"比中国军队手中的武装强,那是指蒋介石在湖北汉阳兵工厂制造的"汉阳造"。可当时东北军手上用的一种叫"辽十三"步枪,不比日本人手上的"三八大盖"差。

马卫山说:"'辽十三'步枪是张作霖办的东北兵工厂制造的,它是将德国和日本步枪的优点集中到了一起,造出了中国人自己的步枪,所以叫'辽十三'。'辽十三'打得又远又准,子弹又与日本人的'三八大盖'通用,其性能不比'三八大盖'差。比起蒋介石的常卡壳又容易炸膛的'汉阳造'步枪,要好出一大截。所以当时抗联部队的战士都喜欢这种步枪。"

马卫山用上这支枪，是当时有一位原来是东北军投靠抗联的战士牺牲了，战士手上的一支"辽十三"就给了他，这是他到抗联后用的第一支枪。马卫山还说，特别是隐藏在山林里，从远处瞄准山下的敌人，只要你枪法好，打起来很过瘾。

马卫山说："当时战斗结束以后，大家围着篝火，抱着自己的枪，一边烤衣服，一边就唱这首《露营之歌》。"

《露营之歌》写的是创作者的亲身经历，因此也真切地记录了当年抗联战士艰苦的战斗生活，词作者李兆麟、陈雷、于天放这些抗联的将领，和战士们一样地生活和战斗。成虎在查找资料时就发现那位完成最后一段歌词，并写下让马卫山一生都忘不了的"火烤胸前暖，风吹背后寒"经典词句的于天放，是清华大学经济系的学生，曾任清华大学中共党支部书记。日本人侵占东北后，于天放受党的委派回到东北开展抗日斗争，曾经就在马卫山的家乡富锦一带开展抗日活动。成虎还惊奇地发现，于天放和马卫山是老乡，在于天放填的履历中，籍贯一栏同样写着"山东登州"。

马卫山在给成虎讲他抗联经历的时候，曾经自豪地告诉成虎，东北抗联的著名抗日将领赵尚志、李兆麟、陈雷、于天放都是他的老领导。成虎后来在东北搜集抗联资料时，了解到歌词的创作者除了李兆麟牺牲了，陈雷、于天放一直活到解放后，陈雷后来担任了黑龙江省的省长、书记，于2006年病逝，享年89岁。于天放和马卫山好像更近，他当年带领抗联队伍和李兆麟一起"西征"时，就是从马卫山的家乡富锦出发的，马卫山当时就在队伍里。

马卫山告诉成虎，于天放后来的经历更为传奇和艰难困苦。当年，马卫山跟随抗联部队进入苏联境内整训，但于天放被组织安排留下带领部分队伍坚持斗争。后来，日寇封山围剿，于天放的队伍缺衣少粮，十分困难。为了坚持斗争，于天放就在山下建立了一个联络点，为山上的队伍提供情报和补给。1944年12月，于天放到山下联络点时被日寇逮捕，这时距1945年8月抗战胜利只剩半年了。

1945年1月，敌人把于天放从庆安监狱转移到了北安监狱，于天放在监狱里受尽了酷刑，仍坚贞不屈地坚持了下来，后来一直被日寇关在监狱里。传奇的是，1945年7月11日深夜，于天放与另一名抗联战士一起，在狱中打死了一名叫石丸的日本看守，竟然逃出了北安监狱。

马卫山说到这儿，突然声音一沉地说："兰兰，差不多就在这个时候，也被关在日本人的警察署里，但她没能逃出来。"

后来，于天放在寻找队伍的途中，得知日本无条件投降了。

解放以后，于天放曾担任黑龙江省副省长和省政协副主席，并兼任黑龙江大学校长。马卫山悲痛地告诉成虎，老首长于天放没有死在日本人的监狱里，却于"文革"中被迫害致死，死时才59岁。直到1982年9月，黑龙江省委做出决定，为于天放彻底平反。最终给于天放的评价为，中国无产阶级革命家，东北抗联著名将领。马卫山还特意强调，于天放曾被毛泽东主席称赞为"大智大勇，人民英雄"的传奇人物，可不知道为什么"文革"中却没有人保护他。

于天放离开人们已经50多年了，人们基本都不知道他了，但他写的"火烤胸前暖，风吹背后寒"的词句，却一直被像马卫山这样的东北抗联老战士传唱至今。马卫山虽然只记得两句歌词，但一直把它挂在嘴边，也是因为他无法忘记过去在抗联的那些日子。

此时的马卫山用他那带着"大糙子"味的口音，教带着依兰口音的小护士兰兰唱这首歌。兰兰听说过马卫山的传奇故事，怀着一份敬意跟着马卫山吟唱这首歌。尽管这首歌用了古曲"落花调"的旋律，对于今天的年轻人并不太好吟唱，但，兰兰为了让马卫山开心，仍然认真地学着。一老一少，一唱一学，既是一种情感，也是一种传承。

成虎为了写好马卫山的故事，深入全面地了解了东北抗联的历史，了解这首歌的背景，因此更被深深地打动，尤其是这首歌，也让成虎深刻体会了东北抗联，在长达14年极其艰难困苦的岁月里，与日本侵略者进行了艰苦卓绝、不屈不挠的浴血战斗，为中国的抗日战争胜利做出了重大的牺牲。而《露营之歌》就表现了东北抗联英勇不屈的精神和坚强意志。因此，当年的东北抗联老战士，尽管已经记不住《露营之歌》的全部歌词，但他们当中不少人都把"火烤胸前暖，风吹背后寒"这两句牢记于心，因为一旦吟唱，就会让他们想起那冰天雪地的抗联岁月。例如，马卫山老人已经到了生命的尽头，挂在嘴边的竟然还是"火烤胸前胆（暖），风吹背后寒"这两句歌词。

这时，住院部护士站有人在喊兰兰，兰兰转身离开了马卫山的病床。兰兰一离开，躺在病床上的马卫山就看到了站在门口的成虎，他抬起头来，直朝成虎伸出了手，成虎急步上前，握住了老人那已经骨瘦如柴的手。

马卫山眼巴巴地看着成虎，问道："你从东北回来了？找到了兰兰吗？"

成虎感到老人的神志还是清醒的，能立马认出他，而且马上就能想到成虎再去东北的事，可见其心里一直惦记着寻找妻子兰兰的事。但是衰老让老人的记忆有时发生错位，因为成虎第一次去东北早已回来了，第二次还没有启程，老人不知道记忆的是哪一次。但，成虎已经明显感到，老人已经逐渐走向了生命的尽头。

这不禁让成虎心里有些发酸。他与老人相识已经几十年了，初见老人时，马卫山虽然已经快到七十岁了，可身体还是很硬朗，精神也饱满，说话的声音特别浑厚，一副老军人的形象，走起路来大步向前，两臂甩开，似乎能带来一阵风。可这么多年来，成虎几乎是看着老人一天一天地老了。成虎不由得想起老人在自己心目中印象最深的一件事，那是自己来深圳第一个春节，是和马卫山老人一起过的。

成虎是1992年元月来的深圳，不久就是春节了。

那时的深圳，由于来了大量新移民，一到春节就像大雁南飞一样，人们纷纷离开深圳北上回乡过年，临近春节的那些日子，马路上的行人一天比一天少，整个城市仿佛一下就空了，这是典型移民城市的特点，人们还没有从心里在这座新城市扎下根，因此就像候鸟一样，春节的时候，往家乡飞，实现着中国人的一句老话：有钱没钱，回家过年，因为亲人在家乡。

当时成虎刚到深圳，由于来的时间短，再加上当时的交通远没有今天便利，回家不仅舟车劳顿路途折腾，而且那么多来深圳的人都想回乡过年，因此无论火车票还是飞机票，都一票难求。成虎曾到火车站去试试运气，结果连挤进售票大厅都困难，那时每天的电视新闻里，都有车站广场人头攒动、拥挤不堪的画面，所以成虎就准备不回老家了，一个人在深圳过年。

除夕那天下午，成虎乘公交车去报社，因为住所旁边的几家大排档都关门了，报社食堂还留有一个炊事员给没有回家的编辑记者做晚餐。公交车上，竟然只有成虎一个乘客，下了车，成虎站在马路上，整条马路都空空荡荡的，寒风吹着落叶在路面上翻滚，报社门前那条街上的商店都关门了，只有那些没有贴紧的春联，在寒风中哗啦哗啦地响。

人的心情在这种情况下，也受气温的影响感到有点冷，成虎突然想到在老家，这个时候正是一家人围桌而坐，准备欢欢喜喜过除夕的温暖气氛，可他却要一个人拿着饭盆去吃食堂，心里自然也是冷冷的，这是当年许多深圳人都曾有过的经历。

走进报社大楼，只有一名保安揣着手坐在传达室里打瞌睡。整个大楼里已经没有什么人了，静悄悄的。报社大楼是深圳建设初期匆匆盖起来的办公楼，一共六层，没有电梯，成虎一个人从一楼爬到六楼，其间没有遇上一个人。

人是一种有情绪的动物，这种冷清的氛围，让人格外思乡，成虎的情绪有点低落。

走到报社六楼的办公室时，成虎突然看到一位身穿旧军装的老人坐在自己的座位上，走近一看，竟是马卫山。

1992年，手机还是奢侈品，那时被称为"大哥大"，买一部手机连同上网费，差不多要3万元，因此普通人是用不起的。但当时有一种火柴盒大小的传呼机，作为一种稀罕物刚刚出现在市场上。因为这种机器在收到人们的传呼信号时，会发出一种"哔哔哔"的声音，所以人们就形象地称它为BP机。但这种BP机也不是刚到深圳的成虎所能买得起的，因此联系成虎也只能通过报社办公室的座机。

那天是除夕，马小军知道成虎一个人在深圳，就准备邀请他来家里一起过年，可从中午开始打电话，一直打到下午，成虎都不在办公室，所以，也就一直没有联系上。这时，老爷爷马卫山就说："反正我也不上班，我到报社去找小成。"马卫山就一个人乘公交车来到报社，爬上六楼，结果，成虎外出了，马卫山就一直在报社等着。

当成虎回到报社时，报社除了总编室还有一个人值班，已经没有其他人了，只有马卫山老人坐在那儿等着成虎回来。这让因第一次一个人在外面过年而情绪低落的成虎，突然感到心里涌上一股暖流。

今天看到衰老地躺在床上的马卫山老人，不知为什么成虎脑子里浮现的是那年能一口气爬上六楼，接他回家吃年夜饭的马卫山，一晃已经27年过去了。

那天晚上，成虎与马小军一家人其乐融融地一起过年，马立已经结婚了，妻子麻君婷正在准备去美国，但还没有走，也和大家一起过年，老二马正还在上高中。就这样，成虎和马小军家所有人都认识了。

除夕的晚上，最开心的还是马卫山老人，那时的马卫山十分健谈，因为当时儿子马小军工作十分繁忙，大孙子马立大学毕业回到深圳，参加了工作，父子俩都是成天不着家。小孙子马正平时住校，每个周末才回家，而儿媳曾秀云在医院上班，每天也是早出晚归的。实际上老人很寂寞，没有人说话，所以，那天晚上说话最多的就是马卫山。

自从和成虎认识后，马卫山就特别喜欢找成虎聊天。而成虎自从和老人认识后，觉得老人的身上有很多故事，无论当记者还是当作家，都喜欢听故事，所以，成虎每次到马小军家来，总是和老人有说不完的话。多年接触以后，成虎对马卫山的了解，甚至比马家任何人都多，这也为后来写马卫山积累了丰富的素材。

那个年夜饭给成虎留下最深印象的不是晚上都吃了什么，而是吃完饭后，全家人的饭碗里都没剩下一个饭粒，让成虎不由自主地把已经放下的饭碗又拿起来，吃干净里面剩下的几粒饭。

再后来，随着逐渐衰老，马卫山慢慢变得不再喜欢说话了。

成虎知道，老人身上的历史太长太长，但近些年来，他已经很少说自己的故事了，成虎所了解的马卫山的经历，都是早些年马卫山和他说的。

同时，成虎还发现，马卫山一生中经历过太多曲折，可他说得最多的，还是他在东北抗联坚持抗日的那8年。他说，比起这8年，其他所吃的苦，都不算什么，在这8年里能活下来，已经算命大了。

逐渐衰老的马卫山常常一整天不说一句话，就一个人在阳台上默默地坐着，这也是让儿子马小军担心的一件事。所以，马小军就希望成虎能常来家里坐坐，因为马卫山最喜欢和成虎聊天。可后来，成虎就是来了，老人家的话也不多了，基本是成虎问一句，他回答一句，有时问几句，才回答一句。

　　有时，老人会暗自落泪，说常常想起他在抗联的那些已经牺牲的老战友。现在许多身边的人名字都想不起来了，可当年在抗联里的那些牺牲的战友，一个一个的名字，他都能脱口而出，总是能很清楚地说出某某某哪一年牺牲在哪一个地方。其实，这时候老人暗自落泪的一个重要原因，就是始终找不到既是妻子也是战友的赵兰兰到底埋在哪里，他几乎是找了一辈子，就是找不到。直到前几天，在医院里他突然提出要儿子马小军，把自己埋在妻子身边，可见虽然老人的脑子有时糊涂，但，思念妻子的心情越来越甚。

　　其实，促使成虎最后决定以马卫山一家四代人的故事，来构成《记忆》这本书的基本框架的，是去年在给老人过生日的时候。

　　去年，马卫山老人生日的时候，马家人聚在一起给老人贺寿，自然也邀请了成虎。寿宴设在深圳南山区南头老城附近的一家酒楼。下午，马立特意早点用车将爷爷马卫山接到已经开放的南头古城去参观了一下，没想到一直都沉默的马卫山，在孙子马立的搀扶下，看到南头古城那个新修复的"新安县衙"后，突然说："这个地方我来过。"

　　马立当时也没当一回事，因为他知道南头古城修复后，爷爷肯定是没有来参观过，爷爷一生走过的地方太多，也许是年纪大了，记错地方了，也就没太在意爷爷说的话。

　　到酒楼吃饭的时候，喜欢喝一杯的马卫山突然说："当年老宝安县的县政府不在现在的深圳，而在这儿，那时叫南头。"

　　成虎就饶有兴趣地问："您是怎么知道的？"

　　没想到马卫山脱口而出："解放宝安的时候，我来过这儿。"

　　说者无意，听者有心。成虎知道，深圳的前身宝安县是1949年10月解放的，成虎研究过这段历史。据史料记载，解放宝安县的是解放军粤赣湘边纵队东一支三团。粤赣湘边纵队是在东江纵队主力北撤以后，留下坚守的武装小分队的基础上发展起来的一支队伍，显然是一支地方武装。可马卫山当时是东北四野的，东北四野全称为中国人民解放军第四野战军，是由抗日战争胜利后转入大反攻进军东北的八路军、新四军主力各一部及东北抗联发展起来的，是在解放战争时期迅速壮大起来的我党主力野战部队之一。东北四野后来以百万之师，从东北一路打到海南岛，中间参与了解放广州战争，但部队并没有参与解放宝安。成虎知道，马卫山所在的四野部队解放了广州以后，休整了几天，就朝湛江方向开拔，准备打海南岛了。

成虎就说："老爷子，你是不是记错了，你所在的部队去解放海南岛了。"

马卫山回答说："没错，广州是1949年10月14日解放的，这个日子我记得。广州解放以后，有一小股国民党溃兵朝深圳方向逃跑，我当时奉命带领一个连追这小股溃兵，一路就追到了深圳，当时叫宝安县。后来，这一小股国民党溃兵不敢在深圳停留，涉水过了深圳河去了香港，那时香港归英国人管，部队领导就不让我们再追了。当时宝安县县衙在南头老城，我们到达时，宝安县衙刚刚被地方部队接管，我带领的连队就是在南头城歇脚吃饭的，然后部队领导命令我迅速带队伍赶回广州，朝湛江方向进发，解放海南岛战役是第二年才打响的。"

"哦。"成虎后来查阅才知道，深圳是1949年10月16日解放的，原来马卫山在1949年真的到过深圳，也等于是参加了解放深圳，当年深圳叫宝安县。解放前后，宝安县的县治都在南头，即今天的深圳南山区，就在如今被保护的南头老城里，难怪今天马卫山一见那修复后的县衙，立即想到了当年。

成虎看着这围坐在一起的一家人，特别是那年琴琴也从美国回来探亲了，就坐在老爷爷的身边。那时琴琴虽然学业还没完成，但已在桌上和家人商量想回国一事，这时成虎突然眼前一亮，这不是自己最需要的深圳这座移民城市"民间记忆"故事中最好的素材吗？

一家四代本身就比较罕见了，从第一代老爷爷马卫山70年前参加了解放宝安，也就是今天的深圳；到第二代马小军37年前基建工程兵集体转业来到深圳，成为深圳经济特区最早的"开荒牛"；再到第三代马立于邓小平南方谈话的1992年大学毕业后投身深圳的建设，如今也已经有27年了；再到第四代琴琴美国留学即将海归，这一家人不是土生土长的深圳人，是典型的移民一家，却与深圳有着某种血肉相连的关系。这座城市为他们提供了施展才华的机会，他们也为这座城市贡献了一切，这是非常难得的故事素材，这让成虎突然兴奋起来，这不就是最好的城市记忆吗？

因此从前年起，成虎就一直在有心地收集马家的素材，计划写一部一家四代与深圳这座城市命运戚戚相关的故事，真实地记录一座城与一家人的经历。他觉得这本书会很有意义。

在与马家人交谈中，成虎发现一个很有意思的现象，马卫山戎马一生，要说参加过的引以为自豪的战役，当算解放长春、解放北平、解放武汉、解放广州和最后登陆海南岛，每一个战役，都是缔造新中国历史上里程碑式的战役，可马卫山念兹在兹的总是东北抗联的那8年岁月。马小军作为一个基建工程兵，一生也参加过建造许多重要的国防和民用工程，可马小军说到自己的经历，说得最多最自豪的却是来深圳后"开荒牛"的经历，念兹在兹的总是初到深圳集体转业后，那连工资都发不出的日子。而马立现在只要和你说话，大部分都是如何解决深圳这个现代都市的规划建设难题，国家提出"大湾区规划建设"战略后，马立所有的心思都在"大湾区"的规划建设上，他好像在这儿攀登人生高峰。而那个马家的第四代马棽棽，更是具有了国际视野，在爸爸的指导下，对于自己的学习研究方面目标十分明确：如何克服和防止新的"城市病"产生，虽然年纪轻轻的，人在美国，心却在深圳。成虎感到棽棽就像一个吸满了水的海绵，鼓足了劲似的等待着学业完成，然后回国一展抱负。

唯有那个老二马正，好像游离在外。但，马正在这样的家庭里，好像也被一种力量束缚着，本质上脑子里有一个界限，用他的话说，叫作"有毒的不吃，违法的不做"，所以，这么多年下来，他并没有做过什么出格的事。

成虎感到这样的家庭，充满责任，充满爱，也充满故事，是非常值得书写的一家。

此时，躺在病床上的马卫山看见成虎，眼睛就发亮，他十分亲切地紧紧握着成虎的手，说："找到兰兰了吗？"以后，老人的嘴巴虽在嚅动着，可却再也没有说出一句完整的话。

已与老人成为忘年交的成虎，此时完全理解老人心里惦记的是什么。马卫山已经知道自己快走到生命的尽头了，而此时他心里丢不下的，仍是已经音信全无70多年的妻子，还在期盼着能把自己安葬在那个只相处了半年多的妻子身边。

马卫山嚅动着嘴巴半天，还是没有说出一句完整的话，却憋得满脸通红。

成虎却眼睛湿润了，他紧紧地握着老人的手，也说不出话来。

正在这时，琴琴从耶路撒冷赶回来了，在二叔马正的陪同下，匆匆地走进了病房，只听一声："太爷爷，我回来了。"说着，几乎是扑到马卫山的身边，两手不停地抚摸着老人那苍老的脸。

琴琴的出现，让老人的精神为之一振，那种隔代亲，显然让马卫山兴奋起来，他将手从成虎的手中抽出，又紧紧地握着琴琴的手，脸上绽开了笑容，眼睛却涌出了泪水，老人开心的时候，往往眼睛泛着泪光。

成虎转身走出了病房，让这一老一少好好聚聚。

成虎对马家人有一个很深的感觉，和这家人在一起，总让人感到温馨，这使他非常珍惜与马家人的友谊。

他觉得，当今社会由于工作和生活压力大，再加上人们的需求或者欲望也大，不少人很难满足现状，所以，很多人都快乐不起来。可有些人自己不快乐，也不想让别人快乐，脸上总是带着沉沉的阴云，轻则有话不好好说，总气鼓鼓地和别人较劲；重则喜欢斜眼看人，因此看什么都不顺眼，嘴巴上骂骂咧咧的，身上总是满满地带着负面情绪，这种情绪也会严重影响与他交往的人。成虎就很不喜欢和这种人打交道，近朱者赤，近墨者黑，近坏情绪的人，你会被感染到坏情绪，或者叫负能量。

马家人不同，他们总是带着一种本能的善良，家风中就有一种自觉的责任感，总习惯性地替别人着想，顾及别人的感受，体会别人的难处。例如，除夕当天，马卫山老人怕单身一人的成虎过年孤单，能在报社的办公室里一个人坐上几个小时等待成虎回来，接他一同回家吃饭。例如，曾秀云关爱桐芳，那是一种天生的母性，比母亲还像母亲。例如，马立处理与前妻麻君婷的关系，虽然一直都是麻君婷在折腾，但马立总会顾及麻君婷的感受，维护着女儿与麻君婷的母女感情。再例如，马小军夫妇对父亲马卫山的照顾，曾秀云在世时，像女儿一样细心照顾着公公，曾秀云去世后，马小军一直细心地照看着年迈的父亲，自己也70多岁了，仍然几乎每天都到医院来陪伴老父亲。马家里的人，一代一代传承，做人做事，家里家外，让成虎看着总被感动。

所以此时，看到老爷爷与琴琴那种浓浓的亲情，成虎就悄悄地从病房里退了出来。

　　成虎刚走到医院病房的走廊上，突然听到手机响了一下，是一位熟人发来的一条微信视频，打开一看：映入眼帘的是一片皑皑白雪。

　　都已经4月了，怎么还有如此之大的雪？

第三十章

成虎收到的这条微信视频,是一位叫谢义的小伙子发来的。

谢义是成虎上次去东北采访时,认识的当地一位党史办的年轻工作人员。成虎搜集东北抗联的资料,了解马卫山当年在抗联的艰苦岁月,同时寻找赵兰兰埋在哪里,主要是通过当地的档案馆、民政部门和党史办,来寻找线索。谢义大学里是学中文的,又是一位文学爱好者,大学毕业后通过公务员考试,被录取到党史办工作。

非常巧的是,谢义以前看过不少成虎写的纪实作品。特别是成虎写的2003年广东抗击非典始末的纪实作品,印象非常深刻。他说,他在大学上纪实文学作品欣赏时,老师就专门讲过成虎的作品,谢义关于纪实文学创作的一篇论文,主要就是解析成虎写抗击非典的长篇报告文学,没想到今天见到本尊了,谢义显得非常兴奋,非常热情地给成虎提供了许多方便,并且还帮助成虎找到几位当年抗联的老战士,登门进行了采访。

于是,成虎就和谢义成了好朋友。成虎离开东北之前告诉谢义,他在寻找一位当年抗联女战士的下落,据说她在1945年7月左右,在寻找抗联部队的途中,被日本人抓住杀害了,现在主要是想知道她牺牲后到底葬在哪里,拜托谢义留心此事,一有线索,立即告诉他,谢义一口答应了。成虎回到深圳后,一直和谢义保持着联系,他准备再去东北的计划,也告诉了谢义。

成虎不知道谢义发来的视频是什么内容,于是就点开了微信中的视频,视频的画面里,竟然是一片皑皑白雪……

成虎正为视频中这一片皑皑白雪纳闷时,谢义发来一个视频通话请求,成虎接受了,微信视频里出现了谢义站在厚厚的积雪中,原来,谢义刚才发来的视频是现场拍摄的。

成虎感到很诧异,现在已经是清明时分了,在深圳,成虎已经穿衬衣了,可在东北的小兴安岭,还有这样厚的积雪,显然是刚下的。

谢义没有说话,手机上却推出了一个近景。画面上,成虎看到一段已经露出绿色新芽的树枝,上面竟积了足有两寸厚的雪。谢义一个人边走边拍,画面里看不到他的身影,只听到"嚓——嚓——嚓——"一声一声脚踩积雪的声音。

谢义在大学里就兼修过摄影,现在在党史办也兼着摄影的工作,平时外出搜集资料,也总是带着有录像功能的相机。今天,可能是为了方便和成虎视频通话,谢义用的是手机。

去年,成虎去东北搜集资料,谢义全程陪同,他也是一边陪着成虎采访,一边为党史办拍了不少资料照片,是一位工作效率比较高的小伙子。因此,成虎知道谢义拍的照片和视频都挺专业的。

这时谢义发来的即时画面,让身处深圳温暖之春中的成虎,一下恍若隔世,在同一个时间里,两个人的眼前出现了完全不同的世界。成虎感受到马卫山无数次和他谈到的当年在抗联时,部队隐藏在小兴安岭那无际的大雪里,缺吃挨冻的岁月。

接下来,谢义和成虎说到了他拍这样一段视频的原因。

谢义正在谈恋爱,他的女朋友叫邓妍惠,是县民政局的一位干部,目前被抽调去参加了扶贫工作队。周末回来的时候,和谢义讲了她在扶贫当中遇到的一件事。

邓妍惠说,她所负责的那个扶贫村在山里,有一个低保户,家里现在只剩下两个人,一个老太太叫范明氏,已经94岁了,还有一个是老太太的儿子叫范安,1948年出生的,也已经72岁了。老太太的丈夫听说早先是山里的一个老猎户,已经去世多年了。老太太就一个儿子,小时候得过脑膜炎,由于住在山里,没有得到及时医治,留下了后遗症,现在虽然生活能自理,但智商较低,一生未婚,所以这户人家,几乎是那个村里——当年叫屯,最困难的一家。

这家人，仍然住在当年的老房子里，因为他们家曾是猎户，所以一直都不是住在屯子里，而是住在山里。老太太很坚强，早先身子还硬朗，她家有十几亩山地，90多岁的老太太，还在坚持干农活，但毕竟力不从心了。儿子弱智，能干一些农活，但因为年纪大了，渐渐也干不动了，只能靠吃政府的低保。所以，这户人家是扶贫工作队的重点帮困对象，谢义的女朋友邓妍惠被分配具体负责这一户人家。

邓妍惠在走访时发现，老太太并不像有些困难户喜欢叫穷，她也不怎么求人，带着她的儿子住在山里过着几乎与世隔绝的生活。可随着老太太的年龄越来越大，特别是老太太的腿还有点残疾，走路有深一脚浅一脚的感觉，儿子的身体也并不怎么好，所以，家里家外，她都已经力不从心了。

邓妍惠参加扶贫工作快一年了，已经和老太太相处得很熟。前两天，邓妍惠在给老太太送扶贫慰问品时，老太太突然和她说了一个很重的心事。

她问邓妍惠："姑娘，如果我死了，政府管不管我那傻儿子？"没有等邓妍惠回答，她又说："我死了，如果政府不管，我担心我那儿子一个人会饿死的，他养活不了自己。"

邓妍惠就安慰老太太，说："政府会管的，你看现在全国都在搞扶贫，你们家也不会例外。"

显然老太太不放心，她嘟囔着说了一句话："政府不能不管，我也是参加过东北抗联的。"

邓妍惠本来就很同情这样困难的一家，突然听到老太太说参加过东北抗联，那就是老革命了，如今生活这样困难，政府更应该多加照顾，于是，就想把事情弄得更清楚一点，便追问道："您是哪一年参加抗联的？参加抗联的哪一个部队？"

老太太说："我是1939年参加抗联的，那一年我才13岁，参加的是抗联三军，是赵尚志、李兆麟的部队，一开始在'四块石'那儿抗联的被服厂里工作。"

邓妍惠知道"四块石"这个地方，地处小兴安岭南麓，就在依兰县的北边，它曾是抗联的一个根据地，如今已经被建为"四块石抗联遗址"，作为革命传统教育基地。她的单位曾经组织年轻人到那儿参观过，所以，老太太一说，她就知道了。

可老太太是抗联的老战士,怎么从来没听人说过?于是她问:"怎么村里干部从来都没人提过?"

没有想到,老太太突然摆摆手,说:"不说这些了,我是1945年小日本投降前离开的抗联,村里人当然不知道我曾经参加过抗联,这么多年都过去了,不说这些了,不说这些了。"

这使邓妍惠感到老太太有难言之隐,好像不太愿意说她在抗联的事。

邓妍惠很好奇,又非常同情这对母子,回到扶贫工作队以后,立即向上级领导反映了这个问题,并且提出,老人一家孤单地住在半山上,生活太不方便,能不能想办法把他们搬下来,这又涉及另外解决老人一家的住处问题。

扶贫工作队听说老太太是抗联的老战士,十分重视这件事,立即和村里、镇里以及民政部门进行了联系,结果没想到引出了一个长长的故事。

老人是抗联老战士,村里、镇上和政府民政部门都没有任何记录。于是,扶贫工作队就把情况向县做了汇报,县里有关分管领导也很重视,决定由扶贫工作队和当地镇政府、县民政局和党史办的人,做进一步的调查核实。这样谢义就参与了这项工作。

谢义在党史办工作,对抗联的历史比较了解,他知道当年抗联的同志确实有一些人,出于种种原因或者没有随抗联部队撤往苏联,或出于各种原因离开了抗联队伍,到1945年8月抗战胜利时,也没有和部队联系上。1945年9月,随苏军回到东北的抗联,扩建了自己的武装部队,此时日本人已经投降,因此扩充后的抗联部队改名为东北人民自卫军,至此,东北抗日联军的建制就没有了。后来根据中共中央的决定,将中央派往东北的部队与东北人民自卫军共同组成了东北人民自治军。再后来,随着战争形势的变化,1947年11月根据中共中央的指示,改称东北人民解放军,就是后来的东北四野。再后来,东北四野入关,加入了解放全中国的历程,这时老抗联的人,包括像马卫山这些人都随着部队离开了东北,像种子一样撒向了全国。

而有一些离开了队伍的人,后来就一直在家乡务农,直到今天仍然有这样的老人,但由于已经过去70多年了,健在的已经很少了。

谢义听说这位老人是抗联三军的，突然想起成虎委托寻找的赵兰兰所在部队也是抗联三军的，据成虎所说，马卫山回忆他们也在"四块石"抗联根据地待过。因此，就抱着一线希望想见见这位老人，看能不能从她那儿了解一点赵兰兰的线索。

可当扶贫工作队在村里走访老人时，如今已经80多岁的村里当年的老书记，说了一段让人吃惊的历史。

老太太已经死了的丈夫叫范明安，不是本地人，是汤旺县人，原来是山里的一个老猎户，比老太太差不多要大一二十岁，如果活着如今已经110岁了。抗战快要胜利的前夕，他带着一个当时只有20岁左右的姑娘来到了这儿，就在山里靠打猎和耕种为生，这个姑娘就是老太太范明氏。后来范明氏生了一个儿子，就是现在那个脑子有残疾的范安。他们家一直和屯里的人交往不多，基本上过着与世隔绝的日子。

解放以后政府统计人口，屯子里派人到山上找到他们一家，这一家人基本都不识字，当时只有男人有正式的名字叫范明安，于是，女人就随着男人叫了范明氏，儿子叫了范安，所以他们户籍上就是这样的名字。

后来，在清理阶级队伍时，发现范明安曾经在汤旺那边当过日本人的伪警察。经过调查，证明范明安当警察是因为当年日本人搞"并屯"围困抗联，把山上和山边屯子里的人都赶到日本人控制的大屯子里，发放良民证加以管治。范明安因为是猎户下山后，无地可耕，被迫当了伪警察。

抗战胜利前夕，范明安突然从警察署逃走了，到了屯子一带时，就带着范明氏居住了下来。后来在多次调查中，没有发现范明安在当伪警察时有作恶的行为，但在"四清"中仍被定了一个"四类分子"，加以管治。因此，解放后每逢运动，他都会被揪出来。范明安在20世纪60年代"文革"初期就死了。他死了以后，范明氏就带着儿子一直住在山上，这一家人不怎么与人交往，也从来没听说过范明氏参加过抗联。

了解到这种情况，让大家有些意外。邓妍惠觉得老太太在这个时候，没有必要撒谎称自己参加过东北抗联，因为老太太只是在不经意间说了这么一句，然后就不说了，并不是强调她参加过抗联，政府要管她的儿子，这里好像有难言之隐。邓妍惠就提出来，再和老太太好好谈谈，并且希望参与调查的同志都一同前往。

可就在动身的那天前夜，突然4月天下起了大雪，所以，就有了谢义给成虎发的那一段视频。

成虎得到这个消息后，本来他就准备再去东北，现在有了这么一个线索，而且说是抗联三军的，马卫山就是这个部队的，赵兰兰也是这个部队的，成虎觉得不管它可靠不可靠，毕竟是一个新线索，他都想为马卫山老人再跑一趟。

因此，成虎立即在电话里对谢义说："小谢，我明天就飞去东北，和你一起去访问一下这位老人，你等等我。"

谢义说："好，我等你一起去。"

当天晚上，成虎就到了马小军的家里，将第二天去东北的事和马小军说了一下。这时，马立和琴琴都在家里。

马小军听到这个消息，就提出和成虎一起去，本来他就想实现父亲的愿望，约成虎一道去东北寻找母亲的葬身之处。可马立觉得父亲年纪也不轻了，而且爷爷在医院里，担心他随时都会出意外，家里要留下人做主，所以就劝父亲不要去了，他去。可马小军知道现在儿子特别忙，这个时候恐怕也走不开。

这时琴琴就对爷爷马小军和爸爸说："爷爷、爸爸，我去吧，我已经回来了，我有时间。"

然后转身对成虎说："成叔叔，我跟你一起去吧，东北应是我们马家人的原籍，可我还没有回去过呢，太爷爷情况还稳定，我趁着这个机会和你一道去一次东北吧。"

马小军说："你刚从国外回来，时差都还没倒呢，怎么又要去东北？"

马立觉得琴琴去是一件好事，就说："爸，让琴琴去吧，成记者带着她一道，也让她了解了解太爷爷当年战斗过的地方，这也一直是琴琴的心愿。不跟着成记者一起去，她将来一个人去恐怕找不到地方。"

这样，马小军就同意了。

第二天，琴琴就跟着成虎飞去了东北。

他们先飞哈尔滨，然后乘火车去了依兰。依兰和哈尔滨刚刚通了高铁，交通很便利。

成虎和琹琹在哈尔滨乘的是晚上7点多的高铁，1小时40多分钟就到了依兰。一下火车，琹琹就立即感到一股透骨的寒意，她没想到已经是4月了，依兰的晚上竟然还是这么冷，因为琹琹一直生活在深圳和洛杉矶，这两个城市都不下雪，所以琹琹除了在纽约，还没有经受过如此的寒冷，也没想到东北和深圳的温差有这么大，穿的衣服有点单薄，感到特别冷，马上把头天晚上爸爸马立特意给她买的一件大红羽绒服穿上了。

谢义开车来接他们，路上成虎向谢义介绍了琹琹。谢义听说琹琹是马卫山的曾孙女，就说："那你是我们东北人的后代。"

琹琹故意开玩笑地学着太爷爷的口吻，说："俺是山东登州府的。"

谢义知道这句话的含义，竟然也学着用山东话说："俺也是山东登州府的。"接着，笑着告诉琹琹，他们家祖上也是从山东闯关东过来的。

两个年轻人一说一笑，立即就没有了陌生感。

谢义把明天的行程告诉了他们，他说："明天吃完早饭，我们就去范明氏家，我女朋友小邓陪我们一起去，老太太家在山里，路并不好走，今晚你们俩先好好休息，明天一早，我来接你们。"

第二天一早琹琹醒来时，拉开窗帘，哦，昨夜又下雪了。屋外的路边、树上、屋顶和停在道边的汽车上，都盖着一层积雪。

谢义按时开车来接他们，车上坐着一位眉目清秀的姑娘，是谢义的女朋友邓妍惠。她看见成虎很有礼貌地叫了一声："成老师好！我叫邓妍惠，今天我陪你们一起上山。"然后朝琹琹点点头说："你好！"

成虎一见这姑娘一副踏踏实实的样子，就充满了好感，说："小邓啊，我已经听小谢介绍过你了，给你添麻烦了。"

邓妍惠说："没有没有，这是我的本职工作。"

这时琹琹走了上来，自我介绍说："我叫马琹琹，琹，是上面一个林，下面是一个今，不读琴琴。"说完哈哈一笑。琹琹与邓妍惠一见面就像小姐妹一样熟络起来。然后，四个人就上车出发了。

毕竟是4月，尽管昨夜下了雪，但早上城市马路上的积雪已经被辛勤的环卫工人们清扫了，堆在路边的积雪开始融化。

上车后，梦梦就问邓妍惠："怎么4月了还下雪？"

邓妍惠说："在我们这儿，虽然也称一年四季，但冬季特别长，每年的10月下旬虽是秋季，但常常就开始下雪了。到了来年的4月，已经是春天了，可温差变化大，再加上这个季节空气湿润，一来寒流，就会下雪。"

邓妍惠继续说："这是在城里，一会儿我们到山里面，那里属于小兴安岭，雪会更大更厚。前两天我和谢义准备去那位老人的家，就是因为雪大上不去。"

谢义边开车边解释说："我们依兰地处寒温带，寒温带又叫亚寒带。中国冬天的绝大部分寒流都是来自俄罗斯的西伯利亚，西伯利亚大多数地区就属于亚寒带。我国黑龙江省的北部就属于亚寒带，依兰就在黑龙江的北部。我们经常在中央电视台的《天气预报》上听到西伯利亚寒流，就是属于亚寒带的寒流。亚寒带的年平均气温低于0℃，它在春天的时候，气温因受寒流影响，温差有时会很大，白天穿单衣，晚上要穿棉袄。这几天就是受寒流影响。"

成虎这时插了一句："那当年抗联三军活动的这个小兴安岭地区，都在亚寒带里？"

谢义说："是呀，绝大部分抗联的部队都活动在亚寒带里。"

成虎说："难怪，马卫山老人经常和我说到火，他唱的那首《露营之歌》四段歌词里都写到了火。"

谢义边开车边给梦梦解释着依兰的气候，解释得很细心。说着说着，车子就出了城。

梦梦说："哦，那么差不多一年里要下半年的雪？山里人怎么生活？"

谢义说："过去冬天，基本都是'猫'在家里，所以，东北人叫'猫冬'。可这一带也是抗联三军坚持抗战的地方，当年抗联撤往苏联，其中一个重要原因，就是日本人的封锁，抗联部队缺衣少食，饿死冻死的人，比战斗减员多。"

此时成虎的脑子里浮现的就是马卫山和他一再讲过的，抗联当年在冰天雪地里的艰难和一些战友冻死在严寒中的情景。

车子开了两个多小时，就开始进山了。山区明显比城里气温低，这两天下的雪都没融化，一片白皑皑的。山里面大多是耐寒的常绿或落叶针叶树种，这种针叶林能适应寒冷、潮湿或干燥的气候。在树林里不时可以看到松鼠从这个棵树上跳到另一棵树上，甚至在他们停车的时候，就在附近跑来跑去，也不怕人。

车子往上开的时候，气温越来越低，开进一个山坳时，竟然又下雪了。雪花很大，谢义不得不打开了汽车的雨刮。但毕竟已经是春天了，路上的积雪很快就被汽车的车轮碾化了。

过了一会儿，邓妍惠说了一句："这一片就是当年抗联活动的地区了。"

成虎就问："主要是抗联三军吧？"

谢义接过话头说："对，这一带主要是抗联三军，还有六军。三军的原军长就是赵尚志，后来李兆麟担任了第三路军的总指挥。"

琴琴听到这里，突然问："我太爷爷不就是抗联三军的吗？"

成虎说："对，你太爷爷是在富锦参的军，但后来就在这一带活动。"

琴琴听到这儿，突然大喊："停车，停车，让我好好看一眼。"

邓妍惠说："这边路窄，再开一会儿前面有一个林场的检查站，再往上车子就不好开了，我们把车停在那儿，然后要爬一段山路，你可以在途中好好看一看。"

于是琴琴就趴在车窗上往外看，山林里布满雾气，白茫茫一片。

一会儿，看到前面有一排木头盖起的房子，房顶上也积着一层厚厚的雪。房子里有人在烧火取暖，从房顶上的铁皮烟囱里冒出一股白烟。

谢义将车子停在房子前面，邓妍惠上去和林场值班的人说了几句，然后，四个人就开始步行了。

邓妍惠熟悉路线，她带着大家走上了一条山道，这条山道在盘山公路的另一边。

山林里空气很新鲜，但也很湿润，吸一口仿佛满满的都是水分。雪，还在下，但落在人们的身上很快就化了。山道虽不是很崎岖，但走着走着，也让大家呼吸变粗。气温很低，琴琴感到自己的脸都冻得有点麻木了。

雪，铺在山道上，除了偶尔看到一路松鼠和山鸡留下的脚印，没有人的印迹，说明这条山道自下雪以后，还没有人走过。

走着走着，终于看见雪地上有人留下的脚印，然后，就看到一股白烟，接着就看见一幢很有年头的老房子。因为这幢房子完全是用木头盖的，连屋顶铺的好像也是桦树皮，一管细细的烟囱冒着一股白烟，说明这是一户人家，接着听到一阵狗叫声。

邓妍惠说："这就是老人的家。"

进门的时候，成虎看到一位满头白发、十分消瘦的老太太盘腿坐在炕上，看到邓妍惠立即从炕上下来了，明显地，老人已经行动不便了。下了炕的老人，只有一米五左右的身高，是一个极瘦弱的老人。

一会儿，老人的儿子范安进来了，范安见人都不会笑，连胡子都是白的，一脸木木的表情，只会埋头干活。他按老太太的要求，把屋外的木头搬进屋里，塞几块到炕洞里，然后就闪身不见了。

老人很慈祥的样子，拉着邓妍惠的手，说："下着雪，怎么还上山来了？"琴琴一听就感到十分亲切，因为老人的口音和太爷爷的口音有点像。

琴琴就把给老人买的几样东西拿了出来，递给老人。老人问："这姑娘谁家的？长得这么俊。"一开口就显着浓浓的亲切。

邓妍惠说："奶奶，他们是从深圳来的，来了解你当年参加抗联的事。"

老人的耳朵已经有些不太灵了，她不明白地问："深圳在哪儿？是县里的，还是省里的？"

邓妍惠显然事先已经有了准备，她担心成虎和琴琴千里迢迢地来了，如果老人不太愿意讲，会让成虎他们失望，因为她感到老人有些难言之处，所以就小心翼翼地回答说："他们就是来了解你当年参加抗联的事。"

老人听后，"哦"了一声，然后一手拉着邓妍惠，一手拉着琴琴的手，说："上炕，上炕，地上冷。"

琴琴突然发现握在自己手掌里的老人的手，无名指断了一截。

老人坐到炕沿上以后，深深地叹了一口气，然后说："都是七十多年前的伤心事，还说它干什么？"

邓妍惠连忙接过话头，说："奶奶，如果弄清楚了你是抗联老战士，政府应该有抚恤。"

老人又深深地叹了一口气,说:"要不是为了这个傻儿子,我都90多了,一辈子已经快要走到头了,能多吃几口?还要给政府添什么麻烦,要那抚恤干什么?"

然后,老人就陷入了长时间的沉默。

邓妍惠陪着老人坐在炕沿上,给大家悄悄地示意,让大家别出声,等待着老人开口。她从炕桌上的一个簸箕里拿出一个旱烟袋,给老人满满地装了一锅旱烟,然后递给老人,又拿出簸箕里的火柴给老人点上。

老人深深地吸了一口烟,然后朝着窗外望去,窗外的雪又下大了,透过漫天大雪,老人缓缓地打开了她痛苦的记忆,说:"我参加抗联的那一天,也是下着这样的大雪,因为活不下去了,父亲带着我去投奔抗联……"

老人的叙述,在成虎的笔下被还原成这样的文字:

1939年冬,一位只有13岁的衣衫褴褛的小姑娘,被其父亲领着在小兴安岭的林海雪原里踉踉跄跄跋涉,他们是为了逃避日本人的抓捕,已经东躲西藏好多天了,现在已经是冻饿交加,走投无路了。小姑娘因自小经常吃不饱肚子,所以严重营养不良,长得又瘦又小,在深深的雪地里,一步一步地拖着双腿已经走不动了,父亲半背着半拖着她往前挪。

他们本来是依兰山边的一户农民,靠种地为生,后来,小姑娘的大哥参加了抗联,被日本人知道了到家里来要人,父亲就带着她逃了出来。先在亲戚家东躲西藏,后来大家都害怕被牵连,父亲只好带着她去投奔参加抗联的大哥,找个活路。

大哥的抗联部队就在"四块石"这一带,"四块石"在依兰县的北边。这里山高林密,地势险峻,是东北抗联的秘密营地,抗联的第三军、第六军都在这一带活动。姑娘的大哥就是抗联三军的,父女俩经过多日艰难的跋涉,终于在这儿找到了大哥。父亲找到儿子以后,就将女儿交给了他,自己又下山去了。就这样,小姑娘参加了抗联部队,成为当时抗联中年纪最小的一位女战士。

老人在回忆中说,抗联三军的军长是赵尚志,后来是李兆麟。老人说,这两位军长在"四块石"她都见过,赵尚志小小的个子,但是人很精神,大家都服他,可惜,抗战还没胜利,他就牺牲了,赵尚志的牺牲,当时我们都知道。老人还说，她不仅认识李兆麟，还认识李兆麟的爱人，那时的李兆麟在部队里叫张寿篯。

到了部队由于年龄太小，部队就将她安排到三军被服厂工作，被服厂就在"四块石"的山里面，那儿一共有二十多个人，有七个小姐妹，年龄最小的就是她，由一位曾经当过裁缝的中年男人领着。老人至今还记得，领导的名字叫葛文魁，当时就是给部队做军服。

抗联部队的供给十分困难，日本人一直搞封锁，什么都缺，所以军服也都是从山下弄上来的白坯布，夏天的单衣用一种树皮煮的水染一染，颜色是灰不灰、蓝不蓝的，还掉色。冬衣就直接用白坯布做，还便于在雪地里掩藏。

后来，由于日本人加大了封锁和清剿，部队越来越困难，没有了布匹供应来源，被服厂就撤销了，她和小姐妹们就去救护伤员。那时抗联也没有什么医院，救下来的伤员就用盐水清洗伤口，疼得伤员嗷嗷叫，可没办法，怕伤口发炎。有些伤员死了，有些活了下来。老人还讲了许多次战斗中，她是怎么参与从战场上往下拖伤员的情节。

接下来，老人讲到了重点，她是如何脱离了抗联队伍，然后进入这座山里，一直活到今天。

1941年以后，日本人调集更多的部队进山清剿，尤其在冬季，日本人根据抗联部队移动在雪地上留下的印迹，追踪抗联部队，对山区的封锁也越来越残酷，使缺衣少食的部队更加艰难。于是，1941年底，在小兴安岭西麓游击区的抗联第三路军的大部，在李兆麟的带领下，穿过边境去了苏联整训。当时只留下了极少数部队仍在山里坚持，由于还有伤员转移不了，所以她当时被留了下来，一直在山里坚持到1944年底，才又被从苏联潜回来的同志带领他们越境去苏联。这时，日本人在边境加强了警戒，她在过边境时，被日本人抓住了，被关在日本人迎兰警察分署里。

这是老人命运的又一次转折，又一次改变了她的一生。

接着成虎尽量引用了老人的原话，来记录这段历史。因为这段苦难的历史，全是老人的亲身感受，成虎觉得引用原话，更生动更真实。

老人深深地吸了一口旱烟，然后说："被小鬼子抓住后，可遭老罪了。我在抗联7年多，因为基本上没上战场直接打过仗，没有受过伤，除了行军时摔的。我后来受的伤，都是那次被小鬼子抓住后打的，打得全身都血糊糊的。"

说着，老人拉开自己的裤腿，腿上有一道深深的刀疤，她说："那时日本鬼子快投降了，也时刻担心江对面的苏联红军打过来，认为偷偷过江的人是送情报的，所以抓住了以后非常残忍。这是我在逃跑时，被追上的日本鬼子用军刀砍的。我被抓住后，他们胡乱地绑上我的腿止血，后来，我的这条腿走路再也不利索了。然后上来一个翻译官，问我是干什么的，我说我是附近农民，出来找我父亲。翻译官问，有良民证吗？我说有，但在家里。日本人二话不说，就用绳子把我绑上了，押到依兰的那个迎兰警察分署里，然后，那个打哟，唉，过了70多年了，至今想想身上都疼。我们这些老人恨小日本，是因为有亲身经历呀。"

说到这儿，成虎从采访本上抬起头，看到老人脸上的肌肉都在抽搐。

邓妍惠连忙给老人倒了一杯水，老人喝了一口，又叹了一口气，然后说："70多年了，也没有一个人可以说，今天想想，就近在眼前，再不说，马上就要入土了，就没有人知道了。"

老人抽了一口旱烟，接着说："我被押到了迎兰警察分署后，在一个篱笆旁边蹲着，过了晌午就来过堂了。过堂的是一个日本人警官，穿黑衣服，能说中国话，只是说得磕磕巴巴的。他开口就问：'你们的头头姓啥？现在藏在哪儿？赶快说！'我想，这我不知道呀，就是知道了也不能说。于是，就摇摇头，那日本警官又吼了一声，我还是摇摇头。没想到，这小日本甩手就给了我一巴掌。我那时候在山上从来没有吃饱过，长得又小又瘦，被日本人一巴掌就打到房间的旮旯里去了，躺在地上爬不起来，然后他就上来用穿着皮靴的脚踹我，我就什么都不知道了。"

这时，在一旁静静地坐着的琴琴，从来没有听过这样的情景，看着这白发苍苍的老人，心痛得手直发抖，她上前给老人的杯里续了一点水，然后，就靠在老人背后坐着，仿佛担心老人随时会倒下，她好撑一撑。

老人又喝了一口水，接着说："等我醒来时，又被关进了篱笆里，全身都湿透了，这是小鬼子在我晕过去时，朝我身上浇的冷水。我就在号子里猫着。这时，有一个伪警察的看守，挺同情我的，就悄悄地对我说，小丫头，知道就说，别遭这个罪了，这日本人像疯了一样。唉，我想，我不能说，我一大家子人都死了,哥哥在抗联牺牲了,父亲后来下山是给抗联当交通员,1940年就被抓住枪毙了。妈妈后来也死了,姐姐被日本人抓去不知下落,一直没有消息,估计也死了。那时候在日本关东军的统治下,死个老百姓是平常事,我还怕什么,大不了一死。那位伪警察看守挺同情我的,见我光着脚丫子,没有鞋,后来不知在哪儿弄到一双鞋,悄悄地扔到号子里,这双鞋我穿着有点大,但总比没有鞋穿好。后来,三天五天就提堂,小鬼子拿着一个牛筋鞭子,打得我身上血糊糊的。那时我穿着一件白粗布的衣裳,那个鞭子打在身上一拽,就拽掉一块皮,可那小鬼子坏哟,他又不朝一个地方打,这里打一下,那里打一下,换着地方打,我只能双手护着脸,怕鞭子打到脸上就破相了。唉,真的是遭老罪了,想死,又死不掉,全身上下没有一块好肉。"说着,老人就把自己的衣服扒开了,让大家看到她的后背,至今仍有一道一道青紫的印痕,有的地方伤口因为没有愈合好,结成了一道道肉色的疤痕,清晰地记录着当年的鞭伤。

这时,成虎看了一眼,就低下了头,控制着自己的情绪,可是怎么也忍不住,一颗硕大的泪水,掉在采访本上,立即漫溢开刚刚记录的文字。整个房子里,除了老人粗重的呼吸,几乎没有声音。

倒是老人说着说着,情绪反而平静下来了,她说:"就这样,每隔差不多三五天过堂一次,每一次都会打。那些畜生一般的日本鬼子,每次都换着不同的人来过堂,好像拿打我寻开心。我虽然从小没有读过书,没文化,但我记性还好。我就把每次说的都记住,因此,每次过堂我说的都是一样的。不知为什么,他们一直没杀我,其实那时候我一心想死,不想活了,不想遭这个罪了。"

这时候,坐在老人身后的琴琴,再也听不下去了,她突然用手捂住了老人的嘴巴,带着哭腔说:"范奶奶,不说了。范奶奶,不说了。"

范明氏老人平静地把琴琴的手从自己的嘴巴上移开,然后握在自己的手心里说:"姑娘,要说,接下来,我要说说我是怎么没有死,然后到了这儿。"

屋子里其他人,眼睛里都含着泪花,唯有老人没有,她清了一下已经有些沙哑的嗓子,接着说:"我就在号子里等着死的那一天。这天,又过堂了,来提我的就是那个给我送鞋的伪警察看守,他将我从号子里提出来,半道上,他叮嘱我:'忍忍,忍忍,别顶撞日本人,好死不如赖活着,你还年轻。'也许是日本人已经感到末日要到了,那天提堂的一个日本警官特别暴躁,见我一声不吭,突然拔出了他腰上佩带的日本军刀，举过头顶就朝我砍过来了，我当时脑子一闪，心想这次差不多要报销了，因此把眼睛一闭，等死吧。可军刀在空中转了一下，最后砍到我身上的是军刀的刀背。但力量也很大，我像被打了一闷棍，马上晕了过去，什么也不知道了。不知过了多长时间，又一盆冷水浇在我身上，我艰难地想睁开眼，突然耳边听到一个轻轻的声音：'别动，装死。'然后，就听到一个声音向那位日本警官报告，太君，可能死了，没有气了。呵呵，是那个伪警察看守的声音，我就装死不动。只见那个日本警官上来用脚拨了拨我，见我没有动，就说，抬出去，抬出去！然后，那个伪警察看守就上来从后面抱住我的腰，往外拖，边拖边在我耳边轻声地说，不要动，不要动，就闭着眼睛。然后，我被拖上了一辆马车，身上盖了一张苇席，像拉一具尸体一样拉出了警察分署。大车走了好久，走到了一处山沟，这里也是日本人经常扔死人的地方，我就被扔了下去。这时，已经快傍晚了。那看守叫我不要动，天一黑，他就过来救我。"

听到这儿，屋子里的人都像听一个悬疑故事，大家都屏住了呼吸，听着老人说下文。

老人接着说："天一黑，那看守就摸上来了，他后来告诉我，害怕我被野狗咬了，因为这山沟里日本人常扔尸体，吸引来不少野狗。好在那时已经是7月末了，天气不冷，要是冬天我就冻死了。他就把我背上，偷偷地逃了出来。这就是我到了这个地方的原因。"

大家听到这儿，都舒了一口气。一直在低头记录的谢义也抬起头来，庆幸地望着老人。

邓妍惠似乎明白后来发生的故事了。

老人说："这个看守原来是汤旺那边的一个猎户，后来日本人搞封山并屯，他就被赶下山来了，因为他是猎人，日本人就强迫他当了伪警察，他没有结过婚，没成家，看到我以后，见我被打成那样心疼我，一直想救我，后来就寻找到了那样一个机会，他就带着我逃出来了，然后一路逃，就躲到这儿来了。后来，日本人投降，我们在山里都不知道。我们就这样在山里藏着，到1947年我怀孕了，1948年生下这个儿子。他小时候发高烧，后来才知道是得了脑膜炎，那时在山里哪里知道医治，把孩子一生都给耽误了。解放后，我这当过伪警察看守的老头子，每一次运动都没逃过，一次一次地被拉到山下批斗。我还有什么脸去和别人说,我是参加过抗联的。记得在'文革'时,有一次有人上来揪斗老头子,老头子比我大20多岁,那时他已经60多岁了,被人打得鼻青脸肿的。我就说,我也是参加过抗联的,没想到一个戴着红卫兵袖章的年轻人,劈脸就给我一个嘴巴,把我打倒在地,叫喊着:'你在污蔑抗联,你如果是抗联的,你也是抗联的叛徒,叛徒比伪警察更坏。'我事后想一想,我确实离开抗联了,还跟一个当过伪警察的人结婚了,这是不是背叛?如果是,一个叛徒跟了一个伪警察,那不是给老头子雪上加霜吗?自那以后,我就再也不敢讲了。后来,老头子很快就死了,也就没有人再上山来找我们了。我和儿子,就这样活到今天。"

说到这儿,老人停顿了很久,然后再次叹了一口气,说:"唉,人生就这么一来一回,就蹲到这儿了,再也没有离开过。要不是担心我死了,我这傻儿子会饿死,我也不想活了。一辈子就这样了。"

此时,屋子里的空气凝固了,谁也无法开口接下老人的话。

良久,成虎想到了这次来的宗旨,他合上了采访本,为了进一步证实心中的疑问,轻声地问:"老人家,你在抗联时学过这样一首歌吗?"

范明氏老人抬头不明白地望着成虎。

成虎翻开采访本,照着上面的记录,和马卫山老人教他的旋律,轻声地哼着:"朔风怒号,大雪飞扬,征马踟蹰,冷气侵入夜难眠。"

没想到,老人立即接上了,唱道:"火烤胸前暖,风吹背后寒。壮士们!精诚奋发横扫嫩江原。"老人唱着,突然变得兴奋起来,手握着拳头,朝前挥舞着。

然后两人共同合唱着:"伟志兮!何能消减。全民族,各阶级,团结起,夺回我河山。"

范明氏老人竟然能把这一段歌词唱完,这就完全证实了老人就是当年抗联三军的战士,否则在深山里生活了一辈子又不认字的她,怎么会唱抗联的这首《露营之歌》?

唱完以后,老人明显兴奋起来了,她说:"这首歌好像是李兆麟他们写的。李兆麟在最艰苦的时候,是带着部队'西征'时,编了这首歌,我是'西征'后参军的,但是当时部队里年轻人都会唱这首歌,我到部队就有人教我唱。我还记得几句：'围火齐团结，普照满天红。同志们！锐志哪怕松江晚浪生。'"

唱了这几句，老人就记不住了，她笑笑说："都忘了，至今还记得李兆麟站在一块石头上挥着手，领着大家唱这首歌。唉，转眼他已经死了70多年了，是一个人才呀！可我还活着，知足了，知足了。"

这时，成虎小心翼翼地问道："老人家，你认识抗联三军的马卫山吗？"

老人摇摇头说："不记得了。抗联里的人，后来死了许多，十个恐怕也没活过来一个，除了战场上死的，饿死冻死的也不少。冬天早上起来，有时就会看见一棵树旁靠着的一个战友冻死了，冻死的人像睡着了一样，不难看。饿死的人不一样，有时紧急撤退，道边就会躺着一个张大着嘴巴、骨瘦如柴的死人，怀里还抱着一杆枪，那是饿死的。你说的这个名字，好像是有文化的人取的，那时抗联里的人都是穷人家的，很少取这么文绉绉的名字。"

成虎马上想起来了，听马卫山说过，他的名字是赵尚志帮着改的，是大名，他参军的时候叫三倌，部队里都喊他三倌。于是就又问："那么，有个叫三倌的人，你听说过吗？"

老人听到三倌这个名字，停顿了许久，目光变得空灵，好像在脑海里翻找。成虎抱着很大的期盼，等着老人能想点头绪出来，找到哪怕一点赵兰兰埋在哪儿的线索。可这时，老人摇了摇头说："不记得了。"然后就起身边下炕边说："哎呀，晌午都过了老一会儿了，你们还饿着肚子呢，我来给你们做点饭。"说完就下炕了。大家拦住她，说不饿不饿，我们回县城吃，老人说什么也不干，起身进了厨房。

成虎见老人说不认识马卫山，也不知道三倌，那么赵兰兰的事，也就不好再打听了。于是，就没有再往下问了。

但此时的成虎心里升起了一个疑团，这个疑团连他自己都不敢往下想。因为，通过老人的叙述，无疑她就是东北抗联的老战士。为了写好马卫山的故事，成虎把东北抗联的资料翻了一个遍，其中许多人的名字，成虎都耳熟能详。例如，抗联三军的创始人赵尚志，1942年就牺牲了，除了他的战友，没有人见过赵尚志，可老人能那么清楚地描述出赵尚志当年的神情，特别说到赵尚志是一个小个子，这对于一个大字不识又住在深山里的人，如果不是真的认识赵尚志，是无法说出来的。

更重要的是，另一个抗联的主要领导人李兆麟，1946年在哈尔滨被国民党特务杀害，大家都知道烈士李兆麟，可他在抗联时的名字叫张寿篯，这个一般人都不知道的，李兆麟已经牺牲了70多年了，可这位一直在山里与世隔绝的老人，说到李兆麟，却一口一个张寿篯的，这也只能说明当年她真的认识李兆麟，因为李兆麟在任抗联第三路军总指挥的时候，在部队里就用张寿篯这个名字，抗战胜利后直到牺牲，用的是李兆麟这个名字了，这也只有抗联的人才知道。

还有，老人在叙述中，随口说到的许多人名，都是抗联里当年的干部。有的牺牲了，有的活下来的，后来担任了党的高级干部。老人知道他们的名字，有可能是后来听说的，但老人怎么会知道他们在抗联时爱人的名字？

这一切都证明，老人无疑就是当年抗联的老战士。

可是，老人对赵尚志那么熟悉，却不知道曾经给赵尚志养过马的马卫山，或者马三信。而老人一直称自己是抗联三军的，7年里没有离开过，当年活动的范围也是在三军的区域里。而马卫山也是抗联三军的，从1937年参军，也从未离开过抗联三军。当年的抗联三军，虽然叫军，其实人并不多，后来也只剩下了几十个人，老人和马卫山都是活下来的人，怎么会不认识呢？

成虎心里产生了一个巨大的疑问：这位老人到底是谁？她又经历了什么？

此时，成虎的脑子里有了一个连他自己都不敢多想的念头浮现，他趁老人在灶旁张罗饭的时候，自己就在老人的屋里转来转去。

邓妍惠此时也从悲痛中逐渐恢复过来，更加深了一份对老人的感情，她上前边帮老人烧火，边和老人拉着家常。琴琴也走进厨房，一口一个范奶奶长范奶奶短的，看着老人烧饭。谢义走了出去，去找老人那个有残疾的儿子，他正在院子里劈柴，谢义从他手上接过斧头帮着劈柴。

就在这时，成虎看到窗台上放着老人的一把旧木梳，上面缠着老人的一圈白发，他拿过木梳，伸手取下了上面的白发，卷了卷，悄悄地塞进了自己的口袋，他做这些时，不想让任何人看见。

老人给大家做的中饭只有一个菜，酸菜炖粉条，在下雪天的山里，也只有这个菜了，主食是贴饼子，饼子是玉米面的，即楂子饼。锅里烧着酸菜，旁边就贴着饼子，菜透着酸味，饼子十分甜香，又快又便捷的一顿中饭。可这顿中饭，却是漂洋过海的琴琴吃过最香的一顿饭。

吃完饭，成虎悄悄往窗台上那个木梳子下放了100元钱作为伙食费，对老人的采访就这样结束了。除了成虎详细地记录了老人的叙述，谢义和邓妍惠都认真做了记录，谢义还录了音。

离开的时候，老人带着她的傻儿子一直送到山道边，走到一个稍平坦处，老人突然用手一指，说："老头子就葬在这儿。"大家看到山道边有一个小小的坟茔，只有尺把长的墓碑，露出一截在地面上，坟茔上积着一堆白雪。

老人指着旁边一块稍平坦处，突然对邓妍惠说："小邓姑娘，这块地方是我留给自己的。我死了，请将我葬在这儿，我怕我那傻儿子不懂。"

邓妍惠强忍着眼泪，说："奶奶，你身体好着呢，别想那么多。"

大家和老人告别的时候，老人就站在那个小小的坟茔旁边和大家挥手。由于腿部的残疾，老人是站不直的，弯曲着的身子，就像她的一生。

大家已经走得很远了，成虎再回头，老人还站在那儿，风吹着雪花飞舞，老人就站在风雪中，一头白发飘起，一直到大家渐渐消失在山道的一头，再也看不见了。

第三十一章

　　回到林场检查站，大家默默上了车，一个人都不说话，车内的空气凝固了，气氛非常压抑。

　　车子开了一段，琴琴突然开了口，问谢义："这一带是抗联三军的活动区域，那么就是我太爷爷当年战斗过的地方？"

　　谢义边开车边说："是的，抗联三军、六军都在这一带活动。'四块石'抗联密营离这儿也不很远。"

　　琴琴突然说："范奶奶吃了那么多苦，我太爷爷也一定会是这样。成叔叔，是这样的吗？你最了解我太爷爷的经历。"

　　成虎说："你太爷爷吃的苦，不比范奶奶少，他当年也差点牺牲在这儿。"

　　琴琴突然说："停车，停车，让我再看一眼。"

　　谢义就将车子停在路边，琴琴拉开车门就下了车。

　　山里的雪还在继续下着，雪花很大，落在琴琴身上。山间的风特别大，呼呼地吹着，吹在路边的云杉林里，发出一种海啸般的鸣叫声，不时把树上的积雪吹下来。虽然没有结冰，但气温可能在0℃左右，刚刚从开着暖气的车里出来，琴琴打了一个寒噤，可她没有退缩，就站在山口边，任由呼呼的寒风吹着，看着这一望无际的山野，远处层峦叠嶂，一山高过一山，琴琴眼睛湿润了，不一会儿寒气就把她的鼻子和双颊都冻红了。

　　成虎也从车上下来了，对琴琴说："琴琴，回车里吧，山上太冷了。"

　　这时成虎看到琴琴的眼里含着热泪，只听她小声地说："上小学和中学时，课本里有不少先烈的故事，那时候我们读着课本，总像小和尚念经——过口不过心。后来到了美国，就没有这样的故事可读了，美国人讲的是美国英雄故事，像好莱坞大片里那样，我也只把它当作故事来读。今天听到范奶奶讲的这些，一切都发生在我的眼前，如同身临其境，从来没有过这样的体验，仿佛我就在他们旁边和他们一起受苦，心里也从没体验过这样的震撼。太爷爷以前给我讲的故事，我也一直把它当作故事，今天我才知道，这一切都是真实存在的。我要在这儿再体验一下，我太爷爷和太奶奶当年在这片林海雪原里是怎样坚持抗战的，还有，我太奶奶到底埋在哪一片山林里？"

说到这儿，终于忍不住的一行热泪，从琴琴的脸上滚滚而下……

从山上回来，一路上大家都无法从沉痛的情绪里走出来，包括邓妍惠和谢义，只听到汽车轮子摩擦着地面上已经开始融化的雪水的声音，一切都在一种凝固的沉默中。

成虎见气氛太压抑了，就开口对谢义和邓妍惠说："以我对抗联历史的了解，老人无疑是抗联的老战士，否则作为一个一辈子都没有走出大山的人，是说不出当年抗联中那么多具体的人名和具体的事情。今天虽然没有找到有关赵兰兰的线索，但找到一位和组织失去联系的抗联老战士，这个收获还是很大的。我会把这位老人的经历写进我的书里，她的磨难，人们不应该忘记。我也希望你们俩通过各自的上级，尽快把老人的事反映上去，为老人争取应有的政府照顾，希望能解决老人的困难。"

谢义和邓妍惠都点头表示赞同。

谢义说："我回去就把范明氏老人的回忆材料全部整理出来，然后给领导写一份专题报告。"

邓妍惠说："我会向扶贫工作队领导反映，他们已经很重视了。"

这时，琴琴突然问："迎兰是什么地方？老人说，她被抓后就关在迎兰警察分署。"

谢义说："迎兰现在是依兰县的一个乡，当年日本人的警察署，总署在佳木斯，汤原县竹帘镇有一个分署，依兰县有一个分署，就在迎兰。"

琴琴说："范奶奶被抓后就关在迎兰警察分署里，我太奶奶被抓，会不会也关在迎兰分署里？"

谢义说:"成老师给我电话后,我曾到县里档案馆和迎兰乡查过,当时敌伪留下的档案中,没有查到赵兰兰或者抗联女战士牺牲的线索,当时的日本人杀一个人,除非像抗联的高级领导如赵尚志、杨靖宇、赵一曼这样的人,才有可能留下一些记录资料,其余根本不会记录在案。我到迎兰乡也找过当年的老人,老人回忆说,1945年日本人迎兰警察分署确实关过抗联的女战士,因为当年抗联女战士很少,抓住一个女的,押到警察分署时大家都会拥上去看。但,日本人也常抓无辜妇女,所以,到底哪个是抗联的,哪个是老百姓,也分不清。可有曾在警察署当勤杂工的人回忆说,抗战胜利前夕,迎兰警察分署杀死过抗联女战士,因为那时兵荒马乱的,尸体就被马车拉到山边扔到沟里,那位老人还带我去那个山沟看过。当时死的人,都扔在那个山沟里。我给成老师的信息,就是这么得来的。"

成虎说:"小谢查到的这个信息是可靠的,因为解放初期,1953年你太爷爷回来找你爷爷的时候,同时也在寻找你太奶奶的下落。当时,他也找到了迎兰乡,得到的情况和现在小谢查到的基本一致,你太爷爷还去过那个山沟。那时距离太奶奶牺牲的时间不很长,当时的老人许多都在,得到的情况更可靠一些。"

琴琴就问:"迎兰乡远吗?"

谢义说:"不太远。"

琴琴急切地说:"那我们今天下午去一趟好吗?至少要让我知道,我太奶奶长眠的地方,大概在哪里。"

谢义说:"可以,我们从前面那个弯道转过去。"然后,谢义给迎兰乡政府的一位同志打了一个电话后,就加大了油门,汽车在弯道处转了一个弯,就朝着迎兰乡方向急驰而去,车轮摩擦地面的声音也变得急促起来。

天仍然没有放晴,虽然进入城区后,雪,已经不下了,但此时的天空像人们的心情一样,灰蒙蒙的。

沿途公路两边的山,并不太高,但一山延绵着一山。由于,空气中湿度比较大,所以山区雾气重重,看不清楚。

琴琴说:"依兰,这个地名挺好听的。"

谢义回答:"其实,依兰是满语'三'的意思,清朝康熙年间称为'三姓城'，满语叫'依兰哈喇'，即依兰为'三'，哈喇是姓。据说，当年此地主要为卢、葛、舒三姓，遂称为'三姓城'，简称就是依兰。但历史上这儿主要还是赫哲人生活的地方，因为依兰一部分属于小兴安岭，一部分属于三江平原，赫哲人一般生活在沿江的地方。可这三姓，好像都像汉人的姓。"

琴琴望着远处的山，说："当年抗联主要活动在小兴安岭地区，可这儿的山并不太高呀。"

谢义说："小兴安岭的山势都不高，海拔一般只有500至800米，是低山丘陵地形。依兰县北部都在小兴安岭的区域内，县内最高峰就是'四块石'，海拔980米。但小兴安岭区域大，森林密，山势险峻，是抗联活动的区域。'四块石'不仅是抗联三军在此活动，抗联四、五、六、八、九、十一军都在这个地方活动过。据档案记载，1936年，抗联三军、六军在这里建立了后方基地，还建立了后方医院和被服厂，也曾经是中共北满临时省委机关的驻地，所以范奶奶讲她曾在'四块石'抗联三军被服厂和医院干过，与史料是相符的。"

谢义又介绍说："依兰县在黑龙江东北部，虽然属于哈尔滨市，但距哈尔滨却有250多公里，距佳木斯却只有70多公里，它的主要特点就是'五山一水四分田'，山区多，占整个县面积的一半，所以当年成为抗联的秘密营地。我们去的这个迎兰乡，是一个朝鲜族乡，抗联部队里有很多战士就是朝鲜族。"

说着，说着，车子已经到了迎兰乡。

由于谢义已经给迎兰乡政府的一位熟人打了电话，所以，这位乡政府的工作人员开着车就在路边等着他们，到了以后，直接就开车去了当年的那个山沟。

车子大约开了不到半小时就到了，大家下了车。

这儿的地形是一条自然山沟，山沟并不大，并不是从山上流下来的一条溪流，山沟里并没有水，有可能只是在山洪形成的时候，它才可能有水，所以，平时就是一条干的山沟。1945年，由于人迹稀少，因此日本人选择在此扔尸体。据当地人说，抗战胜利后，当时的政府曾经派人将这儿遗弃的无名尸骨就地掩埋了。

可今天，当大家到达的时候，惊呆了，因为一条高速公路从这儿经过，当年的那个山沟一多半已经被填平了，公路就从上面铺了过去。如果赵兰兰当年埋在这儿，那么她极有可能已经被深深地埋在高速公路的下面了。

琴琴看到眼前的情景，愣在那儿，一动不动，一会儿不由得双腿一软，蹲在道旁，终于忍不住号啕大哭起来。

哭着哭着，她双膝朝前跪坐了下来，对着山上大喊："太奶奶——赵兰兰——我代我太爷爷马卫山来看您了，我替我爷爷马小军、爸爸马立、二叔马正给您磕头了，我叫马琴琴，我是您的曾孙女，我们都是您的后代。"

琴琴的哭喊声，在山间产生了回声，满山谷里都是赵兰兰、马卫山的名字在回响，让所有陪同的人都心里一恸，不由得一起落泪。

琴琴喊完，就朝着山上一连磕了十几个头，边磕边自言自语地说："这三个是代我爷爷的，这三个是代我爸爸的，这三个是代我二叔的，这三个是我的。"

成虎和邓妍惠上前扶起了琴琴，邓妍惠一边陪同着落泪，一边用纸巾擦着琴琴脸上的泪水，然后将琴琴扶到了车上。

在回县城的路上，车上再也没有人说话，因为说什么都无法缓解琴琴悲痛的情绪，大家都保持着沉默，甚至谢义都有意放慢了车速，以避免遇到情况按喇叭。

就这样开了一段，谢义感到车里的气氛太压抑了，于是就说："我放首歌听听吧。"

成虎理解谢义的用意，马上说："好呀，什么歌？"

谢义说："是我们依兰土生土长的一位歌手写的歌，这两年在网上挺火的，名字叫《依兰爱情故事》，你们听听。"

显然邓妍惠也很熟悉这首歌，她接过谢义的话头解释说："创作者叫方磊，一位80后，词曲都是他写的，据说这首歌的灵感来自方磊在我们依兰的一次陪护经历。方磊去医院护理受重伤的家人，病房里同住着一对老夫妻，自然是我们依兰人，每天老爷爷都会把烧伤的老伴从病床上扶起来，为她唱老歌。方磊受到了感动，于是就写了这样一首《依兰爱情故事》。"

成虎说："哦，放来听听，放来听听。"然后对琴琴说："琴琴，我们一起听吧。"

琴琴点点头。

于是谢义打开了手机，用蓝牙接上了汽车的音响，接着，一段很像说唱一样的旋律流了出来。

琴琴一开始好像并不太喜欢这样带着东北味的歌曲，于是目光转向窗外，看着仍然没有放晴的天空。但，成虎却听进去了，而且越听越喜欢，那种辨识度极高的旋律，句句都入心，也明白了谢义为什么要放这首歌。可当成虎扭头再看琴琴时，发现她把眼睛闭上了，从她那聚精会神的样子，可以看出她已经渐渐被歌声打动了，此时耳朵、内心都在这首歌里。

这时，歌声里传出的是：

……

一百年儿　一辈子儿啊

情愿你笑我呆儿啊

我活着是你的人儿啊

死了是你的鬼儿啊

你想咋的儿就啊咋的儿啊

月亮它照墙根儿啊

我为你唱小曲儿啊

……

你想咋的儿就啊咋的儿啊

太阳又升一轮儿啊

映透了窗户纸儿啊　看你醒了　我心里没滋味儿啊

日子长啊　我为你擦眼泪儿啊

这时成虎看到，琴琴闭着的眼睛，眼球在眼皮下颤动，眼泪在眼眶里聚集，终于，眼皮包不住眼泪了，从眼眶里挤了出来，两行泪水顺着面颊滚滚而下。

此时的琴琴被歌声打动了，她感到这首又像说唱，又像民谣，兼具了东北地域特色，又包含着满满的市井气息的歌，听着听着，就感到唱得很真诚，歌声里透着浓浓的爱。

此时，她想得很多也很乱，她想到了至今不知到底葬在哪儿的太奶奶与太爷爷的爱情，她又想到了自己与秦人杰的爱情。太爷爷和太奶奶都没有读过书，他们之间恐怕连"我爱你"这样的话都没有说过，甚至连爱情是什么恐怕都说不清，但，离去了的太奶奶一辈子都在太爷爷的心里，有什么样的爱情，比一辈子都在心里更坚贞？可自己和秦人杰看过许多爱情故事和电影，曾经被多少真实的爱情故事和虚构的爱情故事所打动，也幻想着自己有一个浪漫的激动人心的爱情。

可她仔细想想，突然对自己提出一个疑问：虽然自己和秦人杰都无数次地相互说过我爱你，可扪心自问，自己真的在心底爱过秦人杰吗？秦人杰也什么时候把自己当作他唯一的爱情吗？我们这两个受过高等教育的人，怎么都没有像没有读过书的太爷爷和太奶奶那样，一辈子都爱在心里？

琴琴感到自己身边的许多人，已经分不清什么是异性相吸，什么是真正的爱情。琴琴觉得，仅仅是异性相吸的爱情，都是无法保鲜的，要不了多少时间，就会失去新鲜感，而这样的人之间，新鲜感消失了，爱情也就淡了。接下来，就是无尽的相互不满、争吵到心凉，最后只能分手。自己和秦人杰是不是就是这样的？

歌声仍在继续，琴琴仍然闭着眼睛，思绪却在翻滚，琴琴的情绪已经慢慢平复了。她感觉，今天一天的经历，让自己成长了一大截，也不仅仅是感动，是心痛，是落泪，还有思考，特别在当前自己处在人生选择的重要关口上，来了这一趟东北，将会对自己有很大的改变。

回到宾馆，琴琴对成虎说："成叔叔，晚饭我不去吃了，我回房间休息了。"

成虎非常心疼今天的琴琴，就说："少吃一点吧，喝口粥？"

"不了，我有这个。"说着，琴琴从包里拿出一个用纸巾包着的东西，打开一看，是今天中午山上范奶奶做的贴饼子，不知她什么时候悄悄拿了一个。

成虎一看，就知道这孩子有心了，也就没有再说什么，关照她："喝点热水，早点休息。"

晚上，成虎给琴琴买了一点水果，放在琴琴房间的门口，然后给她发了一个微信，问她："好吗？买了一点水果放在你门口。"琴琴回复说："谢谢，我没有事,我先睡了。"

成虎想,琴琴从美国回来没有倒时差,就跟着他一起来到了东北,今天一天情绪波动太大,心理震动也不小,一定很累了,就让她休息吧。

他给琴琴回微信说:"早点睡吧,明天我们去富锦,去你太爷爷成长的地方。"

琴琴只回了一个字:"好。"

晚上,成虎在房间里整理白天的笔记,一边整理,一边也是不断地湿润了眼睛。思绪又回到了那还在深圳医院里的老人马卫山,看来这一次来东北,仍然要让老人失望了。这时,成虎从裤子的口袋里掏出了那团白发,陷入了沉思。

他本来想尽快回去,可一想到琴琴第一次来东北,就决定带琴琴去一趟富锦,那儿是她太爷爷成长和参加抗联的地方,去看一看,不留遗憾,然后马上回深圳,马家人都在等待消息。

成虎给马小军发了一条微信,说:"我们很好,明天去富锦,后天回深圳,回去详谈。"

成虎知道马小军在焦急地等待着消息,但现在不知道和马小军说什么,而成虎想说的,电话里也讲不清,反而让马小军着急,所以,先发微信,免得他着急。

接着,成虎又给马立发了一条微信:"一切都好,琴琴累了,今晚早睡了,你最好也不要打扰她。明天去富锦,后天回深,回去详谈。"

第二天,成虎原以为琴琴不会起得很早,可早上7点多的时候,琴琴就来敲他的房间门,琴琴的眼睛是红肿的,成虎也不多问,两人在宾馆吃了早餐,谢义和邓妍惠一起到宾馆来给他们送行。

从依兰到富锦,仍然是坐火车,中间要在佳木斯转车。到了富锦后的一天里,琴琴都没怎么说话。

富锦处在三江平原的腹地,松花江的下游,因此境内地势比依兰平,平原与山地的面积为9:1,只有马卫山成长的地方紧靠着山区。富锦再往前就是俄罗斯了,它周边的地区如桦川、饶河、七星河等地,当年都是抗联活动的区域。后来抗联越过边境去苏联,也就在富锦附近的松花江偷渡过江,松花江在富锦境内有

50多公里长。当年马卫山在江边受伤,也是在富锦境内。

成虎领着琴琴分别去了马卫山的家乡,当年的那个马家屯早已面目全非了,也找不到当年马卫山家的老房子,因为有一百多年了,房子早已不在了,村边是一片一片的农田,有旱地,也有水田。成虎只是带着琴琴在村边转了一圈,然后又去了松花江边。这儿的江水是黑颜色的。过去,成虎一直没有完全理解为什么称东北为白山黑水,他知道白山是指长白山,黑水指的是黑龙江,可黑龙江为什么被称为黑水呢?到了这儿才明白,原来黑龙江的水就是黑色的。难怪史书上记载,在唐朝时,这儿就叫黑水都督府。

江对面就是俄罗斯,当年叫苏联。富锦曾经是一个重要边贸港口,它虽然比依兰更靠北,但气温明显比依兰山里要高。

琴琴站在江边,望着对江的俄罗斯,很有感触地问成虎:"成叔叔,当年我们马家的祖上,从山东登州府闯关东,一路走到这儿,在那个交通极不发达的年代,又是一年里有半年冰天雪地,一步一步地走来,要走多长时间?走到这儿不就几乎走到中国的天边了?"

成虎说:"是啊,这地方已经是我们国家最东北边了。再往前,就出国界了。"

琴琴说:"马家的人真命大,当年没有冻死、饿死在路上,才有后来从我们国家的这个最北边,一路走到最南边的深圳了。"

成虎也有感触地说:"当年山东人北上'闯关东',和现代人南下闯深圳,都是大移民,先是为了生存,后是为了发展,大量移民都为移民地带来了生机。不是你们马家人命大,而是你们马家人顽强。今天我们站着的这个地方,如果不是近代大量山东移民的到来,恐怕还是赫哲人渔猎的地方。深圳,如果不是从全国各地来的新移民,那也还是一个小渔村呢。其实人的迁徙就是一种寻找,寻找能让日子过得好一些的地方。包括你琴琴远涉重洋去美国留学,今天又想回到祖国,也是一种寻找,寻找最适合自己发展的地方,也是寻找最能体现人生价值的地方。"

琴琴点点头,说:"对,所以我一定要回来!"

就是在今天,从富锦回深圳也是挺折腾的,先要从富锦乘火车到哈尔滨,再从哈尔滨乘飞机回深圳。成虎一查，正好当天晚上有8点多直达哈尔滨的火车，但是途中要坐10多个小时，正好睡一夜。成虎看琴琴这几天都没休息好，情绪波动又大，人就会更疲劳，于是就买了两张软卧，软卧的车票也不很贵，才251元一张。

上车以后，发现四人定员的软卧车厢只有他们两个人，时间还早，成虎就拿出电脑把这几天的所见所闻记录下来。

琴琴躺在卧铺上，翻来覆去地睡不着，她看到成虎在聚精会神地写作，就说："成叔叔，可以问您一个问题吗？"

成虎从电脑上抬起头来，看着琴琴说："问吧。"

琴琴就从卧铺上爬起来，坐直了身子，很严肃地问："您是党报的高级记者，应该也属于搞宣传的。您说，我太奶奶赵兰兰和范奶奶范明氏，她们算英雄吗？"

成虎听到琴琴问了这样一个问题，一下愣住了，觉得这是琴琴在认真思考的一个问题，还真的不能简单回答。他想了想，说："英雄，如果作为一个称号，无论在军队里，还是在国家层面，都是有一定标准的，然后由一定层级的部门批准颁发，叫'英雄称号'。如果从这个角度来说，你太奶奶和范奶奶，都没有获得过'英雄'称号。"

琴琴听后，就说："可我觉得，我太奶奶和范奶奶都是英雄。"

这时成虎打开了手机，搜索了一下关于英雄的释义，就说："其实关于英雄的解释还有其他几层意思。一是指才能勇武过人的人，这在历史小说中，屡屡出现；二是指具有英勇品质的人，你在上小学、中学的时候，课本上就有这样的英雄事迹；还有一种是指为了人民的利益而英勇奋斗、令人敬佩的人，我觉得你太奶奶和范奶奶，是属于这样的一种英雄。"

琴琴轻轻地叹了一口气："关于英雄的事迹或者故事，在我们还在幼儿园的时候，就不停地听到，上了小学、中学，课本上都有，爷爷和爸爸又给我买过不少这样的书籍，其实在我的脑子里，有许多许多这样的英雄故事，可那时总觉得英雄离自己太远了。我在小学、中学课堂上所听到的，我自己读的许多英雄故事，加在一起，都比不上这几天我所受到的震动，我觉得她们就是英雄，无名英雄。这样的英雄故事，让我心灵震颤。您是记者，又是作家，您能告诉我，为什么我们的书本和新闻报道上，把英雄都写得那么高尚，却离我们那么远，而不能像我太奶奶和范奶奶那样，深入我们的心中呢？"

成虎被琴琴问住了，他想了想，说："琴琴，你这个问题，把我这个几乎一辈子都在搞宣传的人，也问住了。这有点像前段时间传得很广的那个'钱学森之问'一样，只是钱学森问的是中国的人才培养，而你问的实质上是宣传的方法。虽然好像问的不是一个问题，但，我觉得从某种角度看，都是一样的，都是教育宣传的方法问题。"

琴琴说："您说得对，恐怕就是教育方法的问题。我们的国家用很多英雄的故事，来培养下一代的爱国情怀。结果，和我们的教育传统一样，填鸭式的，不管人们接受程度如何，可能入脑了，让人们记住了，但没入心，没有打动他们。这是我一个在国内受的传统教育，然后出国深造的人比较后的思考。我觉得，今天我受到的教育，恐怕比我所有在书籍上受到的学习英雄的教育，都要深。"

成虎说："是呀，我同意你的看法。所谓填鸭式的教育，就是填，就是灌，也就是强迫性的，而且我们往往总是喜欢摆出我是来教育你的姿态，因此受教育者就是被动的，不情愿的，甚至是抵触的，这样就会变成'小和尚念经'了。教育当然是潜移默化最好，例如，今天你听到的震撼，就是潜移默化的效果，范奶奶讲述的经历，和你太爷爷、太奶奶的经历，他们在讲述时，根本没有想到是来教育你的，但真实的残酷的亲身经历，就打动了你，甚至震撼了你，就会产生一个自觉入心的受教育的效果。我写这本书，用了这么长的时间，搜集资料，访问亲历者，一次一次地挖掘细节，考证历史，也就是想把故事写得真实、细腻，真正能让读者入心，这是我的追求，其实和你的思考是一样的。"

琴琴深有感触地说："我今天才真正明白了什么叫英雄，什么叫'今天的一切是无数先烈用鲜血换来的'，这句话，我已经听了很多年了，几乎是耳边风了，今天才真正体会到它的含义，这先烈的血，其中就有我的家人和范奶奶和那么多死了以后连名字都没留下的抗联战士。可在历史上，也许你找不到他们的印迹了，如果成叔叔您不写他们，就连我这个直系的后人也不清楚了。"

成虎看着琴琴，停顿了一会儿，说："琴琴，你成熟了。你把我写作的意义给说明白了，也让我有一种更大的责任感，这正是我所想的。我写的这本书叫《记忆》，记忆什么？记忆历史，而相对于大历史而言，普通人似乎是微不足道的，可没有芸芸众生的累积，大历史又是如何构成的呢？因此，我的这本《记忆》里，选取的是普通人，但是故事不普通。"

那天晚上，在富锦开往哈尔滨的列车上，两个人，也可以说是两代人，有了这样一段很有意思的对话。列车飞驰，经过的仿佛是消失的历史，可两个人谈的是记录这消失的历史话题。

说着，说着，琴琴就睡着了。这两天，无论是身体，还是心理，她都经历了太多事，太多冲击，这个冲击从美国，从耶路撒冷就开始了，她好像在这一次行程中，寻找到了归宿，所以，她一下就沉沉入睡了，睡得很安稳。

成虎反而一点睡意都没有了，仍在灯光下，在火车轰隆轰隆前进的车轮声中，继续增补和修改他书稿中人物的人生足迹。

第三十二章

到哈尔滨后，成虎和琴琴事先已经在网上订好了中午11点钟飞深圳的机票，他们从火车站直接乘坐出租车就到了哈尔滨太平机场。进入安检后，成虎给马立打了一个电话，让马立来机场接他们，说先把琴琴送回家，然后让马立通知马小军找一个安静点的地方，他有重要事和他们商量。

飞机下午四点多到了深圳，马立自己开车来机场接机。

上车后，马立说："先送琴琴回家吧。"

可琴琴说："我要先去看看太爷爷再回家，送我去医院吧。"

马立只好依了琴琴，先把琴琴送到医院。

到医院已经是下午五点半了，琴琴下车去看太爷爷马卫山，马立就掉转车头去了景田的一家酒楼，马小军在那儿等着他们。

到了酒楼，马小军已经订了一个小包间，正焦急等待着成虎带来的消息。

成虎进门以后，就向马小军和马立详细介绍了访问依兰山里那位范明氏老人的情况，然后明确地告诉马小军，范明氏说她既不知道马卫山，也不认识马三倌，因此恐怕更不知道赵兰兰的下落了。

马小军听后非常失望，就问："听说你们去了那个山沟，情况怎么样？能找到当年掩埋的地方吗？哪怕是一个大致的地方。"

成虎就从包里拿出自己的笔记本电脑，从电脑里调出他在现场用手机拍的一段视频，这段视频他在依兰宾馆里就复制到电脑上去了，现在从电脑里调出来让马小军和马立看，因为电脑屏幕比手机大。

马小军从电脑里看到的是一条宽大的马路，就不解地扭头望着成虎。

成虎以非常遗憾的神情告诉马小军："当年的那条山沟,已经被一条高速公路穿过,山沟已经基本被填平了。"

马小军一下沮丧地坐到椅子上,脸色苍白,一句话也说不出来。

马立也明白了,他宽慰父亲说:"爸,当年日本人在东北杀了那么多人,很多人都没留下姓名,时间已经过去这么久了,今天要找确实是大海捞针。"

马小军的嘴唇在发抖,尽管他也知道机会渺茫,但还是很失望,看得出心里很难过。

房间里突然变得很安静,安静得可以听见各自的呼吸。

这时,成虎开口了,他说了一个惊人的想法:"马总、马立,我有一个想法,不知道成熟不成熟,我也没有多大的把握,但我觉得可以试一试,毕竟现在科技发达了,我觉得如果有万分之一机会,都不要放过。"

马小军一听,立即从椅子上坐直了身子,马立转过头来,望着成虎。马小军急切地说:"快说,快说。"

成虎说:"范明氏老太太自1945年以后,就住在山里,过着与世隔绝的生活,今天,是为了自己有残疾的儿子能得到政府的照顾,才开口说自己参加过东北抗联。她为什么这么多年都不说?是因为她后来嫁了救她命的那位伪警察看守,而伪警察解放后被打成了'四类分子',一直受到地方的管制,直到在'文革'中死亡。因此,老人也几乎就一直隐居在深山。"

说到这儿,成虎似乎也有点激动,他伸手拿起桌上的杯子,大大地喝了一口水,然后接着说:"我仔细听了老人叙述的自己的苦难历史,发现几个问题,一是,老人讲的抗联三军的事,完全准确。二是,老人经历过的事情与赵兰兰惊人地相似,也是1945年被抓,也是关在迎兰的伪警察分署,后来,也是被扔在那个山沟里。不同的是,她被那个伪警察看守救了,然后逃到山里,最后为伪警察生下一个儿子。同在抗联三军,同在1945年被抓,同时被关在迎兰的伪警察分署,然后,又同样被扔在那个山沟里,而且年龄完全相仿,世界上有这么巧合的事吗?"

马小军和马立几乎是竖着耳朵,被成虎的话吸引得全神贯注。这时,马立忍不住问了一句:"那她怎么说不认识爷爷呢?"

成虎说:"我在想,会不会有这样一个可能,她后来嫁了一个伪警察,现在身边又有一个残疾的儿子，这个儿子是伪警察的，事情已经过去这么多年了，她也已经90多岁了，以这位老人顽强的个性，和吃过那么多的苦走到今天，她会不会觉得不好意思再认她的前夫？这也是可以理解的。"

成虎看看马小军，马小军不置可否地点点头。成虎接着说："还有，我在问老人认不认识马卫山时，她反应很快地说，不认识。我一想，马卫山是老爷子后来在部队用的大名，她有可能不知道。于是，我就问她，认不认识三倌，她犹豫了好一会儿，才回答说，不认识。"

马小军已经急不可待了，他直盯着成虎问："成记者，你觉得该怎么办才好？"

成虎说："我也没有绝对的把握，只是觉得有一线希望，都不应放过，放过了，就永远没有机会了。有一个办法，可以迅速解开谜题，又不用大动干戈，悄悄办就行了。如果是，那就太好了；如果不是，也不用再说什么，就我们三个人知道就行了。所以，我让琴琴避开，约你们俩一块来商量。"

马立说："什么办法？快说吧。"

成虎说："如今DNA鉴定技术已经很成熟了，通过DNA携带的遗传信息，完全可以查清楚人的血缘关系，深圳早就有这样对外营业的公司，可以去做血缘鉴定，鉴定的结果法律都承认的，说明这个技术完全可靠。"

说着成虎从包里拿出一个信封打开了，是范明氏老人的那卷白发："这是我悄悄从老人的木梳上取下的她的头发，我知道人的头发上带有DNA，深圳检测DNA的公司手续很简单，我曾经去采访过，我会给你们一个地址。"

然后成虎对马立说："你明天什么都不要干了，带着你爸爸，一起去检测比对一下，你们俩和这位老太太有没有血缘关系，不就一切都明白了吗？"

马小军一下站了起来，抓住成虎的胳膊，激动地一连声地说："谢谢你，谢谢你，想得这么周到，我也代我们家老爷子谢谢你了。"

接下来，他们点了一些饭菜，但大家都没胃口，包括成虎。

第二天一早，马立就开车带着马小军按照成虎给的地址，去了那家DNA鉴定中心。这家成虎曾采访过的专做亲子鉴定的中心，是有司法鉴定权的，所以比较权威，他们也做个人亲子鉴定。

人的血液、毛发、唾液、口腔细胞及骨头等都可以用于亲子鉴定，马立提供了老人的头发后，又和马小军两人都抽了血，马立认为用父子俩的DNA一起做比对，准确率应该更高，然后就是等待结果了。

一周以后，结果出来了，是马立自己开车来取鉴定结果的。当拿到鉴定结果的那张纸时，马立从未感到一张纸会有这么重，他迫不及待地打开了，首先映入眼帘的是一行数字99.99%。看到这个数字，马立的腿都软了，他几乎是拖着脚步挪进了汽车里。

这几天，马立早已把有关亲子鉴定的资料翻了一个遍，普及的，专业的，他都看了，因此，他知道证明两人DNA亲子血缘关系的叫吻合率，即两人的血缘吻合有多高，最高为99.99%。这个数字的出现说明了一个问题：那个白发苍苍的范奶奶，是自己的亲奶奶，是爸爸的母亲，是爷爷马卫山的妻子——赵兰兰！

天啦！

马立这时候不知道是笑，还是哭。他坐在车里，要让自己平复下来，否则他开不了车。

此时的马立想到，应该马上给父亲马小军打一个电话，他正在家中焦急地等待结果。马立拿出电话，拨了家里的座机，电话只响了一声，就通了，可见父亲马小军就坐在电话旁边。只听见父亲马小军已逐渐衰老的声音："喂。"

此时的马立，终于控制不住了，带着哭调说了一句："爸，结果出来了。"

马小军等不及地急问："快说，快说，快说呀——"

马立终于哭出声来了，就说了两个字："是的。"

晚上全家人都聚到了医院。

下午，马小军和马立商量后，决定还是把这个消息告诉马卫山老人，对于已经97岁的马卫山，这个消息不能再隐瞒他了。当马小军在马卫山的耳朵边，大声地说着："爹，俺娘找到了。"马小军是特意用山东话对父亲说的。

老人听不明白，因为他从未听儿子喊过娘，因此，在他的记忆里也就没有娘的这个印象。马小军又大声地说了一句："兰兰找到了。"此时，马卫山的眼睛里一下闪出了火花，他停滞了好久，没有半点反应，似明白似不明白。好久好久以后，老人突然从床上坐了起来，说道："我要出院。我要见兰兰。"

成虎也被请来了，可成虎带来了一个不好的消息，下午谢义发来了一条微信，说邓妍惠告诉他，范明氏老人病倒了。所以，他把马立叫到病房外，告诉了他这个消息。

　　马立和马小军商量后，决定明天就去东北。最后商定，一家三代都去，马小军、马立和琴琴，琴琴是自己坚持要去的。

　　马正留在家里和桐芳一起照顾爷爷。

　　第二天，一家三口飞哈尔滨。飞机刚落地，马小军就接到儿子马正的电话，说老爷子吵着无论如何要回家，他要在家里等着你们把奶奶赵兰兰接回来。

　　马小军想了想，父亲没有什么急病，他住在医院是因为衰老，现在你不让他回家，他会吵个没完，反而对他身体不好，于是就对马正说，征求一下医生的意见，如果医生说可以，那就把爷爷接回家吧。

　　然后，他们三人又从机场去了火车站，到依兰时仍然是晚上。当天晚上不能上山，琴琴只好在电话里和谢义约好，第二天还是麻烦他送他们一家三口上山。

　　第二天，谢义一早就来了，他告诉琴琴昨天一晚上都没和邓妍惠联系上，她在扶贫点上，那儿几乎没有手机信号，这几天都在照顾老人，老人是突然摔了一跤。

　　大家就上车出发。清明时节雨纷纷，清明已经过去好多天了，天仍然是阴沉沉的，虽然没有下雪，却在下着小雨。

　　上山时，谢义的车开得很小心，到了林场检查站，听值班人员说，邓妍惠几天都在山上。谢义又打电话给邓妍惠，还是不通。林场值班人员说，上面没有手机信号，谢义这才嘟囔了一句："难怪打不通。我们上去吧。"

　　于是，在谢义的引领下，琴琴和马立一边一个扶着马小军往上爬。马小军很激动，一激动腿就发抖，可他又坚持着一定要上去，这样就走一段休息一下。到了那个山口拐弯处，谢义知道离老人的家不远了，他就扯起嗓子喊了一声："邓妍惠——我们上来了。"

　　果然，邓妍惠听到了，答应了一声。

　　大家继续往上爬，爬到快要到那个埋着范明安的平台时，琴琴看到了邓妍惠站在那儿的身影，她出来迎接大家了，她的身后好像还有好几个人站在那儿。

可一上那个平台，琴琴就看到了一座新坟，立即有一种不好的预感。她回转身来想阻拦爷爷马小军继续往上爬，但，又觉得这是徒劳的。

马小军和马立都上来了，谢义上前告诉邓妍惠这两位是琴琴的爷爷和爸爸。邓妍惠满眼通红地就站在那个新坟的旁边，指着新坟说："奶奶去世了，按照她的遗愿，就葬在这儿了，前天入土的。"

前天！前天正是拿到亲子鉴定结果的日子。

马小军听到后，腿一软，一下就跪在新坟前……

原来，成虎和琴琴走了以后，老人就有点六神无主的，做什么都分神。第二天，她在自家菜园里干活时就摔倒了，老人的菜园本来就开在山上的坡地上，这一摔就顺着山坡滚了下去，好久才自己爬起来。老人在床上躺了两天以后，就让自己的傻儿子范安去山下的屯子里找邓妍惠，说她有话要和邓妍惠说。

邓妍惠得到消息立即从屯子里赶上来了，上山前给谢义打了一个电话，说老人病了。她上山后，山上信号不好，所以，谢义一直打不通她的电话。

老人毕竟94岁了，知道自己时日不多了，所以，赶紧叫儿子喊扶贫工作队的也是她最信任的邓妍惠上来，她仍然放不下自己的傻儿子。

邓妍惠上山后，看到老人病倒了躺在床上，立即下山去乡里请医生。医生上山后，感觉老人没有什么大碍，开了一点药就下山了。

那天一天，邓妍惠都在山上陪在老人身边，老人和邓妍惠说了许多，交代了自己的后事。

第二天，邓妍惠又上山了，仍然陪在老人的身边，希望她能好起来。上午，老人还是清醒的，下午就不行了，到了傍晚就停止了呼吸。

后来，扶贫工作队和乡里商量，最后决定按照老人的遗愿，就将她安葬在她的老伴范明安的旁边。

这几天，邓妍惠都在操持这件事，就没有来得及告诉谢义，也不知道琴琴领着她爷爷和爸爸来了。

邓妍惠就站在新坟旁，看着马小军和马立，眼睛就红了。此时，已经70多岁的马小军跪在坟前，突然一行热泪滚落了下来。

邓妍惠把大家迎进了老人那破旧的屋子里,老人的那个傻儿子范安,一个人在柴房里呜呜地哭,哭声很低沉,但却一直不断。

邓妍惠请大家坐到炕上,给大家烧了热水,所有人都在哭,只是都尽量不让自己哭出声来。

邓妍惠也坐到了炕上,然后突然说:"我有话传达给大家,请你们不要哭了,很重要的话,你们要仔细听。"

听到邓妍惠这样说,大家就都停止了哭泣,抬头看着邓妍惠。

邓妍惠尽量让自己平静下来,但,还是没忍住,没有开口自己先哭了,她依然带着哭调开口说:"老人在临死前,跟我说了一段话,因为山上电话也打不通,所以,不能及时地传达给你们,可对你们很重要。老人说,她在抗联队伍里正式的名字叫赵兰兰,是赵尚志军长帮她取的名字,她是马三倌的老婆,她和马三倌还有一个儿子,是1945年生的。她来到这儿,是因为后来的丈夫救了她的命,而她一直也得不到马三倌的半点消息,后来有了孩子,只好嫁给了后来的丈夫,可他是伪警察,因此,她再也没有脸去认自己是马三倌的老婆了。她只求政府能照顾她的傻儿子。"

马小军听后缓缓地从炕沿上起来,一步一步地走到了院子里,突然他仰起头来,朝着大山,撕心裂肺地喊了一声:"妈妈——"

这是马小军这一辈子第一次喊妈。

这时正躺在柴房里的傻儿子范安,也跟着回应了一声:"俺娘——"

顿时屋里屋外像雨打芭蕉一般响起了一片憋不住的哭声。

当天晚上,马小军坚持一定要在老屋里住一夜,马立和琴琴只好都留下来陪着他。邓妍惠帮助操持熬了一锅玉米粥,当地人称为"大楂子粥",又贴上了饼子,就着老人生前腌的酸菜,大家简单地吃了一点饭。显然马小军没有胃口,可他把这一切都当成是母亲做的,因为母亲平时吃的就是这样的饭,马小军吃在嘴里滋味就不同。酸菜很咸,马立担心父亲血压高不能吃太咸的东西,于是,就悄悄对父亲说:"少吃点,有点咸。"可是,马小军把一小块酸菜放在嘴里慢慢嚼,似乎想品出妈妈的味道。范安坐在一旁,却大口大口地吃着酸菜,吃着吃着,眼泪又流下来了。

吃完饭,邓妍惠和谢义下山了,范安收拾了碗筷,然后又进了他的柴屋。

马小军就一个人在院子里转,他在寻找母亲的足迹。马立和琴琴都不放心,就跟在马小军身后。

山里的天,黑得很早,马小军的步频走得很慢很慢,他自出生以后和母亲在一起只有那么短短的几个月,然后就天各一方,从此再也没有和母亲相聚过。时隔70多年了,好不容易找到了母亲,却阴阳两隔,连一面也没见上。此时,他在母亲住了70多年的老屋周围走来走去,寻找着母亲的气息。

黑暗中,眼泪又流了下来。

天完全黑下来以后,范安从他的柴屋里出来,点上了房子里的油灯,这幢老屋因独立于山上,而且周围独此一户,所以,一直没通电,还是在点油灯。乡里和扶贫工作队,一直在设法帮助老人搬到山下。

马立一直想给马正打一个电话,可山上没信号,电话一直打不通,微信也发不出去。

夜里,马小军就睡在老屋的炕上,盖上了母亲曾经盖了很多年的被子,由于是在山里,又是四五月小兴安岭最潮湿的季节,被子有一股霉味,马小军却用它感受着母亲的体温。

范安平时睡在旁边的披屋里,他在入睡前,又给火炕加了几块劈开的松木,所以,尽管屋外山风刮得松林呼呼作响,炕却很暖,马立和琴琴一边一个,就睡在马小军的旁边。

下半夜,马小军在母亲的被子下睡着了。

接下来的几天里,马小军和马立在处理后事,他们给老人立了一块碑,碑上写着:抗联老战士赵兰兰之墓。然后是,儿:马小军、范安。孙:马立、马正。曾孙:马琴琴。

他们在邓妍惠的介绍下,和扶贫工作队和乡政府进行了协商,因范安也已经70多岁了,在乡政府的安排下,范安被送到了乡敬老院,但马小军提出范安的一切生活费用不用政府承担,包括今后的医疗费用,全部由马家来承担,并和敬老院签下了长期协议,预缴了三年的费用。马立给敬老院留下了自己的电话,告诉敬老院的领导,今后一切关于范安的事,都和他联系。马立还给范安置办了全新的被褥，包括一年四季的衣服。

办完这一切，就已经是三天后了，新刻的石碑也安放好了，马小军和马立、琴琴再次来到山上的坟前，为自己最终也没见上面的母亲重新培了一遍土，全家在坟前鞠躬，合了一张影。

然后，就准备回去了，因为老父亲马卫山还在家中翘首以盼，母亲病故的消息，马小军还没有敢在电话里说，只等回到深圳，再商量如何告诉老父亲。

临走时，马小军想找一张母亲的照片带回去，给老父亲看看，也给自己和马家的后人留一个念想，可找了半天，竟然没有找到一张母亲的照片，母亲好像今生就没有拍过照片。然后，他又在屋子里转了半天，想找一件母亲用过的物件留作念想，可满屋子里都是一些破破烂烂的日常用品和农具，找了半天，也没找到一件合适的东西。最后他在窗台上看到了那把旧木梳，这把已经缺了齿的木梳上，仍然留有母亲的白发。马小军将这把木梳握在手心里，心想，这一定是母亲用了很多年的木梳，他就将这把木梳连同上面的白发都揣进了口袋里。

临分手时，邓妍惠知道马小军没有找到一张老人的照片，就将老人的身份证交给了马小军，那上面有可能是老人一生拍的唯一一张照片。

这时，马小军才看到了母亲的样子。

这天，马正告诉几天来一直焦躁不安的爷爷，说今天爸爸他们将从东北回来，老人从早上开始，就总在听着门的动静，一有风吹草动，他就立即喊："桐芳开门！桐芳开门！"马正告诉爷爷，飞机是下午3点多落地深圳，到家最快也要4点多了，让爷爷别着急。

下午2点多的时候，马正开车去机场接人，老人再也等不及了，让桐芳扶他到阳台上，坐在他平时常坐的那把藤椅上。其实深圳机场在西边，可马卫山仍然是习惯性地面朝北方坐着，就这样静静地等着。

这天，马卫山老人特意穿了一身旧军装，戴着一顶黄军帽，就那样坐着，腰直直的，却微微地低着头，似在沉思，和煦的阳光铺在老人的身上。桐芳拿来一条薄毛毯盖在老人的腿上，然后将装有热茶的保温杯放在老人的手边，自己就到厨房去准备晚饭了，因为今天晚上大家都要回家吃饭。

老人就一个人在阳台上坐着，静静的。

4点钟的时候，家里座机电话铃声响了，桐芳赶紧接了电话。

马立的声音："芳姐，我们飞机落地了，马上回家，告诉爷爷一声，免得他着急。"

桐芳放下电话，朝着阳台上喊："爷爷，他们飞机落地了，马上回家。"

马卫山没有动静。

桐芳知道爷爷有点耳背，就走到阳台上大声地说："爷爷，他们到了，马上就回家，让您别着急。"

马卫山还是没反应，桐芳感觉不对，弯腰一看，老人微微地闭着眼睛，像睡着了。桐芳伸手轻轻推了推，老人的头一下耷拉了下来。

桐芳大吃一惊，她伸手到马卫山的鼻子下探了探，已经没有了呼吸。虽然早有心理准备，桐芳还是眼泪夺眶而出……

阳光仍然铺在马卫山的身上，他像一尊雕塑一样，就那样微微地斜靠着，脸上的神情十分安详，在即将得到妻子最后下落的时候，走完了生命的最后一段里程。

但，他的灵魂，寻着他人生的足迹，会经过千山万水，飞过南方的五岭，越过华北的山海关，回到白山黑水间，回到林海雪原中，回到小兴安岭里的妻子的身边，回到他的初衷。

桐芳跑到房间里，拿起电话，急忙中她打的是马小军的手机。

电话通了，桐芳强忍着泪水，对马小军说："爷爷刚刚走了……"

电话里是久久的沉默。

成虎接到马立的电话，得知马卫山去世了的时候已经是傍晚。他想马上赶到马家来，可那天傍晚突然下起了瓢泼大雨，雨大得竟然出不了门。

这一年深圳的雨季好像来得有点早，马卫山去世的那天傍晚，雨，突然不期而至。一阵一阵的大雨，在成虎家的顶楼屋瓦上，像撒豆一样，一阵撒过去，一阵撒过来，整整下了一夜，把马卫山老人也留在家里，直到第二天上午殡仪馆的车才来把他接走……

第三十三章

马卫山最终也没有得知妻子最后的情况,因此家人也无法按照他的遗愿将他的骨灰送到东北,安葬在妻子赵兰兰的坟边。马小军只是将父亲的骨灰盒,带到了母亲的坟前,让他和妻子见了一面。这一次,是全家来的,包括马正,桐芳也被马小军带来了,因为他也要实现妻子的遗愿,只要桐芳不愿离开马家,马家人就要待桐芳如家人,因此,马小军也把桐芳一起带到了东北。

马卫山的骨灰最后还是被带回了深圳。大家共同的认识是,马家四代,最后扎根的还是南方的深圳,因此,还是把老爷爷的骨灰留在深圳。

马小军又带着全家去看望了范安。在敬老院里,范安穿着一身新衣服,一个人坐在那儿晒太阳。母亲离世后,范安日渐衰老,马小军又在敬老院里存下了一笔钱,并当着两个儿子的面,再次告诉敬老院领导,范安今后所有的费用,都由马家负责,包括身后事。

回到深圳的第二天,马小军就病倒了,高烧不止,马立、马正急忙将父亲送到医院。医生担心烧成肺炎,立即收治住院了。住院后,马小军高烧不退,差一点都进了重症监护室。在医院住了一个多月,一直由桐芳照顾,身体才慢慢有所恢复,但仍然很虚弱,医生暂时不让出院,怕病情反复。

那天,成虎又来医院看望马小军,走进病房,只见骨瘦嶙峋的马小军坐在病床上,一手拿着一个放大镜,一手拿着一张身份证,正聚精会神地看上面的照片。由于照片太小,马小军戴着老花镜透过放大镜看,也仍然眯着眼睛,显得很吃力。

成虎上前从马小军手里拿过那张身份证一看,上面的名字是范明氏,就知道马小军在想母亲。成虎说："这照片太小了，报社有一个扩印社，我帮你去想办法复制放大一张。"

马小军瘦了，显得更苍老，面部的皮肤开始打皱，头发仿佛一夜之间全白了。这时陪护在身边的桐芳，拿一个枕头往马小军身后垫了垫，让他靠着舒服一些。此时，成虎就感到马小军真的离不开桐芳了。

成虎是来宽慰仍然在悲痛之中的马小军的，可一下不知从何说起。马小军仍然在低沉的情绪里没走出来，也不知和成虎说什么，两个几十年的老朋友，就这样静静地坐在病房里，此处无声胜有声。

此时，马立来到医院，告诉了马小军一件事，市里对马小军住的那个老旧小区进行的城市更新计划已经启动了，马上就要与住户协商拆迁补偿的事了。

马小军听了若有所思，并没说什么。

又过了半个月，马小军出院了。

回到家里，走进房间，马小军就看到成虎已经帮着把母亲身份证上的照片复制放大了，由于是从身份证上拷贝下来的，照片清晰度很低，成虎就把它处理成像一张素描一样，马小军久久地看着这张照片，像是要把母亲印在心里。

这时的深圳已经进入了雨季，就是南方人说的黄梅天，不仅雨不停地下，而且空气湿度很高，再加上小区由于要拆迁，已经很不安静，对大病初愈的马小军身体恢复很不利，可是他又不愿意住到马正的房子里。

桐芳看到马小军每天都面对着父亲、母亲和妻子的三张遗照发呆，她就很着急，觉得马小军在这样的房子里养病不好。

那天，马小军正坐在书房里发呆，桐芳走了进来，说："马总，我给你看一张照片。"说着，从马正给她买的手机里调出一张照片，是在桐芳家乡后来马小军帮她盖的那栋两层半的房子。

这幢房子自桐芳母亲去世后，一直空着。桐芳告诉马小军，这两年，家乡扶贫的工作力度很大，有旅游公司在她家乡征集空置民房，经过重新整体规划，增加了配套设置，搞起了乡村民宿。桐芳的房子由于空着，也交给旅游公司做民宿了。桐芳的家乡是山区，虽然经济不发达，但山清水秀，夏天清凉，有不少城里人到这儿来避暑养老。

然后，桐芳很认真地对马小军说："你现在身体需要休养恢复，如今小区要拆迁，又这样闹哄哄的，深圳又多雨，不如跟我到乡下去休养一段时间。你看看，我们乡下现在条件已经很不错了，有不少城市的退休人员组团去我们那儿休养，这就是旅游公司发来的照片。"

马小军就拿起桐芳的照片，一张一张翻着看，看着看着，就有了点兴趣。

晚上，马立和马正回家，桐芳又把自己的想法和他们说了一遍，同时说："马总现在每天在家对着三张遗照发呆，这对养病很不好，到乡下去晒晒太阳，吹吹风，吃吃我们的农家菜，换换环境，一定比住在家里好。"

这时，马立和马正都感到自己没有桐芳想得周到，让父亲到乡下去养一段时间，一定会比待在家里好。于是，他们俩走进马小军的书房，都劝马小军。此时，马小军已经动心了。

于是，马正租了一辆面包车，和桐芳一道把父亲马小军送到了桐芳的家乡休养。

这时琴琴已经回美国去准备博士论文答辩了。半个月后，马立不放心，利用一个周末开车到了桐芳家乡。进了村子，远远就看见桐芳家的那幢房子，因为这房子前些年建好后，他曾陪着父亲一同来看过。

马立看到父亲马小军正在和几个老人打扑克，边打边吵边哈哈大笑。走近一看，父亲面色红润，气色相当不错。原来，那几个陪着马小军打扑克的都是当年一道来深圳的基建工程兵的战友，不知什么时间，父亲把已经退休的他们，也招到这儿来休养了。

马立还看到，桐芳正在一旁喂养一群小鸡，小鸡边啄食，边在马小军他们脚边钻来钻去。马立一颗心放下了，感到非常欣慰，父亲终于走进了田园生活，而这一切都是由于桐芳的陪伴。

桐芳依然是一边尽职尽心地照顾马小军，一边又非常愉快地过着她觉得十分幸福的日子。此时桐芳不知道，马小军已经和两个儿子商量后留下了书面遗嘱，遗嘱中专门列出一条：他身后，拆迁归还的房子留给桐芳。两个儿子包括琴琴都签字同意。

很快就是深圳经济特区建立40周年了，在这个值得纪念的日子里，深圳市表彰了一批40年来为深圳经济特区做出突出贡献的代表人物。马小军作为深圳"开荒牛"的代表，也受到了表彰。

马立全身心地投入到了大湾区的规划建设中，成为大湾区建设发挥重要作用的专家之一，他的一些研究实践成果在业界受到了广泛关注，已经有中国工程院院士联名推荐马立候选中国工程院院士，如果通过，马立将会成为由深圳自己培养的、年龄较轻的院士。

琴琴正式回国了，她应聘了一家位于深圳前海的规划设计公司，成为规划设计师，她的主攻专业"关于城市病在规划设计中的防治"，受到政府的重视，因此，也参与了大湾区的规划。琴琴已经完成了她的博士论文答辩，获得了美国的博士学位。

琴琴彻底和秦人杰断了关系，而秦人杰继续在华尔街打拼，不过他后来转而以做香港的股票为主，因此等于还是在吃中国的饭。出于时差的原因，香港的股票开市是美国的夜里，因此秦人杰在美国过的日子仍是中国的作息时间，日夜颠倒。

马正结婚了。家中一系列的变化，和奶奶赵兰兰的经历，以及爷爷马卫山一生的坚守，深深地震撼了马正的内心，冲击了他一直以来玩世不恭的生活态度。他已经感到一个人活着绝对不仅仅是为自己。他的爷爷奶奶和爸爸妈妈都是这样，而哥哥也为自己做出了榜样，甚至小侄女也是以严肃的态度对待生活，自己再也不能这样优哉游哉了。他离开了股市，用自己赚的钱，投了一个高科技的"风投"项目，然后娶了这家公司的一位财务，很快就生了一个胖乎乎的儿子。马家又显得生机勃勃了。

麻君婷后来从美国回来了，因为豪斯突发心肌梗死去世了。麻君婷和豪斯生的两个双胞胎儿子，都已经长大上大学了。在美国小孩18岁就独立了，两个儿子有些叛逆，都不怎么回家，麻君婷又变成了孤身一人。

从传统观念上，无论她怎么喜欢美国，但骨子里她仍是一个中国人，虽然豪斯留下的钱和生前为她买的保险，足够她养老的，但，她还未老，待在美国洛杉矶这个地方，房子太大，没有一个人影，太寂寞了。因此，她就特别特别想女儿琴琴，最后就回到了深圳。

麻君婷回来以后，没有去马家，更不方便去马立那儿，但女儿和父亲马立住在一起，后来，她就在马家附近租了一套房子，准备长期居住。麻君婷见马立还是单身一人，就通过女儿试探马立，能否见上一面。

马立没有马上回复，那段时间关于"粤港澳大湾区"的规划会议比较多，同时马立在准备工程院院士的申报答辩，确实太忙了。

其实麻君婷现在面对马立早已失去了自信，她和马立差不多同时起步，可坚持要在美国深造的麻君婷，现在就是一个守着豪斯留下的一点遗产无所事事过日子的丧偶女人。而马立这些年来，由于在城市规划专业方面做出的杰出学术成就，不仅获得了大量的专业奖项，并且已经被推荐为中国工程院院士候选人了，如果通过成为院士，那么马立就是国家级专家了。

因此麻君婷明白，无论从感情上，还是在专业上，马立和她都没有共同语言了，他们之间唯一还有的牵连就是女儿琴琴。

那天晚上，琴琴提出要陪着爸爸去散步，马立知道女儿有话要和自己说。于是，两人开车来到深圳湾滨海公园。晚风轻拂，琴琴挽着爸爸的手，边走边告诉马立妈妈想和他见面的事。

马立问女儿："琴琴，你觉得爸爸还有必要和你妈妈见面吗？"

琴琴想了想，然后说："爸爸，从我出生到现在，这么多年，你们俩相差确实太大了，我也不觉得你们还有共同语言。见不见面，您自己决定。作为女儿，你们一个是我的爸爸，一个是我的妈妈，我没有选择。作为您的朋友，我觉得，您应对您的人生要有一个规划，您不再寻找，没有成家，妈妈有想法也是正常的。"

马立觉得女儿真的成熟了，就说："爸爸有你就行了。"

成虎的新书《记忆》终于出版了。成虎觉得自己写了这么多书，这本书是付出最多，自己也被书中记录的人物深深打动最多的一本书。

在收到新书样书的那一天，成虎在书的扉页上写下了这样一段话：

历史苍茫，我们看到的是世界潮流，但，俯身细看，那都是芸芸众生。但愿用我的笔，记录下他们，让他们也留在历史中，这是《记忆》这本书写作的意义。

2021年4月1日至2021年12月30日初稿
2021年12月31日至2022年2月18日二稿
2022年4月15日至2022年5月15日三稿
2022年5月23日至2022年6月18日四稿